人民共和國文化與文學叢書

八　編

李　怡　主編

第 **8** 冊

江蘇梆子戲史論

趙興勤、趙韡　著

花木蘭文化事業有限公司

國家圖書館出版品預行編目資料

江蘇梆子戲史論／趙興勤、趙韡 著 -- 初版 -- 新北市：花木
蘭文化事業有限公司，2020〔民 109〕
目 4+276 面；19×26 公分
（人民共和國文化與文學叢書 八編；第 8 冊）
ISBN 978-986-518-216-8（精裝）
1. 地方戲劇　2. 梆子戲　3. 戲劇史　4. 江蘇省
820.8　　　　　　　　　　　　　　　　　109010901

特邀編委（以姓氏筆畫為序）：

ISBN-978-986-518-216-8
9 789865 182168

吳義勤　孟繁華　張　檸
張志忠　張清華　陳思和
陳曉明　程光煒　劉福春
（臺灣）宋如珊
（日本）岩佐昌暲
（新西蘭）王一燕
（澳大利亞）鄭　怡

人民共和國文化與文學叢書
八 編 第八冊　　　　　ISBN：978-986-518-216-8

江蘇梆子戲史論

作　　者	趙興勤、趙韡
主　　編	李　怡
企　　劃	四川大學中國詩歌研究院
總 編 輯	杜潔祥
副總編輯	楊嘉樂
編　　輯	許郁翎、張雅淋　美術編輯　陳逸婷
印　　刷	普羅文化出版廣告事業
出　　版	花木蘭文化事業有限公司
發 行 人	高小娟
聯絡地址	235 新北市中和區中安街七二號十三樓
	電話：02-2923-1455／傳真：02-2923-1452
網　　址	http://www.huamulan.tw 信箱 hml810518@gmail.com
初　　版	2020 年 9 月
全書字數	210969 字
定　　價	八編 18 冊（精裝）台幣 55,000 元

江蘇梆子戲史論

趙興勤、趙韡　著

作者簡介

趙興勤，江蘇師範大學文學院教授，在國內外出版學術著作《中國早期戲曲生成史論》、《曲寄人情：話說李玉》、《莊一拂〈古典戲曲存目彙考〉補正》、《清代散見戲曲史料彙編》（已出四編，凡十冊）、《清代散見戲曲史料研究》、《中國古典戲曲小說考論》、《古代小說與傳統倫理》、《理學思潮與世情小說》、《話說〈封神演義〉》、《趙翼評傳》、《趙翼》、《趙翼年譜長編》（全五冊）、《元遺山研究》等 30 種，主編、參編著作 50 餘種，發表論文 230 餘篇。主持國家社科基金項目 3 項、國家社科基金藝術學重大項目子課題 1 項，獲得過教育部高等學校科學研究優秀成果獎（人文社會科學）、江蘇省哲學社會科學優秀成果一等獎、二等獎（4 項）、江蘇省普通高等學校優秀教學成果一等獎等重要獎項。5 次被全國哲學社會科學工作辦公室評為「認真負責的鑒定專家」。

趙韡，徐州市醫療保障局辦公室主任、高級經濟師。大學二年級開始發表論文，迄今已有 90 餘篇，散見於《文獻》、《民族文學研究》、《戲曲研究》、《南大戲劇論叢》、《藝術百家》、《明清小說研究》、《讀書》、《晉陽學刊》、《東南大學學報》、《中國語言文學研究》、《中國礦業大學學報》、《社會科學論壇》、《中華詩詞》、《博覽群書》、《古典文學知識》、《中華藝術論叢》、《尋根》、《中國社會科學報》、《歷史月刊》（臺灣）、《書目季刊》（臺灣）、《國文天地》（臺灣）、《戲曲研究通訊》（臺灣「中央」大學）、《澳門文獻信息學刊》（澳門）等學術刊物。已出版的學術著作有《近古文學叢考》、《趙翼研究資料彙編》（上、下冊）、《元曲三百首》等 8 種，另參編（撰）《元曲鑒賞辭典》、《現代學案選粹》等 8 種。代表作獲江蘇省第十五屆哲學社會科學優秀成果二等獎（2018）、江蘇省高校第九屆哲學社會科學研究優秀成果二等獎（2014）。合作主持國家社科基金後期資助項目《錢南揚學術年譜》（項目批准號：16FZW038），參與國家社科基金藝術學重大項目《新中國成立 70 週年中國戲曲史（江蘇卷）》（項目批准號：19ZD05）。

提　要

本書系目前首部對國家級非物質文化遺產江蘇梆子的發展軌跡及藝術追求作系統研究的著作。作者將這一劇種置於蘇、魯、豫、皖交界處這一文化生態圈中進行考察，深入剖析其產生的文化背景。全書以江蘇梆子的歷史發展線索為經，對其萌生與成熟（晚明～民國）、完善與發展（1949～1976）、振興與繁榮（1977～2019）進行了深入而全面的總結；以江蘇梆子的藝術形態為緯，對其聲腔的基本板式、場上搬演的伴奏樂器、主要曲牌、角色行當、服飾裝扮、風習行規進行了細緻梳理。

全球化時代如何討論當下的文學問題
——《人民共和國文化與文學》第八編引言

李　怡

　　我們常常說，這是一個「全球化的時代」，也就是說，對當下文學的討論，「全球化」是一個不可回避的語境。但是「全球化語境下的中國當代文學」這個題目所包含的意蘊以及它所昭示的學術立場本身就是意味深長的。我覺得，在我們積極地研究當下文學自身成就的同時，適當的反顧一下我們已經採取或者可能會採取的立場，也不失為一種新的推進方式。「全球化」是新世紀中國學術的一個重大課題，「中國當下的文學」雖然已經闡述了多年，但在今天的「新世紀」或者說「新時代」的時間段落中，無疑也具有了特殊的意義。只是，如果我們竭力將這些關鍵詞置放在一起，其相互的意義鏈接就變得有點曲曲折折了。

　　從表面上看，「全球化」與「中國當下」，這是一個普遍性的時間和一個特殊空間的問題。我們常常在說「全球化時代」如何如何，這也就是說我們正在經歷一個正在怎麼「化」的過程，這是一個時間的過程。「全球化語境中的中國文學」，似乎應當考慮的是一個局部空間的文學現象如何適應更有普遍意義的時代發展的要求，當然，關於這方面的話題我們可以談出許多。例如全球化時代的經濟一體化進程與民族文化矛盾對於不同民族文化交流與融合的影響，而這種文化的衝突與融合對於文學藝術的創造又取著怎樣的關係，接踵而來的另一個直接問題就是：中國當下的文學，這一目前可能民族性呼聲很高的區域文學如何在呼應「全球化」時代的主體精神的同時保持自己真正的有價值的個性？近40年來的學術史上，關於這樣的「時代要求」與民族

國家關係的討論曾經也熱烈地進行過，那就是上一個世紀 80 年代中期的「走向世界」，當時，人們通過重述歌德與恩格斯關於「世界文學」時代到來的論斷，力圖將中國文學納入到「世界文學」時代的統一進程當中，因為這樣一來，我們就可以有力地走出地域空間的封閉而更多地呼應世界性的時代思潮了。

那麼，「全球化」的提出與當年的「走向世界」有什麼不同，它又可能賦予我們文學研究什麼樣的新意呢？在我看來，當年的「走向世界」思潮與其說是關於文學的理性的分析，毋寧說是一種文學呼喚的激情，一種向所有的文學工作者吹響的進軍的號角，除了面對啟蒙目標的偉大衝動外，關於文學特別是文學研究的新的理性評判系統並沒有建立起來，而啟蒙本身的意義也常常被闡述得籠統而模糊。所謂「全球化語境」，其實是為我們的文學特別是文學的研究提供了一個比較完整的新的思考的框架。例如作為人類精神發展基礎的「經濟」的框架：當前全球經濟一體化的過程對於文化與文學究竟會產生怎樣的影響？一個民族國家（諸如中國）的精神創造是如何回應或如何反抗這樣的「同一」過程的？而經濟制度本身又如何對精神生產形成制約或推動？這些思路從宏觀上看將與目前熱烈進行的「現代性」問題的討論相互聯繫，與所謂世俗現代性／審美現代性的分合問題相互聯繫，從而在文學的「內」、「外」結合部位完成細節的展開。顯然，這比過去籠統的「經濟基礎決定上層建築」或者「文學發展與經濟發展的不平衡原則」要具體而充實。從微觀上看，今天我們所討論的「民族國家文學」問題本身就聯繫著「一帶一路」這樣經濟的事實，我們似乎沒有必要將民族國家文學的發展局限在知識分子書齋活動之中，這裡所產生的可能是一個更具有深遠意義的「文化審視」問題——不僅當下中國的人們有了重新自我審視的機會，而且其他地方的人也有了深入審視中國的可能，其實文學的繁榮不就是同時貢獻了多重的視線與眼光嗎？或許正是在這個意義上，我以為，新世紀的「全球化」思維具有了比 80 年代「走向世界」思維更多的優勢。

但是，「全球化」思維又並非就可以敞開我們今天可以感知到一切問題，我甚至發現，在關於文學發展的一個基本的困惑點上，它卻與「走向世界」時代所面對的爭論大同小異了，這個困惑就是我們究竟當如何在「或世界或民族」之間作出選擇，或者說全球化時代的文學普遍意義與民族文學、地區文學之間的矛盾是否還存在，如果存在，我們又當如何解決？無論我們目前

的議論如何竭力「消解」所謂二元對立的思維，其實在學術界討論「全球化」與「民族性」的複雜關係時，我們都彷彿見到了當年世界性與民族性爭論時的熱烈，甚至，其基本的思維出發點也大約相似：全球化時代與世界化時代都代表了更廣大的普遍的時代形象，而中國則是一個局部的空間範圍。這兩個概念的連接，顯然包含著一系列的空間開放與地域融合的問題，也就是說「中國」這個有限空間的韻律應該如何更好地匯入時代性的「合奏」，我們既需要「合奏」，又還要在「合奏」中聽見不同的聲部與樂器！這裡有一個十分重要的理論假定：即最終決定文化發展的是時間，是時間的流動推動了空間內部的變化——應當說，這是我們到目前為止的社會史與文學史都十分習慣的一種思維方式，即我們都是在時代思潮的流變中來探求具體的空間（地域）範圍的變化，首先是出現了時間意義的變革，然後才貫注到了不同的空間意義上，空間似乎就是時間的承載之物，而時間才是運動變化的根本源泉，我們的歷史就是時間不斷在空間上劃出的道道痕跡。例如我們已經讀過的文學史總先得有一章「五四新文化運動的發生」，然後才是「五四在北京」、「五四在上海」或者「五四新文化運動在詩歌領域裡引發的革命」、「在小說領域裡產生的推動」、「在戲劇中的反映」等等。這固然是合理的，但從另一方面來說，它所體現的也就是牛頓式的時空觀念：將時間與空間分割開來，並將其各自絕對化。在這一問題上，愛因斯坦的「相對論」是從打破時空絕對性的立場深化了我們對於時間、空間及其相互關係的認識。在這方面，被譽為繼愛因斯坦之後最偉大的科學家的史蒂芬·霍金有過一個深刻的論述：

　　　相對論迫使我們從根本上改變了對時間和空間的觀念。我們必須接受的觀念是：時間不能完全脫離和獨立於空間，而必須和空間結合在一起形成所謂的時空的客體。〔註1〕

　　這是不是可以啟發我們，在所有「時代思潮」所推動的空間變革之中，其實都包含了空間自我變化的意義。在這個時候，時間的變革不僅不是與空間的變化相分離的，而且常常就是空間變化的某種表現。中國現當代文學決不僅僅是西方「現代性」思潮衝擊與裹挾的結果，它同時更是中國現代知識分子立足於本民族與本地域特定空間範圍的新選擇。只有充分認識到了這一事實，我們才有可能走出今天「質疑現代性」的困境，為中國現當代文學尋找到合法性的證明。

〔註1〕 史蒂芬·霍金：《時間簡史》第 21 頁，湖南科學技術出版社 2002 年版。

在時間變遷的大潮中發現空間的本源性意義，這對我們重新讀解中國當下的文學，重新展開「全球化語境中的中國文學」這一命題也很有啟發性。比如，當我們真正重視了空間生存的本源性地位，那麼我們就會發現，從表面上看，這是一個普遍性的時間和一個特殊空間的問題，但在實質上來說，其實所包含的卻是中國自身的「空間」與全球化的「時間」的問題，所謂「全球化」，與其說是一個普遍的時代思潮，還不如說西方人的生存感受。是中國的經濟方式與生活方式在某種意義上匯入了「全球性」的漩流之中，於是，他們將這一感受作為「問題」對包括中國人在內的其他人提了出來，自然，中國人對此也並非全然是被動的對於外來「時間」的反應，他們同樣也在思考，同樣也在感受，但他們感受與思考的本質是什麼呢？僅僅是在「領會」外來的思潮麼？當經濟開發的洪流滾滾而來，當國際的經濟循環四處流淌，當外來的異鄉人紛至遝來，當接受和不能接受、理解和不能理解的文化方式與宗教方式，生活方式與語言方式都前所未有地洶湧撲來，中國的精神世界是怎樣的？中國的文學又是怎樣的？很明顯，在貫通東方與西方、全球與中國的「時代共同性」的底部，還是一個人類與民族「各自生存」的問題，是一個在各自具體的空間範圍內自我感知的問題。

理解中國當下的文學，歸根結底還是要理解中國人自己的感受。這裡的「全球化」與其說更具有普遍性還不如說更具有生存的具體性，與其說可能更具有跨地域認同性還不如說可能包含了更多的地域分歧與衝突的故事，當然，也有融合。既然今天的西方人都可以在連續不斷的抗議和攻擊中走向「全球化」，那麼，我們為什麼不是？所要指出的是，在文學創造的意義上，這裡的抗議與拒絕並非簡單的守舊與停滯，它本身就是一種「有意味」的姿態，或者，它本身也構成了「全球化」的一部分。

2019 年 12 月改於成都長灘

目
次

插圖目錄

緒　　論

所謂「地方戲」，一般認為，是指流播於某一地域，且在語言、聲腔、表現內容等方面帶有一定鄉土色彩的地方戲曲劇種，是與覆蓋面較廣的京劇相對而言。如呂劇、錫劇、柳子、杭劇、姚劇、婺劇、柳琴、調腔、甌劇、四平調、丁丁腔、淮海戲、哈哈腔、曲劇、越調、滬劇、淮劇以及各類梆子戲等。

一般來說，中國的地方戲，通過其名稱，即可知該劇之性質、特點，如柳子、柳琴、四平調、曲劇、呂劇、山歌劇、秧歌劇、灘簧、黃梅、絲絃戲、二夾弦、喇叭戲、滑稽戲、高腔、採茶戲、花鼓戲、花燈戲、碗碗腔等，但以地名冠於劇前者亦不少。如秦腔，在古抄本傳奇《缽中蓮》之第十四齣《補缸》中，就有名曰「西秦腔【二犯】」曲調，用於場上演出。清初劉獻廷《廣陽雜記》、清中葉李調元《雨村劇話》、晚清姚燮《今樂考證》以及其他戲曲文獻，皆述及秦腔，或稱「西秦腔」。世代相傳，約定俗成，名之曰「秦腔」，倒在情理之中，易於為人們所接受。其他如潮調、蘇腔、徽調諸劇種，大多類此。

較小的地域名如某市、某縣，劇種本來就少，冠以地名，一般不會引起混淆，但是，若以大的行政區域來指稱某劇，就可能存在一些問題。嚴格意義上講，以行政區域單位某省冠名某劇，是不夠嚴密、科學的。一些地方戲劇種，在稱謂上既無歷史淵源，也無助於體現該劇種之特色，而將省名直接冠於劇前，就顯得有些不類。如河南梆子，明明是梆子戲，卻稱之為「豫劇」。河南是戲曲大省，在該地域曾流行的不僅是梆子，還有越調、曲劇、四平調、二夾弦、道情劇、宛梆、眷戲（亦稱「卷戲」）、楊高戲、樂腔、大絃戲、大

平調、北調等一二十個劇種，梆子僅是其中之一，用豫劇指稱河南梆子，在學理上是難以經得起推敲的，且從劇名也無法窺見該劇之性質、特色。再如，流行於山西中部等地區的中路梆子，明明與上黨（東路）、北路、蒲州（亂彈）諸梆子戲齊名，且並稱為「山西四大梆子」，卻泛稱為「晉劇」，也令人難以明其所以然。因為山西一帶，也不止梆子一個劇種，還有咳咳腔（耍孩兒）、黎城落子（上黨落子）、上黨土二黃、鑼鼓雜戲、道情劇、秧歌戲、碗碗腔、渾源羅羅等，籠統稱北路梆子為晉劇，也會讓外地人不明所以。因而，就這一層面而論，豫劇、晉劇云云，倒不如初時所稱的河南梆子、中路梆子來得親切，且劇種之性質亦顯而易見。

　　說起為地方戲正式命名，乃是新中國成立之後的事。中華人民共和國建立之初，黨和國家就注重對傳統戲曲文化保護、繼承與發展，對不同劇種、不同流派、不同表演形式和表演風格的如何自由競賽、推陳出新，都表現出極大關注。於 1950 年 11 月 27 日至 12 月 10 日，在北京舉辦了有二百多人參加的全國戲曲工作會議，以長達近半月的時間，討論如何進行戲曲改革以適應新時期要求的若干問題。1951 年 5 月 5 日，政務院又發布了關於戲曲改革工作的指示，為新時期戲曲的發展確定了目標與方向。此後不久，便在相關文化部門的指導下，開展了地方各劇種的調查工作。如 1953 年，華東文化局就曾委派徐筱汀、徐扶明、周傳滄、顧振遐、蔣星煜等人，在山東一帶，對柳子戲、五音戲、茂腔等地方戲劇種作系統調查，並提出相應意見，為地方戲的發展與扶植作出了積極的貢獻。該調查組由徐筱汀擔任組長。〔註1〕此後，由中國戲劇家協會主編、各省（直轄市、自治區）文化局（廳）分卷主編的《中國地方戲曲集成》（包括湖北卷、內蒙卷、山西卷、河北卷、北京卷、浙江卷、上海卷、江蘇卷、山東卷、廣東卷、江西卷、安徽卷、東三省卷等 13 個分卷），於 1958～1963 年由中國戲劇出版社陸續推出，收錄 121 個地方劇種的 368 個劇目，計 722 萬字，為傳統地方戲劇目的保存奠定了基礎。「地方戲」之稱謂，逐漸固定下來。

〔註 1〕參看蔣星煜：《中國戲曲史鉤沉》下冊，上海人民出版社，2010 年，第 807～808 頁。

圖 1：「全國戲曲工作會議」
　　　徽章

圖 2：《中國地方戲曲集成‧廣
　　　東省卷》書影

　　其實，地方戲在舊時往往被稱作「土戲」或「土梆戲」，是與雅部之崑曲
相對而言，含有對地方戲蔑視之意。如有人謂：

　　　　土梆戲者，汴人相沿之戲曲也。其節目大率為公子遭難、小姐
　　　招親及征戰賽寶之事，道白唱詞，悉為汴語，而略加以靡靡之尾音。
　　　其人初皆游手好閒之徒，略習其聲，即可搭班演唱，以供鄉間迎神
　　　賽會之傳演。三日之期，不過錢十餘千文，如供茶飯，且淹旬累月
　　　而不去矣。〔註2〕

所謂「道白唱詞，悉為汴語」，即是典型的地方戲之特徵。此當為河南梆子之
前身，或即指祥符調而言。其實，古時雖無地方戲之名，但地方戲濫觴於戲
曲藝術成熟之時。也就是說，當戲曲藝術經過長時期的艱苦淬煉而形成一種
獨立的藝術表演形式之時，不同的戲曲聲腔差不多就呼之欲出了，尤其是產
生於北、南宋之交的南曲戲文。南戲是一個較寬泛的概念，而場上搬演所用

〔註2〕徐珂編撰：《清稗類鈔》第十一冊，中華書局，1986年，第5022頁。

聲腔則不一，有海鹽、餘姚、弋陽諸腔，放在當今的研究視域中，則與河南梆子的豫東調、豫西調、祥符調以及山西梆子的北路、東路、中路、蒲州之區分有些近似。在一定意義上說，這也是一種地方戲。如「弋陽則錯用鄉語」、「海鹽多官語」〔註3〕，後又有由弋陽腔演化而來的四平腔，非地方戲而何？

　　至明末清初，除四平腔之外，又衍生出京腔、衛腔、梆子腔、亂彈腔、巫娘腔、瑣哪腔、囉囉腔、青陽腔、義烏腔、徽州腔、樂平腔、石臺腔、太平腔等產生自不同地域、以不同聲調、不同演唱形式演之於場上的各種戲曲聲腔。其中，有的是就伴奏樂器而稱之，有的就是帶有濃重地方色彩的劇種。至清代乾隆之時，作為雅部的崑山腔漸趨衰落，地方戲卻應運而生。人稱：「自亂彈興而崑劇漸廢。亂彈者，乾隆時始盛行之，聚八人或十人，鳴金伐鼓，演唱亂彈戲文，其調則合崑腔、京腔、弋陽腔、皮黃腔、秦腔、羅羅腔而兼有之。崑腔為其時梨園所稱之雅部，京腔、弋陽腔、皮黃腔、秦腔、羅羅腔為其時梨園所稱之花部也。」〔註4〕於是，以世間之正聲獨霸天下的崑曲，受到了前所未有的挑戰。從事崑曲演唱伎藝者，往往屈尊俯就，與地方戲演員混搭演出。即使京師也是如此，「京都劇場猶以崑劇、亂彈相互奏演，然唱崑曲時，觀者輒出外小遺」〔註5〕。地方戲之發展，卻遇到了前所未有的機遇，二簧調、京腔、高腔、秧腔、梆子腔、樅陽腔、襄陽腔等紛紛出現，尤其是由弋陽腔發展而來的梆子系統的地方戲（特別是秦腔一脈），漸成氣候，以致有「山陝調、直隸調、山東調、河南調之分，以山陝為最純正，故京師重山西班」〔註6〕，以致在乾隆之時，「大昌於京師」〔註7〕，並為一些文人所關注。就連生長於江南的孫星衍、洪亮吉等人，也酷嗜該戲曲聲腔。於是，秦腔風起雲湧，逐漸擴大了影響，以致有京梆子、天津梆子、汴梁腔、土梆戲、大荔腔（同州腔）、渭南腔（又分渭南、鰲屋、醴泉三脈）之分，大有風靡天下之勢。

　　據有關部門統計，在新中國成立之初，全國共有三百六十餘個地方戲劇種，活躍於四面八方。然而，經過了十年動亂，至今尚存者不過三百四十餘種。個別劇種有的瀕臨滅絕，成了名副其實的「光棍」劇團，還自嘲曰「天

〔註3〕顧起元：《客座贅語》卷九《戲劇》，中華書局，1987年，第303頁。
〔註4〕徐珂編撰：《清稗類鈔》第十一冊，中華書局，1986年，第5015頁。
〔註5〕徐珂編撰：《清稗類鈔》第十一冊，中華書局，1986年，第5014頁。
〔註6〕徐珂編撰：《清稗類鈔》第十一冊，中華書局，1986年，第5020頁。
〔註7〕徐珂編撰：《清稗類鈔》第十一冊，中華書局，1986年，第5020頁。

下第一團」。戲曲發展尤其是地方戲曲的保護與發展，成了擺在我們面前的一
道嚴峻課題。

圖 3：佟晶心《新舊戲曲之研究》書影

　　地方戲的發展遇到了瓶頸，而地方戲的研究，相較本不算熱門的古代戲
曲研究和京劇研究，則更加薄弱。由學有專攻的學者編纂的地方戲曲史，則
更少之又少。早期的中國古代戲曲史，涉及地方戲曲不多。學人佟晶心，曾
撰著《新舊戲曲之研究》一書，「1926 年 9 月由商務印書館推出，1927 年 3
月上海戲曲研究會即行再版」〔註 8〕。全書凡十四萬字，於第一章第三節述及
秦腔、高腔、大鼓、蕩調、半班戲、蓮花落、花鼓戲、灘簧、道情等戲曲、

〔註 8〕趙興勤、趙韡：《佟晶心戲曲研究的學術取徑與創新意義》，《中國礦業大學學
　　　報》2014 年第 2 期，第 50 頁。

曲藝名目，還在第七章迻錄有高腔、二簧、秦腔、灘簧、彩唱、花鼓戲、蕩調等曲本。為篇幅所限，論述不過是蜻蜓點水，不可能充分展開。由徐州走出去的戲曲史家徐慕雲，1938 年世界書局出版了他所著的《中國戲劇史》。該書以八章差不多三萬字的篇幅敘及秦腔、高弋、漢劇、粵劇、川劇、越劇、山西梆子、河南梆子等地方戲，在內容上較佟著深入不少。當然，論述遜於敘述，且有關信息的含量也很有限。

在戲曲研究上，為地方戲作史者，徐嘉瑞的《雲南農村戲曲史》殆為第一部。此書 1943 年 7 月由國立雲南大學西南文化研究室發行，1958 年雲南人民出版社重印，是一部專門研究雲南昆明花燈劇源流和發展的重要著作，開地方戲專史撰寫之先河。「該書對雲南花燈劇的歷史沿革、體制特徵進行了較為深入的探究，並整理、輯錄了 15 個劇目，其中舊燈劇 10 部，包括：《打魚》、《補缸》、《小放羊》、《打霸王鞭》、《包二接姐姐》、《瞎子觀燈》、《勸賭》、《鄉城親家》、《朱買臣休妻》、《賈老休妻》；新燈劇 5 部，包括：《割肝救母》、《繡荷包》、《出門走廠》、《大放羊》、《雙接妹》」〔註9〕，為花燈劇的進一步研究提供了方便。時隔

圖 4：徐嘉瑞照片

半個多世紀，才有了浙江、山東、福建、杭州、北京等地方戲曲史的推出。

在現代傳播手段尚未出現的傳統社會裏，戲曲是涉及面最廣的一種普遍性的群眾娛樂活動。「句則採街談巷議」、「事不取幽深」，「做與讀書人與不讀書人同看」，「又與不讀書之婦人小兒同看」〔註10〕，雅俗共賞，少長咸宜，場上歌舞，生氣勃勃，涵人生之智慧，蘊生活之哲理。傳統美德，藉此得以

〔註9〕趙興勤、趙韡：《徐嘉瑞戲曲研究的方法構建與內在理路》，《社會科學論壇》2014 年第 10 期，第 164～165 頁。

〔註10〕李漁：《閒情偶寄》卷一，中國戲曲研究院編：《中國古典戲曲論著集成》第七冊，中國戲劇出版社，1959 年，第 28 頁。

演繹；道德評判，由此而生感悟。而且，古代社會，普通老百姓接受教育的權利被剝奪，他們所獲取的歷史知識，多半是由看戲得來。許多古戲臺的聯語，就充分說明了這一問題。如清江縣戲臺楹聯：「觀古證今，善惡忠奸，哪個不水落石出；上行下效，生旦淨丑，亦足以化俗成風」〔註11〕；黃田縣東占塱黃氏宗族戲臺楹聯：「南腔北調，崑曲蘇簧，不外民情政績；周禮秦章，唐冠宋服，無非鑒古知今」〔註12〕；太原晉祠水鏡臺楹聯：「笙歌韻管絃，皆是寫炎涼世態；豔質回風雪，罔非傳冷暖人情」〔註13〕，皆道出戲曲在移風易俗、人格培養方面獨特的社會功用。所以，戲曲作為取悅觀眾、涵育良好世風的一個重要載體，其價值越來越得到重視。

新時代，我們自然更不能忽略文化的傳承。這是因為，「文化是一個國家、一個民族的靈魂」〔註14〕。而優秀的傳統戲曲也是文化的重要組成部分，綿綿之文脈正蘊含其間。況且，我國至今尚擁有三百四十餘個地方戲劇種，其聲腔的豐富多彩、表演技藝的精妙絕倫、場上安排的巧奪天工、故事演繹的出神入化，放在世界劇壇亦毫不遜色。若就劇種的豐富性而言，世界上任何國家都難以企及。

2015年10月，中共中央出臺《關於繁榮發展社會主義文藝的意見》（中發〔2015〕27號），進一步強調，對傳統文化要「棄其糟粕、取其精華，從傳統文化中提煉符合當今時代需要的思想理念、道德規範、價值追求，賦予新意、創新形式，進行藝術轉化和提升」。所以，我們必須堅定文化自信，從戲曲文化寶庫中「萃取精華、汲取能量，保持對自身文化理想、文化價值的高度信心，保持對自身文化生命力、創造力的高度信心」〔註15〕。讓戲曲這一古老的文化藝術，為新時代發力，為社會和諧、精神文明建設歌與呼。

〔註11〕解維漢編選：《中國戲臺樂樓楹聯精選》，陝西人民出版社，2008年，第127頁。
〔註12〕解維漢編選：《中國戲臺樂樓楹聯精選》，陝西人民出版社，2008年，第48頁。
〔註13〕解維漢編選：《中國戲臺樂樓楹聯精選》，陝西人民出版社，2008年，第17頁。
〔註14〕習近平：《在中國文聯十大、中國作協九大開幕式上的講話》，《人民日報》2016年12月1日第2版。
〔註15〕習近平：《在中國文聯十大、中國作協九大開幕式上的講話》，《人民日報》2016年12月1日第2版。

　　近年來，黨和國家在戲曲文化的保護與傳承方面給予了很多政策上的支持。中共中央辦公廳、國務院辦公廳聯合印發的《國家「十三五」時期文化發展改革規劃綱要》，對傳統戲曲振興作出專門部署。2015 年 7 月，國務院辦公廳印發《關於支持戲曲傳承發展若干政策的通知》（國辦發〔2015〕52 號）；2017 年，先後出臺了由中共中央辦公廳、國務院辦公廳聯合印發的《關於實施中華優秀傳統文化傳承發展工程的意見》（中辦發〔2017〕5 號），由中宣部、文化部、財政部聯合印發的《關於戲曲進鄉村的實施方案》（文公共發〔2017〕11 號），由中宣部、文化部、教育部、財政部聯合印發的《關於新形勢下加強戲曲教育工作的意見》（文科技發〔2017〕13 號），由中宣部、教育部、財政部、文化部聯合印發的《關於戲曲進校園的實施意見》（中宣發〔2017〕26 號）等一系列重要文件，為地方戲曲的發展，提出了操作性很強的指導意見。

　　面對戲曲發展的大好機遇，我們在做好場上表演伎藝保護、傳承與發展的同時，還應該關注地方戲曲劇種發展史的研究，彌補戲曲傳承中的這一短板。回顧過往，是為了更好地開創未來。習近平同志在中國社會科學院歷史研究院成立時的賀信中強調：「歷史是一面鏡子，鑒古知今，學史明智。」〔註 16〕社會科學工作者應「重視歷史、研究歷史、借鑒歷史」，「總結歷史經驗，揭示歷史規律，把握歷史趨勢」，「堅持歷史唯物主義立場、觀點、方法，立足中國、放眼世界，立時代之潮頭，通古今之變化，發思想之先聲，推出一批有思想穿透力的精品力作」〔註 17〕。

　　地方戲曲，是帶有特殊印記的符號，是地方文化集中反映的一個標識，承載著太多的鄉風民情、理想願望以及道德希冀。它的產生，與特定地域的豐富文化密切相關；對它的研究，應納入地方文脈的整體視野中，從宏觀文化的視角，回顧地方戲曲由萌芽到發展再到成熟的完整過程，摸清其中的發展規律。知來處，始知去處，惟其如此，始能更好地為當今的戲曲文化發展提供助益。

〔註 16〕習近平：《賀信》，《光明日報》2019 年 1 月 4 日第 1 版。
〔註 17〕習近平：《賀信》，《光明日報》2019 年 1 月 4 日第 1 版。

第一章　江蘇梆子的孕育沃土

第一節　獨特的地理區位

　　作為國家級非物質文化遺產的江蘇梆子，雖說也曾跨過長江，到上海、南京等地演出，又北出長城，上演於東北的大慶油田，北京、西安等地區，也曾留下江蘇梆子藝人演出的身影。然而，它的主要活動地域，則在舊時徐州所轄的豐、沛、蕭、碭、銅、邳、睢、宿以及與徐州接壤的商丘、濟寧、菏澤、棗莊、蚌埠、淮北、宿州、亳州這一地區。江蘇梆子格局的形成，與這一帶的地域文化、地理區位，有一定的內在聯繫。

　　古代的徐州，是一個很大的地理區域。據說，古時將天下分作九州。《周公職錄》謂：「黃帝受命風后，受圖割地布九州。」〔註1〕亦有稱九州創設始於顓頊者。但人們最常引用的，乃是產生年代最早的歷史文獻《尚書‧禹貢》，中謂：「禹別九州，隨山濬川，任土作貢。……海、岱及淮惟徐州。」〔註2〕是說大禹分天下為九州，依隨山脈走向疏濬水道，再根據各地所產物資之不同，定其貢賦。並特別指出，徐州乃九州之一，故有「彭城自古列九州」之說。《爾雅》亦稱：「濟東曰徐州。」或稱，徐州的地域，「東至海，北至岱，南及淮」〔註3〕，大致在今山東泰山以南，東至黃海，西至濟水，南至淮水這一地區。

〔註1〕《尚書正義》卷六，《十三經注疏》上冊，中華書局，1980年，第146頁。

〔註2〕《尚書正義》卷六，《十三經注疏》上冊，中華書局，1980年，第146～148頁。

〔註3〕《尚書正義》卷六，《十三經注疏》上冊，中華書局，1980年，第148頁。

《尚書·禹貢》還說，這裡物產豐富，「羽畎夏翟，嶧陽孤桐；泗濱浮磬，淮夷蠙珠暨魚。」[註4]謂轄區內的羽山（今江蘇東海縣西北，與贛榆及山東郯城相鄰）之谷，生長一種野雉，其羽毛特別美麗，可作為旌旄之裝飾。嶧山（今山東鄒縣境內）之陽，出產一種梧桐，是製造琴、瑟之類樂器的最好木材。而泗水之濱的石頭，又可製作磬類的樂器。淮、沂二水，則盛產珍珠與魚。說來也巧，這裡所述，大都與戲曲藝術有些關聯。如梆子戲舞臺上的翎子生和刀馬旦，盔頭上的左右兩側往往分別插有一支雉翎。當其情緒突然發生變化時，常常扭動身軀，抖動雉翎，作出種種動作，以體現內在心理的變化。所謂翎子，即野雉的羽毛。磬，雖說梆子戲的舞臺伴奏不常用，但它畢竟也是一種樂器。而珍珠，又是戲曲舞臺王帽與鳳冠上不可缺少的裝飾物。這些是因緣輻輳，偶然巧合，還是前輩藝人受自然風物之啟示而將其移用於戲曲舞臺，其間的關係，很值得玩味。而且，羽山還有一段令人難以忘懷的傳說。據載，上古之時，洪水肆虐，治水的鯀竟然未經批准，就擅自動用神奇的息壤以堵塞洪水。結果，被舜帝殺死於羽山。傳說的真實程度如何，難以考證，但古老徐州的神奇，在這裡又得到凸顯，給人們提供了廣闊的想像空間，也進而激發了後人潛在的創造力。

唐代杜佑在《通典》中曾這樣描述徐州的地理沿革：「今之徐州，古大彭之國。春秋戰國為宋地，後屬楚，謂之西楚，項羽建都於此。秦屬泗水郡，漢為楚國沛郡地，後漢及晉並為彭城國。晉立徐州，以為重鎮。」[註5]就漢武帝之時所設徐州刺史而論，其轄境就相當於今江蘇境內的長江以北和山東的東南部一帶。後漢徐州刺史治郯（今山東郯城西南）。後漢末，又徙至下邳（今江蘇睢寧古邳）。至三國曹魏之時，始遷治所於彭城。徐州與彭城的疊合自此始。然而到了後來，由於戰亂等原因，徐州亦曾僑治廣陵（今江蘇揚州）、京口（今江蘇鎮江）、山陽（今江蘇淮安）、鍾離（今安徽鳳陽東北）等地。唐以後才漸趨穩定，以彭城為治所。由此可知，古時的徐州，其治所雖未必皆是今之徐州，但是，正因為地理區位沿革的屢次調整，才加大了各地域之間人們的溝通與交往，有助於文化的整合與風俗習慣的互為滲透。

徐州以其獨特的地理位置，凸顯出很強的交通優勢。以其東臨大海，北倚齊魯，西達豫皖，南通吳越，故素有「五省通衢」之稱。清光緒年間，建

[註4]《尚書正義》卷六，《十三經注疏》上冊，中華書局，1980年，第148頁。
[註5]杜佑：《通典》卷一八〇「州郡十」，浙江古籍出版社，2000年，第959頁。

於黃河之濱的牌樓頂部，北面書「大河前橫」，南面則書「五省通衢」，真切地反映出徐州地理形勢之特徵。劉宋之時，擔任徐州刺史的王玄謨（山西祁人），在《論彭城表》中曾這樣形容徐州：「彭城南屆大淮，左右清汴，城隍峻整，襟衛周固。又自淮以西，襄陽以北，經途三千，達於濟、岱，六州之民，三十萬戶，實由此境。」〔註6〕特地點出徐州水陸交通的四通八達，出行稱便。至於古時之徐州人，更每引此而自豪。清康熙朝狀元李蟠，曾不止一次地在文章中誇耀故鄉，說：「彭城，一大都會也，地居九州之一，星占房心之野。籛鏗肇封，遂以名國，歷代因之，未或遷徙。蓋徐為東南要害，而城據上游形勝，不易之論也」〔註7〕，「地當南北之衝，舟車輻輳，東南財賦出入往來以徐淮為咽喉。」〔註8〕又曾引用前輩黃家瑞語曰：「宇宙扶輿磅礴之氣，雄深浩蕩之奇，至彭城為極盛，而群峰峙於西，大河折而東，水瀠風聚」〔註9〕，表露出對家鄉的由衷熱愛。

圖 5：徐州故黃河畔「大河前橫」牌坊

〔註6〕李昉等：《太平御覽》卷一六〇「州郡部六」，中華書局，1960年，第779頁。

〔註7〕李蟠：《修城引》，《徐州明清十人文萃·李蟠集》，中國文史出版社，2017年，第107頁。

〔註8〕李蟠：《壽淮徐觀察使劉公序》，《徐州明清十人文萃·李蟠集》，中國文史出版社，2017年，第92頁。

〔註9〕李蟠：《吳玉修壽序》，《徐州明清十人文萃·李蟠集》，中國文史出版社，2017年，第117頁。

徐州一帶，交通優勢首先體現在水路上。自西北而來的黃河水，流入河南界後，經新安、濟源、孟津、孟縣、鞏縣，與濟水會合後，又經溫縣南、鞏縣北，至汜水縣，與洛水相會，又有豬龍河、沁水的注入，再經滎陽、原武、鄭州、武陽、中牟，經延津、祥符、封丘、陳留，東南流經蘭陽、考城，東入山東界，經曹縣、單縣，東南流經安徽碭山，入豐縣、蕭縣、沛縣，又東南流經徐州城北，經邳州、睢寧，東入宿遷、桃源，東南流入清河縣（即清口），與淮水、洪澤湖相會，東北流經山陽縣之清江浦，北經阜寧、漣水，東北過雲梯關，注入海。〔註10〕一條黃河，成了連結徐州與山西、河南以及蘇北淮安一帶的紐帶。至於運河，則縱貫北京、天津、河北、山東、江蘇、浙江數省市。正是靠水上通道，將徐州與南、北諸地連為一體。而與運河交匯者，又有泗水、昭陽湖、荊溝河、潮河、玉花河、盤龍河、微山湖、巨龍河、洳河、沂河、駱馬湖、鹽河、碩項湖、淮河等河流〔註11〕，流經徐州沛縣的，就有泗水、菏水、泡水、潮水、新渠、薛河、南沙河、北沙河等河流。

當然，黃河每每決口，時而南移，河道淤塞常見，而運河則是水上最為重要的通道。京師王公貴族的生活所需，主要靠水上轉輸。明初，江南糧食的轉輸，僅海運就「歲運糧七十萬石」〔註12〕，漕運則為 250 萬石，尚「不足給國用」〔註13〕，後又增加至三百餘萬石。然而，漕運在很大程度上取決於河之水勢，「河流深淺，舟楫通塞，繫乎泊水之消長。泊水夏秋有餘，冬春不足」〔註14〕。所以，為滿足京師需求，當然要廣建糧倉，以備不時之需，僅徐州就設有廣運倉、水次倉、總軍倉、濟留倉。水次倉，豐、沛、睢、宿皆有。徐州的廣運倉，據 1983 年 3 月出土的《徐州廣運倉記》碑文記載，倉建在州治南，左邊有百步洪環繞，右邊是雲龍山護持，前邊有軍隊駐紮，後邊則是貨物貿遷之市場，足見政府對倉儲的關注。

〔註10〕 參看乾隆官修：《清朝通志》卷二五「地理略」，浙江古籍出版社，2000 年，第 6884 頁。

〔註11〕 參看乾隆官修：《清朝通志》卷二五「地理略」，浙江古籍出版社，2000 年，第 6887 頁。

〔註12〕 谷應泰：《明史紀事本末》卷二四「河漕轉運」，《歷代紀事本末》第二冊，中華書局，1997 年，第 2218 頁。

〔註13〕 谷應泰：《明史紀事本末》卷二四「河漕轉運」，《歷代紀事本末》第二冊，中華書局，1997 年，第 2218 頁。

〔註14〕 谷應泰：《明史紀事本末》卷二四「河漕轉運」，《歷代紀事本末》第二冊，中華書局，1997 年，第 2218 頁。

　　據《明史・食貨三》記載，當時，「淮、徐、臨清、德州各有倉。江西、湖廣、浙江民運糧至淮安倉，分遣官軍就近挽運。自淮至徐以浙、直軍，自徐至德以京衛軍，自德至通以山東、河南軍。以次遞運，歲凡四次，可三百萬餘石，名曰支運。」〔註15〕起初，因運量、船數不固定，不便於統籌。至明英宗天順之後，遂規定由11770隻船負責輸運，官軍12萬人負責保護。〔註16〕沿河負責疏濬修築的夫役則更多。據相關史料記載，明正德間，曾「罷河夫十之七」，但「嘉靖初歲役尚數十萬人，皆近河貧民」，僅「徐州、呂梁二洪，先因水涸陵險，設夫二千四百餘」〔註17〕，後又增設「臨河墩堡鋪夫，以護漕運」〔註18〕。一旦河道遇險，常常「日需人夫十餘萬」〔註19〕。所以，沿河墩堡或水閘、碼頭所在，儼然是一小社會。這部分人，除了按照長官的吩咐，完成自身所應承擔的工作外，當然也需要消費，尤其是文化消費。

　　再說，運河上有那麼多船隻，又大都須從徐州境內通過。正如《（正統）彭城志》所述：「徐居南北水陸之要，三洪之險聞於天下。及太宗文皇帝建行在於北京，凡江淮以來之貢賦及四夷之物上於京者，悉由於此，千艘萬舸，晝夜罔息。」而至清，僅順治初年，每年所徵漕糧就達四百萬石。「其中運往京師者達三百三十萬石。十斗為一石，十升為一斗，十合為一升，足見數量之多。徵收數額分配上，江南一百五十萬石，浙江六十萬石，江西四十萬石，湖廣二十五萬石。漕糧之外，江蘇蘇、松、常三府，太倉一州，浙江嘉、湖兩府，每年還要供奉內務府糯米，供皇宮及百官所需，數量竟達217472石之多。如此之多的米糧，大都靠運河轉輸，人來船往之密集可以想見。而鹽，又是人們生活所必需。兩淮舊有三十個鹽場，後裁為二十三個，行銷江蘇、安徽、江西、湖北、湖南、河南六省。而浙江所產鹽，也銷往浙江、安徽、江西、江蘇四省。至於山東所產鹽，則在河南、江蘇、安徽以及本地銷售。鹽之經銷，又要依靠運河過往官運、民運之船隻，運河水面之緊張狀況

〔註15〕張廷玉等撰：《明史》第七冊，中華書局，1974年，第1916頁。
〔註16〕參看張廷玉等撰：《明史》第七冊，中華書局，1974年，第1921頁。
〔註17〕王慶雲：《石渠餘記》卷一「紀河夫河兵」，北京古籍出版社，1985年，第26頁。
〔註18〕王慶雲：《石渠餘記》卷一「紀河夫河兵」，北京古籍出版社，1985年，第27頁。
〔註19〕王慶雲：《石渠餘記》卷一「紀河夫河兵」，北京古籍出版社，1985年，第27頁。

可以想見。其他商船或搭乘旅客的船隻且不論，僅糧、鹽轉輸就需大量人力共同完成。船隻聚集的碼頭、客棧，自然成了文化交流的最佳場所」〔註20〕。所以，戲曲藝術在徐州的勃興，與這裡便利的交通有很大關係。

在這條貫穿南北的運河之上，南來北往者中，僅護送糧食轉輸的就達十餘萬人，另外還有船工、腳夫、商賈以及過往官吏，以致形成擁擠不堪的局面。有時候為了等候開閘放行，船隻要停泊好幾天。河上建閘甚多，「一兩日一閘，一閘四五里。可憐坐船客，株守愁欲死」〔註21〕。一旦開閘放行，那情景不亞於戲場，本來循序而行，可以順利通過，而船隻偏偏互不相讓，爭先恐後，「誰何稱健者，挐舟氣跳蕩。伺隙凌前舟，前舟那肯讓。相持不相下，轉自生阻障。斯須漕艘來，孰敢與之抗？退避仍艤棹，袖手坐相向」〔註22〕。那些閘官，原不過是不入流的小官，但此時卻耍起了威風，「一朝權在手，啟閉得自專。偶逢相識人，賣情示周旋。先放一兩版，特送此一船。鄰船不解事，意欲隨之前。稍稍移楫上，早被健卒鞭」〔註23〕。有那麼多人過往水上，碼頭與閘口自然成了各色人等叢聚的處所，也是當地商販趁機撈金的好去處。水上交通的發達，「為經濟上的互通有無、信息的快速傳遞，提供了堅實有力的支撐。如此一來，那些過往船隻頻頻停泊之處，既成了商貿活動聚散地，又是來自四面八方各種信息的密集點及流播處。在這裡，人們於生活消費、貨物交易的同時，也在傳遞著與人生遭際相關的感興趣話題，或借助各種方式，排遣歷經風波之險後的驚悸、焦灼與不安」〔註24〕。當然，商品的轉輸與貿易、船客的過往與休憩，也刺激了沿途各市、鎮的經濟發展，「人口集中，商業繁榮，便促成了音樂歌舞以及一般伎藝的進步」〔註25〕。

各類人物的出行，走水路者居多，即使皇帝也是如此。據《沛縣志》卷二「沿革紀事表」載，明正德十一年（1516），「織造中官史宣過沛縣，索輓

〔註20〕趙興勤：《清代散見戲曲史料研究》，復旦大學出版社，2018年，第284頁。
〔註21〕趙翼：《守閘》之三，《甌北集》卷二，《趙翼全集》第五冊，鳳凰出版社，2009年，第27頁。
〔註22〕趙翼：《守閘》之五，《甌北集》卷二，《趙翼全集》第五冊，鳳凰出版社，2009年，第28頁。
〔註23〕趙翼：《守閘》之二，《甌北集》卷二，《趙翼全集》第五冊，鳳凰出版社，2009年，第27頁。
〔註24〕趙興勤：《中國早期戲曲生成史論》，北京大學出版社，2015年，第391頁。
〔註25〕董每戡：《董每戡文集》上卷，廣東高等教育出版社，1999年，第217頁。

夫，知縣胡守約不遂所欲，宣誣奏於朝，逮捕守約入錦衣衛監獄」〔註26〕；正德十四年（1519）冬十月，明武宗朱厚照到南方視察，「過沛，住太學生趙達家。過廟道口，住宋氏樓」〔註27〕。又據同書卷一五「志餘」引乾隆舊《志》：明武宗去金陵（今江蘇南京），「船經沛縣，沛人湯歌兒因善唱歌受到武宗召見，賜田若干頃，後沒入官」〔註28〕。這裡所述及的廟道口，在今沛縣城西北三十餘里處，乃泗水、菏水交匯之渡口。據《沛縣志》卷四「古水道」載述，泗水由山東魚臺流至沙河入沛縣境，經湖陵城，再至廟道口，南流三十里至沛城北為北門渡，有飛雲橋。至於菏水，乃濟水之分支，其流經山東的定陶、巨野二縣界，下流則金鄉、方與（今山東魚臺北），至湖陸縣（即湖陵，在山東魚臺東南六十里，今沛縣龍固鎮境內），南入於泗水，達廟道口。後黃河淤塞，水北遷入昭陽湖。既然記載明正德皇帝曾由水路至廟道口，而據廟道口不遠，有一村落就叫劉碼頭，乃古泗水沛縣北部一段之大碼頭，而今雖物去人非，但名仍其舊。而廟道口，在明代早期即建有水閘，以節制水流，便於船隻通行，亦是熱鬧去處。恰說明泗水至明代中葉，仍從沛北廟道口經過。而且，這裡曾是船隻停泊、商賈雲集之所在。此村經歷五六百年，至今尚存，且仍沿用舊名。不過，由於黃河決口，河道淤塞，北段沒於湖，這裡雖然仍有河流存在，但早已不是雲帆高掛、商賈雲集的渡口，而成為沛縣北部一個普通的村落。

上述明武宗南巡，途中宿於廟道口之事，是引自乾隆舊《志》，當可信。翻檢清初毛奇齡《明武宗外紀》可知，明正德十四年（1519），朱厚照不顧眾大臣勸諫，執意南巡，經通州、保定、德州、臨清，然後「御龍舟自濟寧順流而下，至淮安清江浦，幸監倉太監張楊第，時巡遊所至，捕得魚鳥，悉分賜左右，凡受一鱗一毛者，各獻金帛為謝，至是漁清江浦累日」〔註29〕。隨行佞臣江彬，「遣官校四出至民家，矯旨索鷹犬珍寶古器，民惴惴不敢致詰，或稍拂之，輒捽以去，近淮三四百里間，無得免者」〔註30〕。太監亦矯旨「刷

〔註26〕沛縣檔案局譯編：《沛縣志（譯本）》第二冊，江蘇廣陵古籍刻印社，1983年，第16頁。
〔註27〕沛縣檔案局譯編：《沛縣志（譯本）》第二冊，江蘇廣陵古籍刻印社，1983年，第16頁。
〔註28〕沛縣檔案局譯編：《沛縣志（譯本）》第六冊，江蘇廣陵古籍刻印社，1983年，第2頁。
〔註29〕毛奇齡：《明武宗外紀》，上海書店，1982年，第25頁。
〔註30〕毛奇齡：《明武宗外紀》，上海書店，1982年，第26頁。

處女寡婦，民間洶洶，有女家掠寡男配偶，一夕殆盡。乘夜奪門出逃匿，門
者不能止」〔註31〕。在儀真新聞捕魚時，借宿居民黃昌本家。在清江自駕小
舟捕魚，舟傾覆，帝墜於水，幸為左右及時援之以手，「掖之而出」〔註32〕，
始得救。由此看來，明武宗途經廟道口，住宋氏樓，召見善歌的湯歌兒，乃
是事實。不過，湯歌兒所唱是歌曲還是戲文，因文獻缺載，則不得而知。然
而，此事卻足以證明，一鄉野少年，若非歌喉特別動聽，又豈能得到大明天
子的青睞，且賞賜頗豐？

圖 6：明武宗真像

〔註31〕毛奇齡：《明武宗外紀》，上海書店，1982 年，第 26 頁。
〔註32〕毛奇齡：《明武宗外紀》，上海書店，1982 年，第 29 頁。

　　徐州，是水旱大碼頭，又處於魯、豫、皖交界的特殊地理位置，道路縱橫，四通八達，乃八方貨物的重要集散地，由南方入京的必經之路。官宦的入京覲見，士子的進取功名，大都由此而經過。旱路出行，由於不要借助船隻這一運輸工具，挑擔、騎馬、推車、步行皆可，或走或停隨意，自然比坐船方便許多，且沿途各城、鎮文物古蹟盡可瀏覽。清代著名史學家趙翼，於乾隆三十一年（1766）冬杪，奉命出守鎮安，離京南返，就是先水路後陸路又水路而返回家鄉武進的。中途遇大風雪，他緊閉車簾，塊然獨處，有些淒冷。至邳州，當地人在河邊築一草壩，車輛通過，因道路難行，必須雇人牽挽，趙翼曾賦詩記其事。〔註33〕

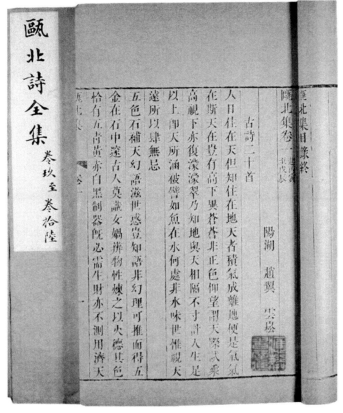

圖7：《甌北詩全集》書影

〔註33〕趙翼：《邳州道中土人築草壩於水次車過必資挽輅索錢無藝為賦此詩》，《甌北集》卷一三，《趙翼全集》第五冊，鳳凰出版社，2009年，第205頁。

圖 8：國家博物館藏《乾隆南巡圖》（局部）

　　乾隆帝六次南巡，大都是水路、陸路並用。如第二次南巡，是「車駕進入山東後，經長清縣崮山靈巖寺、泗水龍泉寺一路，至江南宿遷順河集，改水路」〔註34〕。至於南巡之理由，弘曆自稱「莫大於河工」。其實，「乾隆時，黃河漫口於豫、蘇凡二十次，未聞弘曆曾親至其地，相度形勢」〔註35〕。徐州為黃泛區，他六次南下，僅兩次至徐閱視河工。第一次是乾隆二十二年（1757）四月初五（公曆 5 月 22 日），弘曆至孫家集閱堤工，「翌日渡黃河至荊山橋、韓家閘閱河工」〔註36〕；第二次是乾隆二十七年（1762）第三次南巡，在本年的四月初十（公曆 5 月 3 日），弘曆「自順河集登陸，取道徐州閱河」〔註37〕。他更多地是將眼睛盯住素有「人間天堂」之稱的蘇、杭一帶，「清蹕所至，戲臺，彩棚，龍舟，鑲舫等物，沿途點綴。水行巨舟千百

〔註34〕戴逸、李文海主編：《清通鑒》第九冊，山西人民出版社，1999 年，第 3780頁。

〔註35〕蕭一山：《清代通史》第二冊，華東師範大學出版社，2006 年，第 56 頁。

〔註36〕中國人民大學清史研究所編：《清史編年》第五卷，中國人民大學出版社，2000年，第 583 頁。

〔註37〕中國人民大學清史研究所編：《清史編年》第五卷，中國人民大學出版社，2000年，第 707 頁。

艘，四圍皆侍衛武職」〔註38〕，「街道盡鋪錦氈，周圍百十里，所值甚巨。而露天蒙以綢帳，所費又幾十萬」〔註39〕。故史家稱，乾隆帝的南巡，意在蘇、杭，「觀海潮，鋪陳輝張，循舊踵新，是知其意不在此而在彼也」〔註40〕。至於黃河經常決口的地區，似很少前往。當時的徐州，地瘠人貧，雖說不可能像南方那樣，隨處「皆搭設高臺演出歌舞」、「數百里內迎駕之時，舞臺數千座，無一相同者」〔註41〕。但是，地方官投其所好，奉上戲曲歌舞以討其歡心，倒是很可能的。

　　其他如明代那位「粉骨碎身渾不怕，要留清白在人間」的英雄于謙，當年路經徐州，在夕陽西下之時，曾登臨戲馬臺，感慨霸業盡銷，山形依舊，禁不住抒發「關河千里腸應斷，風雨一天愁不開」〔註42〕之悵然之情。他還去沛縣，尋訪漢高故里，對劉邦「逐鹿未傾秦社稷，斬蛇先定漢山河」〔註43〕之彪炳千古的功業追慕不已。未久，他再過歌風臺，目睹落日荒臺，思緒萬千，不禁感歎「當年父老今誰在，後世英雄難與同」〔註44〕。

　　至清，著名劇作家、《長生殿》作者洪昇，曾夜走徐州新沂境內的馬陵古道，並在《夜過馬陵》詩中寫道：「月沒沙飛高岸崩，馬蹄夜半踏層冰。白楊樹裏青磷火，直照行人過馬陵。」〔註45〕又雪夜過徐州九里山。在《九里山》一詩中曾這樣抒發感慨：「瘦馬嘶風白草長，劍花濺淚落寒光。一天積雪三更月，獨立重瞳古戰場。」〔註46〕由於交通便利，另一著名戲曲家李漁，至少曾於清康熙六年（1667）、十三年（1674）兩次到訪徐州。康熙六、七年之交，李笠翁遊秦返金陵，路經徐州，為冰雪所阻，為好友挽留，遂在徐過年。元旦恰逢徐州教官李申玉妻子生日，李漁稱觴祝壽，並令家樂演劇以賀，且

〔註38〕蕭一山：《清代通史》第二冊，華東師範大學出版社，2006年，第58頁。
〔註39〕蕭一山：《清代通史》第二冊，華東師範大學出版社，2006年，第58頁。
〔註40〕蕭一山：《清代通史》第二冊，華東師範大學出版社，2006年，第56～57頁。
〔註41〕戴逸、李文海主編：《清通鑒》第九冊，山西人民出版社，1999年，第3911頁。
〔註42〕于謙：《徐州戲馬臺》，《于謙集》下冊，浙江古籍出版社，2016年，第546頁。
〔註43〕于謙：《沛縣歌風臺》，《于謙集》下冊，浙江古籍出版社，2016年，第547頁。
〔註44〕于謙：《過歌風臺懷古二首》之二，《于謙集》下冊，浙江古籍出版社，2016年，第568頁。
〔註45〕洪昇：《洪昇集》上冊，浙江古籍出版社，2012年，第141頁。
〔註46〕洪昇：《洪昇集》上冊，浙江古籍出版社，2012年，第139頁。

贈聯曰：「元旦即稱觴，鶴算龜齡齊讓早；歲朝先試樂，鶯歌燕語盡翻新。」〔註47〕在徐逗留期間，他還與居於戲馬臺附近的著名小說評點家張竹坡之父張翀相交甚歡，並建立了深厚的友情，住在張家將近一年之久。《張氏族譜·司城張公傳》謂：「湖上李笠翁偶過彭門，寓公廳下，留連不忍去者將匝歲。」〔註48〕《紅樓夢》作者曹雪芹的祖父曹寅，曾長期出任江寧織造，由京返寧途中，至徐州附近的韓莊，正值清明，遂寫下「馬背逢人說寒食，船頭插柳記清明」〔註49〕之詩句，並由此改走水路南行。清乾隆時詩家程晉芳(字魚門)，也曾夜走馬陵道，並寫下《馬陵道懷古》之詩篇。還曾在

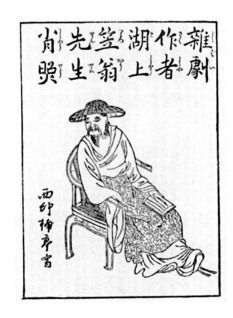

圖9：李漁畫像

大雪過後的早晨，路經新沂北部的紅花埠，描繪下「逐隊鴉投沙際岸，嫋風煙起草間廬」〔註50〕的鄉野景色。遠居嘉興的「秀水派」名詩人錢載(字籜石)，入京途中路經邳州，將鄉村「場平碌碡閒，蹙鞠歡童心。雞棲犬猶吠，凍色蘆簾侵」〔註51〕的靜雅景色攝入筆底，就連很少有人述及的邳州境內的艾山，也出現在他的詩中。

可見，通往京城的大道，在某種意義上說，已成了無形的各種信息的連接線。在這裡，人們不僅觀賞著沿途景色，還傳遞著來自不同渠道的各類掌故、風習人情。那些流落無著的路歧藝人，更將這條道路上的集鎮村落、市肆客棧視作賴以謀生的最佳處所。即便戲劇家，也會不由自主地將徐州寫入

〔註47〕梁章鉅：《楹聯叢話》卷一二，清道光二十年桂林署齋刻本。

〔註48〕吳敢：《李笠翁與彭城張氏》，《張竹坡與〈金瓶梅〉研究》，文物出版社，2009年，第168頁。

〔註49〕曹寅：《捨騎至韓莊登舟》，《楝亭詩鈔》卷七，曹寅著、胡紹棠箋注：《楝亭集箋注》，北京圖書館出版社，2007年，第295頁。

〔註50〕程晉芳：《紅花埠雪霽曉行》，《勉行堂詩集》卷一三，《勉行堂詩文集》，黃山書社，2012年，第361頁。

〔註51〕錢載：《邳州村舍》，《籜石齋詩集》卷一○，《籜石齋詩集　籜石齋文集》上冊，上海古籍出版社，2012年，第160頁。

作品。晚明劇作家吳炳，在其所作傳奇《情郵記》第七齣《題驛》中，就借賣邸報者之口說：「這徐州是南北第一個馬頭，京師邸報往南直、江湖一帶去的，少不得在這驛前報房分抄。」〔註 52〕並敘及建在黃河畔的驛站，以及因黃河驛館的壁上題詩而成就青年男女一段姻緣之事。明代早期戲文《劉漢卿白蛇記》，亦敘及劉漢卿受繼母凌辱，往徐州經商之情節。佚名《鶯釵記》就是據此而改編。

由於徐州地處四省交界，鐵路建成後，則又是津浦與隴海兩條鐵路幹線的交匯點，再加上京杭大運河這一水上通道，故而，四面八方的藝人紛紛聚集徐州，僅曲藝就有「琴書、快書、相聲、漁鼓、大鼓、花鼓、八角鼓、徐州評詞」、「京韻大鼓、西河大鼓、梅花大鼓、梨花大鼓（山東快書）、安徽大鼓、墜子等等」〔註 53〕。水、陸交通的優勢，加速了戲曲藝術的流播。如江蘇梆子傳統劇目《打蠻船》，大意是說，「清朝時，武舉劉鳳仙去湖南經商。當年徐州大旱，其妹瑞蓮一家飢餓難耐，只好自賣自身養活孩子。蠻船差官為朝廷運糧米路過徐州，利用荒旱，拼命壓價，僅用五弔錢把瑞蓮買上蠻船。適巧，武舉劉鳳仙經商回來，船過宿遷，聞得鄰船劉瑞蓮哭聲，找到差官，豪爽地願以二百兩銀子將瑞蓮贖回。但蠻船差官老蠻子貪得無厭，百般索要與瑞蓮同樣大的金人作為贖金。劉武舉怒惱差官老蠻子的無義，夥同其結拜兄弟打了蠻船。蠻船的人多被殺死，只剩下老蠻子一人。最後瑞蓮為其求饒，方得活命。老蠻子認罪服輸，表示永不見利忘義」〔註 54〕。劇中所敘之事，乃是乾隆年間發生在宿遷的真實事件。至光緒時，民間藝人以其為原型，改編為曲藝演唱，借助水路或陸路傳入徐州，經徐州琴書藝人的豐富完善，成了頗受受眾歡迎的當家曲目，後為梆子戲再度改編，刪削枝蔓，強化人物，搬上了戲曲舞臺，為觀眾所喜愛，產生很大影響。河南梆子亦有此目，很可能就是由徐州輸入的。

〔註 52〕吳炳著、吳梅校正：《粲花齋五種》，江蘇廣陵古籍刻印社，1990 年，第 66 頁。

〔註 53〕高元鈞：《談二十世紀二十至四十年代的徐州曲藝》，單興強主編：《徐州曲藝考》（內部印刷），2006 年，第 370 頁。

〔註 54〕于道欽主編：《江蘇戲曲志·江蘇梆子戲志》，江蘇文藝出版社，1999 年，第 75 頁。

第二節　厚重的文化底蘊

丹納曾經說過：「每個形勢產生一種精神狀態，接著產生一批與精神狀態相適應的藝術品。」〔註55〕「不管在複雜的還是簡單的情形之下，總是環境，就是風俗習慣與時代精神，決定藝術品的種類。」〔註56〕是社會環境、文化場域，促成了藝術之品質的追求與價值的提升。江蘇梆子的發展與成熟，當然也可以借用這一觀點予以觀照。

徐州有著悠久的歷史，隨著徐州境內的邳州大墩子遺址、劉林遺址和新沂花廳遺址、銅山丘灣遺址、蔡丘遺址等古文化遺址的發現，人們始知，早在六千年前，先民們已在這一帶生活。當時此地，房舍的營造、裝飾品的製作、生產工具的打磨、家庭生活的經營等，都已達到了相當高的水準，這恰說明遠古的徐州人，就以勤勞、智慧立世，且富有創造精神。這一優秀傳統，自然為後世所承繼。

徐州又稱彭城，春秋時即有此稱。彭城，緣遠古時大彭氏國而得名。大彭氏國，乃大彭氏族的首領彭祖所創立，為帝堯所封。據《史記・五帝本紀》記載，堯時，彭祖與禹、皋陶、契、后稷等，在當時就受到重用，故被封於大彭（今徐州市銅山區大彭鎮一帶，據說即其封地）。據載，彭祖（名錢鏗）乃古帝王顓頊之後，陸終的第三個兒子。因事在遠古，真實情況如何，難以明瞭。但彭祖是氏族部落領袖，受封於大彭，當去事實不遠。屈原《天問》曾述及彭祖，謂：「彭鏗斟雉，帝何饗？受壽永多，夫何久長？」漢代王逸注曰：「彭鏗，彭祖也。好和滋味，善斟雉羹，能事帝堯，堯美而饗食之。」〔註57〕說彭祖以烹飪見長，所做雉羹獻於堯帝，得以高壽。傳說他是長壽老人，活了八百多歲，當然是子虛烏有，但他的烹調雞湯，或實有其事。至今，烹飪界仍奉他為祖師。而且，滿布徐州大街小巷的早餐店所經營的饣它湯，據說就得自彭祖的真傳。不僅如此，徐州至今還保留有彭祖井。此井原在徐州西北隅，今移至乾隆行宮院內。據《水經注》載，徐州東北隅原建有彭祖樓，後毀棄。位於銅山境內的彭祖墓，因年代久遠，也久已不知所在。前人曾描述《彭祖井》曰：「妙術曾傳善養生，當年斟雉著芳聲。人因壽永常稱祖，

〔註55〕〔法〕丹納：《藝術哲學》，傅雷譯，安徽文藝出版社，1991年，第115頁。
〔註56〕〔法〕丹納：《藝術哲學》，傅雷譯，安徽文藝出版社，1991年，第84頁。
〔註57〕王逸注、洪興祖補注：《楚辭章句補注》，吉林人民出版社，1999年，第113頁。

井以城留尚記彭。八百春秋原不老，五千道德共垂名。守身更有遺圖在，寄語人間莫自輕。」〔註58〕近些年，徐州市還專門建有彭祖園、彭祖像、彭祖祠，以示對他的紀念。影響甚大的彭氏宗親大會，在徐州舉行，來自世界各國的彭氏後人紛紛前來祭祖。江蘇柳琴劇團還曾根據其事蹟和相關傳說，編演了《彭祖》一劇，獲「江蘇省首屆戲劇節新劇目獎」等多種獎項。

圖 10：徐州彭園彭祖雕塑

還有，《莊子·外篇·刻意》也曾載其事：「吹呴呼吸，吐故納新，熊經鳥申，為壽而已矣，此道引之士，養形之人，彭祖壽考者之所好也。」〔註59〕著名學者劉文典疏解曰：「吹冷呼而吐故，呴暖吸而納新，如熊攀樹而自經，

〔註58〕劉慶恩：《彭祖井》，張伯英甄選、徐東僑編次：《徐州續詩徵》上冊，廣陵書社，2014 年，第 65 頁。

〔註59〕劉文典：《莊子補正》，安徽大學出版社、雲南大學出版社，1999 年，第 431頁。

類鳥飛空而伸腳。斯皆導引神氣，以養形魂，延年之道，駐形之術，故彭祖八百歲。」〔註60〕並進一步解釋說：「熊經」，「若熊之攀樹而引氣也」。「道引」，「導氣令和，引體令柔。」〔註61〕文中所謂「經」，有懸掛之意。《後漢書‧方術傳‧華佗》：「熊經鴟顧」，李賢注解說：「熊經，若熊之攀枝自懸也。」〔註62〕彭祖遂被後世尊為氣功的創始者。其實，他所倡導的導引術，一是對生活細節、人體本能的放大，再就是對自然界物象的傚仿。如「吹呴呼吸」，就是一種人們在呼吸之時新舊之氣的互換，由肺部呼出舊的氣體，再吸入新的氣體。人，本就是在一呼一吸中維繫生命的，動物或其他生物也是如此。彭祖所強調的「吐故納新」，無非是作深長呼吸，對人類正常呼吸作一定程度的延伸，以增強肺活量，其實是對人體生理功能的模仿與張大。而「熊經鳥申」，則是對動物動作行為的模擬。彭祖的這一養生術，對後世名醫華佗所發明的用於健身的「五禽戲」，具有重要的啟迪作用。

　　這一導引之功發明創造的內在思維理路，與其他先民是基本相通的。古人在處於茹毛飲血的原始時代時，在長期的融身自然、規避災害的生活經歷中，時常「仰觀象於天，俯察法於地」，「由對自身的感性認識反觀自然，又由因依自然而悟出的『天地之道』再省察自身，推原終始」〔註63〕。所以，「由人而觀物，由物而察人，法天則地，因循自然，在上古之時，基本成了人們的思維定勢」〔註64〕，此即所謂「近取諸身，遠取諸物」，並從中悟出了許多與日後生活的豐

圖 11：臨潼姜寨遺址出土二音孔陶塤

富完善相關的內容。「樂器、伎藝的萌生，當與時人受自然界外物的啟迪有關。如樹洞本是靜止的，它不借助於外力，自身不會發出聲響，但是，如果自然界氣候發生變化，隨著風力的強弱，吹來之風方位的不同，它會發出或高或

〔註60〕劉文典：《莊子補正》，安徽大學出版社、雲南大學出版社，1999年，第431頁。
〔註61〕劉文典：《莊子補正》，安徽大學出版社、雲南大學出版社，1999年，第432頁。
〔註62〕《二十五史》第二冊，上海古籍出版社、上海書店，1986年，第1041頁。
〔註63〕趙興勤：《中國早期戲曲生成史論》，北京大學出版社，2015年，第23頁。
〔註64〕趙興勤：《中國早期戲曲生成史論》，北京大學出版社，2015年，第23頁。

低、或強或弱、或粗厚或尖利等不同聲響。人們初聞此聲，可能駭怪、驚詫，久而久之，始明白其原委。並依此原理，製造出古樂器——「塤」〔註65〕。

　　雖然彭祖所感悟的不過是養生之道而已，但是其中仍蘊含有許多與江蘇梆子包括其他戲曲藝術相關的內容。首先，呼吸吐納之術，與演員演唱大段唱詞之時的換氣工夫的養成，有著較大的內在關係。清人徐大椿在《樂府傳聲·聲各有形》中說，「凡物有氣必有形」〔註66〕，而「聲」借助「氣」來送出，故「聲」為「有聲之形」，並歸納出落腮、穿齒、覆唇、挺舌、透鼻等法，所講的雖是發「聲」之法，但由於是「聲」由「氣」送，所以，在某種意義上，這又是一種送氣之法，與氣功當然有關聯。他還在同書「斷腔」條中論及北曲之斷腔，謂：「北曲之唱，以斷為主，不特句斷字斷，即一字之中，亦有斷腔，且一腔之中，又有幾斷者；惟能斷，則神情方顯。」〔註67〕但又強調指出，這裡所說的「斷」，並非真正的隔開，而是「斷中之連，愈斷則愈連，一應神情，皆在斷中頓出」，「斷與頓挫不同。頓挫者，曲中之起倒節奏；斷者，聲音之轉折機關也。」〔註68〕如何能實現愈斷愈連，就要看場上之藝人能否會換氣。藝人既在場上演唱，自然不能像常人那樣大口呼吸，而要學會在甩腔的同時暗中換氣，在聽眾不易察覺的情況下完成呼吸。若不練氣，如何能達到這一境界？如傳統劇目《全家福》中坐橋、《對花槍》中憶舊，都有長達二三百句的唱段，若不會換氣怎能完成？再如江蘇梆子早期演員張明業（藝名張二），「嗓音清脆，高低轉折無間斷」〔註69〕。說幹板，每一次出場能說二百多句大段子，且吐字清晰。殷其昌（藝名殷二娃）演唱注重從丹田換氣，字字有力，韻味濃厚，皆與運氣、偷氣、換氣有關。

　　其次，是「熊經鳥申」之類動作，對舞臺表演技巧的引發。藝術之起源，一方面來自上古之時先民們勞動生產或生活之餘嬉戲之類的娛樂活動，一方面來自對自然萬物的模仿。所謂「熊經鳥申」，也是一種模仿。從這個意義上

〔註65〕趙興勤：《中國早期戲曲生成史論》，北京大學出版社，2015年，第23頁。

〔註66〕中國戲曲研究院編：《中國古典戲曲論著集成》第七冊，中國戲劇出版社，1959年，第160頁。

〔註67〕中國戲曲研究院編：《中國古典戲曲論著集成》第七冊，中國戲劇出版社，1959年，第175頁。

〔註68〕中國戲曲研究院編：《中國古典戲曲論著集成》第七冊，中國戲劇出版社，1959年，第175頁。

〔註69〕于道欽主編：《江蘇戲曲志·江蘇梆子戲志》，江蘇文藝出版社，1999年，第369頁。

說，彭祖導引術的實際操作技巧與表演技藝，在尋找現實物象作為參考物上，其取向當是一致的。據《禮記‧郊特牲》所載，在上古的伊耆氏之時，就產生了「蠟（zhà）祭」。這一祭儀，還有「迎貓」、「迎虎」儀式，並稱：「迎貓，為其食田鼠也；迎虎，為其食田豕也，迎而祭之也。」〔註70〕恰說明在祭儀中，可能有捕獵田鼠、虎噬野豬之場景，是模仿動物情狀作出種種動作。民間的哨子，其發音也是模仿鳥獸之聲音。當然，模仿，不過是按照動物形態的原樣去揣摩、仿傚而已。

圖 12：馬王堆漢墓出土《導引圖》

我們知道：「任何一種藝術樣式，對現實中種種物象無論如何摹仿，都難以成就自身，更形成不了藝術品類中的『這一個』。只有當它脫離了本體意義，而上升為具有某種文化品格的精神層面上的特定符號之時，才能實現自身內在機制的轉換，即由單純的摹擬而提升為一種或歌或舞或歌舞交融的獨立藝術。藝術起源於生活，但不是生活模式的照搬，而應是對自然狀態生活原型的凝練與昇華」〔註71〕彭祖所創造的導引術中的「熊經鳥申」，只是一種強身健體的方法，當然還難以稱得上是藝術。然而，舞者可能受其啟發，並由此產生聯想，逐漸將其提煉成某種藝術符號，用之於歌舞之表演。久而久之，

〔註70〕《禮記正義》卷二六，《十三經注疏》下冊，中華書局，1980 年，第 1454 頁。
〔註71〕趙興勤：《中國早期戲曲生成史論》，北京大學出版社，2015 年，第 31 頁。

則形成一種藝術傳統，甚至直接影響到當今戲曲舞臺的藝術表演。如梆子戲表演技巧中有「前虎撲」、「後虎撲」，則是對老虎動作的模擬。又如，「擰蠍子尾」，演員連續跨兩次右腿後，再向左轉身，又跨右腿。緊接其後的動作，則是左腿向右轉動、劃圈，就是模仿的蠍子甩尾巴之狀。還有，像「金雞獨立」、「老鴉蹬枝」、「老鷹旋風」、「老母雞抱窩」、「高羊腿」、「後轱轆貓」、「落鵬袖」、「鵓子翻身」、「虎跳」、「倒翅虎」、「竄貓」、「蠍子爬」等，皆有受動物動作、情態影響的印痕。

　　至於梆子戲藝人謝文啟所演《鬧天宮》中孫悟空，模擬猴子的神態更是惟妙惟肖，活靈活現。如猴子本來愛吃桃子。悟空在蟠桃宴一旦看到了桃子，自然高興得手舞足蹈。於是，在表演時，謝文啟「一個縱身跳上椅子，左手慌忙取桃，右手快速的擦動桃皮，兩眼閃閃有神地向外巡視。接著吃桃，一啃一吐接連數次，生動地表現了猴子的真實性格」〔註72〕。在表演偷吃太上老君洞府的仙丹時，則是「一個縱身便蹬上高臺，摘下仙丹邊巡（視）邊吃，越吃越帶勁。為了表現悟空的性格，表演便採用了睡在高坡上兩手拍著仙丹（裝有仙丹的葫蘆）快速吞吃，兩腳也隨之上下搖動」〔註73〕。這一表演，並不是對猴子動態的簡單模仿，而是從真實生活中提煉出來的「是戲又是藝」的高層次的藝術追求。又如江蘇梆子傳統劇目《三開棺》（又稱《哈巴狗告狀》、《田玉背箱子》），其中敘及通人性的哈巴狗，趁劉縣令下鄉視察災情之時，代被謀害致死的李瑞蓮攔道鳴冤，使死者大仇得報。此劇中扮演狗的演員，在動作與聲音上皆模仿狗的情態，表演很見特色。所以，在某種意義上說，彭祖所倡導的「熊經鳥申」的習練氣功方法，其價值不僅僅在於健身，即使在表演技巧的形成上，也給後人以有益的啟示。

　　一般認為，古徐州之得名，還與春秋時建於這一帶的徐國有關。據宋代李昉等人所編撰的大型類書《太平御覽》卷一六〇「州郡部六·泗州」條所引《都城記》：「周穆王末，徐君偃好行仁義，東夷歸之者四十餘國。穆王西巡，聞徐君威德日遠，遣楚襲其不備，大破之，殺偃王，其子遂北徙彭城，百姓從之者數萬。徐國，今徐城是也。」〔註74〕所載當有所依據。《詩經·大

〔註72〕于道欽主編：《江蘇戲曲志·江蘇梆子戲志》，江蘇文藝出版社，1999年，第240頁。

〔註73〕于道欽主編：《江蘇戲曲志·江蘇梆子戲志》，江蘇文藝出版社，1999年，第240頁。

〔註74〕李昉等：《太平御覽》第一冊，中華書局，1960年，第779頁。

雅‧常武》就有「率彼淮浦，省此徐土」之句。據注疏，此處所謂「徐土」，就是指的建於淮水之濱的徐國。《春秋左氏傳》又有「齊侯伐徐」、「徐人取舒」之記載，後一句引杜氏注曰：「徐國在下邳僮縣東南。」〔註75〕據載，周時徐子國，故址在今安徽泗縣西北，古時亦曾屬下邳國。可知當時的徐國，是在今蘇、皖交界處的淮河中下游一帶，後因徐偃王推行仁義，影響太大，威脅到周王朝政權的安全，周穆王才派楚國軍隊，乘其不備，突然襲擊，將徐攻破，並殺了徐偃王，其後人才移居彭城。而晉人張華《博物志》卷七「異聞」引《徐偃王志》則稱，楚君攻打徐國時，「偃王仁，不忍鬥害其民，為楚所敗。逃走彭城武原縣東山下，百姓隨之者以萬數，後遂名其山為徐山。」〔註76〕武原縣，後改作良城，在今江蘇徐州東部的邳州市西北。徐山在其境內，據說有徐偃王墓、祠廟。《徐州府志》卷二「山川」引《明一統志》，載述徐偃王事蹟，大致同《博物志》。由此看來，徐偃王史有其人，且趁亂逃至彭城，行仁義於徐，則大致可以認定。

徐偃王是最早以仁義立國者，與後世儒家思想中「仁以為己任」（《論語‧泰伯》）、「克己復禮，天下歸仁」（《論語‧顏淵》）、「如有王者，必世而後仁」（《論語‧子路》）等論述前後呼應，足見其影響之大。徐州與齊魯相比鄰，孔子當年游說陳、鄭、曹、宋、衛等國，前後達十四年，由衛返魯，當經徐州。《列子‧黃帝》曾載，「孔子觀於呂梁，懸水三十仞，流沫三十里。」〔註77〕水流湍急，魚鱉之類尚不能游，有一男子卻漂浮於水上。孔子還以為他要尋短見，擔心其生命安全，連忙派弟子按照同一方向在河邊跑，以便隨時救護。不

圖 13：徐偃王畫像

〔註75〕《春秋左傳正義》卷一二，《十三經注疏》下冊，中華書局，1980 年，第 1792 頁。
〔註76〕《百子全書》下冊，浙江古籍出版社，1998 年，第 1302 頁。
〔註77〕嚴北溟、嚴捷：《列子譯注》，上海古籍出版社，1986 年，第 37 頁。

料，那男子不一會從水中出來，披散著頭髮，在河邊自在行走。見狀，孔子遂近前向其請教踩水之道。呂梁洪，在徐州城東南五十里，乃泗水上之險道。人們曾這樣形容呂梁洪，「吞吐神虯驚駭浪，奔騰怒馬下高坡。輕舟瞥去疾如箭，雙槳齊飛快似梭。」〔註78〕後黃河改道，此處已無險可觀。《列子·說符》亦敘及此事，謂：「孔子自衛反魯，息駕乎河梁而觀焉。有懸水三十仞，圜流九十里。」〔註79〕恰證明孔子觀洪於呂梁，乃實有之事，並非寓言。否則，又何必同一部書而兩處皆載同一件事？由此亦可知，徐州與齊魯文化的交流，是時常發生之事。

儒家思想中很重要的一點，就是教人如何做人，做一個對國家、對他人有益的人，故十分看重個人道德的修養。孔子強調「為仁由己」(《論語·顏淵》)、「我欲仁，斯仁至矣」(《論語·述而》)，提倡忠恕之道，主張「己所不欲，勿施於人」(《論語·衛靈公》)，更一再申述為仁弘道的社會擔當意識、敢作敢為的堅毅志向，「三軍可奪帥也，匹夫不可奪志也」(《論語·子罕》)、「可以託六尺之孤，可以寄百里之命，臨大節而不可奪也」(《論語·泰伯》)。孟子由孔子思想而生發，指出：「天下之本在國，國之本在家，家之本在身」(《孟子·離婁上》)，君子應「親親而仁民，仁民而愛物」(《孟子·盡心上》)、「修其身而天下平」(《孟子·盡心下》)，還主張推己及人，尊老愛幼，「老吾老以及人之老，幼吾幼以及人之幼」(《孟子·梁惠王上》)，才能達到社會的和諧。如此之類，均對徐州一帶人們的道德涵養、思維方式產生深遠影響。

這些思想，對梆子戲劇作之內容更是多所滲透。如傳統劇目《反徐州》中徐達，據史載，其為明初開國功臣，曾率兵東征西殺，後引兵西渡黃河，先後攻克秦州、伏羌、寧遠、蘭州、平涼、慶陽、定西等地，直掃漠北，屢建奇功。朝廷乃命有司為建大功坊以彰其功。《明史》本傳還敘及其「會師濟南」、「還軍濟寧，引舟師泝河，趨汴梁」〔註80〕。然未載及元末任徐州州官以及反徐州之事。民國《沛縣志》卷四「河防志」據《明史》記載，洪武元年（1368），黃河決口，流入魚臺。徐達北征，路經此地，開塌場口引水入泗，

〔註78〕朱秉璋：《呂梁洪》，張伯英甄選、徐東僑編次：《徐州續詩徵》下冊，廣陵書社，2014年，第545頁。
〔註79〕嚴北溟、嚴捷：《列子譯注》，上海古籍出版社，1986年，第207頁。
〔註80〕張廷玉等撰：《明史》第十二冊，中華書局，1974年，第3726頁。

以利漕運。僅此而已。據《明史》可知，他世代務農，早年從朱元璋起兵，
從無做州官之經歷。而梆子戲中《反徐州》一劇，卻寫州官徐達不滿親王欺
辱徐州下層百姓的暴行，將被拘押的獵戶花雲等開釋，並憤而反元，率領民
眾投奔紅巾軍。劇中的徐達乃是一位敢於擔當、救民水火的清正忠耿官吏，
體現了「親親而仁民，仁民而愛物」(《孟子·盡心上》)的儒家倫理精神。「此
劇自編創百餘年來，久演不衰。已故名藝人周殿芳、殷其昌、賈鳳鳴、馬登
雲、賈先德、張德連、吳小樓、王廣友、謝茂坤、鄭文明、秦緒榮、于際臣、
羅桂成等都曾在演出此劇時擔任過重要角色。著名京劇演員馬連良 1930 年前
後來徐州演出時，向江蘇梆子學習了此劇，更名為《串龍珠》，在北京、天津
等地常演，並成為他的代表劇目之一」〔註81〕。

圖 14：《反徐州》連環畫封面

〔註81〕于道欽主編：《江蘇戲曲志·江蘇梆子戲志》，江蘇文藝出版社，1999 年，第
　　　　69～70 頁。

又如《鍘美案》中包拯，為官清正，不畏權勢，在審理駙馬陳世美「殺妻滅子」一案上，頂住皇姑、太后諸權貴的重重高壓，志不稍屈，激情地唱出「莫說你是駙馬到，龍子龍孫我不饒」之類慷慨激昂的曲文，贏得廣大聽眾的廣泛歡迎，所塑造的就是剛毅果敢、堅強有為、無所畏懼的忠義之士的形象。其他如《十五貫》中的況鍾、《潘楊訟》中的寇準、《四進士》中的宋士傑、《白玉杯》中的海瑞等，莫不如是。

最後，要談一談劉邦的出現對家鄉人們內在心理的影響，以及鄉人英雄情結的加濃對江蘇梆子場上表現內容的滲透。我們知道，劉邦是中國歷史上第一個農民出身的皇帝，他不擅長農業生產、家政管理，卻喜歡飲酒。無錢購買，就去酒店賒酒，常常喝得酩酊大醉。而為人卻豁達大度，經常資助經濟上有困難的人。當上泗水亭長後，也常常戲弄縣中小吏。一次，劉邦服徭役到了咸陽，恰巧遇上秦始皇出行，不禁感歎道：「大丈夫當如此也。」後來，他趁秦末陳勝、吳廣起義的風暴，會同蕭何、曹參、樊噲等沛地豪傑二三千人揭竿而起，先後攻取胡陵（今沛縣龍固鎮北部一帶）、方與（今山東魚臺北）、碭（今安徽碭山）等地。未久，與項羽約定，先入定關中者王之。結果，劉邦率先入關，嚴明紀律，與父老約法三章，然後，將軍隊撤出城駐紮於壩上。不料，項羽毀棄前約，借鴻門宴欲除掉劉邦。劉邦伺機逃走，項羽卻焚燒掉咸陽秦宮室後自立為楚霸王，建都於彭城。而將劉邦封為漢王，都於萬山叢圍中的南鄭（今陝西漢中）。劉邦佯作應從，還燒毀了通往封地的棧道，以表示無意東來。然而，項羽一旦東歸，劉邦則「朱旗回指」，平定三秦，奪得天下。

劉邦的出現，為徐州歷史上極為重要的一筆。許多以英雄自許的歷史名人，無不為劉邦的沉穩多智、雄才大略所折服。十六國時，後趙開國皇帝石勒，曾仿照劉邦之舉，宴會群臣。當有人吹噓他「神武籌略，邁於高皇」時，他立即糾正道：「人豈不自知，卿言亦已太過。朕若逢高皇，當北面而事之。」〔註82〕明太祖朱元璋，或許由於出身、經歷相似，往上追溯，且又是同鄉之故，做皇帝後，在教育子女的方法、手段以及駕馭群臣所採取的策略上，也有意傚仿劉邦。至於其他鄉人，由劉邦的非凡壯舉，更引發出對故鄉發自內心的自豪，英雄的情結亦更濃。沛、豐縣一帶曠朗豁達、不拘小節、遇難而上、敢作敢為、豪放剛烈、勇猛彪悍之風俗的形成，與此不無關係。

〔註82〕湯球：《十六國春秋輯補》卷一五，《野史精品》第一輯，嶽麓書社，1996年，第348頁。

　　清康熙時，豐縣丁翁，「生而魁梧，倜儻有大志，喜讀兵書，略觀大意，不屑屑於章句，膂力過人，開八石弓，精騎射，馬上旋轉如飛」〔註83〕。一次外出，遇賊人數十，欲奪其馬，丁某躍身數丈，馳向賊前，使眾賊驚懼，急忙下拜，乞求活命。「又嘗置瓜於道，從馬上伏而取瓜，左者右之，右者左之，不轉瞬而運瓜數十，雖風飄電擊不是過也」〔註84〕。因功名不第，退而感歎：「大丈夫生於世，得志則蓬蔂而行耳，安能俯首就有司尺度、博取人間功與名哉！」〔註85〕他為人豁達，仗義疏財，對周圍鄉鄰「急者周之，危者扶之，仇讎嫌怨者排解之」〔註86〕。即使生活在徐州一帶的外鄉人，也沾染此風。如經商於此的太湖人葉達甫，來徐經商數十年，一旦酒酣耳熱，也「解衣磅礴，運槊擊劍以為戲」〔註87〕，簡直是一「萬人敵」。

　　至於土生土長的文人墨客，劉、項之爭更是他們最喜涉及的話題。如陳錦鸞的《登徐州城樓》：「龍戰悲劉項，荒荒剩薜蘿。地形鎖青兗，山勢折黃河。楚雨春帆重，秦碑古蘚多。至今大風起，兒女尚能歌。」〔註88〕目睹山河形勝，思及歷史往事，對當年劉邦「威加海內」之雄風追慕不已，就很有代表性。其他如劉慶恩的《子房山》、余錫齡的《戲馬臺歌》、陳敏的《早登彭城門樓》、朱敬持的《歌風臺》、張承烈的《樊噲巷懷古》，李運昌的《戲馬臺懷古》、《戲馬臺》、《歌風臺》，劉鶴仙的《歌風臺》，杜宜修的《登徐州城樓》、《歌風臺》，王功的《圯橋進履》、王廷珍的《圯橋懷古》、竇鴻遵的《圯上懷古》，陳文賁的《亞父冢》、《試劍石》，臧秉衡的《戲馬臺懷古》、陳夢麟的《子房山懷古》、周祥駿的《戲馬臺感懷》等，不下百首。

〔註83〕李蟠：《祝丁太翁壽序》，《徐州明清十人文萃・李蟠集》，中國文史出版社，2017年，第133頁。

〔註84〕李蟠：《祝丁太翁壽序》，《徐州明清十人文萃・李蟠集》，中國文史出版社，2017年，第133頁。

〔註85〕李蟠：《祝丁太翁壽序》，《徐州明清十人文萃・李蟠集》，中國文史出版社，2017年，第133頁。

〔註86〕李蟠：《祝丁太翁壽序》，《徐州明清十人文萃・李蟠集》，中國文史出版社，2017年，第133頁。

〔註87〕李蟠：《祝葉維馨壽序》，《徐州明清十人文萃・李蟠集》，中國文史出版社，2017年，第135頁。

〔註88〕桂中行輯：《徐州詩徵》，廣陵書社，2014年，第277頁。

圖 15：沛縣大風歌碑

明初豐縣籍詩人王正，曾在《高祖故宅》中寫道：「漢皇千古一英雄，休笑當年馬上功。試問後來為帝者，誰人曾出範圍中。」〔註89〕對馬上得天下的漢高祖劉邦追慕不已。懷念英雄，憑弔英雄，踵跡英雄，傚仿英雄，幾乎成了歷代徐州人的行為範式。表現在江蘇梆子的戲曲舞臺上，與鍾嶸《詩品》評價張華詩「兒女情多，風雲氣少」恰相反，是英雄氣多，兒女情少。也就是說，舞臺上所表現的，大都是舞刀弄槍、兩軍對戰的英雄傳奇。而劉邦的經歷，也給世人一個重要的啟示：生活處境的改變，不能靠「等」和「要」，也不能靠老天的賞賜，而是要靠個人的艱苦奮鬥，努力創造，即所謂「馬上得天下」。

當然，一般百姓自然不敢冒天下之大不韙，有當皇帝之類的非分之想，但他們樂意傳頌英雄故事，樂意講述普通人由窮困到發達的曲折人生經歷，也企盼那些在人生旅途上奮勇拼搏的人能得到理想的歸宿。所以，即使敘及兒女之情，也是因戰事相識，由戰場上的非凡表現而引發對另一方的愛慕之情，即所謂英雄崇拜。又由愛慕而克服重重阻礙，將本來是水火不相容的對立雙方，來一個徹底的角色互融，讓他們終結連理。在故事構築上，既出人

〔註89〕張伯英甄選、徐東僑編次：《徐州續詩徵》下冊，廣陵書社，2014 年，第 335 頁。

意外，又入情入理，使得情節橫生波瀾，變幻莫測，有引人步步入勝之妙，遵循了戲曲藝術的創作規律。同時，緣情節轉換的巧妙，也征服了場下的接受群體，滿足了他們戲曲觀賞時的審美心理期待。

如楊家將系列劇中的《困銅臺》（一名《八賢王說媒》），所敘楊六郎與柴郡主的愛情，就萌生於抗遼前線。劇敘，宋王趙光義輕信遼國蕭銀宗之謊言，偕柴郡主觀光於北國，不料卻落入遼兵所設圈套，在銅臺受困，多次突圍未果，情勢危急。英勇善戰的柴郡主，反而被番將沙里木所率士卒圍困。緊急關頭，楊六郎奉命掛帥出征，將遼將沙里木戰敗，使宋王、柴郡主得以脫圍。正是為了抗敵衛國這一共同目標，楊、柴邂逅於沙場，未幾，就互生愛慕之情，在衝破阻力、說服宋王及皇后、毀棄之前婚約的情況下，兩人最終走到了一起。

圖16：《穆桂英下山》連環畫封面

再如《穆桂英下山》（又名《穆柯寨》、《楊宗保招親》），敘遼邦來犯，軍情緊急，宋廷君臣計議，欲請擅長使用斧頭對敵作戰的楊五郎下山助陣，然而，五郎斧柄只能用穆柯寨所獨有的降龍木方可，恰小將楊宗保押運糧草途

經穆柯寨，遂前往索取降龍木。穆柯寨拒不交付，以此引發糾葛，以致兵戎相見。寨主穆洪女兒桂英親自出戰，與宗保對決，見對方容貌俊美，設計將其擒獲，並當面向其求親，宗保也為對方容貌、刀法所傾倒，應允親事。同是楊家將戲的《火塘寨》，敘楊袞與佘賽花的結緣，也類此。其他如《樊梨花招親》、《五鳳嶺》、《楊七郎招親》、《三打陶三春》、《藕塘關》等，情節構築，也多有與此相近之處。

　　將男女愛情的描寫，置於國家動盪的社會大背景下予以展現，較早實踐這一創作理念的乃是南戲劇作《拜月亭記》。而明傳奇如梁辰魚的《浣紗記》、朱鼎的《玉鏡臺記》則繼其後。直至清初孔尚任的《桃花扇》、洪昇的《長生殿》，儘管側重點各有不同，但大致都走的是這條創作道路。江蘇梆子戲的同類劇作，看上去是沿用的古代戲曲創作的基本套路，其實不然。它將青年男女愛情的萌生、發展、成熟，與國家大事、兩軍戰事巧妙地融為不可分割的一體。抗敵重任的完成，須青年男女的合力；青年男女的聯姻，不僅助推了戰爭的進程，也成了奪取勝利的關捩所在，而不是硬相牽縛。這正是江蘇梆子將愛情納入國是之特色所在，也是英雄崇拜理念在戲曲創作中的反映。而且，就現有江蘇梆子劇目來看，則是寫兩軍鏖戰者居多，如《反五關》、《黃河陣》、《馬陵道》、《青石嶺》、《九里山》、《圍滎陽》、《亂潼關》、《戰蒲關》、《斬華雄》、《火燒戰船》、《水淹七軍》、《火燒連營》、《戰祁山》、《反陽河》、《臨潼山》、《戰洛陽》、《倒銅旗》、《鬧長安》、《闖幽州》、《破洪州》等，莫不如是，皆是英雄情結在戲曲舞臺上的體現。

第三節　豐富的伎藝積累

　　筆者當年研究中國早期戲曲生成史時，曾這樣認為：「戲曲藝術乃是對各類伎藝高度融合的產物。這一融合，又非一蹴而就，而是在漫長的歷史進程中逐漸完成的。」〔註90〕它的產生，既是一個「不斷再生與重複的相當穩定的立體的存在」〔註91〕，又是一個「在連續的發展、變化中運作的動態產物。考察其運動軌跡，就應該還原它本來的生存環境、所處區位、流播場域。我們知道，作為獨立存在的某種伎藝，它不是孤立的、個別屬性的簡單拼合，

〔註90〕趙興勤：《中國早期戲曲生成史論》，北京大學出版社，2015年，第1頁。
〔註91〕朱希祥：《當代文化的哲學闡釋》，華東師範大學出版社，2006年，第139頁。

而是其中潛存著一個完整的系統」〔註92〕。倘若「失去了對戲曲生成各環節中一個個藝術細胞成長、融合狀況的多維審視，就難以準確勾畫戲曲發展的脈絡」〔註93〕。而今研究江蘇梆子，也應作如是觀。

圖17：趙興勤《中國早期戲曲生成史論》書影

　　如前所述，戲曲是在多項伎藝發展的基礎上，經過很長歷史時段的淬煉，不斷融合音樂、舞蹈、美術、雕塑、詩歌、雜技、武術、幻術、說唱等各種門類的伎藝，而形成的一種新的藝術形式。江蘇梆子，與南戲、元雜劇、明傳奇相比較，其產生年代當然要遲許多。它的融合發展，固已有不少成熟的案例可供參考，相對方便快捷許多，但是，在對其他伎藝尤其是富有地方特色的表演藝術的吸納、融合上，依然難以擺脫舊有的格範，離不開當地伎藝這一母體對其的營養輸送與十月孕育。

〔註92〕趙興勤：《中國早期戲曲生成史論》，北京大學出版社，2015年，第4~5頁。
〔註93〕趙興勤：《中國早期戲曲生成史論》，北京大學出版社，2015年，第5頁。

　　徐州這一帶，在歷史上就以歌舞著稱。遠者且不論，就以漢代為例。據《史記·高祖本紀》載，十二年（前195），「高祖還歸過沛，留置酒沛宮。悉召故人父老子弟縱酒。發沛中兒，得百二十人，教之歌。酒酣，高祖擊筑，自為歌詩曰：『大風起兮雲飛揚，威加海內兮歸故鄉，安得猛士兮守四方。』令兒皆和習之。高祖乃起舞，慷慨傷懷，泣數行下。」〔註94〕劉邦作為一個草莽出身的皇帝，在大漢王朝天下之格局已大致形成之時，回歸故鄉沛縣，鄉親們或出於衷心擁戴，或出於好奇，或圖看熱鬧，紛紛前來歡迎，其場面自然十分宏大。戎馬半生的劉邦目睹此景，自然思及自身當年落魄情狀以及浴血奮戰的艱苦經歷、時局不穩的目下形勢，故「慷慨傷懷」，老淚縱橫，情不自禁而起舞，唱出了那首激昂慷慨的《大風歌》。劉邦是在親自率兵討伐黥布叛亂，黥布逃跑而令別將追擊的間際回到家鄉的。在當時信息不暢的情況下，能倉促集結百二十人的龐大歌舞隊伍，立即作當場表演，若非訓練有素，是很難做到這一地步的。這恰說明，徐州一帶自古就有能歌善舞的優良傳統，也有掌握歌舞技巧的常設專門隊伍，否則，又豈能召之即來，來之能舞？而且，這一大風歌舞，還成了沛縣高祖原廟祭祀之時的保留節目，使這一良好的藝術傳統得以延續。

圖18：江蘇沛縣歌風臺

〔註94〕〔日〕瀧川資言：《史記會注考證》卷八「高祖本紀第八」，北嶽文藝出版社，1999年，第80～81頁。

　　而且，歌舞之類的伎藝，在徐州及其附近出土的漢畫像石中已多有體現，但大多表現的是小規模的歌舞。如出土於沛縣的漢畫像石（見圖 19）〔註95〕，分作兩層，下層為對博場景的再現，而上層則是歌舞之畫面。中間為一舞女，一隻手高高舉起，將彩綢揚起，另一隻手下垂，著長裙，腰部向後彎曲，面部作回望狀。畫面右邊一人倒立几上，雙腿併攏，小腿垂向左下方，面部微揚起；畫面左邊兩人，靠內者亦著長裙，向舞者注目，也似作起舞狀；靠外者則跪於地，似在入神欣賞。這已不是單純的歌舞表演，已將雜耍伎藝融入畫面，使表演呈現出多樣化的趨向。

圖 19：江蘇沛縣出土漢畫像石

〔註95〕劉恩伯編著：《中國舞蹈文物圖典》，上海音樂出版社，2002 年，第 148 頁。

　　而徐州出土的漢畫像石（見圖 20）〔註96〕，中間有一鼓豎立於獸形物之上，兩旁各立一擊鼓者，分別儘量舒展其持有鼓槌的雙臂，身軀後傾，作仰面狀。其實，這也不是一般意義上的擊鼓，而是揉進了舞蹈的成分，靠肢體動作的轉換與鼓點節奏的配合，增強其可視性，以提高審美趣味。另一徐州出土的漢畫像石（見圖 21）〔註97〕，畫面左下角雖有殘缺，但所演的乃是漢代魚龍曼延之戲則分明可見。上部中間擊鼓者，面部怪異，與《禮記》所描述的驅鬼的方相氏有些近似。畫面左邊一人，踞於地，兩手叉腰，頭部前伸作噴火狀，且有虎尾隨其後。畫面右側則為魚、雀、龜諸戲。

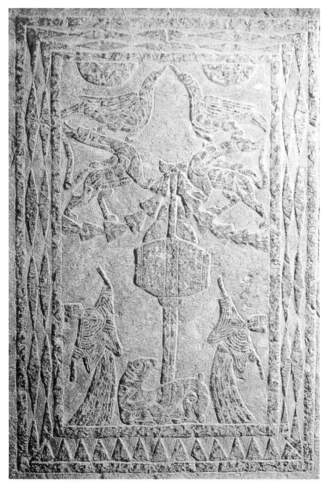

圖 20：江蘇徐州出土漢畫像石

〔註96〕劉恩伯編著：《中國舞蹈文物圖典》，上海音樂出版社，2002 年，第 149 頁。
〔註97〕劉恩伯編著：《中國舞蹈文物圖典》，上海音樂出版社，2002 年，第 150 頁。

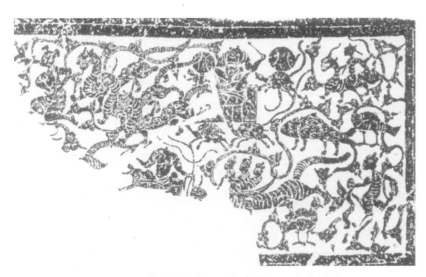

圖 21：江蘇徐州出土漢畫像石（殘缺）

圖 22：江蘇銅山出土漢畫像石

　　銅山出土的漢畫像石（見圖 22）〔註98〕，凡三層。上層，吹笙、吹簫者
各一人。中間倒立者，以手撐地，頭部昂起，下身彎曲向前。另一人腿部則
分別一屈一伸，頭部作回望狀，雙臂一平緩下垂，一舉起，在翩翩起舞。中
間一層，或撫琴，或敲鐸。立於中間表演者，邊敲擊建鼓邊舞蹈，還似有拋
物而接之狀。

　　由上述畫面可知，漢代的歌舞，已不是孤立的某項單個伎藝的表演，而
往往是與雜耍、角力、遊藝及其他民俗活動等在同一場域下完成的，這無疑
有利於各類伎藝的取長補短、互為融合，促進了表演伎藝的進步與發展。其
次是，除了歌舞相伴而出之外，即使擊鼓這類伎藝，也不僅僅是靠鼓點節奏
的變換而取悅於人，而加進了擊鼓者複雜多變的身段表演，融進了舞蹈藝術
中的某些因素，進而豐富了擊鼓這一伎藝。筆者曾分析這一現象道：

　　　　上古之時歌舞的傳播符號，往往是單向度的，所表達的意義也
　　　　比較簡單。而秦、漢，尤其是漢代伎藝，非常注重傳播符號的嫁接
　　　　與組合。所謂嫁接，是指傳播符號除自身的功能及意義之外，又將
　　　　相鄰藝術的功能吸納進來，從而豐富並擴展了原符號的功能。如舞
　　　　蹈，按照其本意，即為借助形體動作表達思想情感、反映社會生活
　　　　的一種藝術，但在漢代歌舞中，卻將樂師的一些功能，也吸收進舞
　　　　蹈。〔註99〕

漢畫像石中的「踏鼓起舞」，很可能是從「『操牛尾投足而歌』演化而來，但
在藝術品位的追求上卻大不相同。『投足而歌』，不過是以『投足』而節制歌
唱，說不定是一種下意識的動作，而『踏鼓起舞』，是以足尖敲擊鼓面，發出
咚咚聲響，將舞蹈與伴奏集於一身」，「這種多種傳播符號的連接與組合，對
於擴大藝術作品的內容涵蓋面，增強其表現生活的力度，無疑起到積極的推
動作用，促進了表演藝術的整合、融匯，為戲劇藝術的誕生提供了適宜的溫
床」〔註100〕。

　　尤其值得注意的是，漢代「東海黃公」的出現，這是中國戲曲史上頗具
影響的一件大事。較早見諸記載的，當是張衡的《西京賦》，其中說：「東海

〔註98〕劉恩伯編著：《中國舞蹈文物圖典》，上海音樂出版社，2002 年，第 150 頁。
〔註99〕趙興勤：《中國早期戲曲生成史論》，北京大學出版社，2015 年，第 70～71
　　　　頁。
〔註100〕趙興勤：《中國早期戲曲生成史論》，北京大學出版社，2015 年，第 71 頁。

黃公，赤刀粵祝，冀厭白虎，卒不能救。」據李善注，東海黃公即是「能赤刀禹步，以越人祝法厭虎者」〔註101〕。葛洪的《西京雜記》曾詳細載述其事，謂：

> 有東海人黃公，少時為術，能制蛇御虎，佩赤金刀，以絳繒束髮，立興雲霧，坐成山河。及衰老，氣力羸憊，飲酒過度，不能復行其術。秦末，有白虎見於東海，黃公乃以赤刀往厭之。術既不行，遂為虎所殺。三輔人俗用以為戲，漢帝亦取以為角抵之戲焉。〔註102〕

除此之外，據劉文峰《從南陽石刻畫像看漢代的樂舞百戲》（《河南戲劇》1983年第4期）一文介紹，河南南陽漢畫像石中，恰有反映東海黃公故事的石刻。年輕時的東海黃公手持兵器，將猛虎打得狼狽逃竄；老虎張牙舞爪，撲向年邁的黃公。黃公匆忙招架，處境極險，大有為虎所傷之勢。畫面所反映的，竟然與《西京雜記》完全一致。

圖 23：東海黃公壁畫

〔註101〕蕭統編：《文選》上冊，中華書局，1977年，第49頁。
〔註102〕葛洪：《西京雜記》，中華書局，1985年，第16頁。

「黃公」前冠以「東海」，顯然是在點明事情發生的地域。然而，古時之「東海」與現在之「東海」是兩個完全不同的地域概念。現在的東海，是指長江口以南、臺灣海峽以北一帶的海域，即今福建、浙江、上海諸省市之海域。而古代則不然，據《漢書·地理志》記載，西漢時置東海郡，下轄三十八縣，其中如郯（今山東郯城）、蘭陵（今山東嶧縣）、良成（今邳州西北）、戚（今山東滕縣南）、開陽（今山東臨沂境內）、海曲（今山東日照西）、南成（今山東武城縣西）、祝其（今江蘇贛榆縣南）、臨沂（今山東臨沂）、容丘（今江蘇邳州北）、平曲（今江蘇沭陽縣東北）。如此看來，漢代東海郡之域，大致相當於今山東東南部、江蘇西北部地區。而至東漢，徐州為郡國。據《後漢書·地理志》，東漢的徐州，下轄東海、琅琊、彭城、廣陵、下邳。所轄地域，大致相當於今山東諸城以南、江蘇揚州以北、山東兗州、江蘇徐州以東這一大片地域。而《禮記·王制》則稱：「自東河至於東海，千里而遙。」注曰：「徐州域。」﹝註103﹞可見，無論是後漢的郡國徐州，還是西漢的東海郡，都指的是今黃海沿海蘇、魯相連接的這一大片地區。

由河北、山東沿海至徐州東部沿海這一片地域，亦是產生方士最多的地方。秦時著名方士徐福，據說就是蘇北贛榆人，當地今尚有徐福村。少翁為齊人，以鬼神事漢武帝，得拜建成將軍。欒大，膠東宮人。「齊人之上疏言神怪奇方者以萬數」﹝註104﹞。而東海黃公「以絳繒束髮」，正是方士之打扮，又念咒厭虎，也是方士所為。由此可見，東海黃公故事，當發生在江蘇、山東相接的沿海一帶，亦即古時徐州所轄的區域內。這一推論，當接近事實。

另外，徐州一帶出土的漢畫像石有多幅《虎戲圖》。北京脩石齋所藏漢畫像磚石中，其中《虎戲圖（一）》（見圖24）﹝註105﹞：畫面左側為一帶翅之猛虎，作四蹄奔騰、尾巴微豎狀，似在咆哮作逃奔之勢。畫面右側似是一少年，髮梳作丫髻狀，兩手叉腰，右小腿向後平伸，坐於虎後，顯示出制伏猛虎後的得意神情。《虎戲圖（二）》（見圖25）﹝註106﹞，畫面右側為咆哮之猛虎，張開大嘴，尾巴彎曲前翹，左前腿一半曲伏地、右前腿則直撲對面之男子。

﹝註103﹞《禮記正義》卷一三，《十三經注疏》上冊，中華書局，1980年，第1347頁。

﹝註104﹞《史記》卷二八《封禪書》，《二十五史》第一冊，上海古籍出版社、上海書店，1986年，第176頁。

﹝註105﹞陳建新、唱婉編：《脩石齋藏漢畫像磚石圖冊》，中華書局，2016年，第203頁。

﹝註106﹞陳建新、唱婉編：《脩石齋藏漢畫像磚石圖冊》，中華書局，2016年，第203頁。

後腿一揚起，一緊貼地面，作縱身前撲狀。而畫面左側之男子，則挺身出迎，毫不畏懼，與虎相搏。《力士搏虎圖（二）》（見圖 26）〔註 107〕：畫面左側猛虎作逃跑狀，右側男子，兩腿叉開，左手抓住虎尾不放，右手所持似為斧頭，高高舉起，作劈虎狀。此類畫像磚石尚有許多，說明古徐州一帶人虎相搏故事當頗為流行。東海黃公故事在這一區域流播不足為奇。

圖 24：脩石齋藏《虎戲圖（一）》

圖 25：脩石齋藏《虎戲圖（二）》

〔註 107〕陳建新、唱婉編：《脩石齋藏漢畫像磚石圖冊》，中華書局，2016 年，第 386頁。

圖 26：脩石齋藏《力士搏虎圖（二）》

「東海黃公」，是漢代唯一帶有一定故事情節的表演伎藝。古代及後世論者，或將之歸於漢代百戲之範疇，用今日之觀點看來，其實不然。它的表演有扮飾，有賓白，有道具，有幻術，有角技。尤其值得注意的是，它還有一定長度的故事情節，這與王國維對戲劇內涵的闡釋正相吻合。視之為戲劇之早期形態，似並不為過。東海黃公的綜合伎藝表演，對徐州一帶歌舞、雜耍等伎藝的融合與發展，無疑具有重要的推動意義。

而且，徐州一帶由於水陸交通便利的原因，在經濟、文化等方面，一直與域外有著密切的聯繫。據《新華日報》文章載述，考古人員在邳州市新河鎮煎藥廟村發現一座西晉墓葬。在發掘的文物中，有兩隻珍貴的鸚鵡螺酒杯（見圖 27）。據專家考證，「鸚鵡螺產自印度洋的珊瑚礁海域，經過南海、越南、廣州進入中國，它見證了海上絲綢之路在 1700 多年前的發達程度」〔註 108〕。而出土的玻璃碗（見圖 28），則是「來自西亞薩珊波斯的舶來品」〔註 109〕，晶瑩剔透，近乎無色透明，當是從海上絲路運到邳州的。邳州乃沂、泗交匯處。沂水雖源出山東蒙陰縣北，但西南流者入邳州境與運河交匯，南流者經新沂境由窯灣入於運河。而泗水，出山東泗水縣陪尾山，自泗水縣歷曲阜、滋陽、濟寧、鄒縣、魚臺、滕縣、沛縣、徐州、邳

〔註 108〕王宏偉：《邳州神秘西晉墓群連接「海上絲路」》，《新華日報》2017 年 1 月 13 日第 13 版。

〔註 109〕王宏偉：《邳州神秘西晉墓群連接「海上絲路」》，《新華日報》2017 年 1 月 13 日第 13 版。

州、宿遷、桃源至淮陰縣入淮，又與汴水、運河相通。當時的運河，雖未南北貫通，但「吳城邗溝通江淮」〔註110〕，卻是春秋時之事。

圖 27：邳州市新河鎮煎藥廟村西晉墓出土鸚鵡螺杯

圖 28：邳州市新河鎮煎藥廟村西晉墓出土玻璃碗

〔註110〕《春秋左傳正義》卷五八，《十三經注疏》下冊，中華書局，1980 年，第 2165 頁。

　　既然產自印度洋珊瑚礁海域的鸚鵡杯、西亞薩珊波斯的玻璃碗能夠漂洋過海進入邳州境，那麼，域外的表演藝術對徐州一帶的歌舞伎藝也可能有所滲透。如脩石齋所藏徐州一帶的漢畫像石磚《虎戲圖（四）》（見圖 29）〔註 111〕：騎在虎背上的男子頭戴圓形帽，帽子頂部有尖狀物突出於上，樣式近似於傳統戲舞臺家丁所戴之物。然翻檢沈從文《中國古代服飾研究》（上海書店出版社 2011 年版）、周汛等《中國古代服飾大觀》（重慶出版社 1994 年版）等論著，均未見與此相似者。且騎虎者身著緊身上、下衣，也與漢代服飾有異，似是西域人裝束。《脩石齋藏漢畫像磚石圖冊》「人物、鹿與鸛鳥銜魚圖」（見圖 30）〔註 112〕，畫面左側男子之裝扮，就與此很相似，這說明徐州與域外的交流淵源已久。鸚鵡杯等物，雖說是從西晉墓葬中發現，但對外交流起碼至東漢之時已然發生。

圖 29：脩石齋藏《虎戲圖（四）》

〔註 111〕陳建新、唱婉編：《脩石齋藏漢畫像磚石圖冊》，中華書局，2016 年，第 204 頁。

〔註 112〕陳建新、唱婉編：《脩石齋藏漢畫像磚石圖冊》，中華書局，2016 年，第 124 頁。

圖30：脩石齋藏《人物、鹿與鸛鳥銜魚圖》

至唐，徐州一帶的歌舞、鬥雞、擊毬等伎藝都較盛行。如徐州著名歌伎關盼盼就多才多藝，風姿綽約。大詩人白居易遊徐，專門造訪其所居燕子樓，並特意為她寫下《燕子樓三首》：

> 滿窗明月滿簾霜，被冷燈殘拂臥床。燕子樓中霜月夜，秋來祇為一人長。（其一）

> 鈿暈羅衫色似煙，幾回欲著即潸然。自從不舞霓裳曲，疊在空箱十一年！（其二）

> 今春有客洛陽回，曾到尚書墓上來。見說白楊堪作柱，爭教紅粉不成灰？（其三）〔註113〕

在白居易的筆下，盼盼能歌善舞，美貌多情，還會跳由西域傳來的著名舞蹈《霓裳羽衣曲》。這是一個大型歌舞，凡十二遍，據說是由河西節度使楊敬述進獻。一旦進入中土，立即風靡長安。因此曲曲調高雅，表達感情細膩，故每為上流社會所喜好。「其後憲宗時，每大宴，間作此舞。文宗時，詔太常卿馮定，採開元雅樂，製雲韶雅樂及《霓裳羽衣曲》。是時四方大都邑及士大夫家，已多按習，而文宗乃令馮定製舞曲者，疑曲存而舞節非舊，故就加整頓焉」〔註114〕。徐州距京師甚遠，非京畿腹地，而關盼盼能歌舞《霓裳》，恰說

〔註113〕白居易：《白居易集》第一冊，中華書局，1979年，第312頁。

〔註114〕王灼：《碧雞漫志》卷三，中國戲曲研究院編：《中國古典戲曲論著集成》第一冊，中國戲劇出版社，1959年，第127頁。

明京都長安的高雅歌舞，也借助陸路交通，傳至徐州。在唐代，相傳已久的木偶、傀儡諸戲以及新生的歌舞小戲《踏謠娘》之類伎藝，都得到很好的發展，無疑會影響徐州。

圖 31：徐州燕子樓

到了宋代，徐州歌舞依然很繁盛。「東坡守徐州，作燕子樓樂章。方具稿，人未知之，一日忽哄傳城中。東坡訝焉，詰其所從來，乃謂發端於邏卒。東坡召而問之，對曰：『某稍知音律，嘗夜宿張建封廟，有歌聲，細聽之，乃此詞也。記而傳之，初不知何謂。』東坡笑而遣之」〔註115〕。大詩人蘇軾，於宋神宗熙寧十年（1077）四月，由密州改知徐州。至元豐二年（1079）三月，由徐州移守湖州。來徐之初，即率軍民築堤抗洪，並建黃樓以鎮之。落成之日，「大合樂」以誌喜。還與同人一道遊泗水，登石室，令道士戴日祥鼓雷氏琴。蜀人張師厚來徐，蘇軾等人為之餞行，王子立、王子欽兄弟吹洞簫助興，飲酒於杏花下。與張山人過往，曾帶歌妓遊其園，欣賞「大杏金黃小麥熟」〔註116〕之麗景。酒後經黃茅岡，聽「歌聲落谷」〔註117〕而興致

〔註115〕曾敏行：《獨醒雜志》卷三，清知不足齋叢書本。
〔註116〕蘇軾：《攜妓樂遊張山人園》，《蘇東坡全集》上冊，中國書店，1986年，第138頁。
〔註117〕蘇軾：《登雲龍山》，《蘇東坡全集》上冊，中國書店，1986年，第148頁。

盎然，以致醉臥岡頭，仰觀白雲。正因為徐州有能歌善舞之傳統，所以，《燕子樓》曲一脫稿，竟「哄傳城中」，傳唱於眾口。詢問究竟，竟然是一懂音律的巡哨士卒所為。至於營妓馬盼，則模仿蘇軾書法幾能亂真，當然也能歌善舞。

而其他民間伎藝的表演，也每每於四時八節尤其是春節過後的正月間頻繁舉行。如跑旱船、踩高蹺、蕩秋韆、擊鼓傳花、角抵戲、打花棍、舞龍、舞獅、跑竹馬等，大多來源甚古，至今仍在流傳。諸如此類，均為徐州戲曲的發展與成熟，作了很好的鋪墊。〔註118〕

入清，徐州的表演伎藝又呈現出別樣特色。這裡主要談談雜耍藝人的表演。清代康熙年間，江都汪耀麟（1636～1698）曾寫有一首《徐州婦人歌》，中謂：

> 徐州婦人身若綿，屈伸跌宕何輕圓。腰繫補襠青犢鼻，足踏平底雙行纏。偃仰高臥豎雙足，小兒托入青雲邊。掀翻罋甓若環轉，簸弄几案如風旋。須臾踴身作虎跳，便捷與狄同攀援。兩手貼地能倒走，足上反踏虛空天。當場更喚伎兒出，搬運器物疑神仙。流星飛舞閃電掣，揮霍丸劍蛟龍牽。滿堂觀者口叫絕，客言此伎猶未全。上馬走索若平地，胸突刀鋸如飛煙。淮陰六月過方士，點石能作寒冰堅。壁上畫符摘梨棗，累累果核登賓筵。解縛不用指與臂，百結一蹴俱脫然。張衡西京賦奇幻，分形易貌幽且玄。吐火竟可作雲霧，畫地不難為山川。君不見宛陵女兒善走險，直上百尺高竿巔。若不隨仙即嫁賊，顧況歌詠真堪傳。〔註119〕

汪耀麟是著名文士汪懋麟之兄，長懋麟三歲，生活於明清之交。在他的筆下，這位徐州女子，乃是一名雜技藝人，身穿馬甲，腰繫花短圍裙，腳蹬類似裹足布的薄底布襪，高臥於案上，用雙足托起幼兒作種種驚險動作，或腳蹬大罋旋轉如風，或改蹬桌子，簸弄轉圓。一會兒，踴身躍起，如猛虎撲食，其快捷靈巧，又好似猴子攀援。還倒立行走，兩腿直立，雙腳朝天。舞流星，如風掣電閃；拋接飛丸、短劍，快捷如線牽縮，又好似蛟龍翻騰，變化多端。能表演跑馬、走索、胸突刀鋸等高難度動作，技藝高超。本詩還敘及江湖方士分形易貌、吐火噴霧、畫地成川、點石成冰等幻術表演。

〔註118〕本節有關論述，參看拙作《徐州戲劇的古代展現》，列入吳敢、孫厚興主編《徐州戲劇史》（中州古籍出版社 2018 年版）第二編。

〔註119〕汪耀麟：《抱末堂集》卷一，袁行雲：《清人詩集敘錄》上冊，人民文學出版社，2016 年，第 377～378 頁。

　　戲曲在其生成過程中，是以開放的姿態，廣泛地吸取相鄰伎藝的藝術因子，在跳蕩、多變中實現傳承與發展的。可以說，「襲」中有「變」，「變」中見「異」，乃是藝術發展的基本規律。「『變』，才為伎藝自身的發展機制注入了活力，才拓展了伎藝生成的客觀環境。同時，也適應了接受群體審美期待的需要」〔註120〕。江蘇梆子當然也是如此。它在舞臺呈現中，吸納了許多舞蹈藝術的成分。如梆子戲傳統劇目《白蓮花》，「白蓮仙子脫穎而出，率眾仙在月色如水的夜幕中翩翩起舞，忽聚忽散。廣袖飛舞如朵朵雲霞，手中摺扇似飛舞的蝴蝶，構成一幅美麗的圖畫」〔註121〕。再如水袖功，演員為了表達劇中所規定的某種複雜感情，經常利用袖口處所縫的一塊長白綢，作勾、挑、甩、抖、繞、抽、擺、揚等種種動作，其實是對漢代以來長袖舞之動作的豐富與細化。其他如雲步、走邊、雲手、打鞭花、撥雲、耍手絹等，大都是在舞蹈伎藝或民間雜耍的基礎上發展而來。還有，奔波於風雪交加之旅途，或以袖遮面，側身彳亍而行；或屈身彎腰，蹣跚移步；或身軀後仰，腳下打晃；或彎肘於前，小步疾行，也基本上是使用的舞蹈身段。

　　至於雜技的表演技巧，也為梆子戲舞臺表演伎藝融合、吸收。如「爬竿」，往往在戲臺的前左側，樹立起一根杉木之類的高竿，武生或武丑在表演中迅速攀爬至竿的頂部，以腹頂住包有花布的竿頭，四肢伸直，作寒鴨浮水狀，然後又有「老鴉登枝」、「金雞獨立」、「夜叉探海」、「小鬼推磨」、「金蟬脫殼」等特技展示。「有的在表演『寒鴨浮水』時，雙手、雙腳和辮子上各帶一小木桶水，水不灑落。作一番精彩表演後，再來個『順手淘井』倒轉直下，接近檯面時，使個『珍珠倒捲簾』猛地折身登臺。在《反雲南》、《盜佛手》中有此特技」〔註122〕。著名梆子戲藝人甯喜順（甯二）、王志標（黑民）、黃連英、宋德順等皆擅長此技。梆子戲舞臺上，還有開膛剖肚、刺肚扯腸、鋼叉穿心、吞刀吐火等表演，大半是技巧與幻術結合的產物，老百姓稱之為「障眼法」，即明明是假的，卻表演得形神逼真，令人驚恐不已。其實，是運用技術手段、特殊道具，將真相遮飾而已。

〔註120〕趙興勤：《中國早期戲曲生成史論》，北京大學出版社，2015年，第157頁。

〔註121〕于道欽主編：《江蘇戲曲志‧江蘇梆子戲志》，江蘇文藝出版社，1999年，第233頁。

〔註122〕于道欽主編：《江蘇戲曲志‧江蘇梆子戲志》，江蘇文藝出版社，1999年，第244頁。

第二章　江蘇梆子的萌生與成熟
（晚明～民國）

第一節　歷史悠久的戲曲文化

　　徐州在古代歷史上雖說沒出現過多少著名劇作家，但與戲曲發展相關聯的因素卻值得思考。

　　第一，宋、金雜劇的一些名目，往往涉及徐州。宋人周密《武林舊事》卷一〇著錄有「官本雜劇段數」二百八十餘種，其中的《慕道六么》、《三偌慕道六么》，一般認為，乃敘漢初張良事。張良曾在徐州這一帶生活，如徐州東郊的子房山、沛縣城東南部已沉入湖底的留城、微山湖島上的張良墓、睢寧北部古邳鎮的圯橋等，都留下了他的遺跡。所以說，此劇與徐州有些瓜葛。所謂「六么」，係大曲名，是說用大曲「六么」演唱張良事。江蘇梆子有《張良拾鞋》、《張良賣劍》等劇目。還有《王魁三鄉題》，敘王魁負桂英事。王魁成就功名後，任徐州僉判，萊陽敫桂英曾派人投書徐州官廳，而王魁叱書不受。此劇亦與徐州有關。明人王玉峰《焚香記》即據此而改編，今江蘇梆子《打神告廟》即演其事。《列女降黃龍》之列女故事，當是採自沛縣人劉向所撰《列女傳》。

圖32：周密《武林舊事》書影

　　元人陶宗儀《南村輟耕錄》卷二五收有「院本名目」七百二十餘種，有的是用於說唱，有的則側重於調侃、戲謔。其中有些名目，也與徐州有關。如《四皓逍遙樂》，涉及商山四皓、惠帝劉盈、太后呂雉以及張良事。《范增霸王》、《散楚霸王》等，與楚漢相爭事有關。《雪詩打樊噲》，似演沛人樊噲事。梆子戲有《逼霸王》（即《九里山》）、《楚漢爭》等劇。《斷朱溫爨》，朱溫乃碭山縣午溝里人，「未冠而孤，母攜養寄於蕭縣人劉崇之家。帝既壯，不事生業，以雄勇自負，里人多厭之。崇以其慵惰，每加譴杖。唯崇母自幼憐之，親為櫛髮」〔註1〕此劇演五代梁主朱溫事。蕭、碭二縣，舊均曾屬徐州。其他如《罵呂布》、《柳簸箕》、《劉三》、《鬥百草》、《大燒餅》、《粥碗兒》、《賀方回》等，大概也與徐州史事或民俗有一定聯繫。如梆子戲《轅門射戟》、《斬呂布》、《呂布戲貂蟬》，至今仍時而演出。

〔註1〕《舊五代史》卷一「梁書一·太祖紀第一」，《二十五史》第六冊，上海古籍出版社、上海書店，1986年，第4850頁。

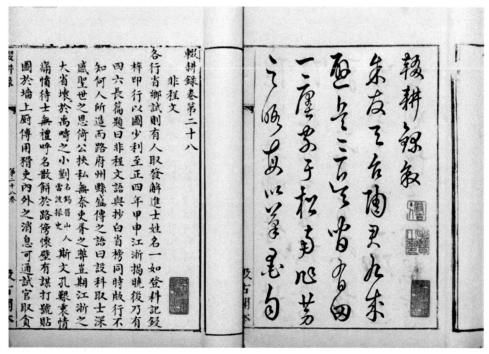

圖 33：陶宗儀《南村輟耕錄》書影

我們知道，中國戲劇發展到宋、金雜劇，已有了明確的腳色分工和演出程序的設定，這說明古代戲曲至此已由量的積累躍升為質的變化，開始以代言的形式用歌舞演唱故事，進入了比較成熟的歷史時段。從地理位置來看，徐州與汴京（今河南開封）咫尺之遙，水上交通極為便利，船隻往來不絕。到了南宋，徐州又瀕臨宋、金交界之地，雙方時戰時和，經濟、文化之往來日益頻繁。徐州地方伎藝不斷吸取異地藝術的營養以豐富、完善自身，則是可以想見之事。

第二，元代雖說沒有徐州籍劇作家的劇作，但卻出現過一位寄籍武昌的徐州人劉庭信，以散曲創作知名於當時。隋樹森《全元散曲》（中華書局 1964 年版）收錄其小令 39 首，套數 7 套，曲作風格如「摩雲老鶻」，為人所稱道。還出現過一位「知音善歌」的沛縣人湯執中，被收錄到寧獻王朱權的《太和正音譜》一書中。除此之外，元代的許多雜劇，不少都取材於與徐州相關的「人」與「事」。如《泗上亭長》、《漢高祖斬白蛇》、《漢高祖哭韓信》、《漢高祖濯足氣英布》、《漢高祖衣錦還鄉》、《漢高祖詐遊雲夢》、《呂太后定計斬韓信》、《呂太后夜鎮鑒湖亭》、《呂太后祭濰水》、《呂太后醢彭越》、《呂太后餓

劉友》、《呂太后人彘戚夫人》、《張子房圯橋進履》、《漢張良辭朝歸山》、《蕭何月夜追韓信》、《窮韓信登壇拜將》、《薄太后走馬救周勃》、《周亞夫屯細柳營》、《病樊噲打呂青》、《列女青陵臺》、《大人先生酒德頌》、《漢武帝死哭李夫人》、《陵母伏劍》、《風雪推車記》、《張天師夜祭辰鉤月》、《張天師斷歲寒三友》、《東海郡于公高門》、《海神廟王魁負桂英》、《霸王垓下別虞姬》、《關盼盼春風燕子樓》、《魯元公主三噉赦》、《李三娘麻地捧印》、《泗州大聖渰水母》、《感天動地竇娥冤》、《張翼德三出小沛》、《白門斬呂布》等。上述諸劇中的漢高祖劉邦、太后呂雉、張良、蕭何、韓信、周勃、周亞夫、樊噲、魯元公主、漢武帝劉徹、王陵母、張天師、張飛等，或為豐、沛人，或雖非當地土居，但其生平、經歷與徐州這方熱土緊密相連。這足以說明，徐州歷史上仁人志士紛湧、名流大家輩出，曾譜寫出諸多感天地、泣鬼神的故事，也涵育出徐州人奮發進取、勇於擔當的精神品格，以致影響了元代劇作家，使得他們借古事生發而抒寫心聲。

第三，到了明代，徐州出現了一位「教坊子弟，無人不願請見」〔註2〕、有「樂王」之稱的陳鐸（字大聲，號秋碧）。他原籍下邳，後移南京。明正德間襲濟州衛指揮使，係著名散曲家，又著有雜劇《花月妓雙偷納錦郎》、《鄭耆老義配好姻緣》、《太平樂事》三種。在他所作的五百七十餘首曲作中，竟寫及許許多多的市井人物，有醫人、畫者、土工、獸醫、卜者、賣婆、道尼、妓女、瓦匠、銀匠、篾匠、鐵匠、木匠、機匠、氈匠、漆匠、皮匠、鋸匠、牙人、調把、代保、乞兒、門子、牢子、鄉兵、皁隸、館夫、禁子、閘夫、防夫、架戶、獵戶、漁民、灶丁、屠戶、佃戶、拾荒者、修腳匠、補缸、裁縫、箍杯、磨銃、彈花、茶酒、過賣、相面等，不下五六十種。「對世俗亂象、社會風氣均給予針砭，涉及面之廣，前所罕見，對戲曲作家批判澆薄世俗起到導夫先路的作用，也直接或間接地影響了《金瓶梅詞話》的選材與構思」〔註3〕。

尤其值得注意的是，陳鐸還載述了川戲藝人在南京的演出活動。如「頑皮臉不差，一落腔強扭，散言語胡屑輳。描眉補鬢逞風流，要好不能勾，躲重投輕，尋覓爭鬥」〔註4〕；「黃昏頭唱到明，早辰間叫到黑，窮言雜語諸般

〔註2〕顧起元：《客座贅語》卷六《聲仙秋碧聯句》，中華書局，1987年，第180頁。
〔註3〕趙興勤：《清代散見戲曲史料研究》，復旦大學出版社，2018年，第277頁。
〔註4〕陳鐸：【北中呂‧朝天子‧川戲】，謝伯陽編：《全明散曲》第一冊，齊魯書社，1994年，第542頁。

記。把那骨牌名佤數說一遍，生藥從頭數一回，有會家又把花名對。稱呼也稱呼的改樣，禮數也禮數的蹺蹊」〔註5〕；「《劉文斌》改了頭，《辛文秀》換了尾，《劉電光》攙和著《崔君瑞》。一聲蠻了一聲奋，一句高來一句低，異樣的喪聲氣。妝生的道將身去長街上看黃宣張掛，妝旦的說手打著馬房門叫保子跟隨」〔註6〕；「提起東忘了西，說著張謅到李，是個不南不北喬雜劇。一聲唱聒的耳掙重敷演，一句話纏的頭紅不捅移。一會家夾著聲施展喉嚨細，草字兒念了又念，正關目提也休提」〔註7〕；「士夫人見了羞，村濁人看了喜，正是村裏鼓兒村裏擂。這等人專供市井歪衣飯，罕見官員大酒席。也弄的些歪樂器，箏**篥**兒亂彈亂砑，笙笛兒胡捏亂吹」〔註8〕，則明顯地表現出帶有濃鬱地方色彩的「川戲」，在南京搬演時，所遭遇的「士夫人見了羞，村濁人看了喜」冷熱迥然不同的場景，可看出接受者（或欣賞者）口味的差異對戲曲傳播的制約。同樣，他還寫有套數《嘲南戲》，謂：「教坊一色為南戲，幾輩兒流傳到你？新腔舊譜欠攻習，打幫兒四散求食。聽的文人墨客鷹來謔，富室豪民跑的來疾」〔註9〕，所反映的也是這一情狀。胸蘊書卷的「文人墨客」與喜湊熱鬧的「富室豪民」，對待同一種戲曲，所採取的態度就判然有別，便很能說明問題。而且，散曲中所敘及「川戲」的「骨牌名」、「數生藥」、「對花名」諸般表演，與古院本所記載的「衰骰子」、「花名」、「杜大伯、大黃」、「草名」、「神農大說藥」、「講百花爨」等遙相關聯，真實地反映出民間戲曲演出狀況，頗具史料價值。

當然，詩人筆下的戲曲藝人，還時而參與社戲表演，「社火每衣冠新製，燈影下喬軀老人未識，妝一個姜子牙大雪裏釣磻溪，弔一個杜子美騎驢醉灞西，扮一個蘇子瞻乘舟遊赤壁」〔註10〕；「才過了竹林遊晉七賢，又有那瓊

〔註5〕陳鐸：【南北中呂合套·嘲川戲】，謝伯陽編：《全明散曲》第一冊，齊魯書社，1994年，第618頁。

〔註6〕陳鐸：【南北中呂合套·嘲川戲】，謝伯陽編：《全明散曲》第一冊，齊魯書社，1994年，第618頁。

〔註7〕陳鐸：【南北中呂合套·嘲川戲】，謝伯陽編：《全明散曲》第一冊，齊魯書社，1994年，第618頁。

〔註8〕陳鐸：【南北中呂合套·嘲川戲】，謝伯陽編：《全明散曲》第一冊，齊魯書社，1994年，第618頁。

〔註9〕陳鐸：【南北中呂合套·嘲南戲】，謝伯陽編：《全明散曲》第一冊，齊魯書社，1994年，第619頁。

〔註10〕陳鐸：【南北黃鐘合套·元夜】，謝伯陽編：《全明散曲》第一冊，齊魯書社，1994年，第658頁。

林宴唐十宰；早擁上孔門七十二賢才，更有那縱橫四海諸劍客。無數的峨冠博帶，又一簇仙風道辦甚奇哉」〔註11〕；「一個漢鍾離髯兩鬢，一個呂洞賓巾半側。藍采和搖搖擺擺放狂乖。一個李屠拄著個枯木拐，張果老驢兒行快，一個韓湘子手內牡丹開」〔註12〕；「一個何仙姑竹罩籬因甚擎，一個曹國舅雲陽板不住拍，見幾個風流人物伴著醜形骸。偌來高木橇雲外跚，賣弄他神通廣大，看那無根花頃刻發枯荄」〔註13〕；「一個潘安仁奉版輿，一個老萊子呈戲彩；一個孟宗哭竹痛哀哀，一個蔡順自將桑椹採；一個王祥守奈，一個抱鋤郭巨把兒埋」〔註14〕；「一個惡那吒鳳翅盔，一個李天王龜背鎧，挫捧著金身丈六老如來。一個紅顏綠鬢小善才，遙望著觀音禮拜，灑楊枝甘露淨塵埃」〔註15〕；「一個安祿山忕索肥，一個東方朔直這般矮，一個沈休文肌骨瘦如柴，他每衣裝相貌不住的改，說不盡千奇百怪」〔註16〕。以致滿街「擠擠挨挨，鬧鬧垓垓」〔註17〕，遊人似蟻，塞巷填街。散曲中所敘，大多為戲曲人物，為我們認識明代戲曲的生存環境與傳播渠道提供了寶貴的文獻資料。〔註18〕

此外，明人李開先（1502～1568）《詞謔・詞樂》還載及徐州著名唱曲藝人周全的事蹟，謂：「徐州人周全，善唱南北詞，一日在酒肆唱【賞花時】，聲既洪亮，節有低昂。」〔註19〕因為周全聲音、節奏都掌控得恰到好處，

〔註11〕陳鐸：【南北商調合套・元夜】，謝伯陽編：《全明散曲》第一冊，齊魯書社，1994年，第634頁。

〔註12〕陳鐸：【南北商調合套・元夜】，謝伯陽編：《全明散曲》第一冊，齊魯書社，1994年，第634頁。

〔註13〕陳鐸：【南北商調合套・元夜】，謝伯陽編：《全明散曲》第一冊，齊魯書社，1994年，第634頁。

〔註14〕陳鐸：【南北商調合套・元夜】，謝伯陽編：《全明散曲》第一冊，齊魯書社，1994年，第635頁。

〔註15〕陳鐸：【南北商調合套・元夜】，謝伯陽編：《全明散曲》第一冊，齊魯書社，1994年，第635頁。

〔註16〕陳鐸：【南北商調合套・元夜】，謝伯陽編：《全明散曲》第一冊，齊魯書社，1994年，第635頁。

〔註17〕陳鐸：【南北商調合套・元夜】，謝伯陽編：《全明散曲》第一冊，齊魯書社，1994年，第635頁。

〔註18〕本段有關論述，參看拙作《陳鐸散曲的市井人物速寫及其敘事策略》（《平頂山學院學報》2009年第1期），第84頁。

〔註19〕中國戲曲研究院編：《中國古典戲曲論著集成》第三冊，中國戲劇出版社，1959年，第353頁。

就連「生平以知音自負」、「方困臥」〔註20〕的老年商賈，也大為折服，躍身而起，將十兩白銀、銅錢千枚和彩絹兩疋放於盤中，雙手舉盤於頭頂，「膝行至全所」奉上，口稱：「祖翁！某年已垂死，始聞此音，願以微物將敬。」〔註21〕足見周全演技之高，以致「名聞天下」〔註22〕。同時，他還積極培養歌唱人才，兗州人徐鎖、王明，皆是其高徒，「亦能傳其妙」〔註23〕。在教學方法上，周全因材施教，根據受教者的發聲實際、音色高低，「就其近似者而教之」〔註24〕。而且，教授生徒必在夜間，以防其注意力分散。以所舉點燃香頭或高或低，示意受教者聲音的起伏低昂，使其「抑揚中節」。舊時戲班訓練生徒之眼神，亦是昏夜以香頭示意，當是對周全授徒方法的繼承。

圖 34：陳鐸《大雁圖》

〔註20〕中國戲曲研究院編：《中國古典戲曲論著集成》第三冊，中國戲劇出版社，1959年，第 353 頁。

〔註21〕中國戲曲研究院編：《中國古典戲曲論著集成》第三冊，中國戲劇出版社，1959年，第 353 頁。

〔註22〕中國戲曲研究院編：《中國古典戲曲論著集成》第三冊，中國戲劇出版社，1959年，第 353 頁。

〔註23〕中國戲曲研究院編：《中國古典戲曲論著集成》第三冊，中國戲劇出版社，1959年，第 353 頁。

〔註24〕中國戲曲研究院編：《中國古典戲曲論著集成》第三冊，中國戲劇出版社，1959年，第 353 頁。

　　明代以伎藝知名者，琵琶高手有曹州安廷振、鳳陽高朝玉，三弦有曹縣伍鳳喈、亳州韓七，以箏見長者有兗府周卿、汴梁常禮、歸德府林經。河南張雄，用琵琶演奏《拿鵝》一曲，「雖五楹大廳中，滿廳皆鵝聲也。」〔註25〕長於歌者，還有豐縣李敬、谷亭王真、徐州鄒文學、濟寧周隆等，或為當地人，或為與徐州毗鄰城鄉人。伎藝之盛，為一時之冠。這恰說明徐州一帶當時歌唱演奏伎藝之盛。

　　第四，是花部的產生對徐州一帶戲曲發展的促進。我們知道，花部的出現，是中國古代戲曲史上的一場革命。這一戲曲形式的變革，始將本來應屬於大眾文化卻為王公貴族、官宦縉紳所豢養的藝術形式，又推向了市井瓦肆、山野鄉村，讓它依然回到社會底層，為廣大人民群眾而歌。

　　所謂「花部」，又叫「亂彈」，主要是指崑曲之外的其他地方戲。這一說法，較早出現在清人李斗的《揚州畫舫錄》中：

> 　　兩淮鹽務例蓄花、雅兩部以備大戲。雅部即崑山腔，花部為京腔、秦腔、弋陽腔、梆子腔、羅羅腔、二簧調，統謂之「亂彈」。……乾隆丁酉（四十二年，1777），巡鹽御史伊齡阿奉旨於揚州設局修改曲劇。歷經圖思阿並伊公兩任，凡四年事竣。總校黃文暘、李經，分校凌廷堪、程枚、陳治、荊汝為。〔註26〕

　　參與修改劇本的，不少與徐州有關。如凌廷堪，歙縣監生，僑居蘇北海州板浦（今連雲港市板浦），經板浦場大使湯惟鏡舉薦，受聘來揚州，出任詞曲局分校，讀傳奇雜劇，修改古今戲曲，且著有《南北曲說》、《燕樂考原》、《明人九宮十三調說》等。程枚，字時齋，板浦場（今屬連雲港）監生，作有傳奇《一斛珠》。這一帶，歷史上曾一度隸屬徐州，直至新中國成立後，依然如此。

　　花部劇目，一部分收錄在清人錢德蒼《綴白裘》的六集、十一集中，如《搬場拐妻》、《看燈》、《戲鳳》（京劇《遊龍戲鳳》之前身）、《打麵缸》（《麵缸笑》內容同此）、《打店》、《殺貨》、《磨房串戲》、《看燈》、《借靴》、《借妻》、《擋馬》、《慶頂珠》等。即使改編自前人作品，亦側重反映市井百態，具有濃鬱的生活情趣。另一部分則為《清車王府藏戲曲全編》（廣東人民出版社2013年版）收錄。該叢書收錄劇作843種，其中收有不少高腔、亂彈、皮黃

〔註25〕中國戲曲研究院編：《中國古典戲曲論著集成》第三冊，中國戲劇出版社，1959年，第354頁。

〔註26〕李斗：《揚州畫舫錄》卷五「新城北錄下」，中華書局，1960年，第107頁。

等劇目。也見於清人李世忠編《梨園集成》、近人王大錯所編《戲考》等書。花部劇作，同樣為江蘇梆子所傳唱，如《瞎子觀燈》、《張天師捉妖》、《借妻》、《借靴》、《打麵缸》、《背花鼓》、《遊龍戲鳳》、《打漁殺家》、《十字坡》等，大都來自花部。

花部繁榮的原因何在？筆者曾分析道：

> 花部的興盛代表著「終以崑腔為正音」的精英文化的式微，「桑間濮上」逐漸成為戲曲的主流。這一情況表明，不可抗拒的大眾化浪潮，業已席捲人們的日常生活和耳目視聽。而揚州，作為花部興盛這一藝術史現象的地理起點，在時間與空間的坐標上架設起了最適宜的溫床。與上層統治者之間曖昧的關係、仕與商的積極運作、繁榮的商業經濟、開放包容的地域文化以及市民觀感上的崇尚新奇刺激，迎合了花部的生長規律。多種社會條件和文化因素的合力催生了花部的全面繁盛。乾隆以降，案頭的戲劇逐漸呈現出為場上的戲曲所替代的趨勢，一個新的藝術生命在民間的滋養與哺育下綻出了蓓蕾。〔註27〕

這一觀點，曾為《中國教育報》等媒體轉載。

徐州與揚州，水上往來十分方便。花部搬演既然在揚州甚盛，而運河沿岸，往往是戲隨船走。丁丁腔在徐州的出現，正與水上交通有關。據載：

> 明末清初，地處大運河、微山湖一帶的銅山縣利國、厲灣、寄堡、廟莊等地，經常停泊由南方往京城運漕糧的船隻，船上多有會唱南方小調者。久而久之，岸上的當地農民學唱者愈眾。開始時多為一人哼唱，逐漸發展為二人對唱，有多人聚集合唱。當時演唱的內容多為祈慶豐收之類的詞句，因此，人們就把這種演唱稱為【太平歌】，主要曲調為【慢八板】，亦稱【八句腔】。【太平歌】對丁丁腔的形成起到了承前啟後的奠基作用。至清咸豐年間，藝人又把本地區流行的民間小調中的【小郎調】、【十杯酒】等逐漸融入演唱中，從而豐富了【慢八板】，衍變出初步成型的【平韻】【陽韻】等腔調。〔註28〕

〔註27〕趙興勤：《花部的興盛與揚州地域文化》，《東南大學學報》2008年第6期，第116頁。

〔註28〕陳曉棠主編：《江蘇戲曲志・徐州卷》，江蘇文藝出版社，2002年，第109～110頁。

　　在這一民間小調的基礎上，丁丁腔逐漸形成了。至於其他劇種在徐州的發展，如柳子戲、呂劇、京劇、四平調等，也與這一區域優勢有關。

　　流行徐州的柳琴、柳子戲、丁丁腔、四平調等，雖說劇種較江蘇梆子稍小，但其對明清以來的民間小調則多所接納。產生於清乾隆末年、由天津三和堂曲師顏自德輯錄、王廷紹點訂的《霓裳續譜》，是一部搜羅豐富的俗曲總集，所收曲調有【寄生草】、【一江風】、【南疊落】、【銀紐絲】、【劈破玉】、【揚州歌】、【疊落金錢】、【倒搬槳】、【打棗竿】、【秧歌】、【朝天子】、【清江引】、【楊柳青】、【玉蛾郎】、【剪靛花】、【永清歌】、【鎖南枝】、【太平歌】、【滿江紅】、【好事近】、【馬頭調】、【邊關調】、【黃鸝調】、【灘黃調】、【粉紅蓮】等。其中不少是從明代俗曲演化而來，如【劈破玉】、【打棗竿】、【銀紐絲】、【鎖南枝】等。有些則來自民間小調。這類小調，直接影響了柳琴等戲曲聲腔的形成。如丁丁腔就是在【太平歌】的基礎上發展而來。原【太平歌】的演唱，為每段四句，除首句為「三、三」式外，其他均為「二、二、三」式的七字句。每句後襯以「太平年」或「年太平」之類字樣，歌由此而得名。

　　柳琴戲，其曲牌如【小桃紅】、【傍妝臺】、【點絳唇】、【豆芽黃】、【山坡羊】、【喜臨門】、【爬山虎】、【柳青娘】、【朝天子】、【水龍吟】、【蝶兒樂】、【柳葉金】、【落馬金】等，均與明、清以來的時調、俗曲有關。

　　柳子戲更是多種戲曲聲腔的融合。高腔、青陽腔、亂彈、羅羅腔、崑腔、皮黃戲的唱腔，不少皆為其所吸納。常用的演唱及器樂伴奏曲牌有【黃鶯兒】、【娃娃】、【山坡羊】、【鎖南枝】、【駐雲飛】、【賞花時】、【普天樂】、【鋪地錦】、【小開門】、【朝天子】、【小青陽】、【爬山虎】等，皆是由民間曲調繼承而來。所演出的劇目，也大都以曲牌來界定。如唱俗曲者，有《二冀州》、《樊城關》、《秋胡戲妻》、《馬前潑水》、《抱妝盒》、《徐龍打朝》、《秋江》、《斬竇娥》、《紅羅記》；唱高腔娃娃調者，有《夜壺自歎》、《化子拾金》、《皮錦頂燈》；唱青陽腔者，有《邯鄲記》、《祭旗》、《斬貂蟬》、《斷橋》；唱崑腔者，有《天官賜福》、《封相》、《搬窯》；唱亂彈者，有《打蘆花》、《大桑園》；唱柳子者，有《打登州》、《王小趕腳》；唱羅羅腔者，有《南唐》、《打麵缸》、《打灶王》、《打石人》、《馬二頭選菜》。〔註29〕其中如《二冀州》、《秋胡戲妻》、《馬前潑水》、《斬貂蟬》、《化子拾金》、《打麵缸》、《打蘆花》、《大桑園》、《南唐》、《打登

─────────────

〔註29〕參看陳曉棠主編：《江蘇戲曲志‧徐州卷》，江蘇文藝出版社，2002 年，第 113
　　　～114 頁。

州》、《封相》、《斷橋》、《王小趕腳》、《打灶王》、《天官賜福》等，均見於梆子戲劇目，演出之際的互相模仿、互為研習則顯而易見。

另外，如流行於揚州的【揚州歌】，在儀徵一帶傳唱不休的【剪靛花】等，能在徐州地方戲曲腔調中落地生根，大都借助於水上輸送之力。當然，這類曲調不獨在徐州地方戲曲中存在，於河南曲子劇中也每每可見。如【鋪地錦】、【玉蛾郎】、【耍孩兒】、【剪靛花】、【柳青娘】、【銀紐絲】、【羅江怨】、【揚調】、【倒推船】、【油葫蘆】、【鬥鵪鶉】、【寄生草】、【小桃紅】、【節節高】、【打棗竿】、【上小樓】等，不下百餘支。其唱法未必完全相同，但母體必然是同一個，只是流傳至不同地域，藝人結合當地小調，對其作了改造而已。〔註30〕

正是因為徐州這塊土地與江蘇梆子的形成與發展有著太多的牽連，所以，才有必要系統地梳理與此相關的戲曲文化因素。可以說，是早期各種戲曲活動，促發了當地戲曲聲腔的萌生，並誘發了民間藝人創作思路的拓展，也為梆子戲的出現，培養了一大批接受群體。而稍後湧現出的眾多地方戲，又為江蘇梆子進一步豐富、完善自身提供了有益的借鑒，這是不容忽視的事實。

第二節 飛雲橋畔的郙雪戲班

或許在正統文人看來，戲曲乃小道，登不上大雅之堂，所以在徐州一帶的歷史文獻中，與此相關之活動記載卻寥寥無幾。筆者爬梳文獻多年，始在張相文編訂的《閻古古全集》中有所發現。

閻爾梅，徐州沛縣人，字用卿，號古古，因「生而耳長大，白過於面」〔註31〕，故又號白耷山人。生於明萬曆三十一年（1603）九月十二日，卒於清康熙十八年（1679）歲杪，得年七十七歲。他生當明末清初，年輕時就刻苦向學，踔厲風發，氣干雲霄，志向高遠，當道許之為「曠逸跌宕，有唾吐四海之氣」〔註32〕。當時著名文士顧瑞屏曾稱讚道：「天下固多才，如閻生者，國士無雙也。」〔註33〕有《閻古古全集》傳世。他與徐州另一位著名詩人萬

〔註30〕 本段有關論述，參看拙作《徐州戲劇的古代展現》，列入吳敢、孫厚興主編《徐州戲劇史》（中州古籍出版社 2018 年版）第二編。

〔註31〕 張相文編訂：《白耷山人年譜》，閻爾梅：《閻古古全集》卷一「年譜上」，北京中國地學會，1922 年，第 1 頁。

〔註32〕 閻圻：《文節公白耷山人家傳》，閻爾梅：《閻古古全集》卷一「附傳」，北京中國地學會，1922 年，第 1 頁。

〔註33〕 閻圻：《文節公白耷山人家傳》，閻爾梅：《閻古古全集》卷一「附傳」，北京中國地學會，1922 年，第 1 頁。

壽祺同年生，同負盛名，且關係甚為投契，因臨川桂中行囑金壇馮煦輯有《徐州二遺民集》，故人們往往將閻、萬並稱為「徐州二遺民」，而躋身中國古代文學史。

圖 35：閻爾梅畫像

　　閻爾梅二十一歲時，曾遊學江南。二十六歲，時值崇禎帝登基，遂以恩貢入都，寄居真空寺。二十八歲應京兆試，中舉。明崇禎十七年（1644）二月，李自成攻入北京，崇禎帝自縊於煤山（即今北京石景山）。自此以後，閻

爾梅為反清復明而四處奔波，訪求義士，聯絡各地方武裝，以圖大事。清順
治九年（1652），被漕撫沈文奎派兵逮繫，投入濟南監獄。直至清康熙四年（1665）
冬，始被免於追究。他經歷了長達十數年之久的流亡生活，山東、河北、河
南、山西、陝西、寧夏、甘肅、湖北、四川、江西、江蘇等十來個省的百餘
個市縣，皆留下其流亡的蹤跡。在避難的過程中，閻氏也結識了許多豪傑志
士。

閻爾梅酷愛戲曲，在合肥龔鼎孳的家鄉，在河南、四川、山西等地，都
曾欣賞過戲曲表演，而且，還創立了有文獻記載的徐州地區第一個戲班——
「郣雪班」。他曾撰有《寄懷周質含、單臣素、張仲升諸子，皆昔年同遊戲者》
詩五首，謂：

> 春園紅綠未經秋，到處尋花插滿頭。今日何堪頭白盡，越教人憶昔年遊。
> （其一）
>
> 撥弄箏簫剪翠羅，無邊春色幾經過。西風一夜蘆笳慘，吹碎江南玉樹歌。
> （其二）
>
> 擊筑風流事宛然，青樓白紵譜笙弦。從遭離亂飛雲冷，不上歌臺二十年。
> （其三）
>
> 桃花源路已無津，雞犬桑麻改姓秦。君輩亦成僑寓者，非余獨是不歸人。
> （此自廬山寄歸，故云。）（其四）
>
> 當時絕不曉忙閒，亭長臺西郣雪班。數十年來如一夢，懷人愁殺泗南山。
> （諸子皆善歌，稱「郣雪班」。）（其五）〔註34〕

這五首詩並非一氣呵成，清康熙刻本《白耷山人詩文集》詩集卷八收有
第一、二、三、五首，第四首未見。據張相文編訂《白耷山人年譜》，庚子
永曆十四年（清順治十七年）九月，閻爾梅在蘄州遇談長益，遂入江西廬山。
〔註35〕次年，「山人五十九歲，春，在廬山，黃雷岸、查天球、周長孺、彭躬
庵諸友來訪」〔註36〕。結閻第四首「非余獨是不歸人」句後自注「此自廬山
寄歸，故云」來看，這首詩當寫於清順治十七年（1660）或十八年（1661）。
其餘四首也是當時回憶之作。

〔註34〕閻爾梅：《閻古古全集》卷三「詩‧七絕‧南直隸集卷七之一」，北京中國地
學會，1922 年，第 11 頁。

〔註35〕閻爾梅：《閻古古全集》卷一「年譜上」，北京中國地學會，1922 年，第 21 頁。

〔註36〕閻爾梅：《閻古古全集》卷一「年譜上」，北京中國地學會，1922 年，第 22 頁。

　　第一首詩中既言「春園紅綠」，當寫於春季，因目睹春色而思家，由思家而「憶昔年遊」（即當年歌場同好），乃是情理中之事。再由第三首「從遭離亂飛雲冷，不上歌臺二十年」來看，此戲班活躍於晚明之時。「飛雲」，即飛雲橋。據《沛縣志》，此橋建於城南門外的泡水（即豐水）之上，近歌風臺，取劉邦「大風起兮雲飛揚」之意而名橋。橋初建於明永樂間，先後於景泰、嘉靖、萬曆、天啟間重修，崇禎間因橋毀重建。此明指沛城。第五首，則明言「亭長臺西郢雪班」，並於詩注中稱：「諸子皆善歌，稱『郢雪班』。」取「陽春白雪」之意。詩中既有「撥弄箏簫」、「蘆笳」、「擊筑」、「譜笙弦」諸語，當是一戲班，或許僅僅是業餘性質。舊時，往往以「歌臺」稱「戲場」。由此而論，戲班中人或曾面敷粉墨、袍笏登場，也並非不可能之事。

　　又據閻爾梅之孫閻圻（字千里）所撰《文節公白耷山人家傳》載述，「山人（指閻爾梅）善度子卿《牧羊》一出」〔註37〕。其次子由河南回，閻爾梅高興之餘，還於當晚高歌，「歌闋泣下」〔註38〕。《牧羊》，即《蘇武牧羊記》。據《漢書》本傳載，漢武帝天漢初，蘇武（字子卿）以中郎將奉命出使匈奴，因拒不投降而被拘留，發往北海牧羊，歷盡艱辛，志不稍屈，凡十九載始得歸。蘇武堅守氣節的故事，在宋元之際就已被搬上戲曲舞臺。明人徐渭《南詞敘錄》在著錄古代劇目時，將其列入「宋元舊篇」，為早期南戲劇作。今僅有抄本傳世。它雖已經後人刪改，但仍較多保留了早期戲文的基本面貌。《蘇武牧羊記》基本據史實而敷衍，曲詞寫得慷慨動人。如第九齣《逼降》，敘蘇武在匈奴貴族眼裏，「寧死做忠良之鬼，決不圖賜號封王」，「是個鐵錚錚不怕死的好漢」〔註39〕。不花元帥及丁靈王奉命再次勸降。蘇武激昂慷慨地唱道：

　　　　【撲燈蛾】將軍聽訴因，為臣子要當忠藎。咱本是忠良將，如
　　　　何強逼我降順也。（外白）你不降順，只怕忍不得這飢餓。（生唱）
　　　　我寧甘餓死，決不肯背義忘恩。若要咱降順，除非殞身。怎教咱順
　　　　從夷虜背君親。〔註40〕
　　　　……

〔註37〕閻爾梅：《閻古古全集》卷一「附傳」，北京中國地學會，1922 年，第 9 頁。
〔註38〕閻圻：《文節公白耷山人家傳》，閻爾梅：《閻古古全集》卷一「附傳」，北京中國地學會，1922 年，第 9 頁。
〔註39〕王季思主編：《全元戲曲》第十卷，人民文學出版社，1990 年，第 414 頁。
〔註40〕王季思主編：《全元戲曲》第十卷，人民文學出版社，1990 年，第 417 頁。

【前腔】你們不思忖，嚇咱們。此身不動如山穩。難消恨。（淨）
恨那個？（生唱）恨你們，忒毒狠，匈奴與咱結仇讐，一朝禍來難
投奔。上告蒼天乞憐憫，罷，一刀自把頭來列。〔註41〕

當年閻爾梅所唱，或許即是此類砥礪其志的曲文。他是在借曲而言志，
蘇武事蹟已成了支撐他南北奔波、歷經磨難而壯心不改的主要精神支柱，足
見戲曲尤其是優秀劇目在人們的生活中佔有何等重要的位置。

圖 36：蘇武牧羊圖

〔註41〕王季思主編：《全元戲曲》第十卷，人民文學出版社，1990年，第417頁。

　　還有一點應予提及的是，抄本元代戲文《牧羊記》，第三齣《過堤》中採錄了一首古老的【回回曲】，中云：「天上的娑婆甚麼人栽？九曲的黃河甚麼人開？甚麼人把住三關口呀，甚麼人和和北番的來。【前腔】天上的娑婆李太白栽，九曲的黃河老龍王開。楊六郎把住三關口呀，王昭君和和北番的來。」〔註42〕後世短劇《小放牛》即由此而來，敘牧童為富戶放牛於山野，見一少女前來打問路徑。二人遂對唱，你唱我答，甚是快活。所唱的主要曲調，就是《蘇武牧羊記》中的【回回曲】。晚清亂彈中有此劇目，為《清車王府藏戲曲全編》第十二冊收錄，也見於《俗文學叢刊》第 340 冊。河南梆子未見此劇，而江蘇梆子中有此劇目，亦見於江蘇柳琴戲。可見，江蘇梆子與古代民歌、小調乃至古劇淵源之深。

　　《蘇武牧羊記》因是早期戲文作品，與其他劇目相比較，流傳並不算十分廣泛。在六十餘種戲曲選本中，真正入選該劇的，不過是《風月錦囊》、《群音類選》、《吳歈萃雅》、《南音三籟》、《堯天樂》、《醉怡情》、《綴白裘》等十餘種而已。其中《醉怡情》選《小逼》、《大逼》、《守羝》、《望鄉》四齣，而《綴白裘》所選達八齣，計《慶壽》、《頒詔》、《小逼》、《望鄉》、《大逼》、《看羊》、《遣妓》、《告雁》。

　　南戲的三大聲腔分別是海鹽腔、餘姚腔、弋陽腔，那麼，閻爾梅所唱《蘇武牧羊記》，究竟是用的哪一聲腔呢？據清初劉廷璣《在園雜志》卷三所載，當時弋陽腔很盛行，且有「變弋陽腔為四平腔、京腔、衛腔，甚且等而下之，為梆子腔、亂彈腔、巫娘腔、瑣哪腔、囉囉腔矣」〔註43〕。劉廷璣（字玉衡，號在園，又號葛莊），曾官浙江台州府通判、處州知府、江西按察使等。清康熙三十四年（1695），以事降為江南淮徐道。據專家考證，他生於清順治十年（1653），康熙四十六年（1707）曾因河務來蘇北，作反映硪工勞作情況的《硪歌》詩。硪歌，實則為夯歌。「硪」，讀 wò，乃是築堤壩時用以砸地基的工具。此前，劉氏還在南京、淮陰等地生活過。他在作品中反映的戲曲聲腔流播、演變狀況，說不定就發生在江蘇一帶。儘管其生活的時代較閻爾梅晚許多，閻去世那年，他才不過二十六七歲，但戲曲聲腔的演變非朝夕之功，必須經過較長的歷史積澱才能完成。所以，就此而論，閻氏在唱《蘇武牧羊記》時，很可能運用的是本地化了的弋陽腔。因為早在明萬曆、天啟年間，弋陽、義

<hr>

〔註42〕王季思主編：《全元戲曲》第十卷，人民文學出版社，1990 年，第 393 頁。
〔註43〕劉廷璣：《在園雜志》卷三，中華書局，2005 年，第 89～90 頁。

烏、青陽、徽州、樂平諸腔已流播較廣，至於「『石臺』、『太平』梨園，幾遍天下，蘇州不能與角什之二三。其聲淫哇妖靡，不分調名，亦無板眼；又有錯出其間，流而為『兩頭蠻』者，皆《鄭》聲之最，而世爭膻趨痂好，靡然和之」〔註44〕。地方戲曲聲腔的影響逐漸擴大，「世爭膻趨痂好」，幾有風靡天下之勢，以致影響到閻氏，是可以想像的。這種推論，也更接近由弋陽而梆子這一戲曲發展的實際。因此腔傳唱未久，能唱者少，故「郢雪班」之命名或亦包含曲高和寡之意。

我們知道，晚明的戲班，多是由官紳或富豪之家所設立並供養，如施紹莘家樂、范景文家樂、田弘遇家樂、侯恂家樂、周奎家樂、吳炳家樂、徐懋曙家樂、祁豸佳家樂、張岱家樂、劉澤清家樂等。入清之後的梁清標、俞錦泉、侯杲、劉師峻、王熙、吳興祚、王永寧、秦松齡、吳之振、喬萊、龍燮等家樂，亦皆是以家庭為基本單位，靠主人的經濟實力和一定的勢力，召集四方伶人組織而成。而閻爾梅的「郢雪班」，是憑藉興趣相投、愛好相似又抱有相同之志向的朋輩聚集在一起，組成戲班，在當時還是很少見的。再說，以個人的名義自願結合，組成戲班，少受外部勢力的干擾，在舉行戲曲活動時，則相對自由許多，也有利於在更為寬鬆的環境下發展，對戲曲演唱藝術個性的養成不無裨益。

從另一方面來看，尋求快樂而擯棄憂煩，也是人們與生俱來的一種本能。古人謂：「人稟七情，應物斯感，感物吟志，莫非自然。」〔註45〕人們置身於紛繁複雜的現實生活中，難免會產生許多困擾與排遣不去的煩惱，而在這種情況下，蹦蹦跳跳、說說笑笑，或者乾脆吼上幾嗓子，的確能使緊張抑鬱的內在心理得到紓解。因為歌唱可以撫慰人的心靈，「可以釋怨毒之結，可以已愁憒之疾」〔註46〕。閻爾梅集結同好而組織很可能是近似於後世之「玩局」的戲班，無形中對這一帶的戲曲傳播會起到一定的示範作用。既有「郢雪班」，何嘗不可踵其前塵建一「下里班」或者其他歌唱或表演組織。從這一認識層面來看，「郢雪班」的出現，既是徐州戲曲發展到一定程度的產物，也對民間戲曲活動的廣泛開展起到導夫先路的作用。

〔註44〕王驥德：《曲律》，中國戲曲研究院編：《中國古典戲曲論著集成》第四冊，中國戲劇出版社，1959年，第117～118頁。
〔註45〕劉勰著、周振甫注：《文心雕龍注釋》，人民文學出版社，1981年，第48頁。
〔註46〕湯顯祖：《宜黃縣戲神清源師廟記》，湯顯祖著、徐朔方箋校：《湯顯祖全集》第二冊，北京古籍出版社，1999年，第1188頁。

第三節　移民背景下的梆子戲崛起

　　江蘇梆子是梆子腔系統中在蘇、魯、豫、皖交界區域頗有影響的一個劇種。近年來，在國家、省文化部門的統一安排下，由市文化部門對江蘇梆子的相關史實作了一定程度的梳理，相繼推出了《江蘇戲曲志‧江蘇梆子戲志》（江蘇文藝出版社 1999 年版）、《江蘇戲曲志‧徐州卷》（江蘇文藝出版社 2002 年版）諸書，同時，《徐州文化志》（1989 年內部印刷）、《徐州文化大觀》（文匯出版社 1995 年版）、《徐州文化博覽》（文化藝術出版社 2003 年版）等，對江蘇梆子亦有涉及。

一、移民風潮與梆子腔的孕育

　　《江蘇戲曲志‧徐州卷》，在敘及梆子戲的由來時，曾這樣描述：

> 　　明初洪武、永樂年間直至成化時，大批山西、陝西移民遷居徐州地區，《徐州府志》及豐、沛、銅山、邳州、睢寧等縣志均有記載。僅明成化年間（1465～1487）平陽府（今山西臨汾）遷移者即有五萬七千八百餘戶，清嘉慶八年（1803）豐縣的《蔣氏家譜》序中寫道：「其先由山西之洪洞遷豐……迄今三四百年。」〔註47〕

　　這段話頗具代表性，不僅集中反映了各家著述的意見，也和民間廣泛流傳的說法相吻合。一般認為，在明代初年，山西大批百姓遷居山東、徐州一帶，以致洪洞縣老鴰窩成了移民們的永久記憶，至今仍時常被提及。居民遷徙，戲隨人走，山、陝一帶的歌唱伎藝，也被帶到蘇、魯地區，並與蘇北的地方小調、民間雜耍、說唱伎藝、方言俗語逐漸融合，從而為江蘇梆子的生成架設了溫床。

　　翻檢史書，移民說頗有史實依據。明初，朝廷為了盡快恢復農業生產，採取了一系列強有力的措施，一方面，對那些「年饑或避兵他徙者」〔註48〕，鼓勵其回鄉耕種，並給耕牛、種子、口糧，並免除賦稅，使安其業；另一方面，將生活在人口密度較高而土地相對較少的民戶，徙往閒散田土較多的地區。「明初，嘗徙蘇、松、嘉、湖、杭民之無田者四千餘戶，往耕臨濠，給牛、種、車、糧，以資遣之，三年不徵其稅。徐達平沙漠，徙北平山後民三萬五千八百餘戶，散處諸府衛，籍為軍者給衣糧，民給田。又以沙漠遺民三萬二

〔註47〕陳曉棠主編：《江蘇戲曲志‧徐州卷》，江蘇文藝出版社，2002 年，第 103 頁。
〔註48〕張廷玉等撰：《明史》第七冊，中華書局，1974 年，第 1878 頁。

千八百餘戶屯田北平，置屯二百五十四，開地千三百四十三頃。復徙江南民十四萬於鳳陽」〔註 49〕。「屢徙浙西及山西民於滁、和、北平、山東、河南。又徙登、萊、青民於東昌、兗州。又徙直隸、浙江民二萬戶於京師，充倉腳夫」〔註 50〕。明成祖時，還曾「核太原、平陽、澤、潞、遼、沁、汾丁多田少及無田之家，分其丁口以實北平」〔註 51〕。

圖 37：山西洪洞大槐樹

有人撰文稱，從明洪武初年至永樂末年，當時朝廷在山西組織了 18 次大規模遷徙，牽涉人口百萬餘。據相關方志、家譜、碑傳等文獻載述，移民中95%來自洪洞縣。其他則是來自太原、平陽二府和澤、潞、遼、沁、汾五州。「遷往山東地區的移民主要分布於黃泛區的東昌、濟南、兗州、青州等府，涉及今天山東的六十多個縣市。移民遷入後，多以姓氏為村莊、屯名，也有以故土的縣名為名的，如丁官屯、隨官屯、胡官屯、李營、屯留營、長子營等」〔註 52〕。因遷徙時集合的地點是洪洞縣城北的廣濟寺以及距此不遠汾河

〔註 49〕張廷玉等撰：《明史》第七冊，中華書局，1974 年，第 1879 頁。
〔註 50〕張廷玉等撰：《明史》第七冊，中華書局，1974 年，第 1880 頁。
〔註 51〕張廷玉等撰：《明史》第七冊，中華書局，1974 年，第 1880 頁。
〔註 52〕魏崇祥、陳虎：《大槐樹傳說與中國人的祖先意識》，《中華讀書報》2009 年 3月 11 日。

灣上的那棵大槐樹。所以，年深日久，家鄉究竟在何處已難以知曉，而大槐樹老鴰窩則成了象徵家鄉的特殊符號，烙在移民世代子孫內心深處的記憶裏。而且，據說大槐樹下走出的移民後裔，雙腳的小腳趾甲皆是兩片，究竟是何等原因，至今說法不一，很可能與遺傳有關。而將大、小便稱作「解手」，也與遷徙有關。又稱，前往遷徙地的途中，官府擔心人們逃跑，所以押解者用繩索將移民的手捆綁起來，需如廁時則解開。故而，「解手」則成為「方便」的代名詞。至今，徐州一帶人，小腳趾甲為兩片者仍然很多，而稱大、小便為「解手」者更習見。

再如，山西有一種麵食叫「剔尖」，其做法是將麵粉兌水攪成濃稠的糊狀，稍餳一會，待水燒開，就用筷子橫在裝有麵糊的盤子邊沿，一條一條地將麵撥入開水中，麵呈魚形，熟即可食，是一種簡易的麵食製作。這一飲食風俗，至今在徐州（尤其是豐沛一帶）仍存在。不過，名稱有了變化，筆者家鄉稱之為「撥疙瘩」，有的地方則名曰「撥麵魚」。這又是蘇北百姓多為由洪洞縣大槐樹輾轉遷徙至此的移民後裔的證據。

圖 38：明代移民遺址

　　遠在山、陝的百姓，遷徙至一兩千里之外的蘇、魯一帶定居，隨之而來的，不僅是物質層面的東西，還有風俗、文化等方面的內容，其中就包括歌謠、小調、雜耍、俗曲。且在日後的生活中，產生於不同地域的異質文化不時發生碰撞、裂變、異化、融合，則是順理成章之事。何況山、陝一帶，自宋、元以來，歌舞演唱之風就很興盛。宋人王灼《碧雞漫志》（卷二）曾記載，「澤州孔三傳者，首創諸宮調古傳，士大夫皆能誦之。」〔註53〕孟元老《東京夢華錄》卷五「京瓦伎藝」條，亦載及「孔三傳耍秀才諸宮調」〔註54〕。吳自牧《夢粱錄》卷二〇「妓樂」曰：「說唱諸宮調，昨汴京有孔三傳編成傳奇靈怪，入曲說唱。」〔註55〕澤州，宋為澤州高平郡（今山西晉城），位於山西省東南部，距河南焦作較近。現今傳世的諸宮調作品，如《劉知遠諸宮調》，其作者被認定為河東（今山西）人；《西廂記諸宮調》，作者董解元乃河東絳州人。元雜劇作家多為山西人，如《諸宮調風月紫雲亭》的作者石君寶，為河東平陽（今山西臨汾）人；《伍員吹簫》的作者李壽卿、《杜牧之詩酒揚州夢》的作者喬吉、《李三娘麻地捧印》的作者劉唐卿，均係山西太原人。于伯淵、狄君厚、孔文卿、鄭德輝，皆為平陽（今山西臨汾）人；《牆頭馬上》、《梧桐雨》等劇的作者白樸，乃是隩州（今山西河曲）人。

　　後來，雖說雜劇中心南移杭州，但所播下的戲曲藝術的種子卻生根發芽、遍地開花。山西一帶，至今仍保留有不少元代古戲臺之類的戲曲文物，即是一明證。同時，也為山西的風俗文化鋪墊起濃厚的戲曲藝術氛圍。「山西大同的迎春儀式，『優人樂戶各扮故事，鄉民攜田具唱農歌演春於東郊』〔註56〕。元宵節，『各鄉村扮燈官吏，秧歌雜耍，入城遊戲』〔註57〕」〔註58〕。祭祖先，「演劇獻牲」〔註59〕。龍神廟「祈禱雨澤，輒令女巫樂戶歌舞侑享」〔註60〕。

〔註53〕中國戲曲研究院編：《中國古典戲曲論著集成》第一冊，中國戲劇出版社，1959年，第115頁。

〔註54〕孟元老著、伊永文箋注：《東京夢華錄箋注》下冊，中華書局，2006年，第462頁。

〔註55〕吳自牧：《夢粱錄》，三秦出版社，2004年，第314頁。

〔註56〕吳輔宏：《（乾隆）大同府志》卷七，清乾隆四十七年重校刻本。

〔註57〕吳輔宏：《（乾隆）大同府志》卷七，清乾隆四十七年重校刻本。

〔註58〕趙興勤、趙韡編：《清代散見戲曲史料彙編（方志卷・初編）》上冊「前言」，臺灣花木蘭文化出版社，2016年，第19頁。

〔註59〕吳輔宏：《（乾隆）大同府志》卷七，清乾隆四十七年重校刻本。

〔註60〕吳輔宏：《（乾隆）大同府志》卷七，清乾隆四十七年重校刻本。

雷公山，「張伎樂百戲，謝拜祠下」〔註61〕。「雖孤村僻野，賽神演戲無歲無
之」〔註62〕。而「村謳雜劇」〔註63〕，更「習為固然」〔註64〕。臨晉、平陸、
稷山、澤州、忻州、絳縣、河曲、神池、平陽、臨汾、霍州、趙城、浮山、
汾陽、左雲、渾源、靈邱、徐溝等地，「扮社火，演雜劇，招集販鬻」〔註65〕，
「演劇為樂」〔註66〕，已成為生活常態。「長期的共同生活與耳聞目染，逐漸
形成了共同的信仰與追求、興趣與愛好、風俗與習慣」〔註67〕。所以，即便
後來人們由於生活遭際的不同，背井離鄉，異地謀生，然而，一旦聽到鄉音、
鄉歌、鄉戲，一種高度的認同感便油然而生，馬上能拉近雙方的距離。

戲曲之類的優秀文化傳統，「經過歷史風塵的淘濾，已積澱成全民的集體
記憶，融化於血脈中，凝固成一種既有時間長度又有空間維度還有情感溫度
的『情結』，一種具有特殊價值與意義的文化符號，一種烙有深深民族印記並
具有獨特感召力、向心力的精神標識。無論相距多遠，無論語言溝通有多困
難，一旦看到這類帶有宗教色彩的儀式，立即會升騰起強烈的認同感和親切
感，瞬間拉近了與對方的距離，這就是民族文化的魅力」〔註68〕。那些由山、
陝遷移而來的百姓，對家鄉的戲曲文化自然懷有一種特殊的情感。所以，遷
居的同時，也帶來了凝結著鄉愁的民歌小調、風俗習慣、戲曲演唱，則是再
自然不過的事情。同時，數萬人的異地遷徙，哪怕是在異地居留已久，或是
已融入了當地人的生活，但常回家看看的願望不會止息。安土重遷是中華民
族相沿已久的傳統。而遠在家鄉的親人，也想來遷徙地看看居留異地的親人
的生活狀況，一來二往，便拉緊了故土與新居地之間的關係。當時交通不便，
初時來往，還可能僅僅是以探親為主要內容，後來，又在貨物的互通有無上
做起了文章，是兩地的經貿關係促進了文化的互融。所以，徐州一地，幾乎
各縣、市均有山西會館，便很能說明這一問題。

〔註61〕吳輔宏：《（乾隆）大同府志》卷二七，清乾隆四十七年重校刻本。
〔註62〕賴昌期：《（光緒）平定州志》卷五，清光緒八年刻本。
〔註63〕宋起鳳：《（康熙）靈邱縣志》卷四，清康熙二十三年刻本。
〔註64〕沈鳳翔：《（同治）稷山縣志》卷一，清同治四年石印本。
〔註65〕章廷珪：《（雍正）平陽府志》卷二九，清乾隆元年刻本。
〔註66〕章廷珪：《（雍正）平陽府志》卷二九，清乾隆元年刻本。
〔註67〕趙興勤、趙韡編：《清代散見戲曲史料彙編（方志卷・初編）》上冊「前言」，
　　　　臺灣花木蘭文化出版社，2016年，第7頁。
〔註68〕趙興勤、趙韡編：《清代散見戲曲史料彙編（方志卷・初編）》上冊「前言」，
　　　　臺灣花木蘭文化出版社，2016年，第7頁。

　　筆者於上個世紀九十年代初，赴山西忻州出席全國首屆元好問學術討論會，晚上應主辦方邀請觀看山西上黨梆子演出，那旋律聽起來十分熟悉，當時感到很奇怪，後經思索才悟得，江蘇梆子當有山西梆子的某些藝術基因，這與移民文化與當地文化的互融互滲有很大的關係。山西，也成了蘇、魯人們的一種難以釋懷的情結。直至上個世紀五六十年代，人們除闖關東外，最喜歡投奔的地方乃是山西，時稱「下山西」。至今仍有許多人在山西安家落戶、生兒育女。還有人把江蘇梆子帶往山、陝，且唱得非常紅火。就山西梆子、秦腔（陝西梆子）與江蘇梆子相比較而言，江蘇梆子似乎更接近於山西梆子。

　　至於秦腔與山西梆子孰先孰後，蘇育生《中國秦腔》一書，有這樣一段描述：

> 　　秦腔作為一個劇種的出現，應該是以陝西關中為中心地區。明末清初，陝西關中較之今天，其範圍要廣泛得多。它西至甘肅東部，東至山西南部，還包括現今陝北和陝南的部分地區。……秦腔最早的形成可能就在處於黃河兩岸的同州府和蒲州府。同州在陝西東部，即今大荔；蒲州在山西南部，即今永濟。同州和蒲州雖然在行政劃分上屬於兩個省份，但僅有一河之隔，在地方方言和風土人情諸方面，都有著許多共同之處。從文化傳統看，那裡都是北雜劇盛行的地區，至今仍有不少元代戲臺留存；從戲曲狀況看，無論同州還是蒲州，民間戲曲十分活躍，演出活動十分頻繁。〔註69〕

所言很有道理。以往論者在述及江蘇梆子起源時，每每山、陝並稱，而筆者更傾向於山西梆子對本地梆子戲形成的影響。

　　然而，從明初的移民到梆子戲的形成，其間經歷了一個相當長的歷史時段。《江蘇梆子戲志》謂：

> 　　明朝隆慶三年（1569）刊印的《豐縣志》中圖文記載，在嘉靖三十一年（1552）重修的豐縣城城隍廟內，正殿背面即為戲樓，飛簷下端掛有「戲樓」貼金匾，位於整個建築群中心。臺前看場能容千餘眾，東西兩邊廊房還能坐人。民謠「無豐不成梆」，在此演出的當以梆子戲為主。〔註70〕

〔註69〕蘇育生：《中國秦腔》，上海百家出版社，2009年，第73～74頁。
〔註70〕于道欽主編：《江蘇戲曲志·江蘇梆子戲志》，江蘇文藝出版社，1999年，第1頁。

這一縣志所載史料十分珍貴，為研究徐州明代戲曲史提供了重要的史料。但是，當時究竟所演何戲，是否為梆子戲，都值得商榷。

明代戲曲家徐渭，在《南詞敘錄》中稱：「今唱家稱弋陽腔，則出於江西，兩京、湖南、閩、廣用之；稱餘姚腔者，出於會稽，常、潤、池、太、揚、徐用之；稱海鹽腔者，嘉、湖、溫、臺用之。惟崑山腔止行於吳中，流麗悠遠，出乎三腔之上，聽之最足蕩人。」〔註71〕則逕言在徐州、常州、鎮江、池州、揚州等地，所流行的戲曲聲腔乃餘姚腔。這是目前能夠見到的唯一涉及徐州一帶所演戲曲聲腔情況的記載，當然很值得珍視。徐渭，字文長，別號田水月、青藤道人等，浙江山陰（今浙江紹興）人，明代著名劇作家、戲曲理論家。所作《四聲猿》雜劇，至今尚存，是明雜劇中最具影響力的作品。據說，諷刺喜劇《歌代嘯》亦出其手。他的《南詞敘錄》是第一部涉及南戲源流及劇本創作情況的專著，甚為珍貴，所言當有所根據。徐氏生活的年代，在明正德十六年（1521）到萬曆二十一年（1593）之間，而豐縣古戲臺則建於明隆慶三年（1569）。由此而推論，當時豐縣古戲臺所演唱的戲曲聲腔當為餘姚腔，或者是某種程度本地化了的餘姚腔，而非梆子腔。

再說，梆子腔名稱的出現相對較晚，大概是在清初。至於「西秦腔」之名，大約最早見於《缽中蓮》一劇中的「西秦腔二犯」，當時僅是以曲牌名目進入崑山腔劇本的。《缽中蓮》，是一出以演唱崑曲為主而兼唱其他曲調如【絃索】、【山東姑娘腔】、【四平腔】、【京腔】、【誥猖腔】、【西秦腔二犯】等聲腔的傳奇劇作。舊稱「玉霜簃藏明萬曆抄本」。玉霜，乃京劇名家程硯秋之號。此劇即為程氏所收藏。然戲曲史家胡忌認為，該抄本當為清康熙年間產物，是很有道理的。〔註72〕如果說，該抄本的確是產生於萬曆年間，那麼，【山東姑娘腔】、【西秦腔二犯】等曲調何以不見於他書記載？這倒是值得深思的一個問題。就現存相關文獻，不妨作一比照。載及梆子、京腔等聲腔的古籍，大都出現在清康熙之時。我們不妨由此而推斷，梆子腔的真正產生，不會早於明末清初。由此而論，有文章稱，在明隆慶之時的豐縣，就已在演唱梆子腔，是有違史實的。倒是《江蘇戲曲志・徐州卷》所稱：「明中葉，秦晉商人

〔註71〕中國戲曲研究院編：《中國古典戲曲論著集成》第三冊，中國戲劇出版社，1959年，第 242 頁。

〔註72〕參看胡忌：《〈缽中蓮〉傳奇年代辯證──兼論「花雅同本」的演出》，胡忌主編：《戲史辨》第四輯，中國戲劇出版社，2004 年，第 117 頁。

遍布徐州地區，他們築會館，建戲樓，追求聲色之娛。因此明末清初陝西、山西梆子形成後，很快經過河南、山東傳入與之接壤的江蘇豐、沛二縣及原屬江蘇現屬安徽的蕭縣、碭山縣，並在徐州地區流傳開來。同時山東梆子藝人在當地（豐、沛等地亦和山東相連）落戶安家或搭臺演出，收徒傳藝，使梆子得以流傳」〔註73〕，更接近客觀實際。當然，《江蘇梆子戲志》在涉及這一問題時，下語也很謹慎，用了「當以梆子戲為主」〔註74〕這一推斷之語，還是比較負責任的。

二、羅羅腔對江蘇梆子的催生

　　論及徐州早期的戲曲活動，曾創辦本地第一個戲班——「郘雪班」的閻爾梅是不得不提的重要人物。他作為明遺民，為躲避清廷的加害，在外流浪長達十八年，接觸過各類與戲曲搬演、創作相關的人員，與晚明著名劇作家袁于令有交。袁于令，字令昭，號籜庵，江蘇吳縣人。著有傳奇《西樓記》、《金鎖記》等。閻氏寄寓廬州時，寫有《廬州飲梅爾常別墅，限哥字韻》一詩，詩題下注曰：「與袁籜庵、方爾止、方洞修同賦。」〔註75〕另作有《佛種精舍與曉堂和尚、方爾止、方洞修、袁籜庵、杜于皇同賦》、《蔣子久招飲天寧寺，袁令昭、杜于皇、孫豹人在座，志之》、《過袁籜庵邸中聽吳歈》等詩。遊走京師時，他與蘇州旦色名伶王綺湘相遇，當場寫下《即席贈王旦綺湘》一詩贈之。在河南，他欣賞王似鶴按察彈琴，還在飲酒之時，與同好「討論西京殘樂府」〔註76〕。在四川，他由臨卭至青城山，途中為「村舍笙鐃」〔註77〕所吸引，不忘欣賞當地的戲劇演出。在河南林縣黃華山，他貪看女優精彩的場上表演，「素妝靚姣遠山眉，歌喉引長鶯依依」〔註78〕，以致離開時

〔註73〕陳曉棠主編：《江蘇戲曲志·徐州卷》，江蘇文藝出版社，2002年，第103頁。
〔註74〕于道欽主編：《江蘇戲曲志·江蘇梆子戲志》，江蘇文藝出版社，1999年，第1頁。
〔註75〕閻爾梅：《閻古古全集》卷四「詩·七律·南直隸集卷九之一」，北京中國地學會，1922年，第18頁。
〔註76〕閻爾梅：《秋夜飲孟陟公矩廊，時同許毓荊、馬茱史、馬蓉甫分韻》，《閻古古全集》卷五「詩·七律·河南集卷九之四」，北京中國地學會，1922年，第6頁。
〔註77〕閻爾梅：《臨卭至青城山道中看戲》，《閻古古全集》卷五「詩·七律·四川集卷九之十」，北京中國地學會，1922年，第3頁。
〔註78〕閻爾梅：《黃華山觀戲》，《閻古古全集》卷二「詩·雜體·七古卷五」，北京中國地學會，1922年，第17頁。

已是「滿天星斗」。在盧州，他觀看《史閣部勤王》劇，並感而賦詩。當時，吳炳所作《綠牡丹》傳奇也正在上演，他稱：「逢人莫說詩文事，請看燈前《綠牡丹》。」〔註79〕在彰德，於王太守處，觀看湯顯祖名作《牡丹亭》的演出。在禹州劉東里宅，他追記舊禹王府家伎演唱新曲《打丫頭》。馮夢龍所編歌謠集《掛枝兒》「想部三卷」收有《打丫頭》一曲，謂：「害相思害得我伶仃瘦，半夜裏爬起來打丫頭，丫頭，為何我瘦你也瘦。我瘦是想情人，你瘦好沒來由，莫不是我的情人也，你也和他有。」〔註80〕所唱當為此曲。閻爾梅《月夜飲劉東里齋中即事》一詩末二句「自是侯門秋怨譜，騷人題作《打丫頭》」，自注曰：「禹州舊有王府，其妓人戲為新曲，曰《打丫頭》。」〔註81〕在山西大同，聽伎人唱曲，他生發感慨：「王孫樂府飄零盡，猶有佳人感毅皇。」〔註82〕在安邑（今山西運城），他欣喜地寫道：「土俗從來歡賽戲，鳴鑼百隊雜鍾璈。」〔註83〕在德州，他與友人「度曲隨簫互唱酬」〔註84〕。此外，還寫有《元宵東莊看影戲》一詩，謂：「枌榆舊社徙郊東，元夜新添擊筑童。角抵魚龍隨影幻，花燒梨菊綴煙空。霓裳舞碎邗江月，漁鼓摛殘溹水風。歡醉少年場裏去，不知身是白頭翁。」〔註85〕既言「枌榆舊社」，當作於故鄉沛縣。《漢書·郊祀志上》：「高祖禱豐枌榆社。」〔註86〕枌榆，鄉名。後人以此指稱家鄉。這說明，在清初沛縣一帶於元宵節演影戲已為常態。至於「邗江月」、「霓裳舞碎」、「漁鼓摛殘」云云，乃用唐代道士葉法善、後漢末文士禰衡事，均與元宵有關。可見，其閱歷之廣、賞南北曲調之多，一時少有人能及。

〔註79〕閻爾梅：《觀戲》，《閻古古全集》卷三「詩·七絕·南直隸集卷七之一」，北京中國地學會，1922年，第14頁。

〔註80〕馮夢龍等編：《明清民歌時調集》上冊，上海古籍出版社，1987年，第97～98頁。

〔註81〕閻爾梅：《閻古古全集》卷三「詩·七絕·河南集卷七之四」，北京中國地學會，1922年，第2頁。

〔註82〕閻爾梅：《秋夜聽妓人度曲》，《閻古古全集》卷五「詩·七律·山西集卷九之五」，北京中國地學會，1922年，第6頁。

〔註83〕閻爾梅：《從安邑南入中條，遂渡茅津，抵陝州西去》，《閻古古全集》卷五「詩·七律·山西集卷九之五」，北京中國地學會，1922年，第16頁。

〔註84〕閻爾梅：《端午飲下茹西齋，時偕莊尚之、盧德水諸友》，《閻古古全集》卷五「詩·七律·山東集卷九之三」，北京中國地學會，1922年，第8頁。

〔註85〕閻爾梅：《閻古古全集》卷四「詩·七律·南直隸集卷九之一」，北京中國地學會，1922年，第10頁。

〔註86〕《二十五史》第一冊，上海古籍出版社、上海書店，1986年，第484頁。

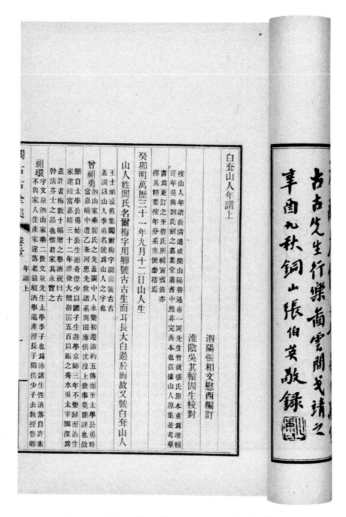

圖39：閻爾梅《閻古古全集》書影

　　尤其值得注意的是，閻爾梅在作品裏還多次提及囉戲（又稱羅羅曲、邏腔）。他在《魚營觀賽神者》一詩末二句中寫道：「方今滿地胡笳弄，且聽邏腔漫解嘲。」〔註87〕魚營，在河南通許西十里。而邏腔，詩人自注曰：「河南有邏腔，可笑。」〔註88〕在《後村居三十首》之二十九首中，他又寫道：「野曠蟲音亂，秋高月氣廉。有僧揮塵尾，無地哭龍髯。戲唱羅羅曲，高唫《昔

〔註87〕閻爾梅：《閻古古全集》卷五「詩・七律・河南集卷九之四」，北京中國地學會，1922年，第5頁。

〔註88〕閻爾梅：《閻古古全集》卷五「詩・七律・河南集卷九之四」，北京中國地學會，1922年，第5頁。

昔鹽》。故人傳秘訣，晚歲服青黏。」〔註89〕此組詩題後自注：「皆遭難以後
移住西林雜作。」〔註90〕據《白耷山人年譜》，甲寅永曆廿六年（清康熙十三
年）「山人七十二歲，在杏花塿莊」下按曰：（先生）《移居》詩有『西林草
草結吾廬』句，《杏塿莊雜詠》有『西林卻掃杏塿莊』句，蓋西林、杏塿本屬
一地，在沛縣之西，與豐接壤。」〔註91〕杏花塿，乃閻氏先人墳塋所在地，
去沛縣二十里（在今沛縣閻集一帶），爾梅依墓而居。可知，本組詩當寫於康
熙十三年（1674）之後，乃閻氏晚年之作。而在通許看邏腔戲，是乙未永曆
九年，即清順治十二年（1655）閻爾梅避居通許張嗣珍家之時〔註92〕，較《後
村居三十首》的寫作，大約早二十年。爾梅初聞邏腔，感到「可笑」，因為他
本人所習乃南腔，乍聽邏腔，不太順耳。而二十年後，回到家鄉，鄉間也「戲
唱羅羅曲」，卻沒流露絲毫對該戲曲聲腔的不屑之意，恰說明至康熙初年，羅
羅腔已在沛縣廣為流播，成了人們喜聞樂見的藝術形式。

邏腔、羅羅曲，當是同一戲曲聲腔。閻爾梅對羅羅曲的表述，亦與其他
文獻相互印證。在敘及羅羅曲的古代文獻中，劉廷璣的《在園雜志》較早為
研究者所關注，中云：

> 舊弋陽腔乃一人自行歌唱，原不用眾人幫合，但較之崑腔，則
> 多帶白作。曲以口滾唱為佳，而每段尾聲，仍自收結，不似今之後
> 臺眾和，作喲喲囉囉之聲也。西江弋陽腔、海鹽浙腔，猶存古風，
> 他處絕無矣。近今且變弋陽腔為四平腔、京腔、衛腔，甚且等而下
> 之，為梆子腔、亂彈腔、巫娘腔、瑣哪腔、囉囉腔矣。愈趨愈卑，
> 新奇迭出，終以崑腔為正音。〔註93〕

其次，乃乾隆九年徐孝常為江南名士張堅《夢中緣》傳奇所寫《序》。文
中稱：「長安梨園稱盛，管絃相應，遠近不絕。子弟裝飾，備極靡麗。臺榭輝
煌，觀者疊股倚肩，飲食若吸鯨填壑。而所好惟秦聲囉弋，厭聽吳騷，聞歌

〔註89〕閻爾梅：《閻古古全集》卷三「詩·五律·南直隸集卷八之一」，北京中國地
學會，1922 年，第 14 頁。

〔註90〕閻爾梅：《閻古古全集》卷三「詩·五律·南直隸集卷八之一」，北京中國地
學會，1922 年，第 12 頁。

〔註91〕閻爾梅：《閻古古全集》卷一「年譜下」，北京中國地學會，1922 年，第 11 頁。

〔註92〕參看閻爾梅：《閻古古全集》卷一「年譜上」，北京中國地學會，1922 年，第
17 頁。

〔註93〕劉廷璣：《在園雜志》卷三，中華書局，2005 年，第 89～90 頁。

崑曲，輒闃然散去。」〔註94〕種種現象說明，明末至清代乾隆這一時段，乃是地方戲聲腔的勃興之時，若將梆子等戲曲聲腔的崛起認定為萬曆之時，是很難尋覓到相關文獻依據的。

明代嘉靖年間，山西吉縣龍王山《重修樂樓記》所刻「蒲州義和班獻演」，據周貽白考證，此處「義和班」，並非蒲州梆子戲班，當為青陽腔戲班。「蒲州一帶唱的是源出弋陽腔的青陽腔」〔註95〕。如此看來，明人湯顯祖稱「隴上聲」，未必是西秦腔，當是弋陽腔在關中一帶的唱法。湯顯祖稱崑山、海鹽二聲腔「體局靜好」〔註96〕，不滿意弋陽腔的「節以鼓，其調諠」〔註97〕，故有「秦中子弟最聰明，何用偏教隴上聲」〔註98〕之說。

一般認為，羅羅腔源自弋陽腔。而「弋陽土曲，句調長短，聲音高下，可以隨心入腔」〔註99〕，在曲律上並沒有嚴格的要求，走的是方便村氓畸女觀聽的發展之路。而崑曲則不然，不僅在曲律上要求甚嚴，在語言上也「競為剿襲。靡詞如繡閣羅幃、銅壺銀箭、黃鶯紫燕、浪蝶狂蜂之類，啟口即是，千篇一律。甚者使僻事，繪隱語，詞須累詮，意如商謎，不惟曲家一種本色語抹盡無餘，即人間一種真情話，埋沒不露已」〔註100〕。相比較而言，弋陽腔具有很強的包容性、通俗性和應變性，許多地方戲曲聲腔的崛起，大多與受其影響有關。稱羅羅腔由弋陽腔發展而來，不無道理。之所以稱之為羅羅腔，大概與弋陽腔發展到後來，「後臺眾和，作喇喇囉囉之聲」〔註101〕有一定關係。

然而，羅羅腔究竟起源於何地，因文獻缺少，考察起來有一定難度。但其流播之廣、影響之大，在古籍中卻每見。清人李斗《揚州畫舫錄》卷五「新

〔註94〕蔡毅編著：《中國古典戲曲序跋彙編》第三冊，齊魯書社，1989 年，第 1692 頁。
〔註95〕周貽白：《中國戲曲發展史綱要》，上海古籍出版社，1979 年，第 464 頁。
〔註96〕湯顯祖：《宜黃縣戲神清源師廟記》，湯顯祖著、徐朔方箋校：《湯顯祖全集》第二冊，北京古籍出版社，1999 年，第 1189 頁。
〔註97〕湯顯祖：《宜黃縣戲神清源師廟記》，湯顯祖著、徐朔方箋校：《湯顯祖全集》第二冊，北京古籍出版社，1999 年，第 1189 頁。
〔註98〕湯顯祖：《寄劉天虞》，湯顯祖著、徐朔方箋校：《湯顯祖全集》第二冊，北京古籍出版社，1999 年，第 811 頁。
〔註99〕凌濛初：《譚曲雜箚》，中國戲曲研究院編：《中國古典戲曲論著集成》第四冊，中國戲劇出版社，1959 年，第 254 頁。
〔註100〕凌濛初：《譚曲雜箚》，中國戲曲研究院編：《中國古典戲曲論著集成》第四冊，中國戲劇出版社，1959 年，第 253 頁。
〔註101〕劉廷璣：《在園雜志》卷三，中華書局，2005 年，第 89 頁。

城北錄下」載述道:「兩淮鹽務例蓄花雅兩部以備大戲,雅部即崑山腔,花部為京腔、秦腔、弋陽腔、梆子腔、羅羅腔、二簧調,統謂之亂彈。」〔註102〕則將羅羅腔與弋陽、梆子、秦腔、二簧等並提,足見其已發展到一定規模,堪與弋陽腔爭勝。本卷又謂:

> 本地亂彈,此土班也。至城外邵伯、宜陵、馬家橋、僧道橋、月來集、陳家集人,自集成班,戲文亦間用元人百種,而音節服飾極俚,謂之草臺戲。此又土班之甚者也。若郡城演唱,皆重崑腔,謂之堂戲。本地亂彈只行之禱祀,謂之臺戲。迨五月崑腔散班,亂彈不散,謂之火班。後句容有以梆子腔來者,安慶有以二簧調來者,弋陽有以高腔來者,湖廣有以羅羅腔來者,始行之城外四鄉。繼或於暑月入城,謂之趕火班。〔註103〕

羅羅腔乃遠播湖廣,且來揚州與各類戲曲聲腔展開競爭,以搶佔戲曲文化市場,乃是不爭的事實。而年代稍前的李綠園所作小說《歧路燈》第九十四回,除敘及蘇崑的福慶班、玉繡班、慶和班、萃錦班等戲班外,特別敘及「又數隴西梆子腔,山東過來弦子戲,黃河北的卷戲,山西澤州鑼戲,本地土腔大笛嗡、小嗩吶、朗頭腔、梆鑼卷」〔註104〕。又言「鑼戲」乃出自澤州。李綠園於乾隆四十二年(1777)所寫的《〈歧路燈〉序》中謂:「蓋越三十年以迄于今,而始成書」〔註105〕,是說該書在乾隆初年即已動筆,至乾隆四十二年始草成。那麼,書中所反映的開封一帶的戲曲演出情況,當是雍正年間或稍前之事。上文已述,閻爾梅於清順治十二年(1655)在通許觀看邏戲,不禁失笑。時隔七八十年,此戲已由小縣城演至都市,這是符合情理的。且在戲曲聲腔前冠以地名,按照慣例,恰說明該戲來自澤州。有學者稱:「羅羅腔產於山西東南部的澤州一帶,山西優人帶到河南演出,使河南成為最普遍流行的地區。進而又北到河北、北京,南到湖廣,傳入揚州」〔註106〕,是很有道理的。

〔註102〕李斗:《揚州畫舫錄》卷五,中華書局,1960年,第107頁。
〔註103〕李斗:《揚州畫舫錄》卷五,中華書局,1960年,第130~131頁。
〔註104〕李綠園:《歧路燈》,欒星校注,中州古籍出版社,1998年,第693頁。
〔註105〕丁錫根編著:《中國歷代小說序跋集》下冊,人民文學出版社,1996年,第1633頁。
〔註106〕廖奔:《中國戲曲聲腔源流史》,臺灣貫雅文化事業有限公司,1992年,第128頁。

　　據相關專家考證，今所知的羅羅腔劇作，有《打麵缸》、《打灶王》、《打槓子》等，京劇、秦腔亦有上述劇目。據羅羅腔改編的劇目，重在場上之熱鬧。《打槓子》有皮黃改編本，演一女子回家，天色已晚，遇一賭徒持槓子打劫，然後二人互相調侃之事。劇本收入《清車王府藏戲曲全編》（第十五冊），雖稱為「皮黃」〔註107〕，但唱段未注明唱何等板式，亦為鬧劇，蛻化之跡較為明顯。至於《打麵缸》，《綴白裘》十一集卷四收有此劇，敘周臘梅與縣令私情事。所唱曲調主要為【梆子腔】，另外還有【小曲】、【西調寄生草】、【西調】、【包子帶皮鞋】、【吹調】等。〔註108〕此處之「西調」，當為西秦腔。據周貽白所說，「囉囉本即娃娃，皆為【耍孩兒】調。其高腔娃娃，則唱調為【耍孩兒】，而尾句幫腔。」〔註109〕而山西北部民諺也稱：「先有賽，後有孩，孩兒生騾（羅），引出道情、秧歌。」意思是說，山西民間的賽戲，乃是當地戲曲孳生的母體，由此產生了【耍孩兒】曲調。而羅羅戲又是在【耍孩兒】曲調的基礎上發展而來。至於道情、秧歌，則是後出。由此可知，【耍孩兒】當是羅羅腔的基本曲調。而《綴白裘》所收《打麵缸》，卻未見【耍孩兒】曲調，此或為梆子腔唱法。當然，戲曲聲腔在流播的過程中，並非一成不變，它會及時吸納流播地的民歌小調以豐富、完善自身，從而滿足當地欣賞群體的審美需求。而今，【耍孩兒】的唱法在江蘇梆子的唱腔中早已消失殆盡，但在吹打曲牌中，尚有【打娃娃】一曲，或是由娃娃調（即【耍孩兒】）演化而來。

　　由上述可知，有明一代，隨著山、陝移民的入住，他們將家鄉的民歌小調帶入蘇、魯一帶，並與本地歌謠曲調漸漸融合，又與南方流傳來的餘姚腔融為一體，形成了帶有本地特色的戲曲聲腔。明嘉靖年間在豐縣所演戲曲，當是餘姚腔本地化的一種戲曲形式。到了晚明至清初，弋陽腔以其包容性強，迅即由南向北流播，並衍生出許多地方戲曲聲腔。徐州終於有了本地以唱南曲為主的戲班──「郜雪班」。此後不久，羅羅腔也由山西經河南、山東傳入徐州。是羅羅腔的輸入，直接影響了徐州當地戲曲聲腔的形成。當然，受羅羅腔影響的地方戲曲聲腔還有許多，如流行於魯西一帶的高調梆子，就稱「大笛囉囉。其唱調近似吹腔，實則為【耍孩兒】調」〔註110〕。萊蕪梆子所唱聲腔，「既有梆

〔註107〕黃仕忠主編：《清車王府藏戲曲全編》第十五冊，廣東人民出版社，2013年，第160頁。

〔註108〕錢德蒼編選：《綴白裘》第六冊，中華書局，2005年，第197～206頁。

〔註109〕周貽白：《中國戲曲發展史綱要》，上海古籍出版社，1979年，第460頁。

〔註110〕周貽白：《中國戲曲發展史綱要》，上海古籍出版社，1979年，第472頁。

子腔，也有高撥子、老西皮、老二黃、崑曲、囉囉、亂彈之類」〔註 111〕。柳子戲，「以魯西的鄆城、菏澤一帶為根據地，東至兗州、曲阜、泗水、寧陽，北至濮陽、聊城，南至蘇北的徐州、豐沛一帶，西至河南的開封、商丘等地」〔註 112〕，所唱曲調除【柳子】外，「兼唱青陽腔、高腔、亂彈、娃娃（即【要孩兒】調）、西皮調、囉囉腔」〔註 113〕。肘鼓子（又名「秧歌腔」）、柳琴戲，都有【要孩兒】曲調，也是受了囉囉戲的影響。尤其是山西上黨梆子，是由「昆、梆、羅、卷、黃五種聲腔組成，屬於綜合性聲腔劇種」〔註 114〕。江蘇梆子的發展，與該劇種的博採眾長、廣收並蓄之特質有關，尤其吸收了崑腔、弋陽、餘姚、囉囉諸戲曲聲腔的藝術因子。當時流行於徐州一帶的囉囉戲，當為梆子戲的源頭之一。有了囉囉戲的藝術鋪墊，才有了真正意義上的江蘇梆子。

三、再度遷徙與江蘇梆子的走向成熟

江蘇梆子來源之古，亦有傳統劇目可證。它與山、陝地區的戲曲，有著千絲萬縷的聯繫。如《梅絳褶》，《江蘇梆子戲志》「傳統劇目總表」、《徐州戲劇史》「徐州梆子戲劇目」皆收有此劇，敘緣狐仙相助，成就書生藺孝先一段姻緣事。所謂「梅絳褶」，乃是貫串全劇情節的一件寶衣。此衣，後周遺臣公孫健初贈藺孝先，藺又轉贈與花女小倪。「褶」（讀 xí），係古代的一種騎服。《三國志·魏書·崔琰傳》：「唯世子燔翳捐褶，以塞眾望，不令老臣獲罪於天。」〔註 115〕又，《隋書·禮儀志六》：「袴褶，近代服以從戎。今纂嚴，則文武百官咸服之。車駕親戎，則縛袴，不舒散也。中官紫褶，外官絳褶，腰皮帶，以代鞶革。」〔註 116〕江蘇梆子題作《梅絳褶》，與古書所載正相吻合。京劇有此劇，別題《龍虎劍》，一作《紅塵仙侶》。秦腔亦有此目，又名《梅降雪》、《狐狸配》、《狐狸鬧書館》、《梅降裘》。甘肅省白銀市靖遠縣清嘉慶古鐘所鑄戲目有此劇，足見時代之久遠。〔註 117〕而河南梆子僅開封義成班曾演此

〔註 111〕周貽白：《中國戲曲發展史綱要》，上海古籍出版社，1979 年，第 473 頁。
〔註 112〕周貽白：《中國戲曲發展史綱要》，上海古籍出版社，1979 年，第 503 頁。
〔註 113〕周貽白：《中國戲曲發展史綱要》，上海古籍出版社，1979 年，第 503 頁。
〔註 114〕孟繁樹：《中國板式變化體戲曲源流研究》，文化藝術出版社，2002 年，第 255 頁。
〔註 115〕《二十五史》第二冊，上海古籍出版社、上海書店，1986 年，第 1111 頁。
〔註 116〕《二十五史》第五冊，上海古籍出版社、上海書店，1986 年，第 3279 頁。
〔註 117〕參看郭向東、李芬林主編：《西北稀見戲曲抄本叢刊》第 2 冊，浙江古籍出版社，2017 年，第 682 頁。

劇，題為《梅降雪》，而《中國豫劇大詞典》未列此目，足見流傳不廣。京劇當從秦腔移植而來。江蘇梆子中的這一劇目是從秦腔而來，還是別有古本可依，則不得而知。僅就「梅絳褶」沿用古稱而論，它所產生的年代當甚久遠，殆遠在甘肅省圖書館藏清道光二十九年（1849）濟世堂抄本之上。因「絳」與「降」同音，「褶」有「zhě」、「dié」、「xí」多種讀音，不易辨識，而俗讀則為 xué，與「雪」、「褻」音相近，才改稱的。由此可見，江蘇梆子歷史悠久，所保存劇目之珍貴。或稱，此劇係由清人小說《狐狸緣》改編，實有望文生義之嫌。題醉月山人所著《狐狸緣》小說，內容與本劇全不相干，且產生年代後於《梅絳褶》數十年之久，所言不足為據。

　　據現有資料來看，一部江蘇梆子的發展史與移民有著千絲萬縷的關係，這恰印證了「藝憑人傳、戲隨人走」那句老話。

（一）江蘇梆子的四大門派：

　　在江蘇梆子發展史上，影響最大、波及最廣的有四大傳承譜系：一為蔣花架子，一為殷鳳哲。他們都是唱紅一方的領軍人物，一個是蔣派的開山始祖，另一個是殷派的創始者，又都是有著移民背景的人物。另外兩家則是「大衣箱」傳承譜系、賈鳳鳴傳承譜系。

1. 蔣花架子傳承譜系：

　　據《江蘇戲曲志·徐州卷》記載，蔣花架子生於清乾隆十年（1745），卒於清道光八年（1828）。其祖上於明建文二年（1400）由山西洪洞遷徙至江蘇豐縣。他本人出生於豐縣蔣單樓，由於受同是遷自山西的移民後人的影響，愛上了梆子戲，並認真學習表演伎藝，對音律也很是精通，為梆子戲唱腔音樂的發展傾盡其力。中年後辦科班以授徒，自己出資置辦衣箱、樂器，還創立戲班，給生徒提供施展才能的平臺，也方便了鄉鄰的戲曲觀賞。因其演戲特別注重表演程序，故人稱其為蔣花架子，真實名字反而湮沒不彰。他一生會戲三百多出，是有史可考的江蘇梆子早期老藝人之一。

　　著名戲曲史家周貽白，在其所著《中國戲曲發展史綱要》「梆子腔」一節中曾寫道：「到清代中葉以後，河南農村興起一種以山歌、民謠為基礎的土調，名為河南謳，後來吸收了早期秦腔——同州梆子的唱調，並與絃索腔及高腔相摻合，由是形成所謂河南梆子。」〔註118〕很顯然，是說河南梆子形成於清

〔註118〕周貽白：《中國戲曲發展史綱要》，上海古籍出版社，1979年，第469頁。

代中葉。在論及曹州梆子（即山東梆子）時又強調，曹州梆子「源出自陝西同州梆子」〔註119〕。二百年前開始授徒傳藝的，是來自河南開封朱仙鎮一帶的蔣札子及徐某，當地人以蔣門、徐門分別稱之。是說山東梆子、河南梆子，大概形成於同時，都是清代的乾隆年間。如此看來，蔣花架子在豐縣傳授梆子戲，與山東、河南梆子戲之形成，是在同一個時間段上。儘管蔣花架子與蔣札子有否關係，我們不得而知，但這一推論應是符合歷史事實的。

據相關學者研究，最初的河南梆子，分許、蔣兩門。演員「大多是由許門科班和蔣門科班培養出來的」〔註120〕。許門在「封丘縣曹崗鄉清河集辦班」〔註121〕，培養了一大批祥符調演員。「蔣門在朱仙鎮辦班，後因水患，蔣門第三代班主蔣札子離開朱仙鎮」〔註122〕，把祥符調傳到魯、皖等地。則明言河南梆子早期演員為許、蔣。再翻檢集結眾多豫劇名家編撰而成的《中國豫劇大詞典》，徐姓演員中無前期梆子戲藝人，而在許姓演員中，有名許長慶（1868～1927）者，人稱「許老六」，乃河南省封丘縣清河集人。「許家乃梨園名門，從清乾隆年間即創辦起梆子小天興科班」〔註123〕。許長慶作為戲班管主，尊師愛徒，培養弟子一二百人，遍布各地，以致有「內十處」、「外八處」之說。看來，周貽白所說的「徐門」，當為「許門」，或因音近而致訛。許氏小天興科班，當是據今所知河南梆子戲中最早的戲班。其他如封丘縣大盛班、雙盛班，據說也是成立於「清代中葉」，其依據是「清同治年間朱仙鎮《重修明皇宮碑記》記載的76個捐資戲班中即有封丘的『雙盛班』」〔註124〕。而商丘老班，大概也產生於此時，因班中藝人「大銀條」，據說是「活動於清乾、嘉年間的梆子戲男旦演員，真名不詳。在商丘老班獻藝終生」〔註125〕。而其他梆子戲班社，如商水縣趙家班、密縣小二班、密縣馬王爺戲班、中牟縣縣衙梆子戲班、太康縣皂班戲、林縣同盛班、永城縣龍虎班等三四十家早期戲班，

〔註119〕周貽白：《中國戲曲發展史綱要》，上海古籍出版社，1979年，第471～472頁。
〔註120〕張大新：《中原文化與民族戲曲的形成和發展》，《海內外中國戲劇史家自選集·張大新卷》，大象出版社，2018年，第22～23頁。
〔註121〕張大新：《中原文化與民族戲曲的形成和發展》，《海內外中國戲劇史家自選集·張大新卷》，大象出版社，2018年，第23頁。
〔註122〕張大新：《中原文化與民族戲曲的形成和發展》，《海內外中國戲劇史家自選集·張大新卷》，大象出版社，2018年，第23頁。
〔註123〕馬紫晨主編：《中國豫劇大詞典》，中州古籍出版社，1998年，第231頁。
〔註124〕馬紫晨主編：《中國豫劇大詞典》，中州古籍出版社，1998年，第82頁。
〔註125〕馬紫晨主編：《中國豫劇大詞典》，中州古籍出版社，1998年，第156頁。

大都成立在清道光之後，而尤以光緒年間為多，與江蘇梆子的發展基本同步。由此可知，稱河南梆子直接催發了江蘇梆子的產生，乃是出自於主觀臆測，是缺乏文獻依據的，起碼在新的史料發現之前，是不能如此妄下斷語的。

梆子戲藝人連登科是蔣花架子的高足，也是其同鄉，生於清嘉慶十年（1805），卒於清光緒十六年（1890）。他十三歲拜蔣為師，習學梆子戲，初學文武生，又學紅臉。在習藝的十多年中，竟然掌握了全本戲一百多出。最擅長的是《雷振海征北》、《姚剛征南》、《南陽關》、《撿柴》。連登科演唱功力深厚，嗓音高昂而又不乏柔和，道白吐詞清晰、響亮。清道光十六年（1836），時蔣花架子已去世八年，連登科遂繼承了恩師當年所置辦的鑼鼓、衣箱，又辦起梆子科班，招收弟子三十餘人。科班期滿，便組織這些學員登臺演出。他一生培養徒弟近百人，在蘇、魯、豫、皖交界處頗有影響，連續演出達十餘年之久。生旦兼擅的李科、紅臉許錢為、能飾演多種角色的蔣狗皮領子，都是其中的佼佼者。

蔣狗皮領子其人，真名已佚。據《江蘇戲曲志·江蘇梆子戲志》「傳記」載述，蔣狗皮領子，擅長「唱八角」[註126]。此處「八角」，當非角色之謂。因為梆子戲角色與其他地方戲相似，皆分生、旦、淨、末、丑五個行當，又何來「八角」？由此而論，蔣狗皮領子其人，起初當是從事演唱八角鼓（又名單弦牌子曲）的民間藝人。該曲藝清乾隆時起源於北京一帶，稍後流行於山東濟寧等地，吸取當地方言以及大調曲子的藝術元素，用以演唱故事。表演方式有站唱、分角拆唱、化妝演唱等多種，曲目有《老少換》、《勸丈夫》、《王小趕腳》、《龍鳳面》等。此類曲目，大都見於江蘇梆子劇目。而且，劇目與其他曲藝腳本內容相同者，遠不止此。在這裡，我們似乎尋找到某些線索。又據《江蘇戲曲志·徐州卷》「大事年表」等載述，清咸豐十年（1860），豐縣李樓梆子戲科班創立。實際上該班包括李樓村所辦的兩個科班以及由科班所組成的兩個戲班。班主蔣念言，因酷嗜梆子戲，陸續賣出土地五百畝以置辦戲班行頭、鑼鼓。蔣狗皮領子即在此執教，他生、旦、淨、丑全會，且教學甚為嚴苛，故該科班學員出類拔萃者頗多。如名丑宗連璧、旦角周奉昌（藝名周賈）、紅臉蔣聖舉、武生黃連英等，皆馳名於當時。在清光緒十六年（1890）或稍後，他又在豐縣大王廟梆子戲科班執教。藝人李科、黃景坤、

〔註126〕于道欽主編：《江蘇戲曲志·江蘇梆子戲志》，江蘇文藝出版社，1999年，第365頁。

趙國信，也曾在此教戲。蔣狗皮領子從事戲曲教育，前後達三十年之久，在江蘇梆子的傳播與發展中，可以說是作出了不少貢獻。

蔣狗皮領子教學認真，授徒有方，名伶劉廣德（1896～1969），由山東魚臺劉廟村隨父遷居豐縣劉小營，蔣氏就是他習學梆子戲的啟蒙老師。由此而論，他應該是蔣花架子的三傳弟子。在當時，劉廣德經常與後來成為山東梆子名家的竇朝榮（1881～1960）、盧勝奎（1900～1977）以及江蘇梆子名家賈福蘭（1913～1940）等同臺獻藝。因其音域寬闊響亮，真假聲轉換自如，唱腔高昂奔放，為人們所喜愛。青年時曾入孔子後人孔德成戲班演青衣、老旦，得意門生有名旦孫友芝（藝名小果）、劉爾身等。

蔣花架子的再傳弟子李科，曾掌教於豐縣師寨張積堂梆子戲班。自幼喜愛梆子戲的張積堂是該班第一代管主，曾為辦戲班賣掉一百二十畝田地，連續辦兩個科班，由李科負責教學員習藝，培養出一大批名伶，如紅臉孫敦明、二紅臉楊大祥、旦色張文碧等。自民國二年（1913）起，由熟諳排場、文武兼備的張成春任二代管主，連續舉辦兩個梆子戲科班，起用前科出身的孫敦明和武功見長的侯金山執教。教戲有方，培養名伶多人。曾在河南寧陵縣豫劇團任團長的王筱樓（1921～1991），藝名金娃，豐縣張五樓煙墩人，戲路甚寬，生、旦、淨、末、丑不擋，有「五頂網子」〔註127〕之稱，後專攻文武老生，就是該科班張成春任二代管主、孫敦明執教時之學員。至民國三十四年（1945），張成春之子張步俄因喜好梆子戲，賣盡土地，繼續辦科班。自清光緒八年（1882）辦班起，至民國三十七年（1948），六七十年間，祖孫三代，先後辦了五個科班，培養出百餘名梆子戲藝人，學員有大紅臉薛二、二紅臉螞蚱、文武生寶䎃、花旦銀金、張響等。

在張氏梆子戲科班中，尤以黑頭李正新（豐縣大李莊人）知名。他音域寬厚，嗓音明亮，「先後在豐、沛縣渠樓戲班、鹿樓戲班、朱大莊戲班與謝成典（外號大毛）、馬登雲（藝名馬魁）、燕廷武（外號十二紅）、李德合（外號花臉王）、張克敏（外號一棵蔥）等同臺演出，主要活動在豐、沛、銅山、蕭縣、碭山一帶，很受群眾歡迎。其知名度北達濟寧，南至蚌埠，西抵商丘，東到新沂，轟動一時」〔註128〕。

〔註127〕馬紫晨主編：《中國豫劇大詞典》，中州古籍出版社，1998年，第193頁。
〔註128〕于道欽主編：《江蘇戲曲志‧江蘇梆子戲志》，江蘇文藝出版社，1999年，第372頁。

據《江蘇梆子戲志》「大事年表」（清道光十五年）記載，黃景坤亦為連登科弟子，乃蔣花架子伎藝的第三代傳人。然而，黃景坤之事蹟，已難以尋覓。據《江蘇梆子戲志》「傳記」載述，名伶周殿芳（1852～1900）十四歲時，入豐縣趙莊科班拜黃景坤為師。黃既掌教於梆子戲科班，年齡起碼應在三十歲左右，由此而推算，他當生於清道光十六年（1836）之後。同書還載，另一名伶蔣立忍（1875～1963），綽號「戲簍子」，是在十四歲上拜黃景坤為師的。不過，並非趙莊，而是豐縣大王廟梆子科班。蔣立忍十四歲，乃清光緒十四年（1888）。此時的黃景坤至少應在五十五歲上下。他的年歲，或許與蔣狗皮領子彷彿，當是同輩人，也是輾轉多處從事梆子戲教學的藝人。因其主要在豐縣區域內進行戲曲活動，所教弟子基本上是豐縣人。由此而論，其籍貫當在豐縣。

周殿芳專工大淨。由於勤於練功，成名較早。十六歲時，扮飾《司馬貌遊陰》一劇中的司馬貌，就博得滿堂彩，成了豐縣李樓、史月堤、師寨、趙莊等各家戲班爭相延請的名角。他出演的《鍘美案》、《黑打朝》、《紅打朝》、《審潘》等劇，在蘇、魯、豫、皖的幾十個縣市引起轟動。四十歲時，「在單縣跟山東名大淨白玉錦唱對臺，二人同扮包公，演出《鍘美案》。戲到『大開鍘』，他脫去紗帽，赤裸臂膀，昂頭甩髮，唱：『別說你是陳駙馬，龍子龍孫我不饒。陳駙馬呀！』其聲如沉雷，齒鉦吱嘎，一抖雙肩，右腳踩動，整個戲臺搖晃起來。觀眾叫好聲震天」〔註129〕。

蔣立忍小周殿芳二十餘歲，乃豐縣大孫莊人。從黃景坤學藝時，習文武生，後工紅臉、三花臉，擅演《三節烈》（即《姚剛征南》）中的姚剛，使起槍來如風掣電閃、蛟龍出水，令人歎服。五十多歲之後，將精力轉向培養生徒，「先後在蔣營、韓莊、許廟、卜老家、魏棠（沛縣）、蚌埠等十多處梆子科班任教。其受業弟子大多成為蘇北、魯南、皖北、豫東等地縣、市梆子劇團骨幹。如濟寧梆子劇團以演唱《南陽關》著稱的老生李雲鵬（藝名斧頭），江蘇省梆子劇團以唱《擋馬》、《背席筒》著稱的丑角吳小樓，安徽蕭縣梆子劇團的鼓師陳瑞玉等」〔註130〕。其實，李雲鵬乃江蘇豐縣人，本為江蘇梆子

〔註129〕于道欽主編：《江蘇戲曲志・江蘇梆子戲志》，江蘇文藝出版社，1999 年，第366 頁。

〔註130〕于道欽主編：《江蘇戲曲志・江蘇梆子戲志》，江蘇文藝出版社，1999 年，第368 頁。

藝人，後入職山東，工文武小生。抗日戰爭時期，曾在河南許昌、滑縣、開封等地，先後與陳素真、張豔秋、趙秀英等知名藝人同臺演出，廣受好評。

2. 殷鳳哲傳承譜系：

江蘇梆子的另一大門派，則為殷鳳哲派。這一派的產生，與「二次移民」（即由山西洪洞移居山東巨野、鄆城一帶，再由山東移居沛縣北部）有關。後一次移居，與水患有很大關係。沛縣在歷史上是水災頻發區。據《沛縣志》記載，僅有清一代，就遭受水災一二十次，經常發生黃河漫溢，大水淹沒縣城、沖壞房舍之事，城中積水四五尺深者時見。就清嘉慶之後幾次大水而論，嘉慶三年（1798），黃河決口於考城（今河南蘭考），大水漫淹沛境。咸豐元年（1851）八月中，黃河決口於豐縣蟠龍集，沛縣當其衝，遭淹。咸豐三年（1853）五月，黃河於三堡決口，豐、沛均受其害。同治十年（1871），黃河決口於山東鄆城侯家林，昭陽湖水溢，豐、沛城鄉全被淹沒。同治十三年（1874），黃河在山東石莊戶決口，沛縣又遭水淹，夏鎮（今山東微山）水深數尺，平地可以行船。尤其是咸豐元年的那次大水，致使微山、昭陽湖水漫溢，銅、沛、魚臺鄉間也匯為大湖，汪洋一片。當地百姓見家園盡沒於水，恢復無望，便遠走他鄉，以謀生路。尤其是咸豐五年（1855），黃河決口於蘭儀，山東鄆城等地首當其衝。於是，鄆城、巨野百姓紛紛遷徙來徐。特別是徐州北部的沛縣、銅山一帶，由於水勢退去，沿湖淤為平地。這些由山東逃難至此的百姓便聚居於此，墾荒為田，結茅草棚為屋，維持生計。難民多由山東曹、濟遷徙而來，主要居住在微山、昭陽兩湖的西岸，南到銅山，北至魚臺，南北二百餘里，東西三五十里，形成不小的移民部落。殷鳳哲就是隨同山東災民遷居沛縣北部沿湖村落的。

據《江蘇梆子戲志》載述，殷鳳哲原籍為山東巨野肖固屯村，生於清道光二十五年（1845），卒於民國二十四年（1935）。八歲跟隨「玩局」（此指業餘演唱梆子戲者，即所謂票友）學戲，十歲便能登臺演出，十四歲即成名。清咸豐年間，落戶於沛縣西北部的卞莊村。清咸豐十年（1860），殷鳳哲應約來到卞莊南去七里來路的廟道口村，協助當地大寨主馬克端辦梆子戲科班以教授生徒，這就是所謂廟道口班。由馬克端任班主，他負責教戲。當時，他一連舉辦三班，前後教出徒弟二百多人。其中出類拔萃者，有在蘇、魯、豫、皖接壤地帶享有盛名的「旦角狀元」董傳勝（藝名玉仙）、「花臉王」殷其昌、名丑張明業（藝名張二）等。

　　廟道口是沛縣北部的一個古村落，據《（民國）沛縣志》載述：明嘉靖五年（1526），黃河上游水溢，流向沛縣廟道口，穿運河，灌雞鳴臺口入昭陽湖。嘉靖七年（1528），漕渠自廟道口以下淤塞數十里。而泗水，自山東魚臺流入沛縣境，經湖陵城，又流至廟道口。而且，明時運河流經此地，廟道口曾設有水閘一處。嘉靖末年，新運河北移開掘，至隆慶初竣工，部分河段與泗水合流。湖陵，又名湖陸，舊址在沛縣龍固鎮西北部一帶。雞鳴臺，在今龍固鎮西北四里處城子廟。由此可知，廟道口乃水上交通要道。明正德年間，武宗朱厚照南巡曾路經此地，宴飲於本村的宋氏樓。這裡戲曲活動甚盛，每逢節令，時常舉行演戲迎神活動。清咸豐十年（1860），殷鳳哲在這裡首次舉辦科班的時間，遲於高朗亭三慶徽班七十年，早於京戲的阜成班、集慶華班、全順和班、義順和班、慶和成班、久和春班、金臺班等。廟道口科班成立的那一年，也是京劇名伶汪桂芬出生之年。稍後，則錢金福、陳德霖、陳桐仙等出生。當時，在京劇舞臺比較活躍的有程長庚、胡喜祿、王九齡、余三勝、譚志道（譚鑫培之父）、張二奎、田際雲等人。可見，在近代戲曲史上，廟道口科班的創建，起步還是比較早的。或許受早期戲曲科班辦班經驗的影響，一開始便呈現出較為規整的辦學趨向。該班連辦三科，每科三年，收徒二百餘人。每班都有名號，第一班為「寶」字號，其中較有名氣的有寶成、寶興、寶棟、寶仲、寶如、寶新等；第二班為「金」字號，如金鳳、金剛、金寶、金玉、金德等；第三班為「玉」字號，如玉仙、玉美、玉香、玉峰、玉泰、玉奎、玉嶺等。這一戲班演出劇目以袍帶戲為主，如「《訪紀昌》、《樊梨花征西》、《蘆花蕩》、《陰陽報》、《前後楚國》、《長阪坡》、《穆桂英掛帥》、《天賜祿》、《蝴蝶杯》」〔註131〕等，也偶演「三小戲」。殷鳳哲本人以演小花臉見長，他所扮飾的人物，如《李炳征南》中的李炳、《十王宮》中的楊廣、《臨潼關》中的李淵，皆活靈活現，別具特色，人稱「花臉王」。在特技表演上，「涮牙」、「噴火」、「盤椅子」等，都是殷鳳哲的絕活。

　　殷氏所培養的弟子，多出類拔萃者。如「旦角狀元」董傳勝，乃廟道口科班第三批學員，是不可多得的男旦。他生於清光緒二十年（1894），1956年去世，乃沛縣楊屯鎮西部的西陶官屯村人。該村與龍固鎮接壤，志書上稱他是「龍固鎮桃谷屯村人」〔註132〕，記載有誤。董氏自幼從梆子戲傳人殷鳳哲

〔註131〕陳曉棠主編：《江蘇戲曲志・徐州卷》，江蘇文藝出版社，2002年，第494頁。
〔註132〕陳曉棠主編：《江蘇戲曲志・徐州卷》，江蘇文藝出版社，2002年，第602頁。

習藝，專攻旦角，是殷門最優秀的弟子之一。《江蘇戲曲志·徐州卷》曾這樣描述其表演伎藝：

> 他扮相俏麗，唱腔清亮流暢。不論是流水、二八、慢板，都唱得悠揚婉轉，清脆悅耳且吐字清晰，節奏感強，剛柔兼備，富有濃鬱的老梆子戲味。尤其是唱起來輕鬆自如，行腔運氣持久有力，能適應站、坐、走各種姿式。念白自然順暢，尖團字分得清楚，抑揚頓挫之中又嚴格地分有軟硬氣口。聽起來圓潤醇厚，絕無乾澀呆滯之弊，極富有感染力。
>
> 他擅長做功，表演抒情細膩，樸實真摯，聲情並茂。如演閻婆惜頭頂杯水，行動起來疾如風，卻穩而無聲，滴水不溢。表演鬼態時，嘴裏吐出假舌，眼中流血，兩臂僵直下垂，在臺上一會慢步，一會快步，陰森恐怖，把觀眾的心全都抓住了。演《拾玉鐲》中的孫玉姣偷看傅朋的時候，他用半羞半喜的眼神，配以甜蜜嬌怯的微笑，把孫玉姣此時的心情表達得恰如其分。又如扮演《打麵缸》中潑辣俏皮的玩笑旦周臘梅，兩隻眼睛一次可左右轉動十幾次，真似會說話的一般。最精彩的要算他在《天賜祿》「失子驚瘋」中扮演青衣的表演，當尋子不到而瘋了的時候，皆目定珠可達十分鐘。面部表情說哭非哭，說笑非笑，兩腳無力，身軀晃動，形象逼真，令人讚歎。〔註133〕

據老輩人講，為了刻畫好人物，董傳勝在生活中經常模仿舊時女子走路之情狀，人戲合一，故而能達到出神入化的境地，即使在生活中，也隱然有綽約婀娜之態。在表演《烏龍院》中已化為鬼的閻婆惜時，使用特技，不僅口中吐出長長的舌頭，鼻涕也垂出很長很長，活脫脫一個弔死鬼的形象。因演技妙絕，山東某地一警察局長是其鐵杆戲迷，甘願拜他為義父，偎依膝下，以領略其風采。

另一高足張明業，生於清光緒四年（1878），1960 年去世。祖籍山東單縣，後移居沛縣楊屯鎮西部與卞莊村緊相鄰的劉官屯村。他自幼入殷門學戲，以演文丑見長。嗓音清脆，善於用腔。大本腔與二本腔完美結合，有柔有剛，剛柔相濟。特別是道白，能一口氣念幾十句臺詞，感情起伏跌宕，真切感人。

〔註133〕陳曉棠主編：《江蘇戲曲志·徐州卷》，江蘇文藝出版社，2002 年，第602～603 頁。

尤其是飾演《攔馬》中焦光普一角，能一連說二百多句的大段子，且做到疾徐有致、高低錯落、層次分明，引人入勝。常演劇目除《攔馬》外，「還有《背席筒》、《打砂鍋》、《拴娃》、《借麥子》、《張老言借妻》、《梅絳褶》、《活捉張三郎》等」〔註134〕。其影響遍及蘇、魯、豫、皖相鄰之城鄉。楊屯鎮卞莊村的民間藝人卞娃（藝名），演出《攔馬》，頗得殷派神韻。

殷門弟子殷其昌（1907～1974），藝名殷二娃，乃殷鳳哲之子。因自幼習藝於其父，耳聞目染，很快形成氣候。十五歲時，就在卞莊戲班挑起大梁，十六七歲在豐、沛一帶就享有盛名。早年，曾入山東單縣四班演戲，以唱花臉知名，與女藝人張鳳仙（綽號綠大褂子）、孫秀芹（綽號紅大褂子）同臺獻藝。抗日戰爭時期，他積極宣傳抗戰，團結其他藝人，分別到山東濟寧、魚臺、滕縣、棗莊等地演出。殷其昌勤奮好學，對父輩的梆子戲藝術，既繼承，又有所發展，同時，還注意從兄弟劇種中吸取藝術營養，以豐富自身。他學習京、崑的嚴整、規範，以致在武花臉這一行當中形成獨特風格，自成一派，有「殷門花臉」、「花臉王」之稱。

殷其昌場上之念白，講究丹田運氣，陰陽四聲，故吐詞清晰，鏗鏘有力，使臺詞能根據劇情的變化、人物性格發展的需要而高低錯落、疾徐有致，顯得氣魄宏大、韻味濃鬱。演唱極具爆發力。據說，在山東老寨的一次「打炮」（意指臨時到某戲班演戲）中，他扮演三國戲《蘆花蕩》中的張飛，恰唱武生周瑜的也是當地名角，因見殷不修邊幅，其貌不揚，很不情願讓他來配戲，大有瞧不起之意。不料，一場鑼鼓過後，殷其昌上場，宛如張飛再世，一陣「哇……呀……」，如雷炸響，聲震雲天，竟將對方嚇出病來。

在特技表演上，其昌從乃父處繼承而來的「涮牙」，從舊時雜耍中吸取的「噴火」，受其父熏染與雜技表演啟發而創造出的「椅子功」，被稱為「三絕」。在表演《陰陽報》一劇中的判官時，「他特製了一對三寸多長的假牙含在口中，伸出可撓剔鼻孔，並能轉成十字、八字形狀，也可縮回口中含而不露」〔註135〕。還擅長吐火，能「一口噴出兩米多長的火舌來，並可以連噴多次」〔註136〕，有「活判官」之稱，令人歎為觀止。

〔註134〕陳曉棠主編：《江蘇戲曲志·徐州卷》，江蘇文藝出版社，2002年，第599頁。

〔註135〕陳曉棠主編：《江蘇戲曲志·徐州卷》，江蘇文藝出版社，2002年，第610頁。

〔註136〕陳曉棠主編：《江蘇戲曲志·徐州卷》，江蘇文藝出版社，2002年，第610頁。

圖 40：張飛郵票

　　其他如張鳳仙（1905～1943），綽號綠大褂子，雖是安徽宿縣人，但自十餘歲即跟著母親來豐、沛謀生，從殷門弟子李金寶學藝。學成後，先後入董家班、義和班、戴草亭班參加演出。還與名伶賈福蘭（藝名二拔）、孫秀芹（綽號紅大褂子）、于際臣、甄成法合作排演《三省莊》這一連臺本戲，並擔綱女主角黑景芝，因嗓音甜美，為觀眾所熱捧。所演以花旦戲居多，如「《反長安》、《翠屏山》、《豹頭山》、《姚剛征南》、《劉連征東》、《燕王掃北》、《樊梨花征西》、《日月圖》、《富貴圖》、《三開棺》、《蘭花山》、《春秋配》、《連環記》、《十五貫》、《汗衫記》等」〔註137〕。

　　還有李廣德（1917～1991），乃沛縣鹿灣人，雖與殷門弟子張明業無直接師承關係，但他在丑角表演中，有意模仿張氏，出演《攔馬》一劇的焦光普，

〔註137〕陳曉棠主編：《江蘇戲曲志・徐州卷》，江蘇文藝出版社，2002 年，第 608 頁。

與楊八姐相遇之初的一大段數百句的對口，李廣德「由慢到快，句句鏗鏘，段段叫響，抑揚頓挫，酸甜苦辣都送到觀眾耳朵裏。不但觀眾叫好，就連同行也佩服之至」〔註138〕。因他的文丑表演，酷似張二（張明業），所以，在豐、沛小戲班演出時，人們就稱他為「假張二」，說是「假張二氣死真張二」。所以，應將他歸入殷門一派。

梆子戲藝人張德連（1921～1983），係沛縣鹿樓人。他在表演以花臉為主角的劇目時，有意學習殷派，「正面人物花臉、反面人物白臉均演得得心應手，繼承了江蘇梆子戲『殷派』花臉之絕技，並有所發展創新，傳授給徒弟史為義等人」〔註139〕。

殷門的梆子戲表演伎藝，既帶有山陝梆子的某些基因，又吸收了山東高調梆子（又名曹州梆子、高梆）的某些藝術營養，還結合蘇北當地流行的民歌、小調的一些唱法，並融合兄弟劇種表演伎藝之所長，而創造出別具特色的演出格局。流風所及，長達一百五六十年之久，影響遍及蘇北、魯西南、皖北、豫東這一大片區域。尤其是沛縣北部當年的一些民間梆子藝人，如田玉嶺、鄧雲先（藝名鄧斗）、卞啟同、卞其禮、卞恩田、孔凡勝、楊恩亭、楚慶賢、李成功、王先芹、陳會亭（藝名三娃）、張化德、劉永冒以及以大紅臉馳名的解二憨（藝名）、唱黑頭頗有影響的鬧哄（藝名）等，無不受其濡染。這些人中，有的直至上個世紀八九十年代，還偶露身手。

而殷其昌的及門弟子孫卿蘭（1936年生），乃山東滕州人，工閨門旦，先後供職於山東兗州豫劇團、微山縣梆子劇團、滕州市豫劇團，並曾任團長、副團長等職。在戲中善於飾演少女，「代表劇目有《宇宙鋒》、《黃金臺》、《春秋配》、《富貴圖》、《哭劍》等」〔註140〕。

3.「大衣箱」傳承譜系：

「大衣箱」究竟是何人，真實姓名已不可考，僅知其籍隸山東而長期生活於徐州一帶。《江蘇梆子戲志》稱，「宣統末年，『大衣箱』因年老回山東老家」〔註141〕，既稱「年老」，在當時來說，其年齡當在六十歲上下。由此而推

〔註138〕陳曉棠主編：《江蘇戲曲志·徐州卷》，江蘇文藝出版社，2002年，第621頁。
〔註139〕陳曉棠主編：《江蘇戲曲志·徐州卷》，江蘇文藝出版社，2002年，第629頁。
〔註140〕馬紫晨主編：《中國豫劇大詞典》，中州古籍出版社，1998年，第229頁。
〔註141〕于道欽主編：《江蘇戲曲志·江蘇梆子戲志》，江蘇文藝出版社，1999年，第270頁。

論，他當生於清道光（1821～1850）中葉之後，年齡大概與名伶黃景坤相近，還可能略小一些。

清光緒二十年（1894），在銅山三堡徐三村，由本村鄉紳滕貢生出資創建梆子戲科班，人稱滕貢生班為「貢爺班」。「大衣箱」為該科班班主，兼教戲。他戲路寬廣，文武兼擅，尤以生行紅臉稱勝。這個班先後為滕貢生之子秉森、孫紹印接管，延續達四十年之久，凡辦班三期，每期三年，培養生徒近百人。該班會戲頗多，大概有二百餘齣。其中以反抗強權勢力、歌頌鬥爭精神者居多，如《反潼關》、《反陽河》、《反昭關》、《反西唐》、《薛剛反唐》等。另有一些頌揚清官剛正不阿的公案戲，如《鍘美案》、《鍘西宮》、《鍘趙王》、《鍘國老》等。至於所演《打金枝》、《黑打朝》、《紅打朝》、《花打朝》等，亦以強烈的反抗性受到人們廣泛歡迎。

在「大衣箱」的弟子中，戴金山（1872～1936）無疑是箇中之翹楚。他乃銅山黃集人，十三歲從藝，後拜「大衣箱」為師，主工紅臉。出師後，戲路更寬，生、旦、淨、丑皆能演，還能演奏各種樂器。清宣統末，「大衣箱」回故土後，戲班在業務上就由他來管理，人稱「戴老闆」，是滕貢生班「大衣箱」表演伎藝的主要傳承者。戴氏演技精湛，「在《八寶珠》中飾姚瑞榮，一副鐵鐐，抓、舉、舞、甩、趟（趟四門），翻滾如龍騰虎躍，身段與唱腔的節奏緊密配合。金雞獨立亮相，單腿站立如釘，有其獨到之處。演《莊王擂鼓》中的莊公，唱至『擂鼓催軍大戰王侯』時翻身下馬，躍身於高臺之上，一雙鼓錘上下飛舞，把擂鼓、架式、唱腔、做派融在一起，具有獨特的表演風格。每演及此，觀眾喝彩不絕。《借東風》中飾孔明，披髮執劍，登臺祭風，能使兩絡邊鬢起落自如。他咬字清楚，嗓音純淨，行腔歸韻別具一格」〔註142〕。

而且，戴金山還聰明過人，反應敏捷。據說，邳州宿羊山清涼寺前有一株唐初大將尉遲敬德曾觀賞過的古槐。民國十五年（1926）秋，戴金山率戲班來此演出，聽當地人講述古槐故事後，很感興趣。頭一天的開鑼戲，是由他主演《八寶珠》。次日，他就根據古槐傳說編就《敬德打馬看古槐》一短劇。第三天，就演出於正戲《莊王擂鼓》之前，由他飾演敬德一角，以其趟馬伎藝、做派、唱功和當場揮毫書寫的才能，贏得觀眾的廣泛好評，致有「活敬德」之譽。

〔註142〕于道欽主編：《江蘇戲曲志·江蘇梆子戲志》，江蘇文藝出版社，1999年，第366～367頁。

　　戴金山在民國八年（1919），由銅山縣徐三村來徐州創辦梆子戲科班，後發展為戲班，是有文獻記載的較早為梆子戲進城開闢演出市場的著名藝人，培養出一大批後繼者。其女兒大娃、二娃（戴月仙），是江蘇梆子第一代女演員，經常演出的劇目有《黃金臺》、《失空斬》、《借東風》等。姊妹倆合演的《斷橋》，名噪一時。在日常生活中，她二人喜扮以男裝，在當時非常引人注目，故往往被人們稱之為「大先生」、「二先生」。

　　這一戲班培養出的知名戲曲藝人，紅臉行除戴金山外，還有「宋三元、岳全、趙璧（趙永生）、李進才；黑臉有王五、劉福元；小生有溫占標、劉雲田、關曾、玉榮；丑行有戴義、小棗；旦行有金玉、白蓮藕、連臺」〔註143〕。其中，宋三元、白蓮藕、岳全、趙璧等，乃其中的佼佼者。

　　宋三元（1878～1945），乃徐州銅山人。他在清光緒二十五年（1899）入「大衣箱」執教的滕貢生班習藝，算得上是該科班的較早學員。戲路寬廣，紅臉是其本工戲，但又能兼演老生及丑。以紅臉而演丑，跨度較大，難度可想而知。唱、念、做、打俱精，且會戲很多，頗得「大衣箱」真傳。最擅演者乃《哭頭》中趙匡胤、《臨潼關》中秦瓊。清宣統二年（1910），他與同門戴金山將戲班由農村帶入徐州市區，在黃河沿、道木場一帶演出，引起強烈反響。民國四年（1915），去安徽桃山集辦戲班，所培養的劉福田以黑頭知名、丁紀雷擅演青衣、田五則工小生，皆是當地有名的江蘇梆子藝人。

　　另一位是「白蓮藕」（1880～1942），真實姓名已佚，以藝名傳世，銅山人。也是滕貢生班的首批學員，師從「大衣箱」，工青衣花旦，文武兼擅，唱做俱佳，以唱腔清脆而得名。所演《桃花庵》、《五鳳嶺》、《斷橋》、《對花槍》諸劇，在當地深受歡迎，是清末民初活躍於徐州一帶的著名男旦。

　　紅臉演員岳全，唱做俱佳，擅長演出《哭頭》中的趙匡胤、《臨潼關》中的秦瓊，以聲音宏亮、音域寬厚，在蕭、銅、碭三縣廣為人們所讚譽，以致有「蓋三縣」之稱。另一藝人時廣運，是銅山夾河郝寨「小花臺班」演員，擅長演出《日月圖》、《水淹泗州》、《桃花庵》等劇，本工旦角，因面部有麻，人稱「麻小旦」、「麻妮子」。二人名聲相侔，民間每稱「前邊來個蓋三縣，後邊又來麻小旦」〔註144〕，受歡迎程度於此可見。

〔註143〕陳曉棠主編：《江蘇戲曲志·徐州卷》，江蘇文藝出版社，2002年，第495頁。
〔註144〕陳曉棠主編：《江蘇戲曲志·徐州卷》，江蘇文藝出版社，2002年，第586頁。

4. 賈鳳鳴傳承譜系：

賈鳳鳴（麻五）也是江蘇梆子發展史上較早的藝人之一。民國十年（1921），銅山縣三堡榆莊富豪張伯讓（字仲景）為榆莊成集而創辦春泉戲班。該班由徐州發行的錢莊銀票「春泉券」而得名，所聘教師即賈鳳鳴，收徒三十餘名。張伯讓初創該科班之時，得其兄張伯英資助。張伯英在軍閥段祺瑞任代國務總理之官署曾當秘書，兼陸軍部秘書。民國九年（1920），他仍以參議身份留秘書廳辦事。《江蘇梆子戲志》稱其為段祺瑞「閨女婿」〔註145〕，當誤。據張伯英後人張濟和所輯《張伯英年表》，伯英初娶銅山崔弼均之女崔氏。崔氏病故後，繼娶蕭縣段書雲（字少滄）堂妹段氏，而並非段祺瑞之女。因有此財勢支撐，該科班行頭齊全，能演戲百餘出。常與同處一鄉的徐三村「貢爺班」交換臺口，也曾演對臺大戲。主要演員有呂四、拍二、鎖、賈先德、黃占廷、王東海、賀現玉等。

賈鳳鳴（1872～1930）本為山東單縣雞黍集鄒莊村人，十三歲拜朱家科班孫柱為師，曾隨班在豫北演出達四年之久。後去山東鄒縣、滕縣等處搭班演戲。至清光緒三十二年（1906），始來徐州沛縣孟寨，與師兄歸勉共同執教於郭家大班。清宣統三年（1911），與辛亥革命相呼應，沛縣一帶的戲班如黃集大班、陳端起班、岳東禮班及竿子頭、大毛、二毛、白天主、老扁擔、黃二瘋子等聯合起義，推翻了清朝沛縣縣衙。黃集班武丑張小任縣長僅七日，就被張勳的巡防營殺害。賈鳳鳴因參與起義，為避難而逃往安徽宿縣孫町集，仍以演戲謀生。據《江蘇梆子戲志》載述，賈鳳鳴演技精湛，在《過五關》中飾演關羽、《鍘美案》中飾演包拯、《斬黃袍》中飾演趙匡胤、《禪宇寺》中飾演伍子胥、《九龍杯》中飾演楊香五、《湘江會》中飾演吳起、《大戰十一國》中飾演無鹽娘娘，「刻畫人物維妙維肖，在蘇魯豫皖接壤地區群眾中獲得了『五頂網子全戴』（指生旦淨末丑行行皆會）和『戲子狀元』的美譽」〔註146〕。

其子賈先德（1912～1993），十一歲時即在張氏春泉班從父學藝。十三歲入戴金山戲班飾演小生。文武兼擅，各行皆能，會戲三百餘出，為梆子戲唱腔、表演、臉譜、劇目的完善、發展與創新作出重要貢獻。直至八十高齡，

〔註145〕于道欽主編：《江蘇戲曲志·江蘇梆子戲志》，江蘇文藝出版社，1999年，第273頁。

〔註146〕于道欽主編：《江蘇戲曲志·江蘇梆子戲志》，江蘇文藝出版社，1999年，第368頁。

仍為梆子戲的傳承與發展盡心盡力，且藝德高尚，在演藝界享有很高的威望，「數十次為非洲災民、抗美援朝、群眾公益事業義演，為黃河劇團和建設黃河舞臺而傾囊」〔註147〕。

　　賈鳳鳴的門徒王東海（1904～1995），乃豐縣人。十六七歲就在賈鳳鳴執教的春泉班習藝、演戲，飾演大生。民國二十七年（1938）冬，受中共黨員劉興奎引導，與薛懷玉等率李寨鄉馬路口科班投奔單縣抗日民主政府，定名為豐縣流動劇團，經常上演《薛禮征東》、《雷振海征北》、《張飛闖蕩》等劇目。民國二十八年（1939）由湖西專區直屬劇團改名為湖西劇團，且排演郭影秋創編的《漢奸反正》、《小過年》、《黃後樓》、《皖南慘案》等新劇目，在當時產生很大影響。民國三十五年（1944）春，劇團隨部隊往晉、冀、魯、豫邊區出席連隊以上幹部大會，途中活捉鬼子兵兩人，受到楊勇司令員讚揚，名聲大振。後又邊打仗、邊演戲，曾拔下敵人七個碉堡。抗日戰爭勝利後，王東海先後在山東巨野、江蘇豐縣任區長，後在豐縣人民劇場經理職位上離休。另一弟子鄭文明，有「蘇北第一生」之稱。其事蹟，將於本書第四章介紹。

　　安徽蚌埠市梆子劇團主演張玉生（1931年生），是賈先德的及門弟子。他乃山東單縣人，工文武老生，表演粗獷灑脫、落落大方，演出劇目近百個，曾扮演《長阪坡》中的趙雲、《逼上梁山》中的林沖、《轅門斬子》中的楊延昭、《劉公案》中的劉墉、《金鞭記》中的呼延慶等，併兼作導演，在皖北一帶頗有影響。後調入蚌埠市藝術研究所從事梆子戲研究工作，為研究員。

　　據《江蘇戲曲志·徐州卷》「大事年表」等載述，在徐州戲曲的發展歷程中，產生過許多大小不一的梆子戲班社，除上述各科班外，還有創建於清道光十九年（1839）的豐縣史月堤村戲班，清同治九年（1870）的豐縣和集戲班，清宣統元年（1909）的睢寧雙溝高康玉戲班，民國二年（1913）的沛縣黃集大班、孟寨郭家班以及陳端起班、岳東禮班，民國十七年（1928）在徐州鴻大舞臺、同樂戲院固定演出的全盛班，民國二十五年（1936）在徐州北路口創辦的老周戲班，創立於民國三十三年（1944）歲末的梆子戲興隆班，創辦於民國二十七年（1938）的豐縣卜老家竿子頭卜昭貴戲班以及稍後的張玉安戲班、歌風劇社、大風劇團、蔣營戲班、韓莊戲班、許廟戲班、魏棠戲

〔註147〕于道欽主編：《江蘇戲曲志·江蘇梆子戲志》，江蘇文藝出版社，1999年，第378頁。

班、卞莊戲班、豐樂村戲班、小屯戲班、西安莊戲班等，不下數十家，以致有民謠唱道：「三莊一個班，十里一處臺；爺爺領著小孫孫，就把大戲唱起來。」〔註148〕尤其是以「戲窩子」著稱的豐、沛縣一帶，梆子戲班存在的密度，還遠大於城鎮，幾乎是村村有「玩局」。

上述的有些戲班，雖然在江蘇梆子的傳承上究竟屬於哪一譜系，由於文獻缺失，尚不甚了了，但是它們確實對梆子戲的傳播與人才造就曾起到一定作用。總體來看，這類戲班有如下特色：

一是戲班大都為當地富豪或有權有勢者所籌建。如銅山黃集大地主卜六爺，在清光緒二十五年（1899）所創辦的高調梆子戲班。光緒二十八年（1902），銅山夾河後郝寨村郝印培（外號郝胖爺）籌建的戲班，因旦角較多，上演劇目又以家庭倫理、男女情愛為主，被人們稱作「小花臺戲班」。民國十七年（1928）起就固定在徐州鴻大舞臺演出的全盛班，亦是以銅山張集村富戶張成功在民國初年所創辦戲班的基礎上籌建起來的。即使國民黨軍政機關或軍棍政客，也紛紛辦起了戲班。國民黨蘇魯邊區挺進指揮部指揮官馮子固，在民國三十年（1941）於師後樓村籌建歌風劇社。馮為沛縣楊屯鎮孔莊村人，所以邀請距該村僅七里之遙的西陶官屯人董傳勝（玉仙）作業務社長。藝人也大都是楊屯鎮一帶人，如殷其昌、田玉玲、卞其桂、楊恩庭等。同年冬，國民黨豐縣行動委員會牽頭籌辦了曉風劇社。民國三十一年（1942），國民黨第九行政區專員公署在豐縣史莊籌辦了大風劇團。民國三十四年（1945），國民黨銅山縣縣長耿繼勳（即耿聾子），利用權勢硬是將早已存在的張集梆子戲班劫持至莊裏寨新圩子，改稱新圩子戲班。耿心狠手辣，曾殺害許多窮苦百姓。

二是有的籌辦者，或出自於其剝削階級豪侈生活點綴以及精神空虛填補的需要，但畢竟給戲班的生存提供了一定的物質基礎，為梆子戲藝術的流播創造了條件。這類戲班，也吸納了不少梆子戲表演人才。如全盛班紅臉史德禎、趙璧，武生杜慶彬、任月庭，花旦劉桂玉、王鳳明、楊紅六，小生賈先德、李進才等；卜六爺戲班的鼓師郭亭軒，黑臉豔玲，青衣、花旦兼擅的大寶貝，花旦、老旦兼演的鄭正清，小生轉玉，紅臉麻四子和豆蟲等；小花臺戲班的紅臉韓大德，紅臉、黑臉兼擅的陶廣德，武生袁文勝，丑角五撮毛、雷德元，旦行麻妮子、小妮子、雙龍、雙鳳、二雪、金鳳、銀鳳、劉國玉等；

〔註148〕于道欽主編：《江蘇戲曲志・江蘇梆子戲志》，江蘇文藝出版社，1999年，第361頁。

歌風劇社的「旦角狀元」董傳勝、「花臉王」殷其昌、名丑張明業、以紅臉馳名的楊興法（大法）等。楊屯鎮西安莊小窩班中唱紅臉的李成功，就因為模仿大法唱法而知名於十里八鄉，人以「假大法」呼之。曉風劇社則有魏友生、宗連璧、李玉環、蔣立忍、卜憲臣等人加盟，且有三十多名青年學生參加演出。而大風劇團大紅臉崔玉田、大淨李正新、丑角劉廣德以及其他演員「王明月、劉爾身、孫基忠、王立全，均為豐縣第一流的梆子演員」〔註149〕。新圩子戲班，規模比較齊全，「以擁有『五生』、『五旦』、『五花臉』、『五場面』、『五箱倌』、黑臉李正新（外號「李二黑心」）、武生賈玉龍『三小戲』及黑、紅臉戲著稱」〔註150〕。而且，戲班在頻繁演出中的實際鍛鍊，也使得藝人表演才能得到強化與提高，有了更多的就業機會。如豐縣師寨班中藝名螞蚱者，以其戲路較寬，工二紅臉又擅演彩旦，故搭班滕縣得勝班獻藝。卜六爺戲班中的大寶貝，擅演青衣、花旦，亦曾搭入鄒縣石祥莊戲班。歌風劇社中綽號豆沫子者，則搭班金鄉大蘇班演戲。

　　三是眾多戲班的出現，促使伎藝的競爭趨於頻繁。有的儘管並非出現於同一時段，但耳聞目染，使得梆子戲的傳統得以承繼，且使其演技大為提高，逐漸形成各自的風格。如卜六爺戲班以高調梆子見長，小花臺戲班以演風情劇馳名。全盛班史德禎飾楊繼業、岳飛，趙璧飾關公、趙匡胤，皆以唱功見長，人物刻畫有獨到之功。男旦劉桂玉（劉二），「唱腔優美，嘴頭靈活，偷字閃板，吸收了蘇北民歌曲調，獨樹一幟」〔註151〕。而杜慶彬（小萬）、任月庭則以武功稱勝，「翻跟斗連軸轉，令人眼花繚亂，驚歎不已」〔註152〕。歌風劇社中大花臉殷其昌，以演《陰陽報》中判子著稱；「旦角狀元」董傳勝（玉仙），則擅演《三上轎》；名丑張明業（張二魔棍），最擅長者乃《卷席筒》。且常演劇目以兒女英雄戲為多。曉風劇社因有知識分子參與，除演傳統劇目外，還時而上演新編劇目。且所編劇目，大都出自社長蔣天印以及編劇林凱之手，逐漸形成自己的特色。大風劇團，擅演劇目為《雷振海征北》、《哭頭》、

〔註149〕于道欽主編：《江蘇戲曲志‧江蘇梆子戲志》，江蘇文藝出版社，1999 年，第276 頁。

〔註150〕于道欽主編：《江蘇戲曲志‧江蘇梆子戲志》，江蘇文藝出版社，1999 年，第276 頁。

〔註151〕于道欽主編：《江蘇戲曲志‧江蘇梆子戲志》，江蘇文藝出版社，1999 年，第273 頁。

〔註152〕于道欽主編：《江蘇戲曲志‧江蘇梆子戲志》，江蘇文藝出版社，1999 年，第273 頁。

《鍘美案》、《黑打朝》之類傳統戲,以演員口齒清晰、唱腔柔潤、身段瀟灑流暢,為人們廣泛稱道。新圩子戲班因陣容強大、行當齊全,演出劇目達百餘出,如「四大征」、「老十八本」等,皆是其經常上演的劇目。

尤其值得注意的是,有的人可能並非權貴,也在積極籌辦戲班。如睢寧雙溝的高康玉(字蘭田),在清光緒末年(一說清宣統元年)也辦起了戲班。據說戲班中早期學唱戲的少年,都是他在徐州西部或誘騙或低價買來的,前後二十多人。而戲箱,則是從解集班主那裡徵集而來的。據此而論,此人並非富豪,且戲班連名號也沒有,因是高蘭田所籌辦,所以人們就稱之為「高老蘭科班」,並嘲諷道:「高老蘭的班子徵老光(原解集班主)的箱,一窩小咋咋,嚷嚷的梆子腔。」〔註153〕就是這樣一個不起眼的戲班,在教師劉進忠的細心培養下,竟然也逐漸成了氣候。高康玉見時機成熟,竟然變賣家產,傾其所有,親往蘇州購買彩色大篷及戲衣之類供演戲所用之物。出外演出,自搭活動舞臺,架起五彩大篷,為人們廣泛關注,盛況空前。知名演員溫三、趙備、大金花、小金花、白蓮藕等,皆是該班所培養的藝人。令人不可思議的是,高康玉這樣一個靠拐騙流落無著的少年搭建戲班者,竟然深為其徒子徒孫所喜愛。在他死後三十餘年,門下竟集資為師立碑,還在其門前連續唱戲三天,參與其事者達二千多人。看來,人們所敬重的應該是他對梆子戲發展事業傾盡全力的敬業精神。

而創建於民國十二年(1923)的豐縣許廟科班則與此不同。發起辦班者乃是當地酷愛梆子戲的一位名叫許若勝的窮苦農民。他家中既無財產,只能靠集資辦科班,故而人們稱:「許若勝開大箱,打不起戲大家幫。幫米幫麵幫劈柴,才把小戲打起來。」〔註154〕而所聘教師卻是戲路甚廣、教學有方的梆子戲名家孫敦明、蔣立忍等人。在十多年裏,該科班連續舉辦五期,培養弟子達二百餘人,如文武生李雲鵬、丑角吳小樓、紅臉蔣捧、鼓板手陳瑞玉以及旦角德玉、德蘭、德花等,大都成了蘇、魯、豫、皖各市、縣梆子劇團的主演。其中李雲鵬,上個世紀三十年代即已知名,所演唱的《八郎探母》等劇目,曾被上海百代公司灌製成唱片,還曾與豫劇皇后陳素真等名家同臺獻

〔註153〕于道欽主編:《江蘇戲曲志·江蘇梆子戲志》,江蘇文藝出版社,1999年,第271頁。

〔註154〕于道欽主編:《江蘇戲曲志·江蘇梆子戲志》,江蘇文藝出版社,1999年,第273頁。

藝。該科班上演劇目達三百多出，以《雷振海征北》、《樊梨花征西》、《鍘美案》等最為知名。而且，在教學和舞臺實踐中，還不斷有所創新，曾「糅合高調梆子、平調梆子和柳子戲優點，創造了【風流詼諧調】、【小宮花】等唱腔和【八不湊】等鑼鼓經，豐富了江蘇梆子戲音樂」〔註155〕，實在難能可貴。其他如民國二十五年（1936）在徐州市北路口成立的老周戲班，民國二十九年（1940）在徐州蘇家園子演出的張玉安戲班，皆是個人出資創辦，也各具特色。

在這一帶，湧現出許多著名梆子戲藝人，除上述各家外，還有許多不明傳承譜系的江蘇梆子優秀藝人。如唱念俱佳的蕭繼周（1909～1966），沛縣丁官屯（今劃歸山東省微山縣）人。家境貧寒，十歲時由地主家逃出，習學梆子戲。初習花旦，以臺步、身段見長，雙目靈動傳神，人稱「一汪水」。因身材高大，改唱花臉，曾在《翠屏山》、《桃園走水》、《長阪坡》、《後楚國》中，分別飾演石秀、裴玉娥、張飛、賈氏等角色，皆頗出色，深受觀眾喜愛。他1932年加入中國共產黨，以梆子戲藝人作掩護，從事地下工作，後歷經戰鬥，出生入死，為革命事業作出重要貢獻。曾任北海軍分區副司令員、海軍舟山基地副司令員等職。

張洪河（1910～1990），沛縣閣集人。幼年家貧，給地主放牛。直至二十六歲始習梆子戲，然演戲認真，一絲不苟，擅演《鍘美案》、《鍘趙王》、《下陳州》、《紅打朝》、《十大告》等劇，且注重人物性格的刻畫，堅貞剛正豪氣充溢其間，行腔以「沖、爆、寬、粗」〔註156〕馳名，字正腔圓，為人們所稱道。

江蘇梆子女伶中佼佼者如賈福蘭，藝名二拔，祖籍山東嘉祥，出生於夏鎮，幼年從工丑兼掌班的父親賈尚河學唱，也曾從段廣才學習唱紅臉，又從謝成典（藝名大毛）學花旦，兼取各家之長而成就自身。七歲登臺，十五歲已知名。雖本工花旦，但紅臉、老生、小生、青衣兼擅，以唱腔優美自如、人物刻畫精細，大為聽眾所歡迎，以致有「扒了屋、賣了地，也得聽聽二拔的戲」〔註157〕之俗諺。《反徐州》、《雷振海征北》、《李淵跑宮》、《李白醉酒》，

〔註155〕于道欽主編：《江蘇戲曲志·江蘇梆子戲志》，江蘇文藝出版社，1999年，第273～274頁。

〔註156〕陳曉棠主編：《江蘇戲曲志·徐州卷》，江蘇文藝出版社，2002年，第615頁。

〔註157〕于道欽主編：《江蘇戲曲志·江蘇梆子戲志》，江蘇文藝出版社，1999年，第379頁。

皆是其最拿手的紅臉戲。「在《反徐州》中她飾徐達，唱做並重的『城頭觀將』一場，單足鶴立，三蹲三起。唱到『這小將我若有三五個，把元王的江山一腳蹬』時一蹬一閃、險些落城的表演，每每博得不斷的喝彩聲」〔註158〕。且粗腔能唱黑頭，花臉能令人陶醉。表演重在人物性格塑造，從不賣弄技巧。在豐縣，她倡議改編並首演了連臺本戲《三省莊》，在戲中分飾胡金蟬、黑景芝兩個主要角色，場場爆滿，長達一個月，誠為難得。

李興鳳（1918～1943），藝名黑二妮，豐縣單樓人，梨園世家，七歲習藝，工花旦，兼演小生，曾與河南梆子名角、有「豫劇皇后」、「河南梅蘭芳」之稱的陳素真以及豫東調名家趙義庭等同臺演出，表演瀟灑不群，唱腔清脆亮麗，有「金嗓子」之美稱。十七歲時，李興鳳與同班藝人周興華（一名周清華）結婚。周工青衣、花旦、刀馬旦，並演小生，通音律，善彈奏，又因嗓音甜潤，扮相俊俏，人以「老少迷」呼之。李興鳳因去世過早，終生只收徒劉桂榮一人。

劉桂榮（1930～1998），十歲從李興鳳、周興華習學梆子戲，工花旦。先後在張集戲班、新圩子戲班搭班演戲，同李天紅、程守科、孫友藝、郭君玉等藝人同臺演出。因其日常愛紮兩條小辮，故而人以「兩辮劉桂榮」稱之。工閨門旦、花旦角色。臺上，扮相俊俏，做工細膩，行腔圓潤，韻味醇厚，身段流暢，在當時戲班中堪稱一流。拿手戲為《春秋配》、《桃花庵》、《打金枝》、《打胡林》、《玉虎墜》、《五鳳嶺》、《日月圖》等劇目，每當演出，臺下喝彩聲不絕。新中國成立後，曾分別在華山、銅北、銅山等縣梆子劇團任主演和副團長之職，後調入山東。李天紅也是當地著名女藝人，先後在華山、豐縣、沛縣梆子劇團為主演，扮相俊美，嗓音清脆，基本功厚實，擅演《雙蝴蝶》、《桃花庵》諸劇，在觀眾中頗有影響。而劉桂榮之名聲，卻絕不遜於李天紅。當年，她們曾同班演戲。民間歌謠稱：「天上有個滿天紅，地上有個李天紅。滿天紅，李天紅，紅不過兩辮劉桂榮。」〔註159〕其影響由此可見一斑。

這一時段，可謂人才輩出，名伶薈萃，極一時之盛，為江蘇梆子的發展與成熟作出積極貢獻。

〔註158〕于道欽主編：《江蘇戲曲志·江蘇梆子戲志》，江蘇文藝出版社，1999年，第379頁。

〔註159〕陳曉棠主編：《江蘇戲曲志·徐州卷》，江蘇文藝出版社，2002年，第587頁。

（二）本時段江蘇梆子的發展走勢與傳播特點

江蘇梆子由萌生、形成到成熟，經歷了一個長達三百多年的歷史時段。藝人們在演戲的同時，更將做人放在重要的位置，從演出劇目所蘊含的優秀傳統道德以及戲中所塑造的忠貞愛國、剛正不阿、是非分明、嫉惡如仇的英雄人物身上汲取營養，領略為人處世的道理，同時，又以開放的態度吸收新文化、新思想。早期藝人，大都經受過封建勢力的重重壓迫以及侮辱、欺凌，有著相似的漂泊流離的痛苦生活經歷，那些飽浸苦水的艱難歲月，淬煉了其剛毅果敢、勇於擔當的自我意識。

抗日戰爭與解放戰爭時期，不少梆子戲藝人，在中國共產黨的教育感召下，自覺投入到反抗日本侵略者、國民黨腐敗政治的鬥爭中去。豐縣藝人蔣立忍，「極富愛國思想，民國二十七年（1938）起，積極參與抗日救國活動。在卜老家科班任教時，曾策動『名馬子』（綠林）卜昭貴跟八路軍合作抗日，還排演抗日新戲《華興集》、《新勸夫》等」〔註160〕。沛縣梆子戲藝人殷其昌，「在抗日戰爭時期輾轉山東濟寧、滕縣、魚臺、棗莊及京滬等地，團結藝人，宣傳抗日，歷盡艱辛」〔註161〕。

劇作家林凱（1887～1960），原名林鳳鳴，豐縣南關人。原籍廣東省大浦縣三河壩，以從事民眾教育定居於此，喜好書畫及戲曲表演。1925年在上海，曾參與《一元錢》、《馬浪蕩》、《母之心》諸劇的表演。1937年，賈福蘭（藝名二拔）率戲班演出於豐縣城南關的羅玉振戲園，邀請林凱將康熙邑庠生沈榮錫所作《三省莊》鼓兒詞改編為梆子戲。林應諾，將其改編成四本，搬上梆子戲舞臺。賈福蘭戲班以演此戲而迅速知名於當時。在抗日戰爭期間，林凱自編劇本《華興集》、《槍斃韓復榘》，抒發愛國激情，演出於城鄉。

還有，創建於豐縣李寨馬路口村的馬路口戲班，1937年的「七・七事變」之後次年，他們在八路軍工作人員的指引下，投入抗日鬥爭，改名為豐縣流動劇團。至1942年春，再改為湖西流動劇社，「連續排演郭影秋創作的《漢奸反正》、《小過年》（又名《殺鬼子》）、《黃後樓》（又名《黑心地主》）、《皖南慘案》等新劇目。郭影秋，江蘇銅山人，時任湖西軍分區司令員，一直支

〔註160〕于道欽主編：《江蘇戲曲志・江蘇梆子戲志》，江蘇文藝出版社，1999年，第368頁。

〔註161〕于道欽主編：《江蘇戲曲志・江蘇梆子戲志》，江蘇文藝出版社，1999年，第376頁。

持、關心湖西流動劇社的演出活動。他所創作的《黃後樓》，依據的就是單縣城南黃後樓惡霸地主逼使女致死一事，「揭露了惡霸地主殘害農民的罪行，情節動人，演出效果非常強烈，演出時臺上臺下哭聲一片，有些戰士甚至跳上戲臺追打扮演地主的演員」〔註162〕。此類劇目的創、演，激發出人民群眾對封建剝削勢力的極大憎惡，促使他們積極投入革命鬥爭的洪流。在當時，劇團除為地方群眾演出外，常跟八路軍隨軍演出。1940年，專區配備給劇團長、短槍三十四支，劇團成為一支又演戲又打仗的隊伍」〔註163〕。在龍王廟戰鬥中，活捉日軍兩人。1944年秋，參加邊區反碉堡運動，半個月拔掉敵人七個碉堡，在徐州一帶的抗日鬥爭中發揮了很大作用。還有的藝人以演戲為掩護，從事黨的地下工作，如蕭繼周，1932年就參加革命並入了黨，歷任中共沛縣武裝保衛隊隊長、蘇魯豫皖特委保衛隊隊長等。解放後，曾任第七艦隊參謀長、第六艦隊副司令員、舟山基地副司令員等職。

由此可見，江蘇梆子藝人以精湛的演技給觀眾帶來快樂的同時，還懷有一種濃厚的英雄情結，經常將個人命運與國家前途聯繫在一起，有意識地利用梆子戲這一藝術形式，傳播新思想、新道德，敢於擔當，大展身手。

江蘇梆子的發展走勢與傳播，大致體現出如下幾方面的特點：

首先，就戲曲發展史而論，表演伎藝在產生之初，就具有很強的開放性，這是江蘇梆子得以發展的前提條件。由於前期藝人來源不一、轉徙無定，其開放與包容表現得更為突出。它尚在蹣跚學步之時，就開始有意識地吸納相鄰伎藝之所長，以成就自身。據相關文獻可知，梆子戲發展早期時段的不少著名藝人，大都有著移民背景，這就決定了其表演伎藝的多元融合。我們知道，表演藝術「傳播的基本符號，不外乎語言、動作、表情、音聲、體態、造型、扮飾等，每一種符號，都蘊涵一定的信息，表達一定的意義」〔註164〕。然而人生交際中的傳播符號，往往又受到一定的地理環境、方言習俗、社會族群、特殊處境、人生經歷的某些制約。而這一符號，是在相沿成習中逐漸固化的一個物質載體。來自不同地域，在傳播符號的運用上肯定會存在不少差異，尤其是在交通不暢的古代。這就是所謂語言、行為密碼。藝人既然來

〔註162〕田和靈等編著：《山東梆子》，山東友誼出版社，2012年，第300頁。

〔註163〕于道欽主編：《江蘇戲曲志·江蘇梆子戲志》，江蘇文藝出版社，1999年，第274頁。

〔註164〕趙興勤：《中國早期戲曲生成史論》，北京大學出版社，2015年，第68頁。

自四面八方，自然會帶來情狀各異的風俗文化乃至民歌小調、表演伎藝，而這種帶有濃重地方色彩的文化形態，會慢慢滲透進另一種藝術的創造之中。所以，梆子戲越到後來，越注意吸收不同藝術領域的有益營養，以達到豐富自身的目的。

如蔣立忍在戲曲藝術實踐中，就不斷精心鑽研，「與老琴師創作了鑼鼓經【砍馬腿】、【戰場滾蒺藜】以及曲牌【反字羅皮】、【步步嬌】等，豐富了梆子戲的音樂」〔註165〕。殷其昌「十分謙虛好學，誠懇地博採兄弟劇種的長處。他看到京、崑劇臉譜畫得比梆子戲正規，就主動向京、崑劇學習」〔註166〕，所演《蘆花蕩》就吸取了京劇的許多長處。戴金山以唱梆子戲為主，有時也演二簧。在表演上，又注重吸收其他伎藝之長，如演《莊王擂鼓》，說不定就是從徐州出土的漢畫像石圖案中「執鼓槌擊鼓而舞」獲得啟迪，才將擂鼓、架式、做派揉為一體的。

在表演技藝上，江蘇梆子從業者也受到遊走江湖的雜耍藝人種種高難度表演動作的啟發，有意識地學習、模仿，並將其移用於梆子戲舞臺，希圖以奇險奪人眼目，鞏固並拓展演出市場。靠練就的硬工夫，表演一些出人意外的驚險動作。據相關資料記載，1928年農曆二月間，「梆子戲演員王志標到家鄉豐縣套樓王屯演出。為回報鄉親父老，他在《反雲南》一劇中，上演了一套爬竿戲。只見在『把子炮』的煙霧中，眨眼間他爬上了離舞臺前口三米高約十幾米的杉木竿。先是將腹部頂住竿頂，四肢平伸，前後擺動，又在雙手雙腳和辮子上各掛一隻小水桶，任其如何擺動，水均不濺一滴，名為『寒鴨浮水』。依次下來，『小鬼推磨』、『金蟬脫殼』、『倒掛油瓶』、『夜叉探海』，難度越來越高，臺下掌聲也越來越響。突然，杉木上梢折斷尺餘，在觀眾一片驚叫聲中，他一個鷂子翻身，堅實地落在舞臺上，令人歎為觀止」〔註167〕，又如清末的高老蘭（康玉，字蘭田）科班，也以武打戲見長。類似於雜技的「猴子爬竿」（見圖41）〔註168〕，便是其絕技之一。豐縣戲班裏的甯喜順（寧二）、王志標（藝名黑民）、宋德順、黃連英等，皆擅長爬竿表演。

〔註165〕于道欽主編：《江蘇戲曲志・江蘇梆子戲志》，江蘇文藝出版社，1999年，第368頁。

〔註166〕于道欽主編：《江蘇戲曲志・江蘇梆子戲志》，江蘇文藝出版社，1999年，第375頁。

〔註167〕吳敢、孫厚興主編：《徐州戲劇史》，中州古籍出版社，2018年，第97頁。

〔註168〕鄧同德主編：《商丘市戲曲志》上卷，中國戲劇出版社，2008年，第386頁。

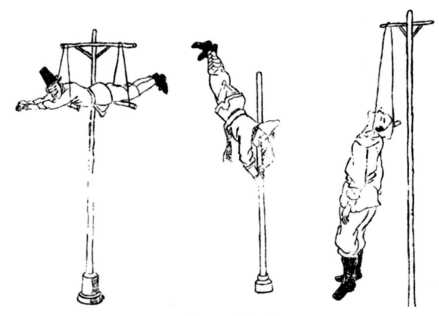

圖 41：爬竿圖

又如「弔小辮兒」（見圖 42）〔註 169〕，是「演員站在戲臺中心翻放著的
四條腿方桌上，每個桌腿上繫一根連著滑輪的繩子。表演者把自己的辮子緊
緊地拴在滑輪上的麻繩上，然後雙手抓住桌子上的橫撐。另外有人用力拉滑
輪繩子，連人帶桌緩緩升起，把人和桌子弔離戲臺約三米高。觀眾無不提心
弔膽，目瞪口呆」〔註 170〕。

而「高臺簸米」，「表演者雙手端一個放有一斤小米的小簸箕，簸箕的四
角和中間以及手裏、肘彎、口裏、嘴巴下，再各放一個雞蛋（放雞蛋時需要
別人幫助放）。表演者站在戲臺上兩張半高的桌子上（疊起的兩張桌子上再
加一把椅子），縱身跳起，倒轉身穩穩地落在戲臺上，小米一粒不撒，所帶
雞蛋一個不爛。為證明雞蛋是生的，有人當眾把表演用的雞蛋打爛，倒在碗
裏」〔註 171〕。此技，曾擔任易俗社教練，有「筋斗大王」、「東路梆子中第
一武丑」之稱的張己酉（小名皂皂子）也擅長。然「此等工夫，全由自己苦

〔註 169〕李濱聲繪：《燕京畫舊》，人民美術出版社，2005 年，第 21 頁。
〔註 170〕于道欽主編：《江蘇戲曲志·江蘇梆子戲志》，江蘇文藝出版社，1999 年，第
　　　　244～245 頁。
〔註 171〕于道欽主編：《江蘇戲曲志·江蘇梆子戲志》，江蘇文藝出版社，1999 年，第
　　　　245 頁。

練出來，（無）有其他竅門可告人也」〔註172〕，可見舊時藝人的超人工夫乃刻苦訓練得來，決非朝夕之功，足見其對表演伎藝的熱切追求與無比敬畏。

圖 42：民國初年蟠桃宮廟會上的「弔小辮兒」（李濱聲繪）

「頂燈」（見圖 43）〔註173〕，則是「丑角用頭頂著二十至三十公分高的點燃著的油燈，做各種表演。如在《頂燈》劇中，丈夫賭博下流不正幹，受到妻子的嚴厲斥責和追趕。他頭頂著燈，作揖禮拜，鑽桌子，打滾身等等，做各種形態的表演。燈像黏在頭頂上一樣不倒、不歪」〔註174〕。

〔註172〕王紹猷：《易俗社的教練》，李樹人、方兆麟主編：《文史資料存稿選編・文化》，中國文史出版社，2002 年，第 618 頁。

〔註173〕《中華舞蹈志》編輯委員會編：《中華舞蹈志・寧夏卷》，學林出版社，2014年，第 132 頁。

〔註174〕于道欽主編：《江蘇戲曲志・江蘇梆子戲志》，江蘇文藝出版社，1999 年，第246 頁。

圖 43：頂燈圖

　　這類難度很大的特技表演，同類梆子戲中是很少見的，只有在晚清的京劇表演中偶露崢嶸。如京劇名伶草上飛、張黑，技藝高強，皆擅長武戲，「捷如猿猱，迅如飛燕，任意翻倒，隨情縱躍。唱《三上弔》時，貫索兩樓之顛，由臺飛跨而上，或往或來，或倒懸，或斜絆，或踞坐其上，或徐步其端，最後以髮掛而口銜之，掣令其身上下」〔註175〕。草上飛擅長鯉魚打挺，能躍起一丈以外，復落原處；張黑「能以手拍圈椅兩足，躍而登，旋翻而上，即以手持椅，與之同翻，以椅之足為其手，足起則椅落，椅起則足落，憑空增其半身，翻騰自若」〔註176〕。二者有異曲同工之妙。殷鳳哲父子的盤椅之功，與張黑的「以手持椅，與之同翻」，也有相似之處。

　　其次，江蘇梆子藝人在開班授藝上，有一整套嚴格的師徒傳承規則，從嚴遴選，從嚴教學，嚴加管理，嚴進嚴出。一方面，這些藝人非常珍惜個人聲名，不願將自己在舞臺上打拼數十年而贏得的美名，毀於幾個濫竽充數的

〔註175〕徐珂編撰：《清稗類鈔》第十一冊，中華書局，1986年，第5143頁。
〔註176〕徐珂編撰：《清稗類鈔》第十一冊，中華書局，1986年，第5143頁。

無良弟子之手；另一方面，他們有著漂泊江湖多年的經歷，既將鄉野市肆的各種雜耍表演熟諳於心，又深知謀生之艱難，若想長久立於世非有真本事不可，故對弟子在藝術上的造詣充滿希望與期待，經常將他們放到舞臺的藝術實踐中去經風沐雨，鍛鍊提高，以接受觀眾的檢驗。所以，這些弟子都精心鑽研表演技藝，基本功篤厚、紮實，而且具有多方面的表演才能，一旦出師，往往能一鳴驚人。有的十來歲就成了角兒，還有的在師父傳授伎藝的基礎上，廣泛吸取他人之長，又不斷有所發展。如豐縣許廟戲班，「善於鑽研、求新，先後取高調梆子、平調梆子和柳子戲等劇種的精華，創出了【風流詼諧調】、【小營花】和鑼鼓經【八不湊】等，豐富了梆子戲唱腔和音樂」〔註 177〕。戴金山，「出師後能演生、旦、淨、丑各行角色，並能演奏各種樂器及掌鼓」〔註 178〕。賈鳳鳴「在換臺口趕場演出中，還經常前扮男後飾女」，生、旦、淨、末、丑行行皆通，故有「五頂網子全戴」〔註 179〕之稱。不僅演員如此，即使硬場面的藝人，也一專多能。如鼓師張義才（1902～1981），所會鼓點特多，掌握大量曲牌，「梆子戲的傳統劇目不論文戲和武戲基本全會，曾打過六百餘出戲。還熟悉京劇、評劇、河北梆子等劇種的鑼鼓經，曾為京劇著名武生任月亭打鼓，在蘇魯豫皖接壤地帶享有較高聲譽」〔註 180〕。女伶賈福蘭，多才多藝，「粗腔能唱黑頭、紅臉，細腔能唱花旦、小生。其花腔尤令人陶醉。她的笑能笑出性格和感情」〔註 181〕。在《豹頭山》一劇中飾二大王武金魁，「從帥旦演到花旦、彩旦，鮮明生動地表現了角色的境遇變遷和性格變化」〔註 182〕。

再次，江蘇梆子在發展過程中，體現出很強的包容性。如在《攔馬》一劇中，女扮男裝的楊八姐，為救六哥楊延昭，孤身赴幽州打探軍情，不料，

〔註 177〕陳曉棠主編：《江蘇戲曲志·徐州卷》，江蘇文藝出版社，2002 年，第 498 頁。

〔註 178〕于道欽主編：《江蘇戲曲志·江蘇梆子戲志》，江蘇文藝出版社，1999 年，第 366 頁。

〔註 179〕于道欽主編：《江蘇戲曲志·江蘇梆子戲志》，江蘇文藝出版社，1999 年，第 368 頁。

〔註 180〕于道欽主編：《江蘇戲曲志·江蘇梆子戲志》，江蘇文藝出版社，1999 年，第 373 頁。

〔註 181〕于道欽主編：《江蘇戲曲志·江蘇梆子戲志》，江蘇文藝出版社，1999 年，第 379 頁。

〔註 182〕于道欽主編：《江蘇戲曲志·江蘇梆子戲志》，江蘇文藝出版社，1999 年，第 379 頁。

卻投宿於失落番邦的宋將焦光普店中。起初，焦光普為招徠客人，再三誇讚本店住宿條件優越，伙食無比豐盛，稱：「客人要吃飯，咱這賣得全：蒸饃四兩重，包子三兩三，麻花焦又脆，糖糕酥又甜。想要吃烙餅，這裡也不難，夥計手藝高，會擀又會翻，一斤細白麵，能烙三十三，皮又薄，個又圓，對著烙饃吹口氣，滴滴溜溜飛上天。進店敬你接風酒，出店三杯不要錢。」這一段告白，就借用自徐州流行的說唱伎藝中的贊詞。後來，他發現楊八姐耳朵上有戴耳環的耳眼，面容又酷似八姐，故一再試探，剛一說「楊」字，八姐立即警覺地欲抽出寶劍。他馬上改口道：「說了個羊，道了個羊，有個小孩去放羊，把羊攆到南山上。吃羊肉，喝羊湯，羊皮掛到南牆上，看他裝樣不裝樣。」此亦與說唱伎藝有關。尤其是「說黑驢」一段，「說黑驢兒，道黑驢兒，黑驢兒長得有意思兒：白尾巴尖兒，白肚皮兒，白腦瓜兒，白腚門兒，粉鼻子粉臉粉嘴唇兒，雪裏站的四個小白蹄兒，起名就叫穿心白兒，它一跑，得啦得啦地打響鼻兒。」則取自墜子傳統曲目《趕黑驢兒》。筆者早年曾觀看得殷門真傳的卞娃（藝名）飾演《攔馬》中的焦光普，同樣是一出場能說二百多句，且語調疾緩有致，吐詞清晰，常常引得觀眾捧腹大笑，雖距今已一個甲子，但當時的情景仍歷歷在目。這說明，江蘇梆子是在不斷汲取相鄰伎藝的藝術因子、表現方法中而逐漸豐富並完善自身的。

　　當然，江蘇梆子的舊劇目，也存有不少套話。所謂「套話」，是說只要情景或描寫對象相似，不論何劇，均可用來演唱的成套唱段。如劇中人物前往某城之際，總會作遠望狀，然後唱「城門樓子高三丈，四個角上掛風鈴。刮東風，叮噹響；刮西風，響叮咚」之類的話語。而路途之上觀賞風景，經常唱的是：「高的山低的澗百鳥齊唱，黃的花綠的葉一片好風光。風吹樹葉嘩啦啦的響，蒼松翠柏耐寒霜。小猿猴摘棗樹梢上，梅鹿銜花遍山崗。十人走路九人歌唱，漫山遍野都是好田莊。」

　　再如，男女主人公初次相遇，即為對方的美貌所吸引，男子誇讚女子，則為：「我這裡抬頭用目觀，打量姑娘美天仙。滿頭青絲如墨染，兩道蛾眉亮又彎。雪白臉蛋賽官粉，疙瘩鼻子正中間。櫻桃小口牙似玉，不點胭脂自來鮮。手指尖尖如嫩筍，胳膊一伸賽藕蓮。」而女子稱道男子，則往往是「我這裡抬頭用目尋，打量公子可意人。大者不過十八歲，小者不過少半春。眉又清，目又秀，唇紅齒白有精神。好似金童把凡下，又似前朝羅將軍」。用小說中美男子羅成比擬對方。同樣，女子嘲笑閨閣女伴丈夫的相貌醜陋，也有

套話，如：「提起來恁家的他，我把他誇一誇，生就的托盤嘴，長就的板齒牙，鼻子不透氣，說話打阿拉（方言，意謂吐詞含混不清），走路羅圈腿，眼有玻璃花，臉上麻子銅錢大，腿上汗毛一大拃。」以別人的生理缺陷作為調侃的話頭，自然不可取。後來就不再為場上演出所用。

當時演出時之所以用那麼多套路語，這與舊時代藝人大多不識字有很大關係。正因為文化水平所限，難以記誦太多的戲詞，才有了近乎萬能的套路唱段，聽眾也司空見慣，並不感到奇怪。此種狀況，早在元人雜劇中即已存在。如武將登場所念「三尺龍泉萬卷書，皇天生我意何如？山東宰相山西將，彼丈夫兮我丈夫」，就分別見於《單刀會》、《千里獨行》、《凍蘇秦》、《十探子》諸劇。再如「酒庫門前三尺布，人來人往圖主顧。做下好酒一百缸，倒有九十九缸似頭醋」，見於《看錢奴》等多部劇中的酒家自白。「黃卷青燈一腐儒，九經三史腹中居。學而第一須當記，養子休教不讀書」，則為劇中書生所常用。「花有重開日，人無再少年。休道黃金貴，安樂最值錢」，更見於多部劇作。所以，戲劇史家周貽白曾予指出：「元劇中有許多習用詞，及互相挪用的陳套，或為便於搬演計，故相沿襲，不必即屬之伶工。……在戲劇剛剛興起不久的時期，其技巧方面是不能以後世的眼光去求全責備的。」〔註183〕

到了江蘇梆子的發展時段，雖說與元劇已相距數百年之久，但藝人的文化水平與古時相比，仍相去無幾。故而，這一習慣仍被沿襲，也是可以理解的。直至新中國成立以後，藝人有了讀書學習的機會，劇本則脫離了師徒口口相傳的承傳模式，特別是文化人的參與，對劇作情節結構仔細斟酌，使劇中語言文學性的追求得到強化，從而改變了情節枝蔓、語言駁雜的樸陋現象。

尤其值得注意的是，當時的藝人表演，隨意性較強。由於場上演出效果好壞、票房收入多寡，與藝人生活處境能否得到改善息息相關，所以，梆子戲藝人在臺上表演時，為了照顧臺下觀眾的情緒和喜好，曾採取過一些另類手段。比如若場上藝人嗓音動聽，以唱知名，場下觀眾樂意聽其大段唱腔，藝人就會不顧劇本是否已安排，而在表演時用眼神或肢體動作暗示前場總指揮——鼓板師，要唱某種板式的唱腔。鼓板師心領神會，配合默契，立即敲擊特定節奏的起唱鼓點，軟場面接收此信號後，隨即起奏過門，藝人則充分發揮個人才能，酣暢淋漓地進行大段演唱，藉此贏得滿堂彩。梆子戲中的許多「水詞」，即緣此而生。如「昔日裏有一個漢三王，一十二歲走南陽。走到

南陽迷了路，碰到石人在路旁，問他十聲九不語，在一旁惱了我漢三王」的大段唱詞，以及「昔日裏有一個二大賢，兄弟二人讓江山。兄讓弟來弟不做，弟讓兄來兄不擔。一個逃出東華門，一個出了門廣安。出得京來無處去，兄弟來到首陽山。餓了就吃松柏籽，渴了就飲山下泉。十冬臘月凍餓死，兄弟雙雙見了天。二人來到天庭上，玉皇爺封他做神仙。這就是古賢一樁事，美名流傳在世間」之唱段，就是任何劇目中紅臉角色皆可任意添加的「水詞」，並不顧及劇情是否需要，不過是炫示優美唱腔的一個手段。

其實，這種情況，在皮黃戲伶人中也存在。據載，名伶余三勝很有口才，反應敏捷，能隨地編詞，出口成章，演生、旦戲最喜與另一名伶喜祿合作，非喜祿登臺，必不肯唱。一次，演楊家將戲《四郎探母》中的《坐宮》、《盜令》，由喜祿扮公主，他出演楊四郎楊延輝。結果，喜祿因有事未能及時趕到，主事者多次與他商量另換人代演，他堅決不許。戲開演，劇本原有「我好比籠中鳥，有翅難展；我好比失水魚，困在沙灘；我好比中秋月，烏雲遮掩；我好比東流水，一去不還」〔註184〕等四句，他為等喜祿登場，竟然隨口編唱，連唱「我好比……」達七十四句之多。這恰說明戲曲在發展過程中，有許多相似之處，都經歷了一個由任情隨意到嚴整規範的發展過程。

而且，藝人在添加新詞時，往往會顧及臺下觀眾所處之地理環境，如當年老藝人在搬演《打蠻船》一劇時，借老蠻子之口所唱：「我一篙撐到十三歡，永不回還。」句中的「十三歡」，乃沛縣龍固鎮東北部瀕湖的一個很小的村落，劇本根本不可能將它寫進去。然而，因是在距十三歡不遠的村莊演出，人們一旦聽到臺上唱到「十三歡」這一很熟悉的地名，馬上會產生一種親切感、認同感，從而拉近了臺上演員與臺下聽眾的距離，收到意想不到的良好演出效果。

當然，戲曲是場上的藝術。在美國戲劇理論家喬治·貝克（George Pierce Baker）看來，是以虛構人物的表演，通過感情渠道，使場內普通觀眾發生興趣。場上的表演真切動人，唱腔悠揚婉轉，才可能聚攏觀眾。臺下觀眾聚攏越多，藝人的生活越有保障。戲曲，是因為廣大觀眾的存在才演出於場上的。沒有了觀眾，戲曲存在的意義就會大打折扣。但是，藝人在場上表演時，為了博得觀眾青睞，隨意增加「水詞」，這就是曲意迎合觀眾的媚俗傾向。解放後，政府強調要淨化舞臺，「水詞」及帶有色情挑逗意味的表演均被淘汰。而

〔註184〕徐珂編撰：《清稗類鈔》第十一冊，中華書局，1986年，第5121頁。

為了照顧聽眾情緒，有意在劇中加點他們所熟悉的地名以及流行語、時髦語，至今舞臺及熒幕上仍常見。如國產科幻大片《流浪地球》出現了徐州的鏡頭（見圖44），就令當地影迷激動不已。

圖44：電影《流浪地球》中的徐州鏡頭

老一輩的江蘇梆子藝人，在長期不借助任何現代化手段而在曠野荒村的演出實踐中，逐漸琢磨出運用比本嗓發音高八度的二本嗓行腔，以使站在戲場最邊緣的觀眾也能聽得到。這一科學的戲曲聲腔傳播技巧，至今仍在傳統戲演出中保留。梆子戲早期的表演，還有一個特點，那就是場上人物的對白與主要角色的重要唱段，內容往往重複疊合，也就是說，劇作中的有些關目，已通過人物對話予以交代，但在場角色還要借助唱詞重述一遍，這仍與對傳播效果的考慮有關。因為戲場上人物對話，如同日常生活中人物對話一般，聲音較低，演出者唯恐觀眾聽不清楚，影響表達效果，故再用唱段予以表述。這一前後內容的重複，在當今舞臺，自然不可取，但放在舊時傳播條件極其簡陋的背景下來思考，則帶有人性關懷的溫度。

第四節　歲時節慶中的梆子腔傳播

我國是一個農業大國。在長期的封建社會中，人們難以抵禦突如其來的自然災害對農業生產的破壞，所以自古以來就對天地鬼神存有敬畏之心、依賴之意。故而，想方設法取悅於天地神靈，以求得其庇護，保祐天下平安、五穀豐登，成了傳統社會人們的普遍心理。因此，四時八節，皆為世人向天地祈福的絕好機會。而祭祀各路神仙的大小廟寺，也成為人們向神燒香禱告

的最理想場所；演戲娛神，則是表達崇敬情感的最佳方式。故而，梆子腔的傳播，與一年四時的節令慶典、各種廟會有規模地舉行密切相關。其實說到底，是各種各樣的民俗活動、城鄉百姓的欣賞情趣與文化追求，共同構成了梆子戲的生存場域。

一、梆子戲的鄉村傳播

就江蘇梆子的發展實際而論，它起初主要流行於鄉村、集鎮，而演出最頻繁的時段，就是四季節令、各類廟會。從表面上看，演戲的大多場合，往往與祀神有關。其實，更大的潛在意義則是娛人。農民一年忙到頭，面朝黃土背朝天，難得有休閒日子。逢年過節，歇息幾天，欣賞欣賞戲曲，也算是瀟灑走一回。從另一層面看，辦會、演戲，也與促進商品互通有無、拉動鄉村經濟發展有一定關係。在封建時代，雖然做生意者在在有之，但在交通不暢的情況下，真正做長途販運的，則相對較少。而圍繞春祈秋報所舉行的各種祭神廟會，恰為各地貨物的互通有無提供了一個寬闊的平臺。正所謂「貿遷有無，以會為市，趁墟之人，雲集蟻至，車載斗量，填城溢郭。五洲異物，冬裘夏葛。其時優伶演劇，陳百戲之鞂鞈，緣橦、舞絙、吞刀、吐火，鐵板銅琶與人聲相沸雜，如此者，各有日月」〔註185〕。每當廟會，則搭臺演戲，商賈雲集。男女看戲者，輒以千百計。以廟會之故，各地商賈搶抓商機，紛至沓來，發售貨物，當地百姓也藉此機會，購買一些平時難以得到的外地出產的生產工具以及其他生活必需品。正所謂「鄰境商販駢集，百貨雜陳，農家器具及家常什物、終年所需用者多取給於此。廟中召優人演劇，市肆皆懸鐙。四鄉男女，此往彼來，絡繹如織」〔註186〕。

早年，筆者家鄉每年都舉辦三月三廟會。辦會的前幾天，鄰省、鄰縣的商販已紛紛趕來，搭起棚子、囤聚貨物、佔領地盤。屆時，在廟宇周圍方圓一里處，皆是來自四面八方的商賈以及看熱鬧的鄉鄰。各種攤販逐次排列，挨挨擠擠，真是萬頭攢動、人流如潮。在場地稍微寬闊處，則搭戲臺唱戲，甚至有時三個戲班在不遠處同時開唱打擂。其中一戲臺，突然有唱大紅臉或黑頭者上場，嗓音高亢激昂，馬上會吸引得聽眾像潮水般湧來；而有的戲臺，小旦登場，咿咿呀呀地唱，觀眾若不耐煩，則會呼喇喇散去。這勢必加劇戲

〔註185〕周秉彝：《（光緒）臨漳縣志》卷一五，清光緒三十年刻本。
〔註186〕杜冠英：《（光緒）玉環廳志》卷四，清光緒六年刻本。

班之間的競爭，登臺獻藝者自然想方設法提高表演技藝或製造噱頭，努力爭取更多的聽眾。此類帶有競賽意味的對臺大戲，對於梆子戲表演技藝的提高和整體水平的進步，還是具有很大刺激、促進作用的。

農村生活的節奏，是與季節緊相關聯的。所以，那些以賺取票房為目的、將戲曲推向市場的戲班，在集市作場，所選擇的演出時間，大多是冬季節令的農閒之時。當時，演出處所的條件十分簡陋，通常是用蘆葦（或用秫秸）編成的「箔」圍成一個場地，場中布滿一排一排粗陋的條凳，場地上面罩一既長且寬的布幔，以擋風塵、遮陽光、聽眾則購簽（相當於後世的「票」）入場。戲場外，就是一個小社會，各種小商小販聞風而至，有賣糖葫蘆的，賣花生、瓜子、麻糖的，還有賣熱粥、油條、糖糕、肉包子的，把戲場圍得密不透風。他們來往穿梭不停，叫賣的吆喝聲也伴隨場上藝人的演唱此起彼伏、連綿不斷。一場戲下來，腰包果然會鼓起不少。所以，場上伶人是在賣藝，而場外，則是小商品、小食品推銷的絕佳處所，不少人借機獲利。

至於農村的另一類演出，雖說也與四時八節之祈禱祭祀有關，但是，更多地是出於村民的自娛自樂。沛縣西北部的古村落西安莊，是早先由山西至山東、再於晚清之時由山東嘉祥、巨野、鄆城等地遷徙至此的典型的移民村。村莊比較大，方方正正，東西南北均長一里多路。起初，村民或出於對自身安危的考慮，酷愛練武，形成風氣，相沿不替，使得不少人工夫過硬，能頭上碎磚、單手劈磚、手碎碗碴、腹部碎石，即使單槍推太平車者也非止一人。或許是受山西梆子、曹州梆子影響之故，更酷愛梆子戲。早在 1930 年前後，就由村民自己出資，辦起了戲班，百姓稱之為「小窩班」。本人曾在《清代散見戲曲史料彙編（詩詞卷‧初編）》（見圖 45）「後記」中記述這一班社：

> 道具、服飾，一一購置齊備。生、旦、淨、丑，行當齊全。文、武場面之演奏，均由本村村民充任。每逢過節，必演大戲。演出前，推來幾輛鑲有鐵箍的四輪太平車，往村中心街口一放，將寨門卸下，往車上一擺，四周支幾根木柱子，後場用秫秸編織成的大箔圍起，頂棚亦用箔覆蓋，三下兩下，簡易戲臺便搭成了。三通鑼鼓過後，戲便開演。最常演的劇目，不過是《鍘美案》、《抄杜府》、《打蠻船》、《反徐州》、《姜子牙釣魚》、《小姑賢》、《哭頭》、《芊建遊宮》、《李三娘打水》、《轅門斬子》、《打金枝》、《攔馬》、《文昭關》之類劇目，常常是叔侄、父子、兄弟、郎舅齊上陣，若人手再不夠，就臨時從

臺下拉幾個兄弟、爺們湊數，跑跑龍套。這些臨時上臺者，雖說很少受過嚴格訓練，但緣耳聞目染之故，居然也能煞有介事地走上幾遭。晚上演戲需用燈，鄉親們就在臺口兩旁的大柱子上，各掛一個本來是供裝糧食用的撮（音「搓」）子，大黑碗或者小瓦盆裏倒入滿滿的棉籽油，往撮子內側底部一擺，因撮子是用弧形木板揉製而成，呈半圓形，以其為燈座，還具有防風之功能。然後，點燃上用棉花搓成的粗粗的燈捻子，燈的問題就解決了。所有的一切都是因陋就簡，就地取材，倒是便當得很。條件雖說十分簡陋，但戲照樣演得非常紅火，往往一演就是十來天。尤其是春節前後，更是好戲連臺，看不勝看。甚至春種夏收的農忙時節，也絲毫不減演戲之熱情，村民們照樣忙中偷閒，趕來觀賞。不僅在本地演，據說還曾跑到安徽的蚌埠等地演出；不僅獨立演出，還曾參與過帶有競技性質的對臺大戲演出，受到廣泛好評，故「戲窩子」之名也由此而起。這個並不起眼的草臺班，還真培育出不少人才。原來「小窩班」中的有些演員，於上個世紀五十年代去陝西一帶謀生，竟重操舊業，成了當地劇團的臺柱子。〔註187〕

所以，鄰村人稱，「西安莊，四方方，戲臺搭在村中央。鑼鼓一響唱起來，驚動四鄰並八方。」尤其是春節前後，戲臺提前搭起，演出接連不斷。百姓聞風而動，扶老攜幼，前呼後擁，趕來觀看，將戲臺前圍個水泄不通。場上表演者竭盡其能，臺下觀賞者如癡如醉。而且，這樣的例子並不是個案，距該村不過一里之遙的古村落廟道口，往北四里的卞莊，東邊的楊官屯、小屯、東丁官屯、張樓、姚橋等村，大都有村裏自辦的小戲班。當地百姓往往是追著戲班看戲，東村觀罷，又趕往西村。這種「追星」生活，有時竟持續個把月之久，足見江蘇梆子影響之廣泛。

還以西安莊戲班為例，班中的民間藝人常與同村的武術班合演，白天武術表演，晚上演戲，以使戲曲演員有休息機會。有的武術表演者本身就是戲曲演員，直接將武術的開打搬上戲場，造成你中有我、我中有你的態勢，促使表演水平不斷提高。以一村莊的自辦戲班，演唱技巧竟能達到如此高的水平，的確難以想像。民間戲曲的確是來自民間，是民間各種藝術的滋養，促

〔註187〕趙興勤、趙韡編：《清代散見戲曲史料彙編（詩詞卷·初編）》下冊，臺灣花木蘭文化出版社，2014年，第578～579頁。

生了戲曲藝術之花的綻放。戲曲發展的任何時段都離不開火熱的民間生活，這是戲曲史的發展給我們的重要啟示，不能等閒視之。

圖45：趙興勤、趙韡《清代散見戲曲史料彙編（詩詞卷・初編）》書影

二、梆子戲的城市搬演

據方志及相關史料記載，徐州一帶最早建成的戲臺，是明洪武二年（1369）建於徐州城內城隍廟的古戲臺，此後則為明英宗天順年間於邳州土山鎮關帝廟建成的戲樓。明世宗嘉靖三十一年（1552），豐縣城隍廟所建戲樓又繼其後。而建於沛縣山西會館的戲樓，修建的年代也當很早，但為大水沖毀。清乾隆四十年（1775），因水患而遷建。至於徐州的相山祠（即山西會館）之戲臺，據說是首建於清康熙年間，至乾隆七年（1742）又重建。雲龍山大士岩戲樓

之建成，則後於前者近四十年。當時的戲班是如何利用戲樓從事演出活動的，所演者又為何等聲腔、劇種，因資料缺失，不便妄下斷語。但是，有一點可以肯定，那就是城鄉雖同處於農業社會，但由於地理條件的差異、演出環境與欣賞群體構成的不同，那麼，戲曲在傳播上自然也各具特色。

圖46：邳州古戲臺

當然，逢廟會必演戲，這是城、鄉的通例，也是全國各地在戲曲傳播方面不約而同的共有做法。古時的徐州城，建有許多祠廟。據《徐州府志》載，有社稷壇、八蠟廟、劉猛將軍廟、名宦祠、鄉賢祠、東嶽廟、禹王廟、漢高祖廟、泰山廟、文昌祠、呂梁洪神廟、彭祖廟、關尉神廟、黃石公廟、留侯廟、三義廟、四賢祠、臥佛寺、開元寺、興化寺、洪福寺、洞山寺、景福寺、觀音堂院、真武觀、斗姥宮等等，一般的廟都有會，有會就演戲娛神。廟會舉辦的時間，大多安排在春節前後、春秋二季，或者神佛誕辰。形成規模的大廟會，一是每年農曆二月十九日徐州城南的雲龍山廟會，一為農曆四月十五日徐州南郊的泰山廟會。其他如火神廟會、蟠桃會、五毒廟會、城隍廟會、關帝廟會等。如正月間的城隍廟會，不僅廟院內人山人海、摩肩接踵，即使街巷內，也有高蹺、旱船、扮大頭、舞獅子、燒包會（「一人頂首巾扮婦人狀，

抱小狗為小孩，倒騎驢背；後跟一趕腳人，翻穿羊皮襖，戴草帽，打諢逗笑；一童紮衝天杵小辮，牽驢在人叢中前導，有時三人同唱小曲」〔註188〕）等種種表演。而泰山廟會，除來此經商的各種攤販外，樹林內有評書、漁鼓、大鼓、洋琴、相聲、快書等曲藝表演。那些唱花鼓戲、柳琴戲的藝人，他們「扮男則戴呢帽或草帽，隨身衣服，腰紮一汗巾；扮女則藍布頂頭，穿大襟褂，或頭頂一彩布球」〔註189〕，是在唱時斂錢。而唱梆子戲或跑馬賣解的，則用布圍作戲場，門上畫有招子，門中有二人收錢放進。尤其是1953年的泰山廟會，竟然有十三個梆子戲班同時演出，可謂盛況空前。梆子戲與其他雜耍、小唱等玩意兒，在同一大的場域表演，較農村廟會內容則豐富許多。

　　廟會之外，較成氣候的，則是故黃河灘塗的大型娛樂場。據《江蘇梆子戲志》載述，這一娛樂場，與南京的夫子廟、上海的城隍廟相似，是多種伎藝表演的匯聚地。它「位於徐州市區，東起復興路，西至民主路，北到大馬路，南達建國路地段。此地段為原黃河入海口北遷後，在徐州市區留下的黃河故道遺址」〔註190〕。梆子戲就曾在這一帶多次演出。有當地文化學者曾撰文回憶道：

　　　　慶雲橋西南古黃河石堤下的利民市場，那是一個娛樂場，一個席棚接一個席棚，一圈人群又一圈人群。說書的，唱戲的，玩猴的，賣藝的，說相聲的，拉洋片的，變戲法的，賣大力丸的，說武老二的，夾雜著叫街要飯的，真是五花八門，無奇不有，好不熱鬧。
　　〔註191〕

　　徐州，因其交通便利、四通八達，乃水旱大碼頭，凡南來北往、東奔西走者，大都在此逗留，是多種伎藝的聚合地，如高蹺、跑旱船、架閣（臺閣）、花鼓、趕黑驢、小放牛、落子舞、花車子、漁鼓、龍船、撲蝶、扇子舞、鯉魚戲花籃、雲燈舞、四槳舞、獅子舞、請猴子、打花棍、大頭面具舞、腰鼓、板凳舞、獨腳虎等，不下數十種，皆曾在此流行。還有一些散佈在城內各處的說書場，據上個世紀三十年代銅山縣圖書館編印的《徐州遊覽指南》一書

〔註188〕吳敢、及巨濤主編：《徐州文化大觀》，文匯出版社，1995年，第458頁。
〔註189〕吳敢、及巨濤主編：《徐州文化大觀》，文匯出版社，1995年，第464頁。
〔註190〕于道欽主編：《江蘇戲曲志・江蘇梆子戲志》，江蘇文藝出版社，1999年，第306頁。
〔註191〕黃新銘：《剛剛解放的徐州城》，《回放的畫卷續編：文化高端與凡人小事》，作家出版社，2016年，第98頁。

記載,「(徐州)說書場多在奎東巷、張公祠、教場、菜市場等處,種類有大鼓、漁鼓、評詞、絲絃等數種⋯⋯歌妓約分揚州幫、淮清邦。」〔註192〕足見各種伎藝表演之盛。梆子戲藝人在這樣一種多種文化雜存的外在環境下從事演出活動,與各類藝人的交往勢所難免,對相鄰伎藝表演的觀摩、揣摩、思考、傚仿、吸納、融合,則又在情理之中。所以,江蘇梆子在唱腔及特技表演上,於梆子腔系統中可謂獨樹一幟,罕有其匹。

隨著江蘇梆子影響越來越大,自然也要向城市發展。據載,民國八年(1919),戴金山由銅山三堡徐三村遷至徐州辦梆子戲科班,後逐漸發展成戲班,成了梆子戲「由農村進入城市演出的最早科班」〔註193〕。此後,多種劇院都有了梆子戲的身影,藝人們逐漸很少在黃河灘打地攤演出了。專演梆子戲的劇場就有同春戲園(建國路東、黃河西岸,1928 年建)、棒廠戲園(建國路東、黃河東岸,1928 年建)、宏大戲園(民主路南、青年路北,1930年建)、順和舞臺(黃河南端西岸,1941 年建)、三義戲園(銅沛路,1946年建)等,而慶樂戲園(大馬路中段,1922 年建)、彭城大舞臺(民主路東、建國路北,1936 年建)、光明舞臺(新生里,1940 年建)、春和舞臺(新生里,1940 年建)、群樂戲園(新生里,1942 年建)等,則是與京劇等其他劇種共用同一劇場。〔註194〕其他還有一些露天劇場。

江蘇梆子,由輾轉演出於鄉村山野,到進入城市獻藝,由黃河灘頭擺地攤賣藝,到走進正規大戲園唱戲,臺下觀眾由目不識丁的鄉野百姓,轉而為官紳、富賈、販夫走卒以及南北過客、三教九流,由無奈伸手斂錢到觀眾須憑票(或簽)入場,這一系列的變化,激使他們在劇作內容、場上臺詞、聲腔運用、伎藝表演等方面,都要作相應的調整、完善與提高,以適應新的欣賞群體的審美需要。正所謂新的環境總會帶來變異,戲曲當然也是如此。這是因為,「最重要的戲劇現象,最傑出的戲劇作品,都無法離開熱鬧街市中各色人等的聚合;即便是在鄉間阡陌間孕育的曲調和故事,即便是在遠村貧舍中寫出的劇本和唱詞,也需要在人頭濟濟的城市顯身」〔註195〕。城市人口聚集,為戲曲表演準備了大批的觀眾,且又不受農忙或季節的影響,為它的進

〔註192〕吳敢、及巨濤主編:《徐州文化大觀》,文匯出版社,1995 年,第 531 頁。
〔註193〕陳曉棠主編:《江蘇戲曲志・徐州卷》,江蘇文藝出版社,2002 年,第 496 頁。
〔註194〕參看徐州市文化局編印:《徐州文化志(1911～1986)》(內部印刷),1989 年,第 224～225 頁。
〔註195〕余秋雨:《生機在民間》,《舞臺哲理》,中國盲文出版社,2007 年,第 51 頁。

一步發展拓展了領域，但稱只有城市才是使表演技藝「成為一種有影響的社會存在」〔註196〕，則未免言過其實。藝術能否產生影響力，不僅僅靠所處環境，更要靠自身的藝術魅力。一些譁眾取寵的媚俗表演，儘管也曾流入都市，且博得不少低俗者的眼球，但隨著人們對藝術價值認識的逐漸深入，那些曾風靡一時的矯情表演，很快被人們所遺忘。

當然，由於徐州特殊的地理環境，成了各種戲曲、雜耍的大碼頭，錫劇、徽劇、評劇、京劇、川劇、曲劇、越劇、柳子戲、四平調等，均曾在這裡演出過。著名戲曲家洪深、電影家金山、音樂家冼星海等人，1937年10月，曾帶領上海救亡演劇二隊，在徐州演出了《放下你的鞭子》等劇目，產生了很大影響。著名戲曲理論家徐慕雲、蘇少卿、劉仲秋、徐筱汀等，均為徐州人，為戲曲人才的培養作出突出貢獻。許多著名戲曲藝人，均曾來徐州獻藝，而「諸般伎藝時常在同一場地演出，無形中促進了它們之間的相互融合，使徐州戲曲藝術得以不斷向前推進，以致出現繁盛的局面」〔註197〕。

〔註196〕余秋雨：《生機在民間》，《舞臺哲理》，中國盲文出版社，2007年，第51頁。
〔註197〕趙興勤：《徐州戲劇的古代展現》，吳敢、孫厚興主編：《徐州戲劇史》，中州古籍出版社，2018年，第60頁。

第三章　江蘇梆子的完善與發展
（1949～1976）

第一節　江蘇梆子的順勢而為

淮海戰役是決定解放戰爭全面勝利的關鍵一戰。當時，中共中央決定，由劉伯承、陳毅、鄧小平、粟裕、譚震林組成總前委，鄧小平任總前委書記，統一指揮華東野戰軍、中原野戰軍和一些地方武裝力量，以徐州為中心，東起海州，西至河南商丘，北起薛城，南抵淮河，發起了這一決定性的戰役。從 1948 年 11 月 6 日至 1949 年 1 月 10 日，僅用 66 天的時間，就先後殲滅了黃伯韜兵團、黃維兵團、孫元良兵團、杜聿明兵團、邱清泉兵團等國民黨軍事力量，共殲敵 55.5 萬人。其間，於 1948 年 12 月 1 日解放徐州。次日，成立了中國人民解放軍徐州特別市軍事管制委員會（以下簡稱「徐州軍管會」），未久，又相繼成立中共徐州市委和徐州市人民政府，給梆子戲的發展帶來了很好的機遇。政府相關部門大力扶持，在保護戲曲藝術傳承、關心藝人成長方面，採取了一系列有效的措施：

首先，重視戲曲演出，努力改善藝人的生活與工作條件：

徐州剛剛解放，就舉行大型的戲曲演出。從 1949 年 1 月 8 日起，為慶祝淮海戰役的全面勝利，華東野戰軍文工團第三團在位於市中心的中山堂，連續演出了《金玉奴》、《失空斬》、《追韓信》、《三打祝家莊》等京劇劇目。1 月 9 日，徐州特別市軍管會在中山堂舉行祝捷大會，總前委成員及張雲逸、張際春等主要領導均出席會議，譚震林在會上發表講話。因當時徐州隸屬山東，

山東派慰問團來徐，團長為郭子化，副團長為馬少波。山東省勝利京劇團及解放軍國防劇團等十來個演出團體，在此連續演出四十餘天。這次規模宏大的演出活動，梆子戲雖說未能加盟，但是藝人們卻看到了戲曲發展的希望，也提振了從事這一事業的信心和勇氣。

圖 47：淮海戰役烈士紀念塔浮雕

當時，徐州軍管會下設文教部，由劉昆兼任副部長。部中「社教組」又設有「電影戲曲小組」，由曲永慶等任組長，負責影劇場接管和戲曲、曲藝班社的具體管理。新政權建立之際，面臨諸多亟待解決的困難和問題，如城市的重建、工商業的恢復、市井百姓的生活等。況且，當時有梆子、柳琴、花鼓、京劇、呂劇、四平調等劇種的近二十個戲班滯留市區，涉及藝人達六百餘人。這其中，外地人占很大比重，他們當然思回故里。而且，即使留在市區，究竟在什麼地方演出，能否有固定的存身之地，都成了擺在他們面前的實際問題。針對這一現狀，政府相關部門想方設法協調，先讓三百多名急於返鄉的藝人願望得以實現；對於留在市區者，也盡力幫助他們解決演出場所問題。

一方面，政府對生活陷入困境的藝人給予救濟，如 1956 年 3 月，徐州市人民政府曾撥款 1.2 萬元，補助了三百多名困難藝人，劇團補助多者三千元，少則千元；另一方面，政府當時儘管財政極為困難，但仍對人民舞臺予以改建，還修繕了興風舞臺（新生里下坡）、大眾戲院（解放南路）、慶雲舞臺（慶雲橋北）等戲園以及曲藝演出書場如實驗曲藝場（大同街）、文藝鼓書場（中山堂對面）、群英鼓書場（淮海東路）等，使藝人們有了歸宿。如文武不擋、會戲三百多出的梆子戲名藝人賈先德，所帶「興隆班」由宿縣回徐後，因原

駐地曉市劇場為大雨淋塌，沒地方演戲，收入自然無從談起，生活遇到了很大困難。在政府的幫助下，他的班社 1950 年搬入裝飾一新的黃河舞臺，為其安心從藝提供了生活保障。

其次，採取多種方式，關心藝人成長：

當時，藝人由於是從舊社會走來，久涉江湖，與三教九流大都有過不同形式的接觸或交往，甚至不少人沾染有舊時代的惡習。有的年紀輕輕，藝術上才華橫溢，正處於上升時期，卻因吸毒而喪失了生命；還有的長期生活在惡霸、軍棍的掌控之下，既遭受過不同程度的侮辱與欺凌，又與某些惡勢力有著撕扯不清的關係，以致為剝削階級的腐朽思想所毒化，在大是大非面前意識模糊、分辨不清。

針對這一現實，政府相關部門積極引導戲曲、曲藝藝人參加不同形式的學習。徐州市文教局曾先後兩次舉辦戲曲研究班，結合當時的中心工作，讓藝人們接受有關形勢方面的教育。同時，還引導他們學習社會發展史，樹立正確的人生觀。一次是舉辦於 1949 年 10 月 21 日至 11 月 23 日，長達月餘，參加者有 72 人；第二次則是於 1950 年 1 月舉辦，培訓規模進一步擴大，有四百餘人參加學習。這種對黨的文藝方針和戲曲改革政策的系統學習，以及在舊戲改造、編創新戲方面的悉心指導，使戲曲重新回歸到服務人民這一宗旨上去。同時，鑒於當時的藝人大多不識字，文盲占比達 90%以上，所以，從 1950 年開始，由徐州市文教工會出面，舉辦識字班和文化夜校，以提高他們的文化水平。一般來說，經過兩三年的寫字、讀書訓練，藝人們基本上能夠抄寫唱詞了。其中，梆子戲藝人謝鳴進步最快，文化水平有了很大提高，不僅能讀書看報，而且在戲劇創作方面也開始大膽嘗試，後來成了一名編劇、導演。梆子戲保留劇目《白蓮花》，劇本就是由他整理而成。另一劇目《大戰十一國》，則是由他與胡雪琴共同執導。

再次，推行戲曲改革，重組演出機構：

據相關史料記載和老藝人回憶，江蘇梆子過去上演的劇目超過六百種，長期流行的也在四百種之上。這些或口口相傳或移植於其他劇種的劇目，當然都帶有特定時代的印記，其中兇殺、色情以及宣揚割股療親之類愚忠愚孝的劇目為數不少，這自然有違於新中國的道德、文化需求，一場戲曲改革勢在必行。

　　面對這一相沿已久的客觀現實，徐州市人民政府成立徐州市劇目審查委員會，具體負責清理戲曲劇目，區分良莠，採取不同的措施，剔除糟粕，吸取精華。1951 年 5 月 5 日，中央人民政府政務院頒布了《關於戲曲改革工作的指示》（簡稱「五・五指示」），提出「改戲、改人、改制」方針，提倡「百花齊放，推陳出新」，強調對舊戲的不健康內容或不雅的表演形式要予以揚棄或修改，廢除舊戲班中不合理的規定，主張戲曲應弘揚新的愛國主義精神，激勵人民的革命鬥志，這無疑為戲曲藝術的發展指明了方向。這一劇目審查機構剛成立，就組織戲曲藝人認真學習相關文件以提高認識。在審查既有劇目的同時，積極開展「戲改」工作。

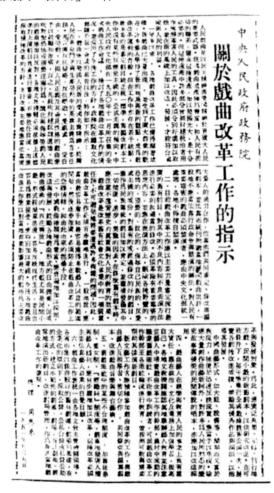

圖 48：中央人民政府政務院《關於戲曲
　　　改革工作的指示》

　　1952 年 10 月，中共徐州市委宣傳部為貫徹、落實《關於戲曲改革工作的指示》，專門辦了戲曲藝人訓練班，參加者 265 人。經過一個月的學習討論，確認梆子戲中 131 個劇目可作為首批上演。而同時上演的，還有京劇劇目 153 個、柳琴戲劇目 53 個。與此同時進行的，則是組織劇團編導人員對新劇的編、創，並規範場上表演內容，以「劇本制」取代帶有很大隨意性的「幕表制」。當然，在劇目審查時，也有偏激現象，把關過嚴，「禁演劇目 200 個」〔註 1〕，致使戲班無多少戲可演。這一現象，在全國各地普遍存在，幸而很快得到糾正。1952 年 11 月 14 日，政務院總理周恩來《在全國第一屆戲曲觀摩演出大會閉幕典禮上的講話》中強調：

　　　　必須先把花開放出來，沒有花你怎麼能出新？不是中國的土地上生長出來的花朵，那中國人民就不會愛好它。換句話說，一定要是我們人民中間發展出來的花朵，才受到人民的歡迎。發展盆景是靠不住的，擺在禮堂裏可以，你叫它開花結果就不行。橡膠樹一定要在南方才有，在北方就沒有，即使有，它也不見得會開花結果。一定要那個地方的土壤生長出來的東西，那個地方的人民才愛好它。暖室裏的盆景是靠不住的。所以，我們要發展自己的戲曲藝術，首先得承認「百花齊放」，也就是首先要發掘我們民間的戲曲藝術，只有在這個基礎上，才能夠「推陳出新」。如果不先「百花齊放」，那你怎麼去加以改革，怎麼去加以發展呢？〔註 2〕

為戲曲改革的健康發展指明了路徑。

　　1953 年 1 月 1 日，江蘇省人民政府成立，原先隸屬山東省的徐州市，劃歸江蘇省管轄。同時，又成立了徐州專員公署，轄十縣一市，下設分管全區文教工作的文教科。也就是在這一年的夏季，江蘇省文化事業管理局（1956 年改稱江蘇省文化局），檢查全省落實中央「五・五指示」精神落實情況，並提出具體的實施意見。徐州市和地區的文化主管部門，也作了相應的組織與安排，保證了「戲改」工作的健康發展。此後，徐州的戲曲文化事業走上了穩定發展的軌道。

〔註 1〕陳曉棠主編：《江蘇戲曲志・徐州卷》，江蘇文藝出版社，2002 年，第 17 頁。
〔註 2〕北京師範大學中文系文藝理論教研室編：《文學理論學習參考資料》下冊，春風文藝出版社，1982 年，第 939 頁。

　　同時，徐州還面臨著戲曲演出機構重組的問題。解放初，由於各戲班都是從民間走來，其中不少成員並非藝人而係投靠親友加入這一行當以謀求衣食，以致造成隊伍的混雜、臃腫，演出質量難以提高，班社生存困難。當時，徐州市區和地區有專業劇團二十多個，從業人員過千，調整演出機構、精簡演職人員勢在必行。於是，有關領導部門經與演藝團體協商，對既有團體整編、提升、重組，將不能登臺演出者精簡。

　　據《江蘇梆子戲志》「大事年表」等資料記載，1950年初，梆子戲班「興隆班」進入黃河舞臺演出。至3月間，徐州市人民政府接收了這一戲班。1951年7月，改「興隆班」為黃河劇團，由賈先德負責，全團79人。1951年初，在豐縣一帶演出的二區、九區梆子劇團和謝茂坤的「義合班」，為豐縣人民政府接收，整頓後更名為豐縣民友劇團。1953年1月，撤銷原建制華山縣，將華山縣人民劇團改為銅北縣劇團。同時，豐縣大眾劇團也改作豐縣梆劇一團。1955年10月，沛縣文教局在所接收的由安徽碭山來的梆子戲小戲班的基礎上，組建歌風劇團。1956年2月16日，徐州專員公署將豐縣實驗梆劇一團，改建為徐州專區實驗劇團，移駐徐州市區。1958年7月，由江蘇省文化局決定，將徐州專員公署所轄的徐州專區實驗劇團改名作江蘇省豫劇團。1959年9月，為強化演出力量，徐州市豫劇團併入江蘇省豫劇團。1959年11月，江蘇省文化局局長周邨，在全省直屬劇團南京集訓會議上正式宣布，江蘇省豫劇團更名為江蘇省梆子劇團。各縣梆子劇團，也作相應改名。

　　流行於徐州一帶的梆子戲，在很長一個歷史時段，一直以梆子戲（或沛縣梆子、豐縣梆子）命名，為何於上個世紀五十年代末的很短時間內被改作了「豫劇」（河南梆子）？其原因大致有三：首先，徐州解放前後，一批河南梆子藝人流落徐州，如徐豔琴、趙金聲、田美蘭等著名藝人，乃其中之佼佼者，影響甚大。師徒轉相授受，她們的唱腔及表演風格濡染多人，使徐州當地梆子腔也在某種程度上有了河南梆子的韻味。其次，因老藝人與河南梆子院團關係密切，在解放後一段時間內，為使新生力量盡快成才以補充演員陣容之不足，經常派人去河南深造，故受河南梆子影響較大。還有，解放初期，百業待興，對徐州一帶梆子戲發展的定位，在認識上尚不夠充分，對江蘇梆子的藝術個性把握不准，加之徐州與河南商丘毗鄰，豫東調與江蘇梆子時有互融，唱腔近似，形成彼此互滲的表演格局，以致將其依附在「豫劇」麾下，而淡化了江蘇梆子的獨立性。令人欣慰的是，時隔一年多，此做法便得以糾正。

就上演劇目而論，江蘇梆子與河南梆子在稱謂上也有近似之處。

表1：江蘇梆子、河南梆子劇目對照表

劇　目	江蘇梆子	河南梆子
「四大征」	《薛禮征東》、《樊梨花征西》、《姚剛征南》、《雷振海征北》	《老征東》、《狄青征西》、《姚剛征南》、《雷振海征北》
「四大鍘」（江蘇梆子）、「五大鍘」（河南梆子）	《鍘趙王》、《鍘美案》、《鍘郭嵩》、《鍘郭槐》	《鍘趙王》、《鍘朱溫》、《鍘趙昂》、《鍘郭槐》、《鍘包勉》
「老十八本」（江蘇梆子）、「老八本」（河南梆子）	《江東》、《戰船》、《宇宙鋒》、《轅門斬子》、《胡迪罵殿》、《渭水河》、《哭頭》、《文王跑坡》、《臨潼山》、《打金枝》、《賀后罵殿》、《曹莊殺妻》、《牧羊圈》、《前楚國》、《後楚國》、《拉劉甲》、《馬龍記》、《春秋配》	「上八本」：《八義圖》、《錦繡圖》、《美人圖》、《鐵冠圖》、《無影簪》、《春秋筆》、《黃河陣》、《麟骨床》；「中八本」：《汴梁圖》、《天寶圖》、《泰山圖》、《獻地圖》、《玉虎墜》、《金臺將》、《一捧雪》、《白玉杯》；「下八本」：《日月圖》、《富貴圖》、《萬壽圖》、《廣漢圖》、《和氏璧》、《過昭關》、《滿床笏》、《春秋配》
「新十八本」	《提寇》、《攔馬》、《戰潼關》、《刀劈楊藩》、《活捉三郎》、《盧明征西》、《困銅臺》、《對花槍》、《日月圖》、《富貴圖》、《桃花庵》、《兩狼山》、《老河東》、《反陽河》、《打鑾船》、《豹頭山》、《陰陽報》、《闖幽州》	無

※疊合的劇目用黑體標出。

從上表可以看出，江蘇梆子有「四大征」、「四大鍘」。河南梆子有「四大征」、「五大鍘」，劇作名目亦有出入。江蘇梆子有「老十八本」、「新十八本」，而河南梆子只有「老八本」，無「江湖十八本」之稱。「老八本」又分「上八本」、「中八本」、「下八本」。「老八本」的另一說，則包括《搜杜府》、《趕元王》、《老征東》、《闖幽州》、《化心丸》、《收岑彭》、《陽河堂》、《戰北海》。與

江蘇梆子疊合者雖然僅數種，但其他劇目兩個劇種互見者也不在少數。如《二度梅》、《十五貫》、《大江東》、《大佛山》、《打金枝》、《小姑賢》、《小禿鬧房》、《反陽河》、《反徐州》、《文王跑坡》、《王二姐思夫》、《五鳳嶺》、《陳州放糧》、《司馬貌遊陰》之類。

　　兩地早期的演員，時常同臺演出，互為借鑒，乃常有之事。如江蘇梆子的《打蠻船》，就為河南梆子借用。這一現象的產生，自然與地緣有很大關係，正如河南梆子有關論著所云，清末民初之時，河南梆子「與梆子各兄弟劇種的差異也是不太大的，由於劇目、關目、伴奏樂器和唱腔板路的接近，相互間跳班也是很容易的，在表演藝術和演出形式各方面，且留有秦腔、亂彈、清戲、羅戲、越調、簧戲等劇種的諸多痕跡，有時甚至還把一些簧戲、羅戲的折子戲嵌入梆子戲中搬演，或『兩下鍋』式的合演」〔註3〕。尤其形成於嘉、道年間，活躍於虞城、夏邑、商丘一帶「宗『蔣門』」〔註4〕的豫東調，既然「蔣門」直接影響了豫東調的產生，為何《中國豫劇大詞典》卻並未立「蔣門」詞目，這豈非怪事？而「蔣門」，恰是江蘇梆子的一大門派。前文已述及，早在清乾隆中後期，梆子戲藝人蔣花架子就已知名，其徒弟連登科會一百多出全本戲，《老征東》、《樊梨花征西》、《姚剛征南》、《雷振海征北》等，都是他的拿手好戲。其中，除《樊梨花征西》外，其餘三種均在河南梆子的「四大征」之列，其間的聯繫隱約可見。還有，他培養弟子近百名，大多活躍於蘇、豫交界處。綽號「戲簍子」的蔣立忍，在戲班執教多年的蔣狗皮領子等，都在蘇、魯、豫、皖毗鄰處廣有影響。所謂「蔣門」，與蔣花架子這一門派是否有關，都值得深思。

　　再說，江蘇梆子早期藝人張士善和滿天吃，曾到豫東的永城、夏邑演出，張士善還留在了夏邑。〔註5〕當時演員流宕不定，如山東鄆城張建才（1868～1917），又名張福勝，人稱「黃馬褂子」，乃著名紅臉演員，因會戲多而有「戲狀元」之稱。長期活躍於豫、皖交界處的「夏邑、永城、碭山、亳縣、單縣、虞城、商丘、柘城、太康、鹿邑一帶」〔註6〕，拿手戲有《闖幽州》、《兩狼山》等。沛縣張永山（1890～1959），工淨行，擅演《蘆花蕩》、《截江》等戲，「有

〔註3〕馬紫晨主編：《中國豫劇大詞典》，中州古籍出版社，1998年，第10頁。

〔註4〕馬紫晨主編：《中國豫劇大詞典》，中州古籍出版社，1998年，第12頁。

〔註5〕參看趙呈美：《江蘇梆子》，《江蘇劇種》，江蘇省文化局劇目工作室編印，1983年，第257頁。

〔註6〕馬紫晨主編：《中國豫劇大詞典》，中州古籍出版社，1998年，第307頁。

『活張飛』之譽」〔註7〕，當受江蘇梆子殷門影響。張炳祥（1860～1956），山東曹縣人，在商丘白廟集科班任教達四十餘年，「教弟子 14 科三百餘人，傳戲四百餘齣」〔註8〕。如此看來，河南梆子也很可能受到山東梆子的影響，與江蘇梆子流播軌跡有某些相似之處。這足以說明，兩家梆子戲本來就是你中有我、我中有你，界限並不十分明晰，只是到了後來，納入不同的管理渠道，才使得畛域漸明。

第四，是梆子劇團在「戲改」方面的具體實踐：

當時，文化主管部門對各演藝團體，除在思想上給予積極引導之外，還強化了對其的業務指導，大量補充專業人員力量，如部隊轉業地方的文藝工作者、省藝術團體選調的表演專業人才、中央文化部下放的幹部，都分別安排到各戲曲藝術團體，充實各單位編劇、導演、音樂、舞美等專業崗位。尤其是 1960 年，中央文化部下放幹部來徐，主管部門分別為他們安排了職務，如王棟、智良俊任沛縣縣委副書記，戲曲研究家張庚任副縣長。「他們多次觀看江蘇省梆子劇團、沛縣梆子劇團、豐縣梆子劇團的演出，舉行座談會，並經常為劇團講授政治形勢、戲劇理論。尤其是張庚對沛縣梆子劇團的建設特別關心，專為劇團配備了編劇、導演、舞美設計。他還經常跟隨劇團活動」〔註9〕。張庚認為，中國戲曲藝術不用製造任何幻覺，而是靠演員表演的逼真來感動人，不是把形似放在第一位，更重要的是追求神似。藝術不是生活原樣的照搬，而是它的集中與提煉。他的這些觀點，對梆子戲表演中流露出的自然主義傾向，當然會有所糾正。當時隨同來的一些業務骨幹，如李西、孫曉星、于道欽、趙呈美、陳雨時等，各自「被分配到江蘇省梆子劇團、徐州專區柳子劇團、沛縣梆子劇團擔任領導或編劇、音樂和舞美設計」〔註10〕，使演藝團體的業務能力大為提高。

那些原本是在民間戲班的基礎上整合起來的劇團，由於專業人士的深度參與，逐漸向正規化、規範化、理性化方向發展，劇作內容、舞臺表演，都有了不同程度的刷新。如梆子戲傳統劇目《轅門斬子》，起初表演時，有元帥

〔註 7〕馬紫晨主編：《中國豫劇大詞典》，中州古籍出版社，1998 年，第 301 頁。

〔註 8〕馬紫晨主編：《中國豫劇大詞典》，中州古籍出版社，1998 年，第 309 頁。

〔註 9〕于道欽主編：《江蘇戲曲志·江蘇梆子戲志》，江蘇文藝出版社，1999 年，第 40 頁。

〔註10〕于道欽主編：《江蘇戲曲志·江蘇梆子戲志》，江蘇文藝出版社，1999 年，第 40～41 頁。

楊延昭曾與穆柯寨寨主女兒穆桂英交手、被打得落荒而逃的敘述，因有此經歷，所以，穆桂英一旦來到宋營，楊即嚇得戰戰兢兢，紗帽倒戴，躲於桌子之後，並自述當時被穆桂英打得「頭發懵」、「懵了七八十來個懵」之事，後來，可能考慮到此類描寫有損於楊元帥形象的塑造，故大加刪減，使情節更為完善。

再如，《秦雪梅弔孝》是由明傳奇《商輅三元記》改編而來，有著悠久的歷史。劇作敘同是官宦之後的書生商霖與深情女子秦雪梅的故事。商氏家道中落，岳父有嫌棄之意，但仍將他接入府中讀書。商霖外出訪友，秦雪梅出閨房來花園散心，見書房無人，遂入內觀其課業及房間牆上畫圖，以察其志向。恰在此時，商霖返回，遂扯住雪梅不放，要行男女情事。舊戲演出時，商霖道白與唱詞，頗多淫穢之語，後來則全部刪去，突出其愛情的純潔。其他如《小禿鬧房》、《梅龍鎮》、《桃花庵》、《狐狸配》（又名《梅絳褶》）、《呂洞賓三戲白牡丹》等，在上演時，均作了大幅度刪改，使舞臺得以淨化。

還有一些血腥、慘烈、陰森恐怖場景的表現，儘管奇險，能奪人眼目，但它會產生不良的社會效果，不利於社會主義新道德的涵育，也一概削去。如《潘楊訟》中夜審潘洪一節，敘太師潘洪作惡多端，拒不招承。太宗將知縣寇準提調入京，封為西臺御史，審理此案。寇準與八賢王趙德芳設計將潘灌醉，假設陰曹地府，賢王扮閻羅王，寇準扮判官，突擊夜審，終使潘洪道出真情，得以將其依法懲辦。此劇雖然也較耐看，但場面過於恐怖，就很少演出。《烏龍院》中閻婆惜弔死之後，鬼魂吐舌、垂鼻涕、眼中滴血之表演，也相應大加刪改。

說到「戲改」，不能不敘及孫甦（1926～1982）。他本名孫敦民，豐縣常店人。1945 年，在湖西軍分區政治部火線劇社任宣傳員，次年轉入晉、冀、豫、魯第七縱隊二十旅宣傳隊。新中國成立後，曾任徐州專署文教局劇目分會負責人、豐縣梆子劇團團長、江蘇省梆子劇團指導員等職。在劇團工作期間，他從嚴治團，狠抓團風，且帶頭從事戲曲創作，經他改編的傳統戲有《戰洪州》、《四寶珠》等。前者於 1958 年江蘇省第二屆戲曲觀摩演出大會作彙報演出，獲劇本整理改編獎及演出獎，劇作入選《中國地方戲曲集成·江蘇卷》。另一改編的劇作《胭脂》，獲 1957 年江蘇省第一屆戲曲觀摩演出大會劇本改編獎，該劇由江蘇人民出版社出版。創作的現代戲如《老兩口》、《好女婿》、《將計就計》等，亦先後演出於舞臺，獲廣泛好評。尤其值得注意的是，他

帶領工作人員，挖掘、搶救出一大批傳統戲劇目，為梆子戲的持續發展作出貢獻。

　　在當時，挖掘、整理了梆子戲、柳琴戲、四平調劇目 743 個，其中梆子戲就達二百六十餘出，為這一劇種的健康發展掃清了障礙。經常上演的，有《香囊記》、《花打朝》、《白蓮花》、《梅香》、《大戰十一國》、《悲喜花燭》、《紅姑娘》、《三打蔡炳》、《兩個營業員》、《哭劍》、《戰洪州》、《太君發兵》、《紅梅》、《西廂記》、《刀劈三關》、《紅打朝》、《文君私奔》、《洞庭英雄》等傳統戲或新編劇目。時任國務院副總理羅瑞卿、江蘇省委書記江渭清、宣傳部長歐陽惠林、副省長管文蔚等，均曾觀看過江蘇梆子的演出，並給予好評。

圖49：《花打朝》海報

第二節　新老藝人的和衷共濟

新中國建立後，梆子戲藝人和演藝界的其他同行一樣，都獲得了新生。劇團大都由國家出資興辦，舊時代那種顛沛流離的生活一去再不復返。藝人享受政府公職人員同等的待遇，有了按月發放的固定薪資，由舊社會被斥為「下九流」的「戲子」，而成了受人尊敬的當家作主的藝術家，還有的當上了人大代表、政協委員，與黨政領導和其他成員一起，共同商討國家大事。這一翻天覆地的變化，使梆子戲藝人倍感幸福和滿足，也激發出他們為新中國、為人民大眾而歌的極大熱情。

這一時段梆子戲的發展，大致呈現出如下軌跡：

一、廣收博取，借力發展

江蘇梆子在其形成之初，就注意吸收相鄰伎藝之長。徐州解放之後，有不少藝術團體和藝界名伶來此演出，為梆子戲藝人廣泛吸取各類戲曲藝術的營養提供了方便。據《江蘇戲曲志·徐州卷》「大事年表」等資料載述：

1950 年 7 月 15 日，程硯秋（京劇「四大名旦」之一）率團來徐，在市中心的中山堂演出《荒山淚》、《青霜劍》、《六月雪》諸劇。

1951 年 8 月 10 日，玉聲京劇團來徐，宋德珠（「四小名旦」之一）與李金聲合作，在中山堂演出《十三妹》、《竹林記》等劇。9 月 14 日，勝利戲院改建為人民舞臺竣工，上海新華京劇團應邀前來，由言少朋、黃之慶等人出演《四進士》、《戰馬超》諸劇以賀。10 月 11

圖 50：宋德珠照片

日，尚小雲（京劇「四大名旦」之一）來徐，與筱翠花等在人民舞臺演出《漢明妃》、《新兒女英雄傳》、《鍾馗嫁妹》、《白蛇與青蛇》、《墨黛》諸劇。其間，尚小雲還親自指導徐州京劇團演員黃鳳娟排練《梁紅玉》一劇。

　　1952 年 4 月 1 日，京劇名家李玉茹來徐，演出達 20 天之久。9 月 11 日，荀慧生（京劇「四大名旦」之一）率團來徐，演出於人民舞臺，劇目為《釵頭鳳》、《豆汁記》等。11 月，中蘇友好月期間，尚小雲率團再度來徐，在工人大禮堂演出《擂鼓戰金山》。12 月 16 日，豫劇名家陳素真、馬金鳳聯袂在工人大禮堂演出《穆桂英》、《老征東》、《桃花庵》、《三拂袖》、《凌雲志》諸劇，這也是他們首度來徐演出。

　　1954 年 12 月 30 日，馬連良（京劇「四大鬚生」之一）率團抵徐，演出《四進士》、《蘇武牧羊》、《群英會》、《借東風》等劇於人民舞臺。

　　1955 年 6 月，江蘇省京劇團、錫劇團和山東省呂劇團來徐慰問駐軍。10 月下旬，豫劇名家常香玉率「香玉劇社」前來，在人民舞臺演出《花木蘭》、《拷紅》、《白蛇傳》、《遊龜山》等劇。

　　1956 年 1 月 20 日，奚嘯伯（京劇「四大鬚生」之一）率團來徐，在人民舞臺演出《將相和》等劇目。9 月 4 日，豫劇名家馬金鳳在徐州上演《穆桂英掛帥》等劇。

　　1958 年元旦，舉行徐州會堂落成典禮，上海新華京劇團演出連臺本戲《封神榜》頭本。4 月 20 日，河南省豫劇院常香玉領銜在人民舞臺演出《大祭椿》、《花木蘭》等劇。7 月 8 日，浙江省紹劇團六齡童章宗義，在人民舞臺演出其拿手好戲《孫悟空大鬧天宮》。9 月 2 日，上海著名京劇演員童芷苓、童祥苓、王熙春等前來，在徐州會堂演出《玉堂春》、《雁門關》、《穆桂英》諸劇。11 月 13 日，上海人民淮劇團來徐，由勇於創新的淮劇名家筱文艷（原名張士勤）主演了《白蛇傳》等劇目。12 月 18 日，河南安陽豫劇團來徐，豫劇名家崔蘭田等在徐州會堂演出《桃花庵》、《對花槍》諸劇。

　　1959 年 5 月 17 日，山東省呂劇團再次來徐州演出，呂劇名家郎咸芬在徐州會堂主演了《李二嫂改嫁》、《王定保借當》等劇。11 月 15 日，江西省採茶劇團首次來徐演出，鄧小蘭、陳飛雲、俞則金、陳紅喜、張斌、周璽生等主要演員，在人民舞臺演出《南瓜記》等劇。11 月中旬，西安市獅吼豫劇團亦來徐，在彭城劇場演出《王佐斷臂》等劇，主要演員為張敬賢、邢楓雲等人。

圖 51：崔蘭田劇照

　　1960 年 3 月 4 日，雲南省花鼓燈劇團首次來徐，帶來《山花贊》、《大山茶》諸劇，演出於人民舞臺。同月，河南安陽豫劇團再次來徐，在徐州會堂上演《對花槍》等劇，崔蘭田、王香芬為主要演員。至 4 月初，湖南省祁劇團（祁劇：形成於湖南祁陽，高腔、彈腔、崑腔兼唱）首次來徐，於徐州會堂演出了《斬楊景》、《鬧府》等劇目。同月，北京曲劇團首次來徐，由名家魏喜奎在人民舞臺主演《楊乃武與小白菜》。5 月 26 日，黑龍江省齊齊哈爾市評劇團來徐演出《八女頌》等劇。

　　1961 年 5 月下旬，山東青島茂腔劇團在徐州演出《花燈記》等劇。8 月下旬，安徽省泗州戲劇團，在徐州彭城劇場演出《屠夫與御史》，由唱腔甜潤、表演細膩、在泗州戲中獨具特色的李寶琴擔任主演。9 月 27 日，浙江省紹劇團再度來徐，上演《孫悟空三打白骨精》，主要演員除六齡童章宗義外，還有七齡童章宗信、十三齡童王振芳。

　　1962 年 10 月 5 日，浙江婺劇團第一次來徐，由鄭蘭香、周越桂等在人民舞臺演出《雙陽公主》。11 月 29 日，甘肅隴劇團來徐，在彭城劇場上演《楓洛池》、《謝瑤環》。

　　1963 年 3 月初，內蒙古京劇團來徐，由李萬春、李慶春在人民舞臺演出《十八羅漢鬥悟空》、《楊香武三盜九龍杯》。同月下旬，四川成都川劇院來徐，演出於人民舞臺，上演劇目為《白蛇傳》、《秀才外傳》，以川劇名丑周企何、名旦楊淑英（以唱【香羅帶】最有韻味，人稱「楊香羅」）擔綱主演。8 月 24日，梅蘭芳（京劇「四大名旦」之一）偕其子葆玖等來徐，在人民舞臺上演了《貴妃醉酒》、《蝴蝶杯》、《將相和》諸劇。

圖 52：楊淑英劇照

　　由上述可知，從 1950 年至 1963 年的十餘年間，外地來徐演出的知名院團多達三十餘家（次），涉及的劇種有京劇、評劇、隴劇、祁劇、川劇、曲劇、婺劇、紹劇、豫劇、泗州戲、淮劇、花鼓戲、採茶戲、呂劇、錫劇等十數個，著名戲曲藝術家梅蘭芳、荀慧生、尚小雲、程硯秋、馬連良、奚嘯伯、李萬

春、于連泉、常香玉、崔蘭田、陳素真、馬金鳳、周企何、魏喜奎、郎咸芬、
言少朋、宋德珠、李玉茹、童芷苓、六齡童、李寶琴、楊淑英等，紛紛來此
獻藝。遠則內蒙、雲南、甘肅、黑龍江、湖南，近則山東、河南、安徽的劇
團，無不紛紛前來，尤其是方言特色甚濃的婺劇、紹劇、祁劇、採茶戲之類
劇種，在徐州本地人很難聽得懂的情況下，竟然在這裡也能連演數日。當時
的交通狀況，自然無法和當今相比，但不少地方的劇團，仍能從數千里之遙
的外地趕來上演自己的拿手好戲，更有一些名家，不願恪守「守株待兔」式
的演出格局，不顧路途奔波，主動跑碼頭，呈現出自己在舞臺上最光鮮的一
面。這一切，在當今看來，似不可思議。而在上個世紀五六十年代，卻是一
客觀存在的現實，這也是徐州解放以來戲曲演出史上最輝煌的一頁，豈不令
人深思？

　　按照當時的慣例，外地劇團前來演出，當地演出團體照例會前往觀摩。
在某些時候，由外地來此的劇團，還會給當地劇團或某些著名藝人贈送部分
戲票，以求得同行的支持與幫助。還有時在演出過後，召開一些規模不等的
座談會，以廣泛徵求多方面的意見，使戲曲演出更臻成熟。這種相沿已久的
做法，無疑對各劇種之間的藝術交流有很大的促進作用。

　　各個劇種無論大小，都有其獨特之處，如京劇表演的高端大氣、嚴整規
範，採茶戲的喜鬧穿插、清俏活潑、鄉土氣濃，曲劇的俗曲雅唱、生動有趣，
呂劇的雜取多調、明朗輕快，茂腔的收放自如、婉轉俏麗，隴劇的粗獷有力、
節奏鮮明，婺劇的古樸潑辣、高亢激越，紹劇的莊諧雜出、武功見長、抑揚
曲折、清婉動人，花鼓戲的歌舞並重、氣氛熱鬧，泗州戲的活潑輕快、富於
變化，都給江蘇梆子的藝術創新拓寬了發展空間。

　　尤其是豫劇，因與江蘇梆子同時活躍在一個相近的方言大區，兩地藝人
又頻頻交流，還曾同臺共演一戲。如江蘇梆子著名藝人徐豔琴，自身為河南
夏邑人，十二歲登臺演戲，十四歲到鄭州投奔有「鬚生泰斗」之稱的周海水
所創戲班，與湯蘭香、常香玉同臺演出，比崔蘭田拜周海水為師早五年，與
常香玉師從周海水時間相若。在開封加入楊金玉、馬雙枝戲班時，與閻立品、
李珍榮同班演戲。另一著名藝人趙金聲，早年曾拜師賈鎖，此人即周海水弟
子。曾任沛縣梆子劇團團長的羅桂成，出師後，曾到河南商丘、許昌等地搭
班演出。豐縣梆子劇團團長謝茂坤，在上個世紀四十年代末，曾與豫劇名家
馬金鳳、閻立品同臺演戲，彼此均有所瞭解，自然話頭多合。

圖 53：馬金鳳與徐艷琴

　　豫劇名家常香玉，十三歲便名滿古都開封。她在唱腔上不為舊有格範所束縛，而廣泛吸收並融合祥符調、豫東調以及曲劇、墜子、河北梆子、京劇、山西梆子等劇種的演唱特點，從而形成自己鮮明的演唱風格。1951 年，為支持抗美援朝，常香玉曾率團往西北、中南等地巡迴義演，以演出所得捐戰鬥機一架，名曰「香玉劇社號」，在全國引起極大反響，於「豫劇皇后」外，又有「愛國藝人」之美譽。她的表演清新剛健，奔放自如。有「梆子大王」、「豫劇皇后」、「河南梅蘭芳」之稱的陳素真（本名王若瑜），為祥符調女演員，與劇作家樊粹庭長期合作，還合辦獅吼劇團。唱腔以俏麗精巧著稱，至今仍頗有影響。「洛陽牡丹」馬金鳳以演楊家將中穆桂英而馳名，嗓音清脆斬截、圓潤甜美。梅蘭芳正是看了她出演的《穆桂英掛帥》，才將這一劇目移植到京劇當中去的。崔蘭田所唱為豫西調，唱腔綿軟悠長、深沉含蓄，以演苦情戲知名。如此等等，皆會對江蘇梆子藝人的藝術追求有所滲透。有如此難以割捨的種種關係，又同是梆子戲，交流起來自然方便許多。

　　而京劇名家，如梅蘭芳的唱演俱佳、自成一派，荀慧生的形神兼備、意味深遠，尚小雲的嗓音寬亮、剛勁有力，馬連良的瀟灑飄逸、做派嚴整，程硯秋的幽咽婉轉、餘音嫋嫋，奚嘯伯的取精用宏、博採眾長，李萬春的藝兼多能、身段利落，李玉茹的表演細膩、戲路寬廣，童芷苓的爽朗俏麗、細緻

妥帖，還有其他劇種名家如周企何的轉益多師、廣收博取，郎咸芬的樸實端莊、落落大方，六齡童的身姿矯健、跳躍自如，李寶琴的表演細膩、唱腔甜美等，都給人們留下深刻印象，也是江蘇梆子藝人資取的藝術營養所在。

江蘇梆子非常注重學習其他劇種的表演技巧。如《李翠蓮上弔》（又名《捨金釵》）演出時的載歌載舞，就從多個層面吸取了營養，「唱腔特別豐富多彩，除江蘇梆子唱腔外，翠蓮、判官等還唱了崑曲、彈戲和二黃；另外還唱了些明清小調和地方曲藝，如花鼓、拉魂腔等。另有丫環寶愛唱的『丫環歌』，翠蓮與唐僧的對經唱詩，唱腔也特別獨到、抒情」〔註 11〕。又如，名家張明業在表演及唱腔上就博採眾長，從崑腔、亂彈、大平調、曲子等劇種中吸取營養，而完善梆子的聲腔。殷其昌則從京劇裏學到不少有價值的東西。他飾演《蘆花蕩》中張飛，所表演的走邊、大帶功、髯口功，就是吸取了京劇的表演技法。再如梆子名丑吳小樓，「在唱腔方面，著重吸收民

圖 54：馬富祿劇照

歌小調、柳琴、笛梆子、京劇和少年時代學唱過的紅臉唱腔，把它們融化到丑角行當唱腔中，從而豐富了丑角唱腔的表現能力和藝術美感」〔註 12〕。同時，他們也不失時機地向來徐的名家請益。據《江蘇梆子戲志》記載：「1951年 7 月，程硯秋在黃河舞臺觀看了吳小樓主演的《黃金臺》，給予很高評價。程硯秋在座談會上說：『吳小樓這樣的演員，在地方劇種中是很難得到的。他不次於我們京劇界的馬福祿。」〔註 13〕馬福祿，應作馬富祿，為京劇中經常

〔註11〕于道欽主編：《江蘇戲曲志·江蘇梆子戲志》，江蘇文藝出版社，1999 年，第82 頁。

〔註12〕于道欽主編：《江蘇戲曲志·江蘇梆子戲志》，江蘇文藝出版社，1999 年，第383 頁。

〔註13〕于道欽主編：《江蘇戲曲志·江蘇梆子戲志》，江蘇文藝出版社，1999 年，第382 頁。

與筱翠花、馬連良配戲的名丑，乃富連成三科弟子，文武兼擅，身手輕捷，動作爽利，在行腔上，不僅吐詞清脆，道白也流利順暢。程硯秋將吳小樓與馬富祿並稱，評價不可謂不高。

二、不忘使命，搶抓機遇

江蘇梆子藝人，通過對黨的一系列文藝政策的學習，思想認識得到很大提高，明確了作為新中國的文藝工作者肩上所承荷的使命。他們緊跟時代的步伐，立志為人民群眾演好戲。

據《江蘇戲曲志·徐州卷》「大事年表」載述，為慶祝新中國成立，江蘇梆子藝人積極參加慶祝大會，並和其他市民一道會後遊行。1951 年 5 月 12 日至 14 日，徐州市抗美援朝分會等單位聯合舉辦文藝廣播募捐大會，梆子戲和其他劇種的藝人積極參加演出活動，共捐獻人民幣 3000 萬元（舊幣）以資助購買飛機大炮。梆子戲藝人還把每週末的演出所得全部捐獻。5 月 18 日徐州市南郊泰山廟會，藝人們主動利用這一機會，搭起五個戲臺，連續演出三天，表演優秀傳統劇目，宣傳抗美援朝。6 月 19 日，徐州市鎮壓反革命宣傳委員會舉辦文藝演出比賽大會，參加該項演出的專業、業餘演員達千餘人。活動舉行五天，門票售出 33512 張，收入 1600 萬（舊幣），全部捐獻以購買飛機、大炮，支持抗美援朝前線。7 月，圍繞「鎮反」活動，藝人有 330 人參加了由劇場到街頭的 55 個小時的文藝演出，觀眾達 3.75 萬人次。在活動結束後的評獎中，編創的梆子戲《槍斃李化堂》獲三等獎。1952 年 10 月 1 日，為慶祝國慶，梆子戲在街頭搭臺演出了《洞庭英雄》。以上各類活動，均強化了梆子戲在許多重要場合的宣傳作用，也鍛鍊了藝人的才幹。

在當時，由國家層面到華東局再到江蘇省、徐州地區、徐州市，都曾先後舉行戲曲觀摩演出大會，以及地、市、縣一級各種層次的彙報演出、表演比賽等活動，大大刺激了藝人要演戲、演好戲的積極性，有力促進了戲曲的發展。這類舉措，至今看起來仍值得學習、借鑒。

先看省級這一層面，繼 1952 年 10 月至 11 月間在北京舉行的第一屆全國戲曲觀摩演出大會之後，1957 年 4 月，江蘇省第一屆戲曲觀摩演出大會在南京舉行。當時，由徐州專區八縣、徐州市區、新海連市（今連雲港市）所組成的徐州地區代表團，就包括梆子、柳子、柳琴、四平調、淮海戲五個劇種。在這次觀摩會上，梆子戲《胭脂》、《戰洛陽》獲劇本整理改編獎，梆子戲藝

人徐豔琴、趙金聲、鄭文明獲表演一等獎，蔣雲霞、耿素華獲二等獎。1958年 12 月，江蘇省第二屆戲曲觀摩演出大會又在南京舉行，徐州專區代表團由江蘇省豫劇團、徐州市豫劇團、江蘇省柳琴劇團、邳縣柳琴劇團聯合組成。會上，「江蘇省豫劇團演出的《戰洪州》，榮獲劇本整理改編獎和演出獎，其主要唱段為中央人民廣播電臺、中國唱片社錄音和灌製唱片」〔註 14〕。1961年 4 月，據江蘇省地方戲劇院所編《江蘇省戲曲資料印本概說》載述，梆子戲劇目經篩選，有 262 種得以油印。1962 年 12 月，江蘇省梆子劇團將新加工整理的優秀傳統劇目《太君發兵》、《香囊記》、《困雪山》以及在睢寧梆子劇團創演基礎上改編的現代戲《三個隊長》帶往南京彙報演出，得到好評。省文化局將有關劇團留下，由省戲曲學校派員對《香囊記》、《三個隊長》作進一步加工。1964 年 7 月 10 日至 8 月 20 日，江蘇省梆子劇團攜《紅梅》、睢寧縣紅光梆子劇團攜《流水口》，參加在南京舉行的江蘇省首屆現代戲觀摩演出大會。《紅梅》廣受好評，《新華日報》曾刊發專文予以評論。

　　就徐州地區、徐州市而論，所舉辦的戲曲調演活動更為頻繁。如 1950 年 2 月 29 日，徐州市舉行由各專業、業餘劇團參演的春節文藝演出比賽大會。1951 年 2 月 25 日，徐州市文教局在人民舞臺舉辦由 83 個單位參加的春節文藝優勝表彰大會，演出 181 場，觀眾達 8.5 萬人。1952 年 10 月下旬，徐州市舉辦新戲曲競賽大會，梆子戲《雙蝴蝶》參演。1953 年 10 月 2 日，徐州市舉辦戲曲觀摩演出大會，演唱梆子戲的翻身劇團表演的是傳統戲《西廂》，黃河劇團則以《青山英烈》參演。1954 年 3 月末，以艾煊為組長，徐筱汀、蔣星煜、宋詞等為組員的省特派工作組來徐，市亦成立相應的工作組，負責劇目發掘和迎接華東區戲曲觀摩演出大會的籌備參會。在一個多月的時間內，工作組觀看了由 7 個劇團所演的 60 個劇目。1955 年 6 月，在徐州市人民舞臺，由中央人民廣播電臺為徐州專區豐縣實驗梆子劇一團演員徐豔琴、李正新、王廣友、秦緒榮、耿素華等錄音，他們表演的劇目有《紅打朝》、《文君私奔》、《刀劈三關》、《洞庭英雄》等。1956 年 12 月 5 日起，徐州專區和徐州市聯合舉辦為期半月餘的第一屆戲曲觀摩演出大會，計 6 個劇種、18 個劇團、360多名演職人員參演，演出 18 場、39 個劇目。1958 年 2 月 22 日，徐州市舉行戲曲學員觀摩匯演，黃河豫劇團參演劇目為《撕蛤蟆》、《拾玉鐲》。同年 10 月 13 日至 22 日，徐州專區舉行現代戲彙報演出大會，有 6 個劇種、20 個劇

〔註14〕陳曉棠主編：《江蘇戲曲志·徐州卷》，江蘇文藝出版社，2002 年，第 55 頁。

團參演，演出了 36 個劇目。1959 年 2 月 14 日至 16 日，徐州市舉行春節群眾業餘文藝匯演，民間多個業餘梆子戲班參加。11 月 24 日至 12 月 6 日，徐州專區第三屆戲曲觀摩匯演大會舉行，梆子戲參演劇目為《大戰十一國》等。1960 年 5 月，江蘇省文教群英會在南京召開，江蘇梆子名藝人徐豔琴等被評為先進個人、豐縣梆子劇團被表彰為先進集體。1962 年 12 月，徐州市文化館連續組織三次文藝匯演，演出 893 場、605 個節目，市交通局推出的梆子戲《他的今昔》獲得好評。

　　在歷次活動中，江蘇梆子從來不缺位，而且還是參演的主力，並屢屢獲獎。除了時常下鄉演出外，市區或近郊的許多劇場，如新明戲院（賈汪新夏街）、黃河舞臺（河濱路迎春橋西南）、天祥舞臺（民主南路）、慶雲舞臺（慶雲橋北）、大眾戲院（解放南路）、大眾戲院（賈汪工商街）、解放舞臺（中山南路解放橋北）、荊山劇場（下灘）等處，皆是其經常演出的場所。尤其值得注意的是，他們還在 1963 年冬，赴濟南、德州、石家莊、商丘、蚌埠、蕪湖、蘇州等地演出，進一步擴大了江蘇梆子的影響。新編現代戲《三個隊長》在濟南演出時，還受到當地戲曲界的一致好評，全程錄音在山東電臺播放，引起良好反響。隨團演員中，不乏徐豔琴、王廣友、鄭文明、吳小樓、趙金聲、蔣雲霞、田美蘭、張德連這樣的名角，他們中有的人在當時已上了年紀，但不顧體弱多病，仍煥發出極大的演出熱情。

　　據不完全統計，在這十二三年的時間內，省、地區、市所舉辦的各種大型戲曲演出活動不下二三十次。這類活動的舉辦所取得的歷史經驗，給我們以深刻的啟示：一是為各劇種的相互學習和借鑒提供了很好平臺。在會上，一方面藝人們要通過劇作的表演來提高自身技藝；另一方面，又借助觀摩他人演出之機而找到自身的差距。一次大規模的觀摩會，在一定意義上說，也是新上演劇目的鑒定會、演員演技的評審會、藝人之間切磋技藝的研討會。多種戲曲藝術置於同一平臺表演，優劣高低立見。這一行動本身，對藝人創造潛力的發掘與提高就是一個很大的激勵與促進。二是政府主管部門在戲曲的繁榮與發展上，不能滿足於會上布置、會後發文，而應作切實的引領與指導，以使其在和諧的社會氛圍中有所發展與提高。試思之，在百廢待興的新中國建國之初，對那些長期處在散兵遊勇狀態下的民間戲曲班社，若不主動採取相應措施加以引導，即使收歸政府主管部門管理，但仍是一盤散沙，又豈能贏得如此的繁榮局面？三是劇團在政府出臺一系列利好政策的前提下，

應根據本劇種的特點、流播地域的文化訴求以及本單位演員的基本條件，提出相應的落實措施，創作、排演既符合時代要求而又為人民大眾所喜聞樂見的各種劇目，而不是消極觀望，靠政府埋單，必須主動出擊，尋找市場，打造品牌，追求卓越，以實際能力拓展地方戲發展的渠道。

第三節　表演伎藝的有序傳承

在舊戲班中，有一套嚴酷的行規。這些規定，有的是對年輕人的成長有利，如演戲不准馬虎、臨近出場必須接受角色分配、不准招搖撞騙、不准打人罵人、不准偷盜財物等等，但師徒之間卻是在極不平等的前提下從事伎藝傳授的。在科班裏，生徒無人身自由，經常被師父或班主用白棟條子抽打，打死打傷不負責任。犯了重錯，還要請出老郎神位，在公布「罪狀」後，進行重責。解放後，演藝團體經整編、重組後，歸國家文化管理部門總攬其事，再派出政治覺悟高、且具有一定經驗或藝術修養的幹部直接去劇團參與管理，廢除了陳舊的幫規。

然而，舊的師徒制擯棄之後，為培養新生力量，提高現有藝人的表演水平，新的伎藝傳承制度也應當確立。可以說，自新中國成立，政府主管部門一直非常重視對藝人的扶植。在培養戲曲表演人才方面，大致有這樣幾條途徑：

首先是地、市級層面的短期培訓。1949 年 10 月 21 日至 11 月 23 日，徐州市文教局利用一個多月的時間，舉辦第一次戲曲研究班，有 72 名藝人參加學習，除接受「戲改」政策等教育外，還整理傳統劇目，梆子戲《斬莫成》的公演，就得力於這次研究班的創辦。1950 年 1 月，在前一次的基礎上，徐州市文教局又舉辦了第二次戲曲研究班，且參與學習者擴大至四百多人。由當時的文教局長親自負責，沙志顯等人組成班務會。藝人們在對照檢查思想、提高認識的同時，還整理了七出戲，在位於市中心的中山堂彙報演出。1951年 9 月，徐州市教育工會舉辦文化補習班，藉以掃除文盲，提高藝人抄寫唱詞、閱讀並理解劇本的能力。同年 11 月 25 日，徐州市文聯籌委會組織全市戲曲演員共同參與文藝工作者政治學習會。1952 年 10 月，中共徐州市委宣傳部為提高藝人演出水平，舉辦專題學習班，有 287 名戲曲、曲藝人員參加了這一為期一個月的培訓。1956 年 5 月 14 日，由徐州市人民委員會文化處開辦的徐州市戲曲青年訓練班開班。「招收京劇學員八人，梆子戲學員十二人（學習

三個月後隨團培訓），柳琴戲演員三十人，在中山堂東院進行培訓」〔註 15〕。
訓練班堅持「以戲代功，普遍培養，拔出尖子」〔註 16〕的基本思路，使得一批
小演員嶄露頭角，表演技能大為提高。1957 年 7 月 13 日，徐州專區專門舉行
由各市、縣文化科（股）長、劇團編撰人員參加的劇目工作會議。其間，戲曲
理論家張庚「作了《開放劇目與推陳出新問題》的專題報告」〔註 17〕。會議上，
對前段各劇種的挖掘整理作了總結。梆子、柳琴、四平調諸劇，已初步整理出
743 個劇目。1959 年 5 月，徐州專區在奎山藝校舉辦編劇人員培訓班。1961
年 7 月 20 日起，徐州市文化處在徐州四中舉行為期一個月有三百多人參加的
專業藝術表演團體藝術大練兵，以加強演員的基本功訓練。會上，還專門請張
庚作學術報告、請京劇名家許翰英（荀派傳人。與京劇名家張君秋、毛世來、
陳永玲齊名，為「新四小名旦」之一）講授京劇表演的「手眼身法步」和「五
功四法」。臨近學習結束，梆子戲演員徐豔琴、縱兆芝等，表演了名劇《拾玉
鐲》，京劇、柳琴也表演了該劇，大大有利於各劇種間相互交流並發展提高。

　　其次是省級部門的集中培訓。在當時，省文化主管部門也非常關注地方
戲曲院團表演技能的進步與提高，經常組織相關的集中培訓。1957 年 3 月，
徐州專區、徐州市選調戲曲演員 42 人赴南京參加江蘇省戲劇訓練班第二期進
修班，其中梆子戲演員有蔣雲霞、李天紅、劉敬喜、張明哲、王月華、諸婉
君等多達 30 人。1958 年 9 月，「徐州專區選送 500 名各類文藝骨幹」〔註 18〕，
赴揚州藝校參加由省相關部門組織的培訓。1959 年 1 月，徐州地區專員公署
文教科，從江蘇省豫劇團、沛縣前進豫劇團選取四名青年演員，送往河南省
豫劇院深造。1959 年 4 月起，豐縣柳子劇團在江蘇省戲曲學院接受為期一年
的全員進修培訓。在此期間，他們先後為全國人大副委員長班禪額爾德尼·
確吉堅贊、日本前進座劇團演出了傳統劇目《抱妝盒》。同年 12 月，江蘇省
梆子劇團在南京參加省屬專業劇團集訓，由專家指導、加工《戰洪州》、《白
蓮花》二劇的排演，使演員站在更高的層面，以更開闊的視野回望自身，激
發出更多藝術創造的熱情。

〔註 15〕陳曉棠主編：《江蘇戲曲志·徐州卷》，江蘇文藝出版社，2002 年，第 50 頁。
〔註 16〕徐州市文化局編印：《徐州文化志（1911～1986）》（內部印刷），1989 年，第
　　　　76 頁。
〔註 17〕陳曉棠主編：《江蘇戲曲志·徐州卷》，江蘇文藝出版社，2002 年，第 53 頁。
〔註 18〕徐州市文化局編印：《徐州文化志（1911～1986）》（內部印刷），1989 年，第
　　　　16 頁。

再次是戲校的系統培訓。學校是作育人才的搖籃,與短期的培訓相比較,後者往往是針對某一層面、某一專題作臨時加工、提高或研討、辨析,帶有一定程度的速成況味。而學校則不然。首先,戲校教師大多從戲劇院團的優秀演員中甄選,擁有雄厚的師資力量和精擅多方面技能的專業人才。其次,戲校開設課程門類較多,也更為系統。這對於演員能力的全面提高,具有相當大的助推作用。早在 1951 年 4 月,徐州市文教局就開辦了徐州市文藝工作者業餘學校,對來自京劇、拉魂腔(柳琴戲)、梆子戲、評劇、曲藝等不同劇種的 280 名藝人進行為期三個月的集中培訓。由戲曲名家佟蘇丹等組成校委會,努力做到邊學邊練,在學習中提高,創作、改編、排演了《快活林》、《捧香爐》等劇目。據《徐州文化志》記載,1958 年秋,徐州專區文化藝術學校成立,首批招收曲藝,在琴書、墜子兩個專業培養專門人才。因校舍未建成,故委託睢寧藝校代管。直至 1959 年 4 月,曲藝班始自睢寧回徐,遷至原銅山教委招待所這一新址。1959 年 9 月,始招收梆子戲專業學員,加之從解散後的睢寧藝校舞蹈學員中挑選的改習梆子者,大約 50 來人,學制四年。教師有從省文化藝術團體調來者,進一步充實了師資力量。1958 年 9 月 6 日,徐州市戲劇學校正式成立,招收梆子、柳琴、京劇學員,主要是從高小畢業生中錄取。1959 年 11 月,徐州專區文化藝術學校與徐州市戲劇學校合併為徐州市戲曲學校,進一步整合、強化了戲曲藝術教學師資。戲曲學校的興辦,給本市各戲曲院團源源不斷提供新生力量,大大縮減了文盲的佔有率,改變了演藝隊伍的文化結構,有助於戲曲表演藝術層次的提升。

第四則是師徒傳承。老藝人的傳、幫、帶作用,在具體的藝術實踐中,得到很大程度上的發揮。學校對戲曲人才的培養,是從多方面入手的,除了唱、念、做、打以及把子、身段等基本功訓練,還有多門文化課的學習,所掌握的多是一些基本的知識和基礎功法,而進一步提高必須依靠戲場上的實際鍛鍊。當時,劇團出於對年輕一代培養的考慮,一般都給入職不久的演員配備老師,以隨時隨地作具體指導。老藝人從傳承伎藝出發,也都以認真負責的態度,在一招一式、功法形體以及行腔運氣上給予示範。

圖 55：《徐州戲劇》封面

　　在此，不妨枚舉幾例：名丑張明業，在成名之後仍堅持練功，垂範於後輩，冬練三九、夏練三伏，從無間斷。他每天一大早去河邊練嗓，天氣越惡劣，越是刻苦訓練。1956 年徐州地區戲曲匯演，「年近八旬的張明業以其最拿手的《攔馬》一劇作了示範表演」〔註 19〕，以實際行動感染年輕一代，使得他們嚴謹從藝，不敢懈怠。擅長青衣的著名藝人劉廣德，在繁忙的演出之餘，以六七十歲的高齡，還經常下鄉「輔導大黃山苗圃梆子劇團和柳泉、柳新業餘梆子劇團。傳授的傳統劇目有《長阪坡》、《對花槍》、《鍘趙王》、《羽巾誤》、《老征東》、《燕王征北》等」〔註 20〕。名鼓師張義才，「工作嚴肅認真，向以

〔註 19〕于道欽主編：《江蘇戲曲志·江蘇梆子戲志》，江蘇文藝出版社，1999 年，第369 頁。

〔註 20〕于道欽主編：《江蘇戲曲志·江蘇梆子戲志》，江蘇文藝出版社，1999 年，第372 頁。

威嚴著稱。只要他坐在打鼓的座位上，不論演員、樂隊沒有敢鬆懈的」〔註21〕。
所培養的弟子，多在各省、市劇團擔任鼓師。名花臉殷其昌，不僅求知若渴，
博採兄弟劇種之所長，還在化妝上「給弟子們明確規定了臉譜圖案和用色規
範。自己化妝時帶頭將臉譜畫得既規範又乾淨」〔註22〕。名武生謝文啟，原
為京劇演員，當年在武漢京劇團演戲時，曾與京劇名家李萬春同臺演出。另
一京劇名家關蕭霜，在十幾歲時曾跟隨他練了五年功。他後來改習梆子，1951
年入沛縣梆子劇團演戲。謝文啟熱心培養下一代，在沛縣劇團教練武功，眾
徒弟大多成了劇團業務骨幹。老藝人賈先德，不僅文武兼擅，技藝超人，還
品德高尚，曾舉行數十次義演，並為創辦「黃河劇團和建設黃河舞臺而傾囊」
〔註23〕。全國解放之初，他為吳小樓量身打造的《八魔煉濟公》，僅在黃河舞
臺就連續上演三百餘場，創造了江蘇梆子史上的奇蹟，在中國戲曲發展史上
亦不多見。名丑吳小樓，根據自身表演經驗，總結出「精、巧、軟、綿、小」
五字，傳授給後人。名紅臉謝茂坤，從藝於豐縣梆子劇團，從不以名高而自
傲，「身先士卒，和演、職員打成一片；表演精益求精，1982年已檢查出患胃
賁門癌，但仍堅持演出到逝世前倒在舞臺上」〔註24〕。十五歲已唱紅的李金
鳳，唱腔自成一派，人稱「兩瓣派」。晚年精心培養下一代，王蘭英、張俊英、
諸婉君等都是她的徒弟。劉修斌（藝名小黑）在疾病纏身的情況下，「毫無保
留地將自己的表演技巧和導演經驗全部傳授給學生」〔註25〕。

當時的慣例，每當排演新戲，劇中主要角色往往派 A、B 角，即由一名在
表演上已有成就的演員擔當 A 角，派另一名有培養前途的同類演員作 B 角。
這樣安排，飾演主角的演員倘若在演出前身體或其他方面突然出了問題，B 角
可以隨時頂上救場，不至於無法開演。同時，也利於對青年人的場上培養。
為了讓青年人脫穎而出，名演員有時甘當配角，充當綠葉。如上個世紀六十

〔註21〕 于道欽主編：《江蘇戲曲志・江蘇梆子戲志》，江蘇文藝出版社，1999年，第
373頁。
〔註22〕 于道欽主編：《江蘇戲曲志・江蘇梆子戲志》，江蘇文藝出版社，1999年，第
375頁。
〔註23〕 于道欽主編：《江蘇戲曲志・江蘇梆子戲志》，江蘇文藝出版社，1999年，第
378頁。
〔註24〕 于道欽主編：《江蘇戲曲志・江蘇梆子戲志》，江蘇文藝出版社，1999年，第
385頁。
〔註25〕 于道欽主編：《江蘇戲曲志・江蘇梆子戲志》，江蘇文藝出版社，1999年，第
391頁。

年代，江蘇省梆子劇團在排演現代戲《紅梅》時，名藝人徐豔琴、趙金聲不僅不作 B 角，還甘願分別充任劇中常發嫂、紅梅母這兩個配角，不為名利，甘願讓賢，精神可嘉。

在上個世紀的五六十年代，我國的工農業發展皆較滯後，尚處於頗為貧窮的時段。在那種財政異常吃緊的社會條件下，國家和各級政府下大氣力扶植戲曲藝術的發展，舉辦各種層次的彙報演出、表演競賽、伎藝培訓，甚至有時一次調動徐州專區十個劇團赴南京集中培訓、學習，為戲曲表演人才的脫穎而出層層鋪路，也大大調動了老藝術家在培養新生力量方面的極大熱情，進而牢固樹立了為梆子戲藝術而奮鬥終生的理念，促使戲曲在新中國得到健康有序的發展。這段值得回顧的歷史經驗，對當今戲曲如何傳承發展，仍具有重要的啟示意義。

第四節　知難而進的藝術擔當

十年「文革」期間，各地劇團大都改組為宣傳隊或文工團，也撤並了一些演出團體。如 1965 年 4 月 12 日，徐州專員公署撤銷徐州專區柳子劇團，改組為文工團。1970 年 1 月，銅山縣革委會將本縣梆子劇團、呂劇團撤銷，整合為宣傳隊。至次年底，梆子劇團始恢復建制。同年 6 月，邳縣革委會將本縣梆子劇團、柳琴劇團撤銷，改組成文工團。11 月，豐縣革委會將本縣梆子劇團和四平調劇團合併，改組為宣傳隊。1972 年 7 月，睢寧縣梆子劇團、柳琴劇團合併為縣文工團。10 月，撤銷新沂縣呂劇團。各團演職人員，大都被送往學習班學習。如 1966 年，不少文藝工作者被集中到「五七」幹校學習或下放農村勞動。1969 年 8 月 20 日，徐州專區文教局全體成員在專區行政幹校參加農、水、文教口學習，長達十個月之久。次年 5 月 7 日，又轉入「五七」幹校繼續學習，直至 1973 年春結束。而且，由於各劇種傳統戲一律停演，能夠登臺演出的演員，一般只能演唱「樣板戲」或表演為配合政治形勢而編排的歌舞、說唱類節目。至於那些被撤銷的劇團，如柳子、呂劇、四平調等在徐州一帶有著廣闊演出市場的演藝團體，由於種種原因，至今也未能恢復。

面對文化藝術事業發展所遭遇的重重困難，梆子戲的演職人員不忘初心，依然心繫戲曲，不願放棄這一與自己人生相伴多年的表演藝術，有的私下裏還在練功、練唱，而且在暗自尋覓特定時期的戲曲發展之路徑。大致說來，有如下幾點：

　　首先，是劇目的創作與改編。江蘇梆子劇團歷來有創編並上演現代戲的傳統。先後推出過《小兩口》（1958）、《紅梅》（1964）等新編現代戲。沛縣梆子劇團推出過《湖濱莊》（1963）。睢寧縣紅光梆子劇團創演現代戲則更多，如《姑娘的秘密》（1958）、《紅姑娘》（1959）、《三個隊長》（1962）、《九死一生》（1964）、《炬山紅旗》（1965）等，其中不少劇目都參加了徐州地區、江蘇省的戲曲匯演，被公認為優秀劇目。面對新的困難，江蘇梆子的演職人員並未畏葸不前、自挫其志，而是想方設法，繼續前行。1966 年 10 月，閻四海根據歌劇《白毛女》的基本情節，把它改編為八場梆子戲，由江蘇省梆子劇團將其搬上舞臺。改編後，突出了梆子在表演方面的特長，如「著名演員吳小樓、張德連等在劇中發揮行當優勢，化用傳統表演身段、程序；再加青年骨幹演員朱麗華、張麗君等的唱、做、打超常發揮，掌聲不斷，觀眾沸騰」〔註 26〕，連續在劇場、部隊、廠礦演出 140 多場，受到人們的廣泛歡迎。當時，豐縣、沛縣、睢寧、邳縣、銅山的梆子劇團以及鄰省皖、豫、魯的許多劇團，紛紛上演該劇，以致形成一股《白毛女》戲劇熱，進一步擴大了自身影響。

　　1967 年，江蘇省梆子劇團創作並排演了根據解放軍空軍某部戰士呂祥璧在驚馬威脅群眾生命安全之時，挺身而出相攔，最終壯烈犧牲的真實事蹟而創作的劇目《呂祥璧》，受到中國人民解放軍空軍司令部、政治部的讚揚，曾去空軍相關部隊駐地巡迴演出，劇作者還在北京受到部隊首長的接見。1972 年，該劇團又演出了根據銅山縣柳泉公社廣大幹部戰天鬥地築百里長渠以引水灌田事蹟創作的新劇《勝利渠》，受到省有關領導的充分肯定與讚揚，稱銅山的「向陽渠」就是江蘇的「紅旗渠」，「梆子劇團把向陽渠搬上了舞臺，做了件大好事」〔註 27〕。

圖 56：呂祥璧烈士

〔註 26〕于道欽主編：《江蘇戲曲志・江蘇梆子戲志》，江蘇文藝出版社，1999 年，第 76 頁。

〔註 27〕于道欽主編：《江蘇戲曲志・江蘇梆子戲志》，江蘇文藝出版社，1999 年，第 92 頁。

該劇以「江蘇省現代戲創作交流劇目」的名義，由江蘇人民出版社出版發行，且於次年在南京參加了省現代戲匯演，江蘇人民廣播電臺錄音並播放。尤其值得一提的是，1973 年 8 月間，「江蘇省梆子劇團在徐州會堂演出《海島女民兵》，招待鄧小平主持召開的全軍重要會議。鄧小平和各大軍區司令員出席觀看」〔註 28〕，給人們留下了深遠的記憶。

其他如縣級劇團及地方業餘演出團體，也在走這條創、演新劇之路。如沛縣梆子劇團，除曾上演《湖濱莊》外，還在 1965 年「排演了現代戲《奪印》、《雷鋒》、《社長的女兒》、《野火春風鬥古城》、《一家人》、《朝陽溝》等」〔註 29〕。其中《雷鋒》一劇為該團創演。而 1970 年至 1976 年，他們還創作、演出了「《向陽閘》、《金河鐘鳴》、《石錘贊》、《苗嶺風雷》、《雪山紅松》等」〔註 30〕。邳縣梆子劇團，自 1964 年以來，在現代戲創作與演出上用力最勤，推出了《血淚狂瀾》、《羅昌秀》、《收租院》等劇作，並且在聲腔上苦下工夫，如張萬年、鄭中祥的高亢婉轉、字正腔圓，賈桂蘭、王鳳蘭的細膩流暢、委婉多致，陳文華快流水板的一瀉千里、別具情致，梁龍斌唱腔的民歌風味，以真實化、生活化與程式化的高度融合，得到廣大觀眾的普遍讚賞。〔註 31〕銅山縣大黃山鄉業餘梆子劇團，在上演的七十多個劇目中，有二十多個是自編自演。豐縣趙莊鎮業餘梆子劇團，上個世紀六七十年代，一直以演唱現代戲為主。沛縣楊屯公社西仲山業餘劇團，成立於 1968 年秋，一直延續了十數年，在梆子戲老藝人楚慶賢等的擔綱引領下，他們自編自演了《婚事風波》、《微山湖畔》、《湖畔槍聲》等劇目，在龍固鎮夜間演出時，觀眾上萬，房頂上、樹枝上，到處擠滿了人，足見在當地影響之大。

其次，是「樣板戲」的移植。參照「樣板戲」劇本，設計、配置地方戲聲腔而演出，這是當時全國地方戲演出團體通行的慣例，是普遍存在的現象。當時的江蘇省梆子劇團，在離開「五七」幹校後，所移植的第一個樣板戲就是《紅燈記》。1970 年 11 月，該劇在徐州淮海堂上演，還得到省領導彭沖的

〔註 28〕于道欽主編：《江蘇戲曲志・江蘇梆子戲志》，江蘇文藝出版社，1999 年，第 44～45 頁。

〔註 29〕于道欽主編：《江蘇戲曲志・江蘇梆子戲志》，江蘇文藝出版社，1999 年，第 282 頁。

〔註 30〕于道欽主編：《江蘇戲曲志・江蘇梆子戲志》，江蘇文藝出版社，1999 年，第 283 頁。

〔註 31〕參看于道欽主編：《江蘇戲曲志・江蘇梆子戲志》，江蘇文藝出版社，1999 年，第 287 頁。

讚揚。1971 年，加工排演《紅梅》與《智取威虎山》。《紅梅》奉調赴南京公演。省革委會組織省內其他演出團體及南京文藝界人士觀摩學習。1972 年，江蘇省梆子劇團在徐州人民舞臺演出《龍江頌》等劇，以招待全國工業學大慶會議的代表。其他劇團包括縣劇團、鄉間業餘劇團，無不在移植「樣板戲」。

圖 57：《智取威虎山》劇照

「樣板戲」是在特殊年代產生的京劇藝術產品，因有別有用心者插手而一度飽受訴病，但是要知道，這幾個劇目是京劇不同院團的演職人員經過多年的苦心打磨才鍛造出來的。著名作家汪曾祺、戲曲家阿甲等都是創作或編導方面的參與者。劇作在人物形象塑造方面雖然較為單薄，然而，其中所高揚的為國家、為民族甘願赴湯蹈火、流血犧牲的革命英雄主義精神，卻激勵了不止一代人。其中有些劇目或片段仍活躍於當今之戲曲舞臺、影視屏幕。從這個意義上說，當初各種梆子劇團紛紛移植「樣板戲」，所傳輸的仍是一種激勵人們奮發向上的正能量。

再次，是送戲下鄉，走進基層。梆子戲本來就是民眾的藝術，且在其長期發展的歷史進程中，很長時間是在鄉村集市開展演出活動的。所以，梆子戲藝人一直持有親近鄉野、走近民眾的願望。早在 1961 年 12 月，由中國戲

劇家協會創辦的《戲劇報》封三，就刊登有江蘇省梆子劇團上山下鄉為農民服務的照片。他們吃苦耐勞，不怕困難，「經常徒步拉車去農村、廠礦演出，曾獲省政府通報表彰，並經常在山東、河北、河南、安徽和本省大江南北廣大地區巡迴演出」﹝註32﹞。沛縣梆子劇團在 1965 年就開始送戲下鄉，曾「備木板車九輛，演員拉板車深入基層，面向農村巡迴演出，被譽為『板車劇團』」﹝註33﹞。至 1977 年，還被評為全省上山下鄉十二面紅旗之一。江蘇人民廣播電臺曾對他們的先進事蹟進行報導。睢寧縣梆子劇團，也經常流動演出，先後在徐州地區及「宿遷、棗莊、德州、濟寧、宿縣、蚌埠、開封、洛陽、長治等地區巡迴演出，擁有眾多觀眾」﹝註34﹞。邳縣梆子劇團，「長期堅持艱苦奮鬥、勤儉節約的原則，布景道具全是土法上馬，自己設計製造。出外演出全部步行，用七輛平板車拉著道具」﹝註35﹞。

圖 58：送戲下鄉

﹝註32﹞于道欽主編：《江蘇戲曲志‧江蘇梆子戲志》，江蘇文藝出版社，1999 年，第 278 頁。

﹝註33﹞于道欽主編：《江蘇戲曲志‧江蘇梆子戲志》，江蘇文藝出版社，1999 年，第 282 頁。

﹝註34﹞于道欽主編：《江蘇戲曲志‧江蘇梆子戲志》，江蘇文藝出版社，1999 年，第 284 頁。

﹝註35﹞于道欽主編：《江蘇戲曲志‧江蘇梆子戲志》，江蘇文藝出版社，1999 年，第 287 頁。

　　這些做法，至今看來依然是很可貴的。在當時，戲曲藝術的發展儘管遇到了許多難以想像的困難，但是藝人們不氣餒、不退縮、不畏懼、不懈怠，根據既有條件，尋覓並探索梆子戲藝術的傳承途徑，並為此付出了很大代價。他們清醒地意識到，農民需要戲。梆子戲演員的職責，就是在舞臺上演好戲，且主動開闢演出市場，帶戲下鄉，將精神食糧親自送上門，所思慮的是基層群眾之所求，而不是個人之腰包能否鼓脹。然而，到了上個世紀九十年代，有的知名演員被某縣花高價請來表演，縣裏專門為他準備了高檔賓館入住，他竟然毫不領情，逕奔市裏更高檔的賓館而去。相比之下，何啻雲泥天壤。同樣，在追逐時髦之輩紛紛唱衰戲曲之時，千萬不能忘記，廣大農村、廠礦，那些基層民眾急切盼望看戲的「睜睜雙眸」。觀眾不是不愛看戲，更不缺乏看戲的熱情，而是缺少欣賞戲曲演出的時機。京劇名家張建國曾說：從藝四十餘年，深深感到，「不變的，就是老百姓的看戲熱情。」〔註 36〕另一名家王蓉蓉也說：「不論社會環境如何變化，觀眾喜愛京劇藝術的需求沒有變化。」〔註37〕戲曲的振興，除了政府層面的積極扶植之外，很大程度上還要靠戲曲演出團體自身的努力。這就是歷史給我們的深刻啟示。

〔註36〕楊雪、郭海瑾：《京腔京韻中國年——張建國、遲小秋、王蓉蓉、史依弘的大年大戲》，《人民政協報》2018 年 2 月 26 日第 9 版。

〔註37〕楊雪、郭海瑾：《京腔京韻中國年——張建國、遲小秋、王蓉蓉、史依弘的大年大戲》，《人民政協報》2018 年 2 月 26 日第 9 版。

第四章　江蘇梆子的振興與繁榮
（1977～2019）

第一節　江蘇梆子的再度勃興

　　1977 年 8 月 12 日至 18 日，中國共產黨第十一次代表大會在北京召開，歷時十年之久的「文化大革命」宣告結束。1978 年 12 月 18 日至 22 日，在北京召開的中國共產黨第十一屆三中全會，重新確立了解放思想、實事求是、撥亂反正、改革開放等一系列具有重大決策意義的指導思想。隨著各項政策的落實，使一度陷入困境的一些領導幹部以及教育科技、文化藝術界人士先後恢復了名譽，重新回到工作崗位，從而激發出極大的工作熱情，這也給江蘇梆子的發展帶來了重大機遇。

　　江蘇梆子的振興，主要體現在以下方面：

　　首先，政府的積極引領，給梆子戲的發展提供了廣闊的平臺。改革開放以來，國家和省、市都十分重視戲曲藝術的傳承與發展，連續舉辦各種類型的匯演、調演以及創作、競賽活動。據《江蘇梆子戲志》記載，僅 1977 年江蘇省就舉行了三次大的活動：一是 8 月間，舉行現代戲匯演，沛縣梆子劇團創作的劇目《風雲嶺》參加了演出；二是 11 月，舉行創作劇目匯演，省梆子劇團的《銀杏坡》一劇參演，趙金聲、王永奎、史為義、高彩萍、李緒民等五名演員獲獎；三是 12 月，省文化工作先進集體、先進個人表彰大會召開，沛縣梆子劇團以上山下鄉演出先進集體受到表彰，饒家朋代表劇團出席會議。此後，此類活動接連不斷。1978 年 10 月末至 11 月下旬，省文化局在南京舉辦專業文藝團體創作劇目匯演大會，省梆子劇團以《心事》、《四方樓》二劇參演，頗受好評並被大會獎勵。1982 年 5 月，省文化工作先代會召開，沛縣

梆子劇團以「編演現代戲，送戲到農村」受到表彰，《新華日報》曾予以報導。
同年 11 月中旬，省總工會、省文化局聯合舉辦省職工業餘小戲調演，徐州礦
務局旗山煤礦業餘梆子劇團參演的《牛局長相親》，獲演出二等獎。1984 年 1
月 16 日至 25 日，江蘇省在南京市舉行青年演員新劇目調演，省梆子劇團出
演劇目為《榴花似火》，陳秀蘭、滿秋梅獲優秀表演獎。1985 年 11 月，省文
化廳召開戲曲現代戲演出百場獎發獎大會，銅山縣梆子劇團創演的《塞上芳
草》和沛縣梆子劇團創演的《飛來的閨女》雙雙獲獎。1986 年 7 月，省首屆
戲曲青年演員大獎賽舉行，張虹（省梆子劇團）演出的《打神告廟》獲表演
一等獎，陳秀蘭（省梆子劇團）演出的《誤杖》與汪峰（沛縣梆子劇團）演
出的《打金枝》同獲二等獎。同年 9 月，省新劇目觀摩演出舉行，省梆子劇
團的參演劇目《新臺啼血》，獲劇本、導演、音樂設計、舞美、繪景、服裝、
伴唱七項獎，趙金聲、陳秀蘭獲優秀表演獎。王永奎、趙素俠、吳林、陳素
芳獲表演獎。1990 年 10 月，省第二屆戲曲青年演員大獎賽舉行，省梆子劇團
陳秀蘭以《殺狗》獲表演一等獎、吳林以《活捉》獲二等獎，葛艾獲配角獎。
豐縣梆子劇團王樹連、魏旭玉等獲三等獎。1996 年 1 月末，在南京舉行省首
屆青年戲曲節，省梆子劇團以《華山情仇》、豐縣小鳳凰梆子劇團以《雙擁情》
參演，燕凌獲最佳表演獎、孫連榮獲優秀表演獎、陳新琴等獲表演獎。

圖 59：中國共產黨十一屆三中全會二十週年紀念郵票

　　至於徐州地區、徐州市，舉行的演出活動則更多。1978 年 8 月，徐州地區在邳縣舉行文藝匯演，省梆子劇團演出《心事》、《四方樓》二劇，其他如隸屬各縣的梆子、柳琴、呂劇、京劇等八個劇團，也參加演出。1979 年 5 月，徐州地區在東海縣舉行業餘文藝匯演，豐縣、沛縣、銅山、睢寧的梆子劇團，均有劇目參演。

　　進入八十年代，活動更加頻繁。1982 年 9 月至 11 月，徐州地區舉行了兩輪的專業劇團觀摩演出，省梆子劇團及各縣劇團均參演。銅山縣梆子劇團的《靈芝》被推選為優秀劇目，參加本年度的省新劇目調演。1984 年 9 月 28 日至 10 月 6 日，徐州市文化局、徐州市文聯共同舉辦慶祝建國 35 週年徐州市專業劇團創作劇目觀摩演出大會，銅山、沛縣、睢寧、豐縣的梆子劇團，分別演出了《塞上芳草》、《蓬萊女》（即《飛來的閨女》）、《公主奪夫》、《水漫蘭橋》諸劇目。同年 11 月中旬，舉行徐州市群眾業餘文藝匯演。此項活動，由市文化局主辦、市群藝館承辦，各縣、區、局有 12 支代表隊的四百多名代表參加。演出節目除梆子、柳琴、四平調外，還有許多曲藝表演。1985 年 6 月 19 日至 7 月 3 日，舉行了徐州市戲劇青年演員匯演大會，包括梆子在內的四個劇種、十個劇團、二百多名青年演員、近三百名協助演出人員，在半月內演出了十臺戲、三十五個劇目。省梆子劇團的《打神告廟》上演。1988 年 7 月，徐州市舉行首屆戲曲中青年演員匯演，梆子戲演員十餘人分別獲最佳表演獎和優秀表演獎。如高彩萍、杜慶英、徐家英、王豔玲、王月華獲最佳表演獎，惠宇忠、楊洪石、魏秀蘭、史為義、王永奎、呂青山、劉善令，獲優秀表演獎。同年 10 月 25 日至 11 月 5 日，徐州市舉辦首屆藝術節，以紀念淮海戰役勝利暨徐州解放四十週年。省梆子劇團及豐縣、沛縣、銅山的梆子劇團，分別上演了《情夢》、《雙坐轎》、《湖畔火光》、《苦柳》等劇目，且得到多種獎勵。

　　到了九十年代，活動更是如火如荼開展。1990 年 6 月，徐州市舉行第二屆戲曲青年演員匯演，有 10 個演出團體的 95 名演員參賽。梆子戲演員陳秀蘭、趙素俠、王芳、吳林、魏旭玉、張永淑、卞淑萍等多人獲一等獎。同年 9 月 5 日至 11 日，舉行江蘇省梆子劇團建團四十週年紀念演出活動，老、中、青演員紛紛登臺，上演劇目有《斬皇袍》、《提親》、《反陽河》、《白水灘》、《打神告廟》等。特別是在開幕式時上演的新劇《潘金蓮與李瓶兒》，得到應邀前來的郭漢城、劉厚生、馮其庸、何為、霍大壽、龔和德等眾多專家的關注。

1992 年 1 月中下旬，徐州市舉行新劇目觀摩演出，省梆子劇團的《情與劍》、豐縣小鳳凰梆子劇團的《雙擁情》以及京劇、柳琴等劇團參演，均得到相應獎勵。1993 年 10 月間，徐州市舉行第三屆戲曲青年演員匯演，省梆子劇團燕凌、陳新琴等獲一等獎。

尤其值得注意的是，1996 年 12 月 2 日至 10 日，由文化部主辦、在西安舉行的全國梆子戲劇種新劇目交流演出，江蘇省梆子劇團獻演的《華山情仇》獲優秀演出獎，主演燕凌獲優秀表演獎，潘中英等獲舞美設計獎，董瑞華等獲唱腔設計獎，張文藝獲導演獎，王福科等獲表演獎，共計獲得六大類十項獎勵。同時，「全國梆子聲腔劇種學術研討會舉行，徐州市文化藝術研究所于道欽的論文《江蘇梆子戲概述》在大會宣讀並獲獎」〔註1〕。在全國的梆子戲聲腔劇種中，能獲此殊榮，確乎不易。

個人榮譽方面，江蘇省梆子劇團演員張虹、燕凌先後斬獲第九屆（1992）、第十八屆（2001）中國戲劇梅花獎，大大提高了江蘇梆子在全國的知名度。

圖 60：梅花獎獎盤圖案

〔註 1〕于道欽主編：《江蘇戲曲志‧江蘇梆子戲志》，江蘇文藝出版社，1999 年，第57 頁。

　　梳理這一段歷史，我們可以發現，改革開放以來的各種匯演，與五六十年代有著很大的不同：一是強化了對青年戲曲人才的培養。在以往，雖然也時而舉行青年演員競賽，但密度遠不如後來這段時間。或許是行政主管部門已意識到歷經磨難後的戲曲藝術界，在演員梯隊建設上出現了嚴重的斷層現象，如不及時果斷採取相應措施，傳承就會面臨諸多難題。所以，行政主管部門一方面積極恢復戲曲學校建制，甚至各縣也紛紛創建戲校，以加快表演人才的培養；另一方面，劇團則將剛剛走出學校的青年演員推向演出的前臺，借助各种競賽，讓他們在實際演出中互相觀摩、取長補短、提高技能、增長才幹。這無疑是培養戲曲演出人才之途徑的最佳選擇。二是注重青年演員理論素養的提高和藝術表演理性自覺意識的培養，不斷為他們提供學習的機會。如匯演過後的各種研討活動、暑期讀書班的舉辦以及對過往歷史的及時回顧與總結等，都對青年演員理論素養的提高大有益處。在以往，一些演員雖然演技嫻熟，但大都是得自師父傳授，是比葫蘆畫瓢，至於為什麼這樣做，這麼做與人物性格刻畫有什麼關係，一般不作深究。很顯然，表演技巧停留在感性層面多，而理論昇華少，更很難談得上理性自覺。而今，借助表演，邀請相關專家展開討論，針對性大為增強，使演員很快明白表演中所顯現的優點與暴露的不足，當然有利於演技的更上一層樓。

　　其次，演出場域的拓展，促使梆子戲文化品位得到全面提升。隨著改革開放的深入開展，對外的經濟、文化交流自然日益增多，各個層面對戲曲文化的需求也得以凸顯。尤其是上個世紀的八九十年代，徐州市文化局黨、政班子，在市委、市政府的領導下，看準時機，搶抓機遇，將江蘇梆子推向一個更高的平臺，為它的發展拓展出更為廣闊的場域。

　　先說說江蘇梆子走進上海等地。上海是國際化的大都市，藝術院團眾多，名家薈萃。省梆子劇團首先瞄準了這一文化市場，他們分別於 1992、1993、1995 年的 3 月 1 日至 4 月 30 日，皆在上海「大世界」遊樂園舉行演出。同一劇種，能在同一地點連續演出如此之久，若沒有相當的藝術表演魅力，是難以立住腳的。此前，省梆子劇團曾於 1981 年 10 月，遠赴東北大慶作慰問巡迴演出，「徐豔琴、趙金聲、鄭文明、田美蘭、吳小樓等演出了《花打朝》、《十一郎》、《紅樓夢》等劇目」〔註2〕。但在大上海演出，連梅蘭芳這樣的藝術大家，當年初次到上海演戲，唯恐唱砸了，也「確實有點緊張，竭力在控制自

〔註 2〕陳曉棠主編：《江蘇戲曲志‧徐州卷》，江蘇文藝出版社，2002 年，第 73 頁。

己」〔註3〕，而江蘇梆子能連續三年前往，且每次的演出都長達兩個月之久，應該說，是經受住了嚴峻考驗的。其實力也由此可見一斑。1996 年 8 月，沛縣梆子劇團則在河北武安一帶山區連續演出八個月之久，達四百餘場，將影響擴及河北梆子、武安平調、武安落子、永年西調均較流行的區域。

再談談江蘇梆子的晉京演出。1991 年 4 月 20 日，應中國劇協藝委會邀請，省梆子劇團在北京吉祥劇院首演了根據明代小說《金瓶梅詞話》有關章節改編的新劇目《李瓶兒》。當晚，張庚、郭漢城、趙尋、馬少波、馮其庸、阿甲、何為、王利器等數十位著名戲劇家、研究家觀看了演出。4 月 23 日，中國劇協藝委會專門召開江蘇梆子《李瓶兒》座談會，約 60 名專家與會。「著名戲劇家馬少波當場宣布收《李瓶兒》編劇周長鍾為學生」〔註4〕。4 月 22 日、23 日，梆子戲演員張虹、陳秀蘭的折子戲專場，相繼演出於吉祥劇院。至 4 月末，張虹又在中南海中央警衛局禮堂表演了折子戲。全國人大常委會副委員長彭沖等觀看了表演。同時觀看演出的還有王平、馬興元、李運昌、張秀山、榮高棠、張平化、韓天石、郭化若、舒同、阿甲等領導及戲曲家，還有出席全軍黨建理論讀書班的 52 位將軍。會後，王平、彭沖等上臺接見演職人員。當時，彭沖激動地說：「江蘇梆子戲在北京打響了！」〔註5〕

還有，就是江蘇梆子的對外演出交流。一是為來徐的相關人士和外國朋友演出。早在 1980 年 5 月，省梆子劇團就在徐州地區會堂演出傳統劇目《十一郎》，分別招待出席全國商業工作會議的代表和來自美國、法國和非洲的國際友人。1994 年 5 月，又為法國、加拿大、奧地利、日本友人，作多次專場演出。1996 年 3 月，為韓國井邑市政府代表團表演了專場戲曲。二是將傳統戲曲送出國門。1995 年 7 月，省梆子劇團部分演員，與京劇、柳琴的優秀青年演員，共同組建成中國徐州青年藝術團前往日本，在半田市、知多市作藝術交流演出。省梆子劇團的張虹、燕凌、王永奎等，表演了《打神告廟》、《沉香救母》等折子戲。「1998 年 5 月，該團還赴奧地利雷歐本市、威爾士市、維也納皇宮進行了七場演出，當地報章發表了大幅劇照和評論文章」〔註6〕。

〔註3〕梅蘭芳：《梅蘭芳回憶錄》上冊，東方出版社，2013 年，第 120 頁。
〔註4〕陳曉棠主編：《江蘇戲曲志・徐州卷》，江蘇文藝出版社，2002 年，第 88 頁。
〔註5〕陳曉棠主編：《江蘇戲曲志・徐州卷》，江蘇文藝出版社，2002 年，第 88 頁。
〔註6〕陳曉棠主編：《江蘇戲曲志・徐州卷》，江蘇文藝出版社，2002 年，第 109 頁。

　　在這類演出中，豐縣小鳳凰梆子劇團表現不俗。這是一個以青年人為表演主體的梆子劇團，創建於 1986 年 10 月。其起點較高，聘請有「洛陽牡丹」之稱的豫劇名家馬金鳳為名譽團長。早在該班演員尚在豐縣戲曲學校讀書時，馬金鳳就曾親至豐縣傳授技藝，並指導排演了《穆桂英掛帥》、《花槍緣》等劇目。時在 1985 年 8 月 17 日。此後，該劇團還請原文化部副部長吳雪、上海戲劇學院院長蘇坤、京劇名家胡芝風、豫劇名家高潔等授課、排戲，使表演水平得到很大提高。以一縣劇團，卻曾三次晉京演出，且將梆子戲帶進中南海，的確令人刮目相看。

　　小鳳凰初次晉京演出，是在 1986 年 10 月 23 日至 11 月 20 日。他們應北京市演出公司邀請，在北京長安大戲院、中直禮堂、航天部禮堂連續演出 20 多場，受到「中共中央辦公廳、中紀委、中組部、文化部、航天部領導接見」〔註 7〕。《人民日報》、《光明日報》、《中國文化報》等十餘家媒體對此均有報導。第二次晉京，是在 1988 年 6 月 18 日至 7 月 5 日，先後在中南海中央警衛局禮堂、中直禮堂演出了《雙坐轎》等劇目，全國人大副委員長彭沖、雷潔瓊、全國文聯主席曹禺等觀看了演出。《人民日報》、《光明日報》等發表了戲劇家馬少波、評論家霍達的評論文章。中央電視臺也作了相應報導。第三次晉京演出，係 1992 年 4 月 20 日至 5 月 7 日，在中南海中央警衛局禮堂、北京衛戍區禮堂等處演出了《雙擁情》，在吉祥劇院演出了《破洪州》。未久，《中國文化報》發表了題為《小鳳凰京都舞臺唱大戲》的評論。

　　1987 年，小鳳凰還應邀參加了江蘇省和南京市元旦軍民聯歡會，演出劇目有《穆桂英掛帥》等，受到惠浴宇、聶鳳智、杜平、韓培信、顧秀蓮、陳煥友、孫家正、向守志等軍政領導的接見。《新華日報》、江蘇電視臺、《南京日報》等，皆作了相應報導。

　　這類演出活動，將梆子戲演員置於對演技要求更高、眼光更犀利、整體效果關注度更全面、細節把握更嚴格的欣賞群體中，進行一次又一次的淬煉，激使他們不能不向更高的藝術層次攀登。對江蘇梆子文化品位的全面提升，具有相當大的促進作用。同時，也提高了江蘇梆子的知名度、美譽度。這是一個不可否認的事實。

〔註 7〕于道欽主編：《江蘇戲曲志·江蘇梆子戲志》，江蘇文藝出版社，1999 年，第 51 頁。

　　戲曲作為傳統文化的重要組成部分，在很長的歷史時段內，一直是老百姓的精神家園。尤其是地方戲，它承載了地域文化的個性表達，是構成文化軟實力的重要內容。梆子戲作為一個地方劇種，它在發展的過程中，既要注意提高自身的文化品質，同時，更不能忘記服務大眾、服務基層這一根本宗旨。這些年來，梆子劇團在各級政府的倡導和支持下，每當春節前後，就送戲下鄉，直接服務基層，以流動舞臺的形式，用戲曲文化串連起一個個散落各處的鄉鎮與廠礦。在城市，還在市民中開展「一元錢看大戲」或免費看戲活動。這些活動，已持續十數年之久，使城鄉居民業餘生活大為豐富。進入新世紀以來，連續舉辦的「相約梨園」、「梨園春」初賽等活動，都收到很好的社會效果。尤其是近幾年，中共中央、國務院及國家各部委就優秀傳統文化傳承、戲曲傳承、戲曲進鄉村、戲曲進校園等問題，制定了一系列具有鮮明指導意義和很強針對性的政策，並發布實施意見，大大調動了梆子戲演員的積極性。江蘇省梆子劇團就曾選派優秀演員去中小學傳播戲曲文化，編演校園劇目《跳動吧，太陽》，演員燕凌、李先鋒，還應邀赴江蘇師範大學文學院，為攻讀戲劇戲曲學的研究生，講解並示範了梆子戲的唱腔藝術，進一步擴大了梆子戲在高校的影響。

　　再次，梆子戲傳播渠道的多元化，使其受眾面不斷擴大。幾十年來，隨著科學技術的進步，江蘇梆子已不再侷限於場上表演，而是與時俱進，在政府及相關傳媒的大力支持下，不斷革新傳播手段，拓展傳播渠道。

　　在錄音與唱片製作方面：1978 年冬，江蘇省梆子劇團在省專業文藝團體創作劇目匯演中的參演劇目《心事》、《四方樓》廣受好評，被江蘇人民廣播電臺錄音播放。1979 年 9 月，省梆子劇團趙金聲、高彩萍演唱的《紅樓夢‧哭靈》一場，為江蘇人民廣播電臺錄音、播放。1981 年 6 月，趙金聲所唱《胭脂》和田美蘭、于際臣、張德連演唱的《楊八姐遊春》唱段，被江蘇人民廣播電臺錄音。1982 年底，中國唱片社為趙金聲灌製《胭脂》唱片。1984 年秋，省梆子劇團演出、徐州人民廣播電臺錄製的廣播劇《求凰曲》（梁昭書編劇），在武漢市舉辦的全國戲曲廣播劇評選中獲獎。1984 年 12 月，中國唱片公司專門派員來徐州，將包括梆子在內的優秀劇（曲）目的全劇或選場、選段錄音，灌製唱片二十餘種，發行全國。1985 年 8 月，徐州市戲曲研究室，將江蘇梆子琴師王繼承多年收集的百餘首傳統曲牌、司鼓劉桂榮所掌握的鑼鼓經進行錄音、整理，為研究、繼承和發展江蘇梆子伴奏樂曲、打擊樂藝術，作了充分的資料準備。

在戲曲電視片製作方面：1981年10月，沛縣梆子劇團戲曲訓練班成立，後改名為沛縣戲曲學校。徐州電視臺曾將該校學員演出的《盜仙草》、《無底洞》、《宋宮奇冤》諸劇錄製成電視戲曲片。1982年秋冬之際，銅山縣梆子劇團上演的劇目《靈芝》，被江蘇電視臺錄像播放。1993年6月，豐縣小鳳凰梆子劇團，在北京國防科工委禮堂上演的《雙擁情》劇目，被中央電視臺錄像，並在CCTV2播放。1996年，徐州電視臺在豐縣大沙河鎮，將據《雙擁情》改編的《蘋果飄香的時候》，拍攝成戲曲電視劇。

第38卷第1期
2017年2月

中国戏曲学院学报
Journal of National Academy of Chinese Theatre Arts

Vol.38, No.1
February,2017

徐州梆子戏起源考

■ 赵兴勤

摘　要：徐州梆子的发展，大致经历了三个时段：一是在有明一代，随着山、陕移民的入住，他们将家乡的民歌小调带入徐州，并与本地歌谣曲调渐渐融合，又与南方流传来的余姚腔融为一体，形成了带有本地特色的戏曲声腔。明嘉靖年间在丰县所演戏曲，当是余姚腔本地化的一种戏曲形式。二是晚明至清初，弋阳腔以其包容性强，迅即由南向北流播，并衍生出许多地方戏曲声腔。徐州终于有了本地以唱南曲为主的戏班——沛县邹雪班。此后不久，罗罗腔也由山西经河南、山东传入徐州。是罗罗腔的输入，直接影响了徐州当地戏曲声腔的形成。有了罗罗戏的艺术铺垫，才有了真正意义上的徐州梆子。三是中晚清之时，梆子戏在多年的演出实践中，逐渐形成了自己的风格，有了有姓名可考的著名梆子艺人，如蒋花架子、殷凤哲等。尤其是到了晚清，则产生了质的飞跃。在各种因素的综合作用下，徐州梆子的发展上升到一个更高的平台，以至在解放以后相当长的一个时段，徐州梆子呈现出持续辉煌的景象。

关键词：徐州　梆子戏　起源
DOI:10.15915/j.cnki.cn11-1172/j.2017.01.008

圖61：趙興勤《徐州梆子戲起源考》首頁

最後，梆子戲史料的搜輯與論著的推出，使其走上理性自覺的道路。江蘇梆子在不斷開闢傳播渠道的同時，相關人員也在著力於梆子戲的研究工作。1988、1989年，由徐州市戲曲志編輯室所編的《徐州市戲劇資料彙編》（鉛印本）一、二輯先後問世，其中存有不少梆子戲資料。張作民主編的《藝苑集錦》（鉛印本），將沛縣梆子戲的概貌與特色、藝人傳略匯聚於一書。另外，于道欽先後在《徐州史志》、《劇影月報》、《人民日報（海外版）》、《淮海文匯》等報刊發表了《江蘇梆子戲源流沿革探》（1988）、《江蘇梆子戲班規及習俗》

（1988）、《江蘇梆子戲的革命歷史傳統》（1989）、《源遠流長，獨樹一幟——江蘇梆子戲劇種學術討論會紀實》（1990）、《抗日戰爭時期的江蘇梆子戲班》（1995）、《烽火梨園正氣歌，名伶高風昭後人》（1996）、《江蘇梆子戲概述》（1996）等文章，在江蘇梆子研究中用力最勤。吳敢、董瑞華在《徐州工程學院學報》2009 年第 5 期、第 6 期及 2010 年第 2 期分期刊載的《徐州梆子劇種特徵論略》，主要從唱腔音樂、曲牌音樂、武場鑼鼓三個層面，全面系統論述了江蘇梆子的獨有特色，並與河南梆子作了比較，將梆子戲的音樂研究提高到一個新的高度。趙興勤發表在《戲曲藝術》（2017 年第 1 期）上的《徐州梆子戲起源考》一文，根據歷史文獻，對江蘇梆子自晚明清初以來的發展線索，首次作了系統梳理，有不少新的發現。徐州工程學院所建立的淮海地區非物質文化遺產研究中心，有一批青年教師也投入到這一研究行列，積極地作出貢獻。尤其是由吳敢、孫厚興主編的《徐州戲劇史》（中州古籍出版社 2018年版），集中了徐州高校及文化系統各方面的研究力量，其中部分章節，再次對江蘇梆子發展歷史作了回顧與探索，以內容豐富、材料翔實為學界所肯定。

　　江蘇梆子作為一個由鄉村山野走出的地方劇種，在改革開放的新形勢下，靠黨的一系列文藝政策的指引和地方政府的大力扶植，在不長的時段內，搶抓機遇，迅速崛起，進軍上海，數下北京，西至古都西安，北抵大慶油田，在優秀傳統文化的傳播和新時期戲曲文化的繁榮等方面，不斷開創出新的局面。

第二節　創演並進的發展思路

　　據 1957 年 4 月有關方面統計，在當時，全國已發掘出各類劇目超過 5.1萬個，其中記錄了逾 1.4 萬個劇本，經過整理加工的劇本逾 4200 個。〔註 8〕而江蘇梆子整理的劇目超過 260 個，占全國加工、整理劇目總數的 6.2%。在全國三百六十餘個劇種中，江蘇梆子整理劇目所佔比例如此之大，還是非常不容易的。早在 1978 年 5 月，中共中央宣傳部就批轉了文化部黨組《關於逐步恢復上演優秀傳統劇目的請示報告》。文件的下達，給演藝界帶來了很大的反響，優秀傳統劇目紛紛被搬上舞臺。筆者依然記得，在此前後，江蘇省柳

〔註 8〕參看郭漢城：《戲曲藝術推陳出新的成就和經驗》，《郭漢城文集》第一冊，中國戲劇出版社，2004 年，第 123 頁。

琴劇團首先演出的是《逼上梁山》，而江蘇省梆子劇團則最先在徐州地區會堂演出傳統劇目《十五貫》，而且是由著名演員徐豔琴、王廣友聯袂出演。當時，場場爆滿，一票難求，連演百餘場，在觀眾中引起很大轟動。

然而，我們知道，傳統劇目畢竟多出自舊時代，當然會烙有那一時代特有的印記。任何文學藝術，都是一定時代經濟基礎的反映，這是因為，「物質生活的生產方式制約著整個社會生活、政治生活和精神生活的過程」〔註9〕。社會經濟發生變化，而從屬於上層建築的道德、文化、藝術等，也隨之發生相應的變化。所以，從古至今，從來沒有一成不變的道德，它總會隨著生產方式、社會生活的改變，而滲透進相關的時代內容。就戲曲而言，它自然挾裹有其所產生的那個時代的道德取向與倫理色彩。隨著改革開放的深入，人們的思想意識發生了很大變化，在對道德內蘊的接受與理解上，與往日相比，已有頗多不同。與之相應的是，審美觀念也吸納進許多新的時代內容。在這種情況下，戲如何演？演什麼？成了江蘇梆子演出團體無可迴避的問題。

江蘇梆子有那麼多劇目傳世，這是一份值得珍視的優秀傳統文化財富，當然不能輕言放棄。對傳統劇目如何推陳出新，則是迫在眉睫之事。自上個世紀五六十年代起，在上級文化主管部門的安排、引導下，江蘇梆子陸續整理改編出一大批傳統戲劇目，如《大佛山》（《目連救母》之一）、《大戰十一國》、《反徐州》、《打蠻船》、《雙坐轎》、《田玉背箱子》（一名《哈巴狗告狀》）、《王寶釧》、《龍門陣》、《白玉簪》（《背席筒》）、《白蓮花》、《宇宙鋒》、《守湖州》、《紅打朝》、《李翠蓮上弔》（《捨金釵》）、《亂潼關》、《困雪山》、《困銅臺》（《八賢王說媒》）、《拉劉甲》、《戰洛陽》、《香囊記》、《紅爬堂》（《秦瓊回家》）、《豹頭山》（《羅成坐轎》）、《胭脂》、《哭頭》（《斬黃袍》）、《高平關》、《韓信拜帥》（《楚漢爭》）等，都作了不同程度的修改與完善。

如江蘇梆子《楊八姐遊春》，評劇、京劇、河南梆子中有此劇目，江蘇梆子移植時作了重大改動，敘楊八姐遊春時，與宋王邂逅。宋王貪圖其美色，欲納入後宮為妃，命王丞相前往提親。佘太君無奈，上殿面君，索要四兩清風、三兩白雲以及南海南的梭羅樹、北樹北的老龍鱗之類根本無法搞到的彩禮。宋王無計可施，只得作罷。這段索要彩禮的大段幽默詼諧的唱詞，就是受了清光緒年間徐州丁丁腔藝人厲建海口述劇目《勸嫁》的啟發。《勸嫁》

〔註9〕〔德〕馬克思：《〈政治經濟學批判〉序言》，《馬克思恩格斯選集》第二卷，人民出版社，1972年，第82頁。

敍祝母勸英臺下嫁馬家，英臺拒不應允，提出「嫁妝要用月亮上的梭蘭樹來做；嫁衣要用蜻蜓翅膀、蟒蟲翅膀、螞蟻鮮血、蚊子肝肺來做，另外再要四楞雞蛋、四兩輕風、三兩浮雲以及千根丈二鬍子，空中三口燕子氣，金山、銀山各一對，出嫁時，還得要四大天王來抬轎，玉帝牽馬、九天仙女做伴，牛郎織女隨房，十八羅漢拿嫁妝……只有這些條件具備，英臺才肯嫁到馬家」〔註10〕。這類語言，同樣見於徐州琴書傳統曲目《楊八姐遊春》。可知，梆子戲《楊八姐遊春》巧妙化用了其他地方戲乃至曲藝中語言，因其通俗易懂、生動形象、詼諧多趣，又具有很強的口語化、生活化特色，故演出時博得觀眾陣陣笑聲。

圖62：豫劇《楊八姐遊春》

〔註10〕單興強主編：《徐州曲藝考》（內部印刷），2006年，第107頁。

　　又如《小禿鬧房》，為梆子戲傳統節目，原劇情節是小禿為掩飾禿頭，將假髮縫在帽子上以騙取婚姻。洞房中為新娘發現，遂掀起一場風波。該劇儘管情節富於變化，演出時場下笑聲不斷，但卻充滿封建糟粕和色情庸俗的內容。編劇杜慶桓根據吳小樓口述的《小禿鬧房》加以改編，將原來情節推倒重來，敘新郎之所以頭禿，是因為火海救人、頭皮燒傷的緣故，新娘明白就裏，欽佩其為人，甘心相嫁。這一情節的改動，賦予該鬧劇以新意，既保持了清裝戲以辮子功見長的特色，又使其內容符合當代觀眾的審美需求。這一劇作，除在「徐州演出場場爆滿外，還深得山東、河南、安徽等周邊地區觀眾的喜愛，為江蘇省梆子劇團長期保留劇目」〔註11〕。

　　再如《秦雪梅弔孝》，乃改編自明人所作《商輅三元記》。原作是充分肯定未嫁夫死、矢志守節的烈女秦雪梅的，宣揚的是其有貞有節，是殘酷的封建貞操觀念。梆子戲在改編時，已刪去了愛玉代嫁沖喜之類情節，但在「雪梅觀畫」一節，演出時卻充斥著色情挑逗之語，百姓稱之為「粉戲」。後來，對該劇再作整理時，就修改為雪梅與商霖書房邂逅，姑娘激勵其發奮讀書，努力上進，以改眼下困窘處境，為將來得成鴛侶鋪平道路。雪梅的弔孝，是激於對其父嫌貧愛富、驅逐商霖致其身死的蠻橫暴行的不滿，強化了反封建思想，化糟粕為精華，具有批判封建禮教的意義。

　　還有，《白蓮花》也是梆子戲傳統劇目，是據河南梆子《白蓮花臨凡》（一名《白綾扇》）而改編。原劇為降妖捉怪故事，謂觀音座下白蓮花下凡，與樵夫劉志遠相愛成婚。夜入驛館，盜取貢銀。張天師前來捉拿，為白蓮花擊敗。直至觀音親臨，始將其帶回。江蘇梆子將其改編成美麗的愛情故事。是說樵夫韓本因善良勤勞，才感動了荷池中的蓮花仙子，以致與韓成親。荷池主人見仙子貌美，意欲霸佔，故意逼韓還債，擬拆散這對恩愛夫妻。仙子無奈，才盜官銀以抵債。事發，韓被押至公堂，荷池主人與員外勾結，欲害死韓本。仙子憤極，揮扇將官員人等搧入大海。刪去了與觀音有關的情節，強化了荷花仙子不畏惡勢力欺壓、奮起捍衛純潔愛情的感人形象，賦予原作以積極意義。

　　至於《李三娘打水》（一名《井臺會》），是根據「四大南戲」之一的《白兔記》改編的一部劇作。敘述五代時開國皇帝劉知遠與李三娘的悲歡離合故事。因劉知遠後來成了後漢開國皇帝，所以，原作多次將其神化，諸如蛇鑽

〔註11〕于道欽主編：《江蘇戲曲志・江蘇梆子戲志》，江蘇文藝出版社，1999年，第90頁。

七竅、紅光罩體、大戰鐵西瓜精之類。而本劇將該類情節一概刪去，將敘述的重點放在李三娘受兄嫂逼勒而井臺打水、磨房產子等淒慘生活經歷上，強化了人物之間嚴重的階級對立關係，引發觀眾對三娘遭遇的普遍同情。據史載，劉知遠乃沙陀部落人，李后為晉陽（今山西太原）人。而《白兔記》將他們的籍貫均改為徐州沛縣城東的沙陀村。沛縣城內原有秦始皇時為鎮壓王氣而開鑿的古井——八角琉璃井，此井原在歌風臺西，井欄至今猶存。在民間傳說中，該井則成了李三娘打水之井。這當然是由於戲曲傳播的緣故。《李三娘打水》的演出，極易喚起當地人們的認同感，尤其是上個世紀五十年代，每當上演此劇，往往引發滿場哭聲。

江蘇梆子，除注重對傳統劇目的整理之外，還留意新古裝戲的創作。徐州歷史悠久，文化資源豐富，劉邦政治集團的主要人物都生活在這裡，如沛縣城北的安國集、劉邦店、灌嬰寺、周田村之取名，與漢初著名人物漢高祖劉邦、安國侯王陵、絳侯周勃、潁陰侯灌嬰曾分別在此生活或居留有關。而這幾個村莊，遠者不過五、六里，故有「五里三諸侯」之說，至今尚有遺跡可循。徐州城北的九里山古戰場、市區東郊的子房山、雲龍公園北側的王陵母墓、豐縣城北的劉邦祖上墓園、銅山漢王境內的劉邦拔劍泉以及與徐州毗鄰的蕭縣皇藏峪、碭山境內的芒碭山等，皆留下了許多與秦末漢初歷史相關的動人故事傳說。徐州又是三國故事的主要發生地，沛縣城內的呂布射戟臺、睢寧古邳鎮的白門樓、張良撿履的圮橋、「關公約三事」的邳州土山、徐州市區的楚霸王項羽的彭城戲馬臺等，大都有迹可循。這裡還是革命老區，早在1920年就出現了馬克思主義學說研究小組和中國共產黨早期組織。在抗日戰爭、解放戰爭中，均湧現出許多可歌可泣的英雄人物。所以，在傳統劇目中，梆子戲經常上演的就有《韓信算卦》、《淮河營》（即《十老安劉》）、《蕭何辭朝》、《陳平打朝》等漢代歷史戲。至於「三國戲」則更多，如《張飛賣肉》、《鞭打督郵》、《斬華雄》、《轅門射戟》、《失小沛》、《白門樓》、《困土山》、《古城會》、《長阪坡》、《華容道》、《討荊州》等。

改革開放以來，江蘇梆子注重挖掘地方文化，由省梆子劇團、沛縣梆子劇團分別推出了根據劉邦故事創作的戲劇《漢劉邦》第一本（袁成蘭編劇）、《劉邦斬蛇起義》（吳廣川、蔡敦勇、朱迅翎編劇），還根據在豐縣流傳已久的民間故事，創作出愛情戲《水漫蘭橋》（齊運增、史先周編劇），歌頌了石匠的女兒蘭瑞蓮為了追求理想愛情頑強不屈、寧折不彎的堅強性格。

　　除此之外，江蘇梆子的編劇們還編創了其他一些涉及多方面題材的古裝戲。如根據唐人小說中「紅葉題詩」改編的《楓葉媒》（史先周編劇）。豐縣小鳳凰梆子劇團曾攜該劇入京演出。劇作被收入《江蘇戲劇叢刊》一書。由周長鍾創作的《斷白銀》，以誤會、巧合的構劇方法，敘寫糊塗縣官誤打誤撞而讓好人終有善報的故事。情節跌宕起伏，諧趣橫生，於嬉笑怒罵中，寄寓針砭，在戲劇關目設計上別具特色。此劇在《江蘇戲劇》發表後，由豐縣馬樓鄉梆子劇團首演。根據《列國志》相關情節編創的《新臺啼血》（周長鍾、劉志林編導），不為原故事所拘囿，著重刻畫人物性格、心理活動。江蘇省梆子劇團在 1986 年省創作劇目匯演中上演，獲劇本創作獎、導演獎等多種獎項。由于道欽編劇的劇目《岳雲》，為沛縣梆子劇團演出時的「打炮戲」、「壓軸戲」，連續演出百餘場。

　　更值得注意的是，江蘇梆子還創作並演出了一大批反映當代或當地新人新事、生活風貌的現代戲。如由吳廣川、朱迅翎編劇的《蓬萊女》（《飛來的閨女》），即根據山東姑娘主動來沛縣贍養老人的真實事蹟而創作，頌揚該女青年不計個人私利而關愛溫暖他人的高尚情懷，有著良好的社會影響。該劇 1985 年曾獲省文化廳頒發的優秀現代戲創作演出「百場獎」。《青春淚》，是吳廣川、朱迅翎根據沛縣曾發生的真人真事而創作，通過一個下鄉知青的生活遭遇及性格畸變的描寫，鞭撻了某些基層幹部利用職權、胡作非為的可恥行為。此劇由沛縣梆子劇團演出二百多場，產生很大影響，獲省劇本創作二等獎。

　　徐州是歷史文化名城，又連續多年榮獲雙擁模範城稱號。所以，江蘇梆子中不少劇目都與擁軍愛民這一題材有關。《莊印芳》（周長鍾等編劇）是根據邳州莊印芳擁軍五十年如一日的感人事蹟而創作，「以和平環境下各色人等不同的人生價值取向，構織成戲劇矛盾，造成跌宕起伏的情節」〔註 12〕，取得良好的社會效果。《雙擁情》（史先周等編劇）劇中所寫兩個青年女子，一個「金山銀山我不羨，獨愛英雄守邊關」，一個嚮慕富貴、愛慕虛榮，意圖靠嫁人而脫貧，兩相對照，凸顯了前者積極的人生觀、價值觀、愛情觀，謳歌了軍民心連心的深厚情誼。此劇由豐縣小鳳凰梆子劇團搬上舞臺，受到廣泛好評，且獲得省「五個一工程」 獎。《塞上芳草》（馬京科、王軍編劇）是據

〔註 12〕于道欽主編：《江蘇戲曲志·江蘇梆子戲志》，江蘇文藝出版社，1999 年，第78 頁。

當地擁軍模範韓建華的真實事蹟而創作。軍人為救人而雙目致殘，未婚妻前來探親，見狀不辭而別。一紡織女工聞知此事，毅然衝破種種習慣勢力的束縛，甘願嫁與這一軍人，彰顯了該女工崇高的精神境界。該劇獲省「百場演出獎」。

圖 63：《莊印芳擁軍之旅》書影

更多的作品則是反映伴隨改革開放而產生的新思想、新道德，給各階層人物帶來的文化觀念方面的衝擊。《心事》（周長鍾、劉志林編著）、《四方樓》（杜慶桓、劉志林編劇）、《靈芝》（桑先倫等編劇）、《買羊記》（史先周編劇）、《苦柳》（宋杰、彭溪編劇）、《羅經理探親》（陸繼文編劇）、《借氣筒》（史先周編劇）、《借妻》（袁成蘭編劇）、《接公公》（史先周等編劇）、《銀杏坡》（滕為等編劇）、《猛士歌》（于道欽等編劇）、《榴花似火》（杜慶桓編劇）等，或從人際交往，或從經營方式，或從婚戀經過，或從家庭倫理等不同層面，借助生活細節的描寫，展示了改革開放帶給人們思想深處的巨大變化，較有認識價值。

如《心事》一劇中，老老實實做人的物資局開票員趙石頭，為人端方正直，頂住種種壓力，自覺抵制不正之風，一力主張「凡事總得有個理，咱不能把黨的工作當兒戲」。他在水泥緊缺的情況下，不計私利、不賣私情、堅持原則的行為，與戳尖弄巧、欺上壓下、逢迎拍馬、專做表面文章的同事胡百靈，在開不開出售水泥票據這一小事上，形成強烈的對照。胡一錯再錯，弄巧成拙，而「認死理」的趙石頭卻峰迴路轉、柳暗花明，揭示了「靠巧嘴耍手腕害己害人」這一生活真諦，具有鮮明的價值指向與濃烈的諷刺效果，頗耐人尋味。

另外，還有歌頌人民好幹部的《孔繁森》（管昭林編劇）與表現反腐敗主題的《情與劍》（縱山編劇）。前者借助「辭母別家」、「收養藏族孤兒」、「看望敬老院老人」、「帶病考察阿里」等幾個生活片段，表現了孔繁森對人民群眾的深切關愛之情，生動感人。《揚子晚報》及徐州各媒體，皆作了相應報導，四川廣元等外地劇團亦專程來徐觀摩學習，收到頗好的社會效果。後一劇則通過戰友情、夫妻情、父女情、母子情的衝突與交織，深入地描繪出檢察長宋耀華在反腐倡廉鬥爭中的卓越表現，感人至深。此劇由江蘇省梆子劇團演出，在角色安排上，「突出了江蘇梆子戲男唱腔激昂慷慨、女唱腔委婉抒情的特色。把男主角處理成一個由紅淨扮演、一個由黑頭扮演，兩人針鋒相對，挺拔高亢。花旦與老旦的唱腔則迂迴曲折，娓娓動人，充分發揮了劇種藝術特色」〔註13〕。

最後，再簡單說說梆子戲的演出。馬少波在《劇目建設是戲曲振興的關鍵》（《文藝報》1984年第6期）一文中曾說過：「劇目既有一定數量，又有較高質量，則劇團昌盛，劇種興旺，反之則衰。這是歷史經驗所證實了的。」〔註14〕正因為江蘇梆子有一支穩定高效的創作隊伍，為場上演出在劇目創作上作了充分準備，也為梆子戲演員的施展才藝提供了寬廣的空間。「作為戲劇來說，它與人民群眾發生交流、產生影響的根本途徑是舞臺演出」〔註15〕，「演出是劇本的生命。而這個生命是否可以獲得，以及是否能具有強大的活力，首要的，還在於劇本是否提供了舞臺演出的基礎」〔註16〕。梆子戲的編劇，

〔註13〕于道欽主編：《江蘇戲曲志·江蘇梆子戲志》，江蘇文藝出版社，1999年，第96頁。

〔註14〕馬少波：《戲曲新論》，陝西人民出版社，1987年，第199頁。

〔註15〕金芝：《編劇叢譚》，安徽文藝出版社，1985年，第15頁。

〔註16〕金芝：《編劇叢譚》，安徽文藝出版社，1985年，第15頁。

大多都是劇團中的一個成員，熟悉舞臺排場及演出要求，再加上與導演、主演的密切配合，實實在在地「提供了舞臺演出的基礎」。所以，一旦搬上舞臺，很快就引發了觀眾共鳴，這是非常不容易的。

當今，人們的娛樂方式渠道多元、種類繁多、形式多樣、富於變化，看戲已不再像以前那樣是近乎唯一的選擇。各類傳播方式急遽發展，戲曲面臨著嚴峻挑戰，同時，也迎來前所未有的發展機遇。梆子戲演藝團體，在困難面前積極尋覓新的發展出路，經常舉辦的各類藝術節、社區活動，縣區所辦的「梨花節」、「蘋果節」、「漢文化節」等，梆子戲從不缺席，借機展現其風采，擴大其影響力。1988 年 6 月，中國戲曲學會第一屆常務理事（擴大）會議在徐州舉行，優秀青年演員作專場彙報演出。稍後，豐縣小鳳凰梆子劇團演出了《雙坐轎》。1989 年 6 月間，首屆國際《金瓶梅》學術研討會在徐州召開，江蘇省梆子劇團、豐縣小鳳凰梆子劇團均作了演出。

2009 年 12 月，江蘇省梆子劇團更名為江蘇梆子劇院有限公司，在體制改革方面邁出重要一步，將原先的文化事業單位改作企業化管理。這無疑又是一次嚴峻的考驗。怎樣改革創新？如何開拓戲曲文化市場？劇團生存與藝術發展的平衡點在哪裏？這些均是他們面臨的新課題。他們決計，緊跟時代新步伐，邁開步子大膽闖。

我們知道，隨著城市建設的迅速發展，拆遷、擴建勢在必行，隨之而來的是各種利益糾葛凸顯。在這時，江蘇梆子劇院適時地推出新編現代戲《扁擔巷》，以「清清白白做人，不占國家任何便宜」的告白，呼喚人們在國家利益與個人利益相衝突時，應捨小家、顧大家，堅守信仰，不忘初心。也是在這段時間，他們還排演了青春版《紅樓夢》，將優秀青年演員推上第一線。2014年 10 月，借舉辦「蘇韻繁花‧江蘇舞臺藝術精品劇目巡演——浙江之旅」的良機，江蘇梆子劇院前往浙江杭州等地演出《紅樓夢》、《三斷胭脂案》諸劇。同年年底至下一年歲初，又巡演於徐州市及所轄各縣。2016 年 10 月，在中宣部、文化部於河北石家莊舉辦的「全國梆子聲腔優秀劇目展演」活動中，江蘇梆子劇院出演了《三斷胭脂案》。而且，該劇還在第五屆江蘇省戲劇節上獲得優秀劇目一等獎及其他單項獎。2017 年 12 月 8 日，他們在徐州市青年路小學建立起梆子戲傳習基地，並舉行揭牌典禮。2018 年 4 月，赴南京參加戲曲「梅花節」活動，在南京博物院小劇場，由燕凌、王福科主演了《三斷胭脂案》，再次強化了江蘇梆子的影響力。在淮海戰役勝利七十週年之際，江蘇梆

子劇院又推出了另一部新編劇目《母親》，以老區前輩為了新中國的誕生捨生忘死、前仆後繼，視人民子弟兵如親生兒女的光輝事蹟，激勵後人頑強拼搏，積極進取。不僅如此，他們還派專人，具體負責疏通演出渠道，克服生活上的種種困難，堅持送戲下鄉，既在大劇場時顯身手，也在土戲臺頻頻亮相，肩負起以戲養戲、發展地方戲的重任。

圖 64：江蘇梆子劇院走基層惠民活動

第三節　梆子戲場的群英競秀

在新的社會條件下，梆子戲的受眾遠不能與上個世紀五六十年代相比，加之演職人員大都拖家帶口，老人要贍養，孩子要接送，下鄉演出有一定難度，即使在城裏，像往年那樣，演戲的廣告占半版報紙，街上的戲報觸目可見，每天皆有戲可看，亦不復再現。有的自身條件不錯的年輕人，戲校畢業後，在作了一番利益權衡後，也捨棄了本行而改習流行歌曲，接開業慶典、婚慶、壽誕等各類商演或在酒吧等地駐唱。劇團演藝人才的青黃不接逐漸顯現。而且，戲曲演員的培養，是一個漫長的過程，過去講究「童子功」，就是強調趁少年骨骼尚未長成時練起，才能工夫紮實，本領過硬。老藝人還經常將「磨戲」、「摳戲」掛在嘴邊，就是說，戲是從一項動作、一個眼神、一段

道白、一句甩腔諸細微末節上「摳」出來的，需要日復一日打磨而成，足見人才培養的不易。

江蘇梆子的發展同其他劇種一樣，也遇到不少新的難題。文化主管部門考慮更多的則是如何培養劇場新秀，使梆子戲代有傳人。在抓劇本創作的同時，更注重對青年演藝人才的培養，堅持出「戲」與出「人」並重，以戲帶功，以功促戲，兩手抓，兩手都要硬，主動給青年人創造脫穎而出的條件：一是「學」，將有培養前途的青年演員送往相關戲曲院團或藝術院校繼續深造；二是「練」，破除保守觀念，大膽起用新人，讓其擔任較重要的角色，在戲場上摔打、歷練，積累舞臺演出經驗，促使其盡快成才；三是「舉」，善於發現人才、托舉人才，給優秀青年演員搭建起更高的發展平臺；四是「用」，給尖子演員加擔子，讓他們走上領導崗位，在劇團管理上更具發言權，也更有說服力。在此，不妨略舉數例。

省梆子劇團女演員杜慶英，改革開放之初，不過三十多歲，正是年富力強之時。劇團在角色分配上，有意讓她挑大梁，扮演重要角色，如《杜鵑山》中的柯湘、《清官淚》中的劉春蘭、《鴛鴦戲水》中的田桂香、《程咬金照鏡子》中的七奶奶等，省、市戲曲匯演和全國性戲曲藝術活動都讓她參加。在演出實踐中多有創獲，曾獲江蘇省新劇目調演一等獎、徐州市人民政府藝術成果一等獎等。

王豔玲是沛縣梆子劇團的名演員，所演《下河東》、《王寶釧》、《宇宙鋒》、《對花槍》以及現代戲《紅雲崗》、《海港》等劇目，以其音域寬闊、聲音洪亮、吐詞清晰、表演端莊大方，深為觀眾所喜愛，後被推選為該劇團團長。

江蘇省梆子劇團張文藝，工文武小生。1981 年赴江蘇省戲劇學校編導班學習。回團後，曾任導演等職，他一連執導了《鍘楊景》、《誤杖》、《打神告廟》等十餘個劇目，分別獲江蘇省青年演員大獎賽一等獎、徐州市藝術節導演獎。其中《華山情仇》，獲文化部在西安舉辦的全國梆子戲劇種交流演出導演獎。

謝景良，江蘇省梆子劇團導演。藝兼多能，擅武生、老生。早在 1979 年，就以執導現代戲《倔公公偏遇犟兒媳》知名。文化主管部門對他重點培養，先後送其往北京、上海、南京等地深造，曾參加南京「阿甲表導演藝術講習班」培訓。由江蘇省戲劇學校編導科結業後，做專職導演。1990 年執導的《李瓶兒》、《別父》，為張虹晉京演出主打劇目。之後，又執導了梆子戲《莊印芳》、

《五世請纓》、《扁擔巷》、《桃花莊》等以及呂劇《紅絲帶》、《草莓扣》、《春打六九頭》、《沒掀開的紅蓋頭》、柳琴戲《鴨鳴湖畔》、《大地兒女》等多部戲曲，曾獲全國戲劇文化獎、導演金獎、中國電視飛天獎、省「五個一工程」獎等十餘項獎。

王福科是當今難得的大紅臉演員，他本供職於山東梁山縣梆子劇團，音域寬厚，行腔豪壯，富有爆發力，人稱「金嗓子大紅臉」，且「戲路寬廣，黑紅不擋，舞臺技藝嫻熟」〔註17〕。在《鍘趙王》中反串黑頭，飾演包公，以演技精湛而聲名遠播。由他所主演的《逼上梁山》，為一省級廣播電臺播放。1990 年，王福科被江蘇省梆子劇團作為優秀人才引進，出演劇目多種，屢獲殊榮。如在《三斷胭脂案》中飾演施愚山，獲江蘇省戲劇節表演一等獎。主演的現代戲《桃花莊》，獲第三十一屆世界戲劇節表演一等獎、江蘇省戲劇節表演一等獎。主演的現代戲《扁擔巷》，獲江蘇省優秀劇目展演表演一等獎。現為國家非物質文化遺產項目徐州梆子戲傳承人。

主工小生的李先鋒，先後在江蘇省文化學校、河南省戲曲學校、南京大學文學院編劇導演研究生班就讀。起初供職於睢寧縣梆子劇團，其才藝為當時的市文化主管部門領導吳敢所欣賞，遂調至江蘇省梆子劇團，為他在表演藝術上的發展拓展了道路。多年來，曾主演各類劇目三十餘種，還創作小戲、小品十多出。《鬧重陽》為其代表作，參演由中國劇協主辦的首屆國際小戲藝術節，獲優秀劇目金獎、優秀導演獎、編劇獎和演員獎。在江蘇省第五屆戲劇節期間，出演《三斷胭脂案》中宿介，獲優秀表演獎。山東省第七屆藝術節，以在《城裏妹子鄉下漢》中飾演三吸溜，獲優秀表演一等獎。其他如小品《天下掉下個未婚夫》、《瞧這兩口子》，分別獲公安部小品曲藝大賽一等獎、江蘇省小戲小品大賽劇目獎。

特別應該述及的是江蘇梆子的兩位中國戲劇梅花獎得主：一為張虹，一為燕凌，皆為在梆子戲中挑大梁的女演員。

張虹，江蘇豐縣城關鎮人。出身雖非梨園世家，但她伯母卻是豐縣四平調劇團的著名花旦演員，早年亦曾唱豫劇，並一度與豫劇名家常香玉、馬金鳳同臺演出。伯母對她幼時表演才能的欣賞，激發了其對戲曲表演的熱愛。當年江蘇省梆子劇團副團長、梆子戲名家徐豔琴去豐縣招生，認定十二歲的張虹是「唱戲的料」。1977 年，始考入江蘇省梆子劇團，主工花旦、刀馬旦，

兼飾小生、娃娃生。她以老師徐豔琴為偶像，立志要做第二個徐豔琴，遂苦練基本功，並注意把握劇中人物性格。1979 年，出演《春草闖堂》中春草一角，以十六歲的年齡，登臺即贏得廣泛好評。1981 年，徐州地區文化局舉辦江蘇梆子戲訓練班，劇團選送張虹、滿秋梅等有培養前途的演員前往，習學唱念、形體、身段、表演。1983 年，又送她入河南省戲校學習，受常香玉、崔蘭田、馬金鳳、閻立品諸名家濡染，感悟頗多。回徐後，在 1985 年的徐州市戲劇青年演員匯演大會和 1986 年的江蘇省戲曲青年演員大獎賽中，先後獲得優秀表演獎和表演一等獎。

1989 年，首屆國際《金瓶梅》學術研討會在徐州舉行。在專場演出晚會上，與會專家觀看了由張虹主演的移植劇目《潘金蓮》和折子戲《打神告廟》。紅學家馮其庸欣然賦詩稱讚道：「人人盡說張虹好，一曲打神天下聞。料得彭城管絃急，滿堂清淚落紛紛。如今真個張虹好，舞袖歌聲兩絕倫。梅老已仙程老死，邇來君是第一人。」〔註 18〕並推薦其去山西太原參加「中國戲曲名家演唱會」。

1991 年，第九屆中國戲劇梅花獎評比工作啟動，應中國劇協藝委會邀請，江蘇省梆子劇團晉京，於 4 月 20 日在首都吉祥劇院，由張虹主演了《李瓶兒》；4 月 22 日，又主演了《打神告廟》等折子戲專場。專家們稱道其「能演出人物性格」，非常成功。尤其是水袖表演，郭漢城認為，張虹的戲曲表演，貴在「開拓中進取」、「進取中開拓」，「給人一種情之所生的感覺。一雙水袖彷彿化入人物情緒情感之中，又與身段、表演、音樂融為一體，達到了形與神相結合，動與靜相統一。」〔註 19〕次年 4 月，張虹榮獲梅花獎，為徐州市戲曲界摘取梅花第一人。1995 年 7 月，張虹隨中國徐州青年藝術團赴日本作文化交流，在半田市主演了《打神告廟》等劇，「日本觀眾為了一睹中國戲劇，每場演出前四個小時，等候入場的觀眾就在劇場外排起了長龍。演出開始，可容納千餘人的劇場全場座無虛席，其中還有百歲老人和坐著輪椅的殘疾人。演出期間，場內掌聲、笑聲、驚歎聲不絕於耳，觀眾被富有民族特色的戲曲折子戲和演員們的精湛技藝所折服。每場演出後，謝幕長達半個小時，熱情的日本朋友久久不願離去」〔註 20〕。1996 年 7 月，張虹應日本同志社大學邀

〔註 18〕吳敢、孫厚興主編：《徐州戲劇史》，中州古籍出版社，2018 年，第 186 頁。

〔註 19〕吳敢、孫厚興主編：《徐州戲劇史》，中州古籍出版社，2018 年，第 186 頁。

〔註 20〕孫厚興、吳敢主編：《徐州文化博覽》，文化藝術出版社，2003 年，第 369 頁。

請，以客座研究員身份，在京都、大阪等地演出了《花木蘭》、《紅娘》、《大祭椿》、《打神告廟》等劇目，還以《中國古典戲曲中水袖的表現思想》等為題，多次演講，為日本演藝界所關注。日本主流媒體作了熱情洋溢的報導，謂：「一位叫張虹的中國訪問者為沉悶的京都傳統表演藝術舞臺帶來了活力。有幸觀看這位戲劇明星演出的人都說這是千載難逢的表演，其得天獨厚的嗓音以及流暢的無懈可擊的舞技使大批戲迷傾倒……」〔註21〕

張虹在梆子戲演唱表演上，有這樣幾個特點：

一是水袖的巧妙運用。我們說，水袖是由漢代長袖舞發展而來的一種戲曲舞臺上的表演形式，也是舞蹈藝術融入戲曲表演的最突出的體現。水袖的使用，不僅有助於表現人物身份的差異以及內在心理的動盪變化，還強化了伎藝表演的流動美、圓潤美。張虹在水袖的運用上，並不單純追求美觀，而是緊扣人物性格的發展變化，將水袖舞與自身的形體動作、外在音樂節奏巧相融合，重點放在傳人物之神，而不是追求花哨，為舞而舞。她在《打神告廟》一劇的敫桂英扮演中（見圖65），當演到「三打神」時，「一求海神爺，張虹把水袖舞得忽而像兩股旋風，忽而像一對飛盤，忽而像飛天瀑布直瀉……強烈且不失美感，具有舞蹈的韻律。求判官時，敫桂英情更急切，張虹運用跪蹉步舞水袖，求小鬼時，敫桂英已到了絕望的邊緣，張虹一會兒是一支手舞水袖，一會兒是雙袖齊舞，一會兒向上甩，一會兒是大幅度地橫甩，後甩，特別是後甩，雙袖交插，從兩肩穿出，猶如二龍出水，兩條水袖穩穩地落於胸前。念到『叫地地不靈』時，張虹下腰，耍了一個水袖花，接著走一個大迴旋起身。在『我要告到天堂』的呼喊聲中躥上桌子，念『我要告到陰曹地府』時，水袖先落地，順勢很自然地走一個軟搶背，把人物的一腔憤怒，乃至神魂顛倒，用水袖與身段相糅合，使之外化」〔註22〕。借助水袖，很好地表現了人物由希望渺茫到徹底絕望這一內在情感的細微變化，頗能傳神。

〔註21〕孫厚興、吳敢主編：《徐州文化博覽》，文化藝術出版社，2003年，第371頁。
〔註22〕郭漢城、譚志湘：《在開拓中進取　在進取中開拓──談江蘇梆子演員張虹的表演》，《中國戲劇》1991年第10期，第39頁。

圖65：《打神告廟》劇照（張虹飾敫桂英）〔註23〕

　　二是唱腔的收放自如。重唱，是江蘇梆子的傳統，不僅以唱抒情，還經常以唱交代情節關目。在舊時的梆子戲中，男、女主角（尤其是男角）往往安排大段唱腔，即使道白中已交代過的情節，唱詞還要再表述一番。哪怕是配角，照樣安排大段唱腔。所以，在以往的老藝人中，以唱功稱勝者居多。張虹繼承了梆子戲這一傳統，經常以唱取勝。她的拿手好戲《三休樊梨花》就是一例（見圖66）。在這一劇作表演中，她不僅有與薛丁山、薛金蓮兄妹的對唱，還有長達百餘句內在心理吐露的獨立唱段，將敘事、說理、抒情揉為一體，細膩地反映出人物情感變化的層層漣漪。

　　如果說，她嗓子好、聲音亮是天然的條件，那麼，她高、低音調控妥切、收放自如，或如行雲流水、一瀉無餘，或如波濤頓起、揭地掀天，在偷氣、換氣、噴口、吐詞、行腔的把握上皆恰到好處，則自然是後天習得，與她長期堅持練功密切相關。在唱到「先行就是薛丁山」一段時，自然引發對初次相識之往事的回憶，故表演時偷看薛丁山，心中暗喜，以體現對心上人的眷戀。此時，採用輕柔甜潤的聲調唱「一愛他銀盔頭上戴，二愛他鎖子銀甲扣連環。三愛他騎的白龍馬，四愛他銀槍手中掭。五愛他宦門為公子，六愛他

〔註23〕圖片引自郭漢城、譚志湘：《在開拓中進取 在進取中開拓——談江蘇梆子演員張虹的表演》，《中國戲劇》1991年第10期，第40頁。

龍虎雙狀元」，一直唱到「九九歸一都是愛」時，「聲音漸漸放開，速度由慢到快，掀起一個『愛』的小高潮，既有巾幗英雄的沖、帥、剛，又有小兒女的柔、美、媚、甜。在唱『誰知他盡聽信流語蜚言』時走高腔，而後進入這段唱的高潮『一休再休梨花女……』在緊打慢唱，半說半唱的【非板】行腔中，唱出人物的惱怒、剛烈、艾怨與委屈，最後一句『含恨我回老羊山』高音區域的甩腔表現出人物怒火難捺，決絕而去的憤懣與激動」〔註 24〕，使人物性格發展層次得到很好的體現。這一連串的對「愛」的表述，就很可能受到北方說唱伎藝大鼓書影響。如西河大鼓、樂亭大鼓，均有自《征西全傳》節略改編的《十愛誇夫》書目，傅惜華《曲藝論叢》於西河大鼓、樂亭大鼓名目下分別予以著錄。這則充分說明江蘇梆子對相鄰伎藝的關注與吸納。

圖 66：《三休樊梨花》劇照（張虹飾樊梨花）〔註 25〕

〔註 24〕郭漢城、譚志湘：《在開拓中進取　在進取中開拓——談江蘇梆子演員張虹的表演》，《中國戲劇》1991 年第 10 期，第 38～39 頁。

〔註 25〕圖片引自郭漢城、譚志湘：《在開拓中進取　在進取中開拓——談江蘇梆子演員張虹的表演》，《中國戲劇》1991 年第 10 期，第 39 頁。

　　另一位「梅花獎」得主，則為現任江蘇梆子劇院院長、江蘇梆子的領軍人物燕凌。

　　燕凌祖籍沛縣，外婆家亦在沛縣，隨父母生活於豐縣。而豐、沛二縣，分別是江蘇梆子從形成到走向成熟過程中所出現的兩大重要門派——「蔣派」、「殷派」的濫觴地，從來就有「戲窩子」之稱。江蘇省梆子劇團的組建，就是以豐縣大眾劇團為基礎，後又併入徐州市梆子劇團（當時稱豫劇團）。燕凌的父親是豐縣四平調劇團的頭把弦，母親是團裏的當家花旦，她就是在這一環境下成長起來的。因其好動，自幼便被送到武術隊習武。後因其酷愛戲曲，又被送到其表哥所在的山東單縣京劇團學唱京劇，在唱腔、身段、臺步等方面都受到嚴格訓練。之後，其才藝為山東棗莊齊聲梆子劇團所看中，選調進團習學梆子戲，演花旦、小生。十來歲，反串梆子戲《穆桂英掛帥》中楊宗保，一炮走紅，人稱之為「小楊宗保」。1983 年，考入河南省戲校所舉辦的蘇、魯、豫、皖梆子戲培訓班，得到常香玉、馬金鳳諸豫劇名家的點撥，演技得到很大發展。

　　1986 年燕凌進入江蘇省梆子劇團。1988 年 10 月，在徐州市所舉辦的首屆藝術節上，她主演了《情夢》，並榮獲表演一等獎。1992 年三、四月間，由她主演的《劈山救母》在上海「大世界」遊樂園演出。恰巧，上海崑劇團也在上演同名劇目，由「武旦皇后」王芝泉主演，她前往觀摩，遂產生拜師之想。直至 1994 年 4 月 5 日，始在上海南京路皇冠娛樂城多功能廳舉行儀式，拜從不收徒的王芝泉為師，戲曲界名流鄭傳鑒、陳西汀、李仲林、李薔華（俞振飛夫人）、李炳淑等紛紛前來致賀。此後，又從崑曲表演藝術中汲取不少營養。

　　1996 年，在傳統劇目《寶蓮燈》基礎上改編的《華山情仇》，燕凌在劇中一人而充二色，前扮三聖母，後飾小沉香。二者不僅性別、年齡、氣質相差甚遠，就性格而言也迥然不同，表演難度頗大。她卻因出演此劇，在當年年初的江蘇省首屆青年戲劇節上斬獲最佳表演獎。同年 12 月，文化部在西安舉辦全國梆子戲劇種新劇目匯演。江蘇省梆子劇團攜《華山情仇》前往，燕凌以藝兼多能、文武不擋的出色表演，使西安觀眾大為折服，又獲優秀表演獎。1997 年 10 月，燕凌再次主演該劇，獲江蘇省第一屆文化藝術「茉莉花獎」，為江蘇戲劇最高獎。

　　1999 年，江蘇省梆子劇團晉京演出的劇目為《華山情仇》以及折子戲《樊梨花》、《戰金山》、《昭君出塞》、《李天保》，又引起轟動。尤其是燕凌的表演，

更引起專家的高度關注。時任中國戲劇家協會黨組書記的何孝充，稱道燕凌是一位「注重人物塑造」的「高層次的文武兼備的好演員」。戲曲理論家劉厚生動情地說，燕凌的出現，「是中國戲劇界的一個收穫」〔註26〕。由她擔綱主演的《三斷胭脂案》入選「全國梆子聲腔優秀劇目展演」、《桃花莊》獲省「五個一工程」獎等。2001 年，燕凌榮獲第十八屆中國戲劇梅花獎。2003 年，被評為江蘇省有突出貢獻的中青年專家，並獲「德藝雙馨」中青年藝術專家稱號。2009 年，被評為國家級非物質文化遺產徐州梆子戲省級傳承人，出任徐州市戲劇家協會主席、徐州市演藝集團副總經理等職。2018 年，國家文旅部公布「中華優秀傳統藝術傳承發展計劃」戲曲專項扶持項目名單。燕凌入選「名家傳戲——當代戲曲名家收徒傳藝」工程，也成為徐州首位入選該項目的戲曲藝人。

　　江蘇梆子每每將抒情、敘事、說理與自剖心跡融為一體，借助大段的唱詞，凸顯人物性格的複雜性。有的唱段長達二三百句，如《全家福》中的坐橋、《對花槍》中的憶舊。也有從頭至尾多為唱段而道白較少的戲。這自然與梆子戲的傳播環境有關。在當時，梆子戲主要在村外打麥場或其他空曠之處演出，又沒有麥克風等擴音設備，離得遠的觀眾無法聽清道白，所以，演員普遍採取以唱段敘事的表現方式。因為唱腔音高，能傳之廣遠。還有，也不能排除曲藝用演唱述說故事對梆子戲表演形式的影響。久而久之，便形成一種傳統，也使梆子戲藝人成就了在用嗓行腔方面的紮實功底。燕凌就繼承了這一傳統，在唱功以及用大段唱詞抒寫內在心理方面，確實有獨到之功。她與張虹雖然都以唱見長，但風格卻並不相同。張虹的唱時而表現出輕俏、潤爽的一面，而燕凌則音域寬厚，時出炸音，更多表現出的則是大開大闔、粗獷豪放、落字厚重、底氣充盈。

　　在《三斷胭脂案》中，她扮演東昌知府吳南岱。這部戲，最初改編自清人蒲松齡的《聊齋誌異·胭脂》。20 世紀 50 年代，江蘇省梆子劇團的前身徐州專區實驗梆子劇團，將該劇整理後搬上舞臺。梆子戲名家徐豔琴、趙金聲、鄭文明、蔣雲霞等，皆曾飾演過此劇中人物。改革開放以來，較早解禁並搬上舞臺的梆子戲劇目也是此劇。後來，省梆子劇團在此基礎上再作改編，使情節更為緊湊，人物形象更為鮮明。有諸名家演出在前，且給老觀眾留下深刻的印象，燕凌演出此劇，自然有很強的挑戰性，何況是反串？她在劇中扮

〔註26〕吳敢、孫厚興主編：《徐州戲劇史》，中州古籍出版社，2018 年，第 190 頁。

演的吳南岱，年輕有為，頗有才學，為身居高位的恩師施愚山所欣賞，自然是躊躇滿志，欲有所為。況且在他赴山東東昌知府任未久，便糾正了知縣張宏所辦理的冤假錯案，將錯判為兇手的鄂秋隼開釋，自然有些沾沾自喜。在他重新審理此案時，也曾去民間訪勘，但並未去案發現場再作認真細緻的調查研究，結果，靠刑訊逼供，錯將宿介定為真凶，且自以為審慎周密、萬無一失。不料，恰巧任學臺之職的恩師施愚山前來復勘，在現場發現不少為吳南岱所忽略的細節，讓吳再作勘察，並叮囑他「萬不可將人命當兒戲」，切莫忘「民為國本，法為國綱」。如此一來，使得自以為是且有些輕狂的吳南岱，彷徨無出，猶疑難決。接下來便是「見堂區不由我舉步艱」那一大段唱詞，隨著唱腔板式的變化，燕凌在表演時，時而緩緩移步，時而張開雙手，時而仰望堂區，時而撫膺歎息，時而兩手相搓，時而頻頻搖頭，外部動作與內在心理妙合無痕。高低錯落、收放瀟灑的大段唱腔，生動刻畫出吳南岱由自信而自疑再至愧赧的細微變化，多角度展現出其性格的不同層面，頗為傳神。

圖 67：《三斷胭脂案》劇照（燕凌飾吳南岱）

　　江蘇梆子劇院最近又推出了反映淮海戰役中支前故事的新編現代戲《母親》。據創作方介紹：該劇表達了「人民選擇」與「回報人民」的魚水情義；反映了淮海戰役中軍民雙擁的精神風貌；展現了地方戲曲詮釋重大紅色題材的特殊意義；展示了人民戰爭經典畫面的「春到沂蒙」、「車輪滾滾」、「淮海曙光」等史詩元素。

　　《母親》一劇，一旦搬上舞臺，便獲得了觀眾口碑和市場競爭力的雙贏。在藝術口碑方面，該劇入選 2018 年度國家文化和旅遊部戲曲劇本孵化計劃一類劇本（全國共八部），並成功躋身國家藝術基金 2019 年度資助項目（徐州首例），獲資助資金 220 萬元。新近，又接連獲得江蘇省文華大獎（主演燕凌獲「最佳表演獎」）、江蘇省精神文明「五個一工程獎」、江蘇省紫金文化藝術節優秀劇目獎、江蘇省優秀版權作品一等獎等殊榮。2018 年 11 月 24 日，《母親》一劇在徐州市行政中心大禮堂作為徐州市副處級以上領導幹部情景黨課進行了首演，江蘇省委常委、宣傳部長王燕文，徐州市委書記周鐵根、市長莊兆林等領導觀看演出，給予很高評價。之後，該劇受邀在陸軍工程大學訓練基地、江蘇建築職業技術學院等高校演出，並在縣區巡演，且作為開幕大戲參加了在江蘇大劇院舉行的慶祝新中國成立 70 週年江蘇省基層院團優秀劇目展演，贏得廣泛關注。2019 年 4 月 13 日，在南京專門召開了針對該劇的專家研討會。7 月 1 日，江蘇省文化和旅遊廳系統黨員幹部近千人集體觀看了《母親》。12 月 9 日，《母親》一劇又在中央黨校（國家行政學院）北校區禮堂上演。在市場競爭力方面，2019 年 3 月 29 日，《母親》在徐州音樂廳售票演出，儘管票價 50、100 到 220 元不等，價格不低，但仍出現了多年未遇的一票難求的場面。為滿足廣大觀眾的需求，又在 3 月 30 日晚加演一場。2019 年 8 月 7 日，該劇參加第四屆江蘇省文華獎終評演出，獲得 31.5 萬的直播觀看人次數，創歷史新高。

　　燕凌在劇中所扮演的范母李秋榮，是一位有著三個孩子的母親。在這個劇中，她沒有用大段唱腔以抒情，更多憑藉的是形體動作的連接、面部表情的變化、眼神的多角度轉換，以此來塑造人物性格，表演技巧上則更為精進。

　　劇中的范母，長子范大柱、次子范二柱，為地主老財所逼，雙雙離家走，杳無音訊。家中僅有最小的兒子三柱相伴，且已與鄰家女孩秀秀訂婚。然而，在淮海戰役前夕，三柱要參加解放軍，已私下裏報了名。恰在此時，卻傳來一個不幸的消息，即身為解放軍某部英雄排長的長子大柱，犧牲在攻打兗州的戰鬥中。對兒子朝思暮想的母親，驟然聞知噩耗，她手撫兒子的軍帽等遺物，目光呆滯，身軀搖晃，幾乎暈倒，繼而彎腰側身扶案，無聲而吞泣，緊接著則是「我的兒啊」仰面撫額的一聲淒厲呼喊，穿裂長空，撕人心肺，真切地傳示出作為母親失去兒子的痛切、悲愴之情。緊接著就是一段「我叫、我叫不應」沉著鏗鏘的【緊打慢唱】，「為國殞命」的拖腔，「再不見兒音

容」中「兒」字的低音輕呼，至「音容」，腔調逐漸升高，唱出對兒子的痛切追念、眷戀不捨的複雜情懷。

大兒子剛剛犧牲，小兒子又要參軍，老伴為家中香火相傳計，自然不同意。未婚兒媳見戰爭如此殘酷，也改了主意。范母初則沉默，當然是不忍心幼子離去，但稍加沉思後，毅然決定送兒參軍。她在做通老伴思想工作之後，又轉而勸慰未過門的兒媳，「咱范家祖祖輩輩老實本分」數句，用長於敘事的【二八】板演唱。至「大樹栽不進小瓦盆」轉而說理，音速逐漸加快，轉為【緊打慢唱】。至「這一回咱怎能不明是非」，又轉為【二八】，動之以情。當唱至「決不能當一個糊塗人」一句中的「糊塗人」時，聲音突然提高，強化了語氣，再輔之以相應的一系列動作，將母親此時此刻的複雜心理以及對國家前途與小家關係的深刻解讀娓娓道出，真切感人。尤其是范母與秀秀在淮海戰役支前中，路遇負傷躺在擔架上的三柱，僅留下「我想回家」一句話，便再也沒有醒來，而另一戰士小石頭也有傷在身，動彈不得，亟須搶救。秀秀俯在三柱身旁悲痛欲絕，而范母親眼目睹兒子離去，更是萬箭穿心。然而，兒子死而不能復生，但搶救小石頭卻刻不容緩。她眼見秀秀哭泣不止，不願離去，左顧右盼，跺腳擺頭，兩手垂下，不住抖動，加之「娘不是鐵打的人冷如冰，娘不是老樹根皮厚心內空」那段【緊打慢唱】，生動地表現出這一人物左右為難、不知所可的慈母情懷。

至「勸降」一段，天降大雪，坡陡路滑，天寒地凍。燕凌一個滑擦，爽當地來一個劈雙叉。然後，起立，左旋，右旋，蹉步，再來一個雕塑般的造型，將人物風雪天艱難行走的情景，生動地表現出來，反映了主人公為了「窮人能解放」捨生忘死、不畏艱險的豪壯情懷。在深入理解劇情、準確把握人物性格上，燕凌都表現得相當出色。沒有紮實精湛的工夫，是難以達到這一藝術境界的。許多觀眾在觀看了該劇的演出後，為劇中范母的感人事蹟所感動，往往熱淚盈眶，情難自已，久久沉浸於驚心動魄的戲劇情節之中，產生強烈的社會效果。

當然，江蘇梆子還有許多知名演員，如陳秀蘭、陳素芳、惠宇忠、滿秋梅、吳林、張雪俠、孫蓮榮、朱惠、王樹連、于吉秋、段梅花、翟松芝、魏公俠、魏旭玉、魏秀蘭、諸婉君等，在戲曲表演方面，都有許多不俗的表現，曾受到不同層面的獎勵或表彰，恰證明江蘇梆子的人才濟濟。

圖68：現代戲《母親》宣傳海報（燕凌飾李秋榮）

第四節　精益求精的藝術追求

　　江蘇梆子在其發展的漫長歷程中，有了豐富的表演藝術積累，湧現出一大批卓有成就的梆子戲名家，如張洪河、謝文啟、李金鳳、姚興全、鞏昭桂、張萬年、徐豔琴、趙金聲、吳小樓、田美蘭、劉修斌、甯喜順（甯二）、王廣友、鄭文明、蔣雲霞、羅桂成、周鳳龍、范麗芳、姬俊卿等等，他們或以唱功稱勝，或以武功見長，或文武兼擅，都為梆子戲的興盛作出了許多貢獻。

　　這裡先談談場上的伎藝表演。當年的梆子戲特技甚多，如河北梆子藝人甯喜順（甯二）落戶徐州後，又融入江蘇梆子班社，習武生。他曾在許多戲班成功表演過難度極大的「高臺簸米」。還扮演過丑角，模仿醉漢東倒西歪之

情狀，惟妙惟肖。至今，豐、沛老人形容人喝醉情狀，還說「喝得跟寧二樣」。語出於此，足見影響深遠。還有「活腮」，即兩腮肌肉急驟跳動或顫抖，亦有用單活腮者，表示人物激憤情狀。「縮身」、「壯身」，指運用內部氣功方法，或縮頭攏身，使身體變矮；或兩臂晃動上提，胸脯挺起，讓身軀高大，以表達不同情感。「活檯子」，即讓戲臺整體晃動，給人以強烈的震動感。臺上花臉演員，感情積鬱到極為悲憤、勢不可遏之時，憤然高唱，如雷貫耳。兩腿前後叉開，腳下用力，使木板所搭戲臺晃動，並伴之以「咯咯」咬牙聲，強化演出效果。名淨周殿芳即擅此技。

姚興權（1919～1992），綽號「小萬」，他的「三竄椅」也是一絕。其在《黃鶴樓》一劇中飾演周瑜時，趙雲踢周瑜後背，周瑜趁勢倒臥在椅後部之橫樑，雙手各持一雉翎怒視趙雲，此為「一竄」；周瑜平身橫竄入椅子，頭部下垂，雙翎掃地，面部上揚，仰視趙雲，此為「二竄」；口咬雙翎飛身躍起，箭步倒竄作抱月狀，跌掛於座椅，名為「金鉤倒掛」，此為「三竄」。可謂得殷派真傳。這一系列動作，乾淨利落，人們以「活周瑜」〔註27〕稱之。

銅山縣梆子劇團的鞏昭桂（1921～1968），沛縣安國人，工紅臉，亦曾演《陰陽報》中判官，且使用「噴火」、「涮牙」等特技，也得殷門真傳。邳縣梆子劇團的鄭中祥，在《奇襲白虎團》中飾楊偉才，採用高難度的「雲裏翻」（俗稱「吐舌」）表現翻山越嶺情狀，每場都會引起觀眾的驚呼。沛縣梆子劇團的謝文啟，飾演《花蝴蝶》中的花蝴蝶，有很多驚險動作。他與徒弟張作民演猴，都追求神似，代表作為《十八羅漢鬥悟空》。其他如「滾棚」、「風擺荷葉」、「弔小辮兒」等絕技，前文多已述及，此不贅述。

值得注意的是，這些絕技，其中不少是在特定演出條件下設計的。劇團進城之後，演出場所、環境以及欣賞群體都有了很大改變。在城市內大劇場上演，已無竿可爬、無棚可滾。即使臺前有立柱，也因柱子過粗、不能摟抱而無法上演。不少伎藝已淡出了戲曲表演的舞臺。但作為江蘇梆子的獨門絕技，還應該補記於此，以見梆子戲當年甚為興盛的發展勢頭。

至於在唱腔與做功上稱勝的梆子戲名家，更不勝枚舉。改革開放以後，他們大都年事已高，但仍發揮餘熱，為梆子戲藝術的發展盡心盡力，不妨略述如下：

〔註27〕于道欽主編：《江蘇戲曲志・江蘇梆子戲志》，江蘇文藝出版社，1999年，第383頁。

　　李正新（1899～1978），人稱李二，豐縣李大莊村人，為江蘇梆子知名黑頭演員。他家境貧寒，十一歲進豐縣師寨科班，從以武功見長的侯金山（外號侯二）習藝，蔣狗皮領子是其師祖。三年科班，受到嚴格的伎藝訓練，基本功紮實。又因其音域寬厚，聲音高亢嘹亮，深受觀眾歡迎。筆者曾於 1960 年春，在故鄉小劇場觀賞其所演《司馬貌遊陰》一劇。李正新飾演司馬貌，他登場所唱「司馬貌提筆不用想，開頭先告張玉皇」那一長達數十句的唱段，可謂酣暢淋漓，大氣磅礴，聲若震雷，裂石穿雲。當時，臺下掌聲陣陣，叫好聲不絕。如此黑頭演員，在梆子戲演藝界皆不多見。時隔一個甲子，至今仍令人難忘。

　　他 1951 年加盟豐縣大眾劇團。1956 年隨團來徐，該團更名為徐州專區實驗劇團。1958 年起，李正新執教於徐州市戲曲學校，擅演劇目有《紅打朝》、《黑打朝》、《花打朝》、《鍘美案》、《高平關》、《白玉杯》、《司馬貌遊陰》等。其唱腔吐字清晰，板眼實在，嗓音宏亮圓潤，隨著情緒的步步高漲，越唱越響亮。演唱層次的把握甚有分寸，抑揚有序，低昂有度。且唱、念、做、打俱佳。在出演《紅打朝》中「打朝」一場時，唱到「嘩啦啦打開了功勞大簿」大段唱腔，將吹髯口、走臺步等形體動作與樂隊伴奏結合得天衣無縫。在表演時，頗注重角色身份與程序功架，以幅度較大的誇張動作予以展現。如在《鍘美案》中飾演包拯，「他先是苦心勸陳世美在大堂上認妻認子，陳眼望太后和公主，就是不肯；包公勃然大怒，手拍堂案，然後雙手揉搓，跺踏雙腳，命王朝、馬漢將陳世美推上虎頭鍘。但太后以勢相逼，挽起袖子將鳳爪伸進鍘內。包拯見此，氣得二目圓睜，咬牙跺地，包公將頭伸進鍘內怒唱：『我扔下烏紗帽，脫下滾龍袍，龍國太、陳世美、包文正三人一起赴陰曹。』嚇得太后渾身抖動，戰兢兢慢慢將手縮回。包拯趁機起身，一聲怒吼『開鍘！』陳世美死於鍘下，戲劇高潮達到頂點」〔註28〕。

　　王廣友（1914～1982），山東省金鄉縣卜集鎮人，人稱「梆子大王」。幼失怙，家貧窮，十五歲時，就與賈福蘭（藝名二拔）、董全勝（藝名玉仙）等梆子戲名家同臺獻藝。十八歲時，以演《地塘板》中宰相賈勇而馳名於蘇、魯、豫、皖毗鄰各縣。民國二十六年（1937），隨楊興法（藝名大法）班演出於沛縣一帶。每當他登場，便叫好聲不絕。觀眾將預先準備好的茶葉、香煙等物拋上舞臺，爭相砸彩。民國二十八年（1939）起，入徐州鴻大舞臺鄒良

〔註28〕吳敢、及巨濤主編：《徐州文化大觀》，文匯出版社，1995 年，第 386 頁。

臣戲班，與名藝人賈先德、李正新、史德禎等同臺獻藝，表演藝術大為提升。抗日戰爭勝利後，與名藝人徐豔琴、鄭文明，名琴師王繼承，名鼓師劉桂榮等同在興隆班，演出於蘇北、魯南一帶。1951 年，加入豐縣大眾劇團。1956年該團來徐，更名為徐州專區實驗劇團，王廣友隨團來徐。同年，徐州專區舉行第一屆戲曲觀摩演出大會，他在《胭脂》中飾演學臺施愚山，榮獲表演獎。次年，江蘇省在南京市舉辦第一屆戲曲觀摩演出大會，他以同一劇目榮獲老藝人獎。1978 年，傳統戲《十五貫》恢復上演，他虛齡六十五，登臺演出，飾蘇州知府況鍾，仍有當年風采，且連演百餘場，一時引起轟動。

王廣友「嗓音柔潤清脆，高亢雄渾有虎音。吐字清楚，穿透力強，偷字閃板，瀟灑流暢」〔註29〕。尤其唱段最後的拖腔，更獨具風韻。他的行腔頗有特色，「自成流派，高低迴旋，甘甜舒暢。至今，中青年演員仍多喜效法。他特別注重塑造不同性格的人物形象，每演出一戲，他都能根據劇中人的不同性格、不同感情來處理唱腔，一反流水、慢板、二八等板式的規整程序，而使唱腔根據不同人物的感情變化，有剛有柔，有抑有揚，一張一弛，瀟灑流暢。他塑造的人物形象都具有獨特的個性，表演持重大方、自如瀟脫、活靈活現，豐富了江蘇梆子戲紅臉行當的表演藝術」〔註30〕。

梆子戲名家吳小樓（1919～1987），原名吳正玉，乃豐縣大吳莊人。他出身名門，至其父輩則家道中落。五歲時，吳小樓迫於生計，入許廟科班，從任守亮、蔣立忍學戲。出科後，於民國二十三年（1934）往山東單縣終興鄉藝和班演戲，次年回豐縣劉楊集黃堤口入大眾班，後又至兗州從藝。民國二十七年（1938）入山東濟寧逢春、同樂等戲園演出。由紅臉改習醜行，拜王文漢為師，刻苦訓練，潛心向學，且時有創新，遂唱響濟寧一帶。成名作為《卷席筒》、《小禿鬧房》、《拉劉甲》。民國三十五年（1946）來徐州三藝戲園。民國三十七年（1948）入由宿縣遷來徐州的興隆班，次年進入黃河舞臺演出。每逢小樓出場必客滿，且引來「砸頭彩」，影響極一時之盛。1951 年 7 月，興隆班改名為黃河豫劇團，人們以該團與戲劇活動家樊粹庭所創辦的獅吼劇團相比併，人稱「東有黃河，西有獅吼」。由他主演的大型神話故事劇《濟公傳》，演出於河南開封，曾因觀眾太多而擠倒戲園圍牆。1956 年，在徐州專區第一

〔註29〕于道欽主編：《江蘇戲曲志‧江蘇梆子戲志》，江蘇文藝出版社，1999 年，第380 頁。

〔註30〕吳敢、及巨濤主編：《徐州文化大觀》，文匯出版社，1995 年，第388 頁。

屆戲曲觀摩演出大會上演出《小禿鬧房》，獲一等獎。1957 年，江蘇省第一屆戲曲觀摩演出大會在南京市舉辦，他出演《胭脂》一劇中毛大，好評如潮。後來，在《薛剛反唐》一劇中，吳小樓飾演薛流水，戲曲理論家張庚看後評論道：「一位四十多歲的老同志扮演一個小娃娃，而且那麼活潑靈氣，確實難得，劇團要多多具備這樣的好演員！」〔註31〕

羅桂成（1919～1998），曾任沛縣梆子劇團團長，他不僅嗓音洪亮甜潤、功力深厚，而且在吐詞上也十分講究，字頭、字腹、字尾清晰可見，在音長、音促、音色的把握上恰到好處。甩腔餘音繞梁，別有情趣。尤其是《寇準背靴》中對寇準的飾演，頗多獨到之處。與「蘇北第一生」鄭文明齊名，人稱「徐州鄭文明，沛縣羅桂成。蘇北倆名生，四方都聞名。」〔註32〕

工文武花旦的徐豔琴（1920～2013），原名楊玉枝，出生在與徐州毗鄰的河南夏邑縣。她家境貧寒，幼隨父母乞討，九歲時流落河南密縣山區，入科班學戲，師從梆子戲老藝人「九彎子」。十二歲登臺演出。十四歲至鄭州，入名藝人周海水戲班，與湯蘭香、常香玉同臺獻藝，長於演天真活潑之少女。如《秋江》一劇中的陳妙常、《梁山伯與祝英臺》中的祝英臺、《香囊記》中的瘋丫頭、《紅樓夢》中的林黛玉、《戰洪州》中的穆桂英等。抗日戰爭時期，在豫、皖交界處的界首一帶演出，與馬金鳳、毛蘭花（即毛鳳麟）、閻立品齊名，稱之「四大名旦」。時人謂其各有特色：「馬金鳳唱的好，徐豔琴舞的好，毛蘭花哭的好，閻立品長的好。」〔註33〕毛蘭花為名鬚生周海水門徒，居豫劇「十八蘭」之首。閻立品唱腔清潤甜美，梅蘭芳稱他是「地方戲中很少有的閨門旦」，並主動收她為徒。能與這些藝人齊名，恰說明徐豔琴演技非凡。1947 年，她「和閻立品、馬金鳳、毛鳳麟等先後到達蚌埠，在大世界戲院同臺演出。建國後，先後排演了《血淚仇》、《白毛女》及《紅娘子》。1950 年回河南，和陳素真、桑振君、崔蘭田、閻立品等合作，在漯河、許昌演出，1951年到許昌大油梆戲班。1952 年到江蘇省豐縣大眾劇團，後轉為江蘇省梆子劇團」〔註34〕，任業務團長。在《胭脂》、《戰洪州》諸劇中為主演，皆獲江蘇省戲曲匯演演員一等獎。唱段多次被中國唱片社灌製為唱片發行全國。1956

〔註31〕吳敢、及巨濤主編：《徐州文化大觀》，文匯出版社，1995 年，第 390 頁。
〔註32〕于道欽主編：《江蘇戲曲志・江蘇梆子戲志》，江蘇文藝出版社，1999 年，第 384 頁。
〔註33〕馬紫晨主編：《中國豫劇大詞典》，中州古籍出版社，1998 年，第 3 頁。
〔註34〕馬紫晨主編：《中國豫劇大詞典》，中州古籍出版社，1998 年，第 371 頁。

年，徐豔琴出席江蘇省文聯群英會，以先進個人受到表彰，並先後參加 1960 年、1979 年全國第三屆、第四屆文代會。1978 年，年近花甲的徐豔琴在《十五貫》中飾演蘇戌娟，仍動作敏捷、身手爽當，且表情富於變化，有靈動輕柔之美，宛若一青春少女。1982 年，她出任徐州戲劇學校副校長，並任徐州市文聯第一屆委員會副主席、江蘇省第四屆文聯委員。

圖 69：徐豔琴劇照（左為徐）

　　李金鳳（1923～1995），別稱「兩辮」。睢寧紅光梆子劇團主演。她目光靈動，口齒清晰，嗓音亮麗，以演悲苦戲見長。所演《蓮花庵》，引起滿場哭聲。在山東單縣演出時，竟使一老年婦女當場哭暈。演出《坐橋》，一段坐在橋上的大段演唱，使觀眾如癡如醉。晚年以培養青年演員為主，諸婉君即是其優秀學生之一。

　　張萬年（1924～1988），擅演紅臉老生，唱做俱佳。大本嗓、二本嗓兼用，聲音清脆洪亮、吐字清晰，如珠落玉盤。以唱紅臉知名的王廣友、謝茂坤曾私下說：「紅臉紅臉，看了張萬年的《闖幽州》，咱就耷拉臉。」〔註 35〕其影響可見一斑。

〔註35〕于道欽主編：《江蘇戲曲志·江蘇梆子戲志》，江蘇文藝出版社，1999 年，第389 頁。

　　鄭文明（1925～1991），江蘇沛縣人，梆子戲著名紅臉演員。幼年隨父浪跡江湖。十歲入班學戲，十二歲登臺演出，十六歲挑梁主演，因飾演《群英會》中周瑜而知名。十八歲拜名家賈先德為師，表演藝術大為提高。之後，去安徽蚌埠搭班演戲。1951 年，加盟豐縣大眾劇團，並出任副團長兼導演。1956 年，任徐州專區實驗劇團副團長。1959 年後，為江蘇省梆子劇團主演。1983 年，調任徐州戲劇學校任教職。他擅演《前楚國》、《後楚國》、《鳳儀亭》、《群英會》、《闖幽州》、《小刀會》、《十五貫》、《胭脂》、《紅燈記》諸劇目。還整理過《刀劈楊藩》、《闖幽州》諸劇，導演《張羽煮海》、《走上新路》等戲。1956 年，參加徐州專區會演，所飾演《胭脂》中施愚山一角，獲表演一等獎。次年的江蘇省會演，飾演《戰洛陽》中羅成、《胭脂》中施愚山，獲表演一等獎。

　　鄭文明勤奮好學，博採眾長。場上演出，「扮相威武，身段利落，表演大方，唱做俱佳。唱腔中博採前輩之長，融匯當地音調，形成獨特風格。其嗓音高亢明亮，音域寬廣。他演文武小生，擅以假嗓演唱。他演老生戲或現代戲時則真假嗓並用，且二者結合和諧自然。他的表演形神兼備，聲情並茂」〔註36〕，被譽為「蘇北第一生」，在蘇、魯、豫、皖交界處一帶，頗有影響。

　　沛縣梆子劇團劉修斌（1926～1988），藝名小黑，工旦行，扮相俊美俏麗，臺步快疾如風，行腔委婉，富有感染力。晚年兼做導演，又以培養青年演員為主。

　　田美蘭，生於 1927 年，又名梅蘭、秀真，河南開封人。出身貧苦，八歲入春成班學藝，出師後，亦曾得梆子名家趙清河、周海水點撥。1940 年，就讀於開封青藝班。1945 年登臺演出，工花旦，以演《金盆記》中無鹽娘、《蓮花庵》裏劉春英、《反西唐》中樊梨花，在開封、陳留一帶知名。1949 年入開封市工人劇團。1957 年來徐州，加入黃河豫劇團，後為江蘇省梆子劇團主演。她功底深厚，技藝精湛，且各行各色皆擅演，生、淨、丑之反串亦見特色。表演大方瀟灑，唱腔宏闊響亮。主演的《小二黑結婚》、《小女婿》，曾在河南戲劇表演賽中獲一等獎。主演過大小劇目百餘齣，尤以《楊八姐遊春》、《打金枝》、《樊梨花征西》等馳名於蘇、魯、豫、皖接壤地區。即使在上海、黑龍江演出，也好評如潮。田美蘭的唱腔，既有祥符調之長，又揉進沙河調、越調之唱法，故頗具特色。後來，她專心授徒，梅花獎得主張虹即曾從其學藝。在江蘇梆子的傳承方面作出了突出貢獻。

<hr>

〔註36〕陳曉棠主編：《江蘇戲曲志·徐州卷》，江蘇文藝出版社，2002 年，第 633 頁。

　　周鳳龍（1931～1988），藝名大三，工花臉。銅山縣梆子劇團主演。基本功紮實，唱念做打俱佳，發聲洪亮，表演有剛柔相濟之妙。尤以演唱包公戲馳名，人稱「活包公」。

圖70：趙金聲劇照

　　趙金聲（1932～　），江蘇省梆子劇團主演，祖籍河北省寧津縣。幼失怙恃，入天主教孤兒院。六歲時為趙輯五收養，遂改從趙姓，為避難逃至河南鄭州，生活困頓不堪。十歲時，為生計，養父母送她從琴師趙連璧學京劇。十一歲，至河南密縣入梆子戲科班學戲。十五歲時，師從周海水、賈鎖、徐孝德、玻璃脆（高寶泰）諸名伶習學梆子戲。初學旦角，後工小生。三年不到，便成了班裏主演，擅演劇目有《五鳳嶺》、《二龍山》、《南陽關》、《二度梅》等。十七歲出科。1950 年參加鄭州恒明劇社、群樂劇團（鄭州市豫劇團前身），曾與豫劇名家閻立品、崔蘭田、羅美蘭、徐鳳雲同臺演出，受益良多。尤其是徐鳳雲醋暢淋漓的唱腔藝術，對趙金聲表演風格的發展走向影響甚大。當時，她以《三拂袖》、《凌雲志》等劇中的出色表演，在河南孟縣、安陽一帶享有盛名。1953 年，趙金聲與文武花旦王蘭君來徐州，入黃河豫劇團，後轉入江蘇省梆子劇團，任副團長、江蘇省劇協理事、徐州市政協常委。她會戲百餘齣，反串小生，兼演老旦，「其唱腔清新自然，如行雲流水，婉轉纏綿，痛絕處似高山飛瀑，哀怨時如溪水潺潺，感情表達準確，抑揚頓挫分明，唱

腔自成一派」〔註37〕。趙金聲在唱法上廣收博取，不主一家，將墜子、越調、四平調之旋律融入梆子戲聲腔，形成醇厚奔放的藝術風格，在蘇、魯、豫、皖接壤地區廣受歡迎。「1956 年在徐州專區第一屆戲曲觀摩演出大會上，她在《白蓮花》一劇中扮演韓本，獲表演一等獎；1957 年在江蘇省第一屆戲曲觀摩演出大會中，以官生吳南岱一角獲表演一等獎。她的許多唱段由上海、北京唱片社灌製成唱片全國發行，如《戰洪州》中的楊宗保唱段，《紅樓夢》中的賈寶玉唱段，《胭脂》中的吳南岱唱段，《白蛇後傳》中的許仙唱段等。其後，這些唱段分別於 1957 年、1982 年被收入《江蘇省地方戲曲唱腔選》。1998 年這些唱腔選段又由江蘇省音像公司整合複製向全國發行。……其代表作小生戲有《白蓮花》中的韓本、《鳳求凰》中的司馬相如、《三請樊梨花》中的薛丁山、《包公誤》中的包貴、《秋江》中的潘必正等，老旦戲有《白奶奶醉酒》中的白奶奶、《紅燈記》中的李奶奶、《槐樹莊》中的郭大娘、《磐石灣》中的曾阿婆、《朝陽溝》中的拴保娘等」〔註38〕。改革開放後，趙金聲在《李天保弔孝》中飾演李天保，大段唱腔「哭鳳姐」，起伏跌宕，如泣如訴，如江河奔湧，撼人心魄，至今仍為觀眾所念及。

圖 71：趙金聲接受採訪

〔註37〕吳敢、孫厚興主編：《徐州戲劇史》，中州古籍出版社，2018 年，第 211 頁。
〔註38〕吳敢、孫厚興主編：《徐州戲劇史》，中州古籍出版社，2018 年，第 211～212
　　　頁。

　　蔣雲霞（1935～　），江蘇豐縣人，為江蘇梆子蔣門第六代傳人。九歲隨父蔣天玉學藝，十六歲入豐縣大眾劇團當演員，後轉入江蘇省梆子劇團。在幾十年的從藝生涯中，曾飾演三百多出戲中人物。工花旦、帥旦，兼演青衣，尤以武旦見長。代表劇目有《穆桂英掛帥》、《鍘美案》、《燕王征北》、《樊梨花征西》、《刀劈楊藩》、《戰洪州》、《春秋配》、《日月圖》、《桃花庵》、《趕花船》等。她唱腔質樸淳厚，表演落落大方，吐字發聲音色純正，曾在江蘇省戲曲觀摩演出大會獲表演二等獎，精彩唱段如《戰洪州》（飾佘太君）被江蘇音像出版社灌製成唱片全國發行。退休後，仍念念不忘梆子戲的傳承與發展，曾根據記憶，整理出一百多出梆子戲劇本，全部無償奉獻給徐州市有關部門，精神可嘉。

　　這些梆子戲名家，儘管自身藝術積累豐厚，演技精湛，但仍與時俱進，虛心學習當代文化的藝術元素，致力於繼續提高演唱技藝。同時，也在培養下一代上默默奉獻著自己的力量。而躍躍欲試的青年一代演藝人員的崛起，則是勢在必然。

　　古人稱，「詩文隨世運，無日不趨新」〔註39〕，是說詩歌隨著時代的發展變化而變化，追求與時代發展節拍相吻合的嶄新內容。作為戲曲藝術，當然更是如此。習近平總書記在《在中國文聯十大、中國作協九大開幕式上的講話》中曾強調：「一個時代有一個時代的文藝，一個時代有一個時代的精神。任何一個時代的經典文藝作品，都是那個時代社會生活和精神的寫照，都具有那個時代的烙印和特徵。」〔註40〕隨著改革開放的深入，客觀形勢給江蘇梆子的發展提出了更高的要求。江蘇梆子中的許多「老玩意」，作為精華的部分，當然應該繼承。但是，其中也有不少與新時代的審美需求不相合且帶有舊時代「烙印和特徵」的內容。新一代的梆子戲演員，在黨的一系列重要文化政策的啟迪下，清楚地意識到當下用力之所在，除了編演歌頌新時期英雄人物、反映新的社會內容的現代戲，並著意改善梆子的固有程序外，更在表演技藝的精益求精、人物刻畫的真切生動上下工夫。

　　傳統劇目《老羊山》中的薛金蓮，是在為嫂子樊梨花所設的慶功宴上首次登場的。以往在表演時，薛是穿裙襖，在快步節奏中碎步上場，而且，雙

〔註39〕趙翼：《論詩》，《甌北集》卷四六，《趙翼全集》第六冊，鳳凰出版社，2009年，第938頁。
〔註40〕習近平：《在中國文聯十大、中國作協九大開幕式上的講話》，《人民日報》2016年12月1日第2版。

手大幅度擺動，臉若秋霜，在臺口亮相後，念四句：「梨花破三關，走馬劈楊藩。為她把功慶，氣壞薛金蓮。」〔註41〕字走高音。演員杜慶英在飾演這一角色時，認為這樣表演，與將門之後的薛金蓮身份、教養、基本素質不相吻合。薛金蓮儘管對為樊慶功一事暗中氣惱，但她畢竟出身名門，又久經沙場，不同於普通人家兒女，故對人物的第一次上場應準確把握，而不能演得太過。所以，她在表演時，就採用了近似青衣步法的緩步登場，控制雙手擺動幅度，著意體現大家閨秀沉穩的一面。念登場詩也不全走高音，只是到「氣壞薛金蓮」時，流露出輕蔑之神態。如此改動，既體現出薛金蓮的宦門小姐身份，也使得她不服氣樊梨花的內在心理得以呈露。

　　至「休妻」一場，薛金蓮始與樊梨花正面衝突。以往的表演，重在薛丁山、薛金蓮、樊梨花三人的「吵架」，對唱所採用的基本上全是【快二八】（即【緊打慢唱】）。姑嫂二人怒目相向，近乎廝打。杜慶英認為，如此表演，有失金蓮身份。她雖說年紀不大，從小嬌慣，有些任性，但自幼受到良好的家庭教育，又武藝高強，不致像市井女子那樣與人惡吵惡罵。何況，從根本上說，金蓮與梨花並無夙怨，只是自視甚高，由不服而生妒。所以，在人物處理上，杜慶英著重突出薛金蓮對兄嫂關係煽風點火般的挑撥，而不是正面斥責。在唱腔安排上，採取了較為俏皮輕快的【呱噠嘴】與【快流水】，只是在「刀劈楊藩成笑柄」的「柄」字上用了花腔，在「醜名傳遍長安城」一句的最後三個字上用了高音甩腔。到了最後唱「人能容來天不容」時，則用慢一倍的速度重唱「天不容」三字並加花腔，還暗自將手指向樊梨花。如此改動，在人物性格刻畫上則更合乎情理，也具有了細節的真實。

　　《梁紅玉》一劇是由崑劇移植而來，在表演上也多有創新。比如，用崑劇的曲牌來唱梆子，且要邊唱邊舞，這是近些年很少見之事。再如，本戲為長靠武旦戲，但表演者燕凌所遵循的卻是「文戲武唱，武戲文唱」這一傳統，在「文」字上下氣力，但又不逸出武旦行當的表演程序，通過出場起霸之時的穩健亮相，透現梁紅玉的身份、氣質、風度。起霸之後所唱「桴鼓親操」崑曲，燕凌用梆子腔來處理演唱，採用【緊打慢唱】板式，「在打擊樂的配合下完成這四個字的動作，按照每一句唱詞的含義依次類推的來完成這段唱

〔註41〕于道欽主編：《江蘇戲曲志‧江蘇梆子戲志》，江蘇文藝出版社，1999年，第238頁。

腔，既保留了崑劇的獨到又增添了梆子特點」〔註42〕。將「文」揉進身段的表演、眼神的運用及亮相時之造型。燕凌在表演《秦雪梅弔孝》中大家閨秀秦雪梅「弔孝」一場時，充分利用戲曲虛擬化之長，「採用打擊樂的【緊急風】來代替走圓場」〔註43〕。「通過一系列的虛擬表演充分表現了秦雪梅遠離家門不顧一切地奔至亡夫靈堂的行程，把人物的悲憤心態全部揭示出來」〔註44〕。

沛縣梆子劇團張愛雲，在扮演現代戲《青春淚》中被污辱女性李月榮時，運用了多種表演手段，來刻畫主人公服毒自殺前那悔恨交加的複雜心理。劇敘青年女子李月榮，求職心切，輕信握有實權的腐敗分子的花言巧語而失身。她痛惡對方的背棄前盟，又悔恨自身的虛榮輕率，決心以一死洗刷羞辱。在風雨交加之際，欲借酒「傾盡一腔恨和仇」，初則「雙目一閉，牙關緊咬」，手扶椅背而搖頭歎息，繼則腹內疼痛，淚如泉湧，再則「左手捂腹跳步一個翻身衝到桌前，用力按桌」，雙目逼視對方，甩腔唱出「且把小杯換大盞」，動人心魄。她推開對方，迅即伸出手去，在腐敗分子臉上狠狠扇一耳光。然後，用【迎風慢板】，激憤感慨地控訴對方罪惡，將酒向對方臉上猛潑過去。最後，腹中劇痛，「左右翻身，衝到桌前，渾身顫抖。繼而撲前仰後，翻身倒地，口流鮮血，窗外雷鳴電閃，風狂雨驟」〔註45〕。人物的一系列動作與唱腔映照生發，真實地揭示出這一女性由懵懂而清醒、由希望而絕望、由羞赧而憤恨的複雜心理變化，演來真切感人。

還有，江蘇梆子在新戲排演中，既繼承了本劇種的優良傳統，又善於吸收兄弟劇種的唱腔藝術以豐富自身。如最新排演的《母親》一劇，在設計劇中女青年秀秀唱腔時，就花費了不少心思。她初次上場時所唱「一路身輕似飛燕，一路歌聲一路歡」兩句中的「歡」字落音，突然上揚，就巧妙運用了柳琴戲的腔韻，烘托出純真少女歡快、開朗的心境，與下面即將推出的未婚夫犧牲、伏屍痛哭的悲淒場景，形成強烈的情感對照，深化了劇作內容的表達，收到很好的藝術效果。

〔註42〕于道欽主編：《江蘇戲曲志‧江蘇梆子戲志》，江蘇文藝出版社，1999年，第241頁。

〔註43〕于道欽主編：《江蘇戲曲志‧江蘇梆子戲志》，江蘇文藝出版社，1999年，第237頁。

〔註44〕于道欽主編：《江蘇戲曲志‧江蘇梆子戲志》，江蘇文藝出版社，1999年，第238頁。

〔註45〕于道欽主編：《江蘇戲曲志‧江蘇梆子戲志》，江蘇文藝出版社，1999年，第237頁。

　　江蘇梆子的表演以粗獷豪放見長，但在人物刻畫上也不乏精雕細刻之處。如《打黃蓋》（又名《借東風》、《戰船》、《火燒戰船》、《草船借箭》），乃傳統劇目「老十八本」之一，劇中周瑜的飾演者，對人物同樣作了精雕細刻。周瑜故作聰明，想用「苦肉計」使黃蓋詐降曹操，欲進而加害孔明。當周瑜下令將黃推出斬首，眾將紛紛勸阻之時，孔明獨坐帳下，悠然自飲。周瑜見狀，「哎呀」一聲驚叫，雙手挽翎入口咬住，跌坐於椅。八十高齡老將黃蓋遭打，周瑜心肺俱裂，雙目緊閉，以手遮面，然孔明仍不動聲色，端坐如初。周瑜左右轉身，雙手抖動，情難自抑，又一個墊步坐於椅，掏翎用力絞動，無可奈何。最後，見苦肉計為孔明識破，惱怒異常，欲刺孔明而不得，「甩袍、掏翎、打劍，羞愧地衝出帳外」〔註46〕。周瑜、孔明二人不同之性格，酣暢淋漓地表現出來。

　　再如《春秋配》（亦為「老十八本」之一）一劇，敘羅郡莊姜韶，字德化，以販米為業。繼娶賈氏，為人刁鑽刻薄，對前妻所生女秋蓮非打即罵、百般凌虐，逼其去郊外撿拾蘆柴。乳娘氣憤不過，陪同前往，代為撿柴。書生李春發因事經此，見少女荒郊獨坐，眼淚巴巴，遂近前詢問，得知端倪，甚表同情，贈以紋銀三兩，助其飢寒。姑娘長期受繼母虐待，飽嘗冷落苦況，突然為一陌路相逢的書生關愛，且不計回報，轉身欲走，內心遂萌生愛戀之意，便懇求乳娘，請書生回來。秋蓮對乳娘唱道：「你問他為何事荒郊走馬？再問他在原郡何處為家？把他的名和姓與咱留下，或在監或在庠何時科甲？你問他椿萱茂高堂瀟灑？再問他昆玉兒雁行不乏？再問他妙齡兒可有多大？你再去問問他──再問他小房中可有結髮？」一個從不出閨門的妙齡女子，路遇慷慨解囊的瀟灑書生，而萌生愛意。在封建禮教的拘囿下，她自然不敢徑直近前表白，但又不願錯失良機，所以才央求乳娘動問。乳娘雖同情秋蓮的遭際，但也不願招惹是非，只是想代秋蓮撿柴，平息家庭風波。故而，當李春發贈送銀兩時，她唯恐落入壞人圈套，馬上指責道：「君子休得恃富，快將銀子拿去，免討沒趣。」直至李春發對天發誓，只是出於「惻隱之心，並無二意」，且丟下銀子轉身離去，才意識到眼前的書生確實是位好心人，始願意代秋蓮逐句轉述其意。而秋蓮的內在心理變化，恰體現在一個接一個的問句中。作為待嫁的閨閣女子，她很想詳細瞭解眼前這一意中人的婚姻狀況，但

〔註46〕于道欽主編：《江蘇戲曲志·江蘇梆子戲志》，江蘇文藝出版社，1999年，第235頁。

又羞於啟齒，不得不大費周章，遠引曲喻，順風扯旗，從對方緣何拉馬於荒郊問起，再問其家在哪裏，姓字名誰，有否功名，繼而問其高堂是否健在，兄弟中排行第幾？當得知對方父母雙亡時，她禁不住掩面而泣，說明這一女子私下裏已拉近了與對方的距離，以致產生同病相憐之感。接下來，她將問題的範圍逐漸縮小，由遠打周遭轉而為切入本題，在打問了對方的年齡之後，當再想往下追問對方有否家室時，她很是為難，幾次欲言又止，也很想讓乳娘明白其心事，代為說出。然而，乳娘卻似乎表現得很不耐煩，甚至有些生氣。直至此時，她才嬌嗔地用雙手緊握乳娘手臂，輕輕晃動，非常難為情地唱出「再問他小房中可有結髮」這意味深長的一句唱詞。

《撿柴》一場，雖然場上僅三個人物，但人物關係卻較為複雜。李春發動機單純，只是為了助人，是「無心插柳」，而姜秋蓮是「有意栽花」，卻不知花該如何去栽，所以才託乳娘迂迴探詢，逐漸將問題收窄，至最後始吐露真意，這正體現了該女子心細如髮、矜持羞怯的性格特點。而乳娘，初時認為姑娘受人餽贈，故打問對方家庭姓氏，是事出當然，符合人情事理，後來才逐漸窺破秋蓮心中的隱密，也樂意成全。面對乳娘代秋蓮的三番五次問詢，李春發並未表現出絲毫的不耐煩。這是因為，在此之前，他出於好奇，也曾仔細探詢秋蓮家居何處、父親名諱、自身處境等情況，而對方的回問自在情理之中。情節安排順情合理、自然暢達，毫無生硬牽合之迹。而且，這段唱詞，是用抒情與敘事性很強的慢板演唱，每句唱後都有相應的賓白穿插其間，輔之以秋蓮低垂粉面、欲言又止、嬌羞雜糅、告求並用等外在情態的呈露，委婉曲折地表現出這一女子的似水柔情以及複雜細膩的內在心理的變化，給人以情真意切之感。

傳統戲《火燒子都》是唱做並重、舞蹈性極強的一個劇目。在金殿火燒一場，鄭莊公戰將子都，心術不正，嫉賢妒能，陣前將元帥穎考叔害死。慶功宴上，子都正手舞足蹈、自誇戰功，穎考叔魂魄突現，子都嚇得魂飛魄散，「一個雲爬虎從桌上翻過。緊接單前撲落地直立後，一個停頓，頭昏目眩，步子瘋癲」〔註47〕。最後，被考叔用火燒得翻在三張桌上，翻高落地，疼痛難忍，跺泥，橫蹉步，跪步，甩髮，卡脖，下腰，「一腔鮮血從鼻孔中流出。轉臉黑灰撲面，再轉身在第三把火中跳僵屍死去」〔註48〕。以難度很高的各

〔註47〕于道欽主編：《江蘇戲曲志·江蘇梆子戲志》，江蘇文藝出版社，1999年，第233頁。

〔註48〕于道欽主編：《江蘇戲曲志·江蘇梆子戲志》，江蘇文藝出版社，1999年，第233頁。

種複雜動作的對接，從不同角度展現了子都遭火燒之時痛苦難熬的種種情狀。若非有相當的武術功底，是難以演得如此精彩的。

當然，由於社會條件、演出場地、演員技能以及欣賞群體審美觀念的變化，若想照搬梆子戲的「老玩意」，有些的確是難以實現，有的則必須發展變革。在既有條件下，江蘇梆子演職人員在舞臺藝術形象塑造上下工夫，以精雕細刻、精益求精的認真負責態度，讓自己所飾演的人物活起來，給人以教益與啟迪，這自然也是新形勢下梆子戲健康發展的可行之路。

第五章　江蘇梆子的唱腔、伴奏

第一節　梆子聲腔的基本板式

　　論及江蘇梆子的聲腔，也有不少糾纏不清的舊賬。江蘇梆子、河南梆子、山東梆子乃至棗梆、大平調，由於上述劇種演出地域相鄰之故，在相當長的一個歷史時段，是在交叉、融合中向前發展的。如山東梆子，又名「高調梆子」、「高梆」，包含以菏澤（舊曹州府治）為中心的曹州梆子，以濟寧、汶上為中心的汶上梆子，與「平調、萊蕪梆子、蘇北皖北的沙河調都有一定的血緣關係，而和豫東調、祥符調的關係更為密切」〔註1〕。而《山東梆子》（山東友誼出版社 2012 年版）一書所收梆子名家盧勝奎（1900～1977），「工丑行，江蘇沛縣三道圍子人」〔註2〕。十三歲在豐縣學戲，師從侯崑山，後長期在濟寧搭班。書中稱，他「1946 年，至沛縣任該縣大眾劇團團長」〔註3〕。此處記載多誤。一是沛縣三道圍子，「圍」當作「圩」，在今沛縣龍固鎮境內，距殷鳳哲傳授梆子戲的廟道口不遠，亦距殷之所居卞莊較近，演技當受江蘇梆子「殷門」一派影響。此人口述劇目二百餘出，曾改編江蘇梆子傳統劇目《三省莊》為山東梆子。二是大眾劇團，該團是 1949 年 7 月由豐縣人民政府在本縣五區梆子劇團基礎上組建而成，而並非沛縣。1946 年大眾劇團還未誕生，而五區劇團則成立於 1948 年歲末。〔註4〕山東梆子名家李雲鵬（1918～1992），

〔註1〕田和靈等編著：《山東梆子》，山東友誼出版社，2012 年，第 1 頁。
〔註2〕田和靈等編著：《山東梆子》，山東友誼出版社，2012 年，第 319 頁。
〔註3〕田和靈等編著：《山東梆子》，山東友誼出版社，2012 年，第 319 頁。
〔註4〕參看陳曉棠主編：《江蘇戲曲志・徐州卷》，江蘇文藝出版社，2002 年，第 40 頁。

藝名斧頭，江蘇豐縣人，少年時入豐縣卜老家科班學戲，師承蔣立忍，工文武小生，嗓音純淨明亮，高亢動聽，是江蘇梆子藝人入職山東梆子劇團而成為著名演員的。蔣立忍是江蘇梆子著名藝人，曾在卜老家等十餘處科班任教。《山東梆子》一書作「蔣立珍」，當係因「珍」、「忍」音相近而致訛。

　　同書第一章第二節「歷史沿革」謂：「1939 年冬，薛懷玉、王東海帶領山東梆子薛家班，赴抗日根據地單縣一帶演出。」〔註 5〕據《江蘇戲曲志·徐州卷》「大事年表」，此事發生在 1937 年冬，戲班為豐縣李寨鄉馬路口梆子戲科班，所唱乃江蘇梆子。王東海、薛懷玉均為該科班教師，而非薛家班。王東海為豐縣人，出身貧苦，擅演大生。解放後，曾先後在山東巨野、江蘇豐縣任區長。

　　《山東梆子》所附 1960 年前後依據老藝人口述所製《古老班社情況表》，錯舛時有。是書於「200 年～300 年的班社」一目下，列滕縣天師府班，收藝人「張明業（張二）──丑」、「盧勝奎──丑」。張明業（1878～1960），藝名張二，乃沛縣楊屯鎮劉官屯村人，殷門高足，以演丑知名。盧勝奎，上文已述及，兩人均非二三百年前班社中人。巨野大姚班，收「竇朝榮──紅臉」〔註 6〕。竇朝榮（1891～1960），藝名竇紅臉，山東嘉祥人，工鬚生，乃著名紅臉演員，曾與劉廣德、盧勝奎、丁憲文、徐崇貴等同臺獻藝，《山東梆子》收有其簡介〔註7〕，而表格把他列為二三百年前之人，前後敘述明顯牴牾。鄆城大呂班，收「李××（二黑心）──花臉」〔註8〕，此人即李正新（1899～1978），《江蘇梆子戲志》謂：「黑臉李正新（外號「李二黑心」）。」〔註9〕亦非古人。單縣四班，收有「陰其昌（二娃）──花臉」、「綠大褂子（女）──旦」、「小環（女，紅大褂子）──旦」。「殷」，訛作「陰」。殷其昌（1907～1974），乃著名梆子藝人殷鳳哲之子，沛縣楊屯鎮卞莊人，人稱「花臉王」。綠大褂子，即張鳳仙（1905～1943），紅大褂子乃孫秀芹，皆江蘇梆子名家，「淮海大地上，提起綠大褂子、紅大褂子真是婦孺皆知，老少誇獎」〔註10〕。他們也非二三百年前戲班中人。

〔註 5〕田和靈等編著：《山東梆子》，山東友誼出版社，2012 年，第 3 頁。
〔註 6〕田和靈等編著：《山東梆子》，山東友誼出版社，2012 年，第 361 頁。
〔註 7〕田和靈等編著：《山東梆子》，山東友誼出版社，2012 年，第 318 頁。
〔註 8〕田和靈等編著：《山東梆子》，山東友誼出版社，2012 年，第 362 頁。
〔註 9〕于道欽主編：《江蘇戲曲志·江蘇梆子戲志》，江蘇文藝出版社，1999 年，第 276 頁。
〔註10〕于道欽主編：《江蘇戲曲志·江蘇梆子戲志》，江蘇文藝出版社，1999 年，第 374 頁。

「100 年～200 年的班社」中，汶上岳家班，收李科，工「文武小生」
〔註 11〕。據《江蘇梆子戲志》，李科為蔣門弟子，會戲百餘齣，擅演紅臉，曾
執教於豐縣師寨張積堂戲班、李樓戲班。曹縣火神臺班，收「趙義庭——小
生」〔註 12〕。趙義庭（1915～1992），為山東曹縣火神臺集人，然青年時已進
入開封，應約加入樊粹庭所組建的豫聲劇院，後為河南豫劇院主要演員，與
陳素真、常香玉長期合作，有「珠聯璧合」之譽，亦非一二百年前藝人。

「40 年～100 年的班社」中，汶上孔三禿子家辦戲班裏的「賈福蘭（在
二板）——旦、生」〔註 13〕，當為原籍山東、出生於沛縣境內的賈福蘭（1913
～1940），藝名二拔，上文中「在二板」，即「名二拔」，乃因字形相近而訛。
工花旦、紅臉，兼工老生、小生、青衣，為徐州及毗鄰地區享有盛譽的江蘇
梆子演員。

其他如「蓋三縣」楊文華、「老少迷」周杏花、「大毛」謝永典、「一棵蔥」
張克明等等，或本身即為江蘇梆子演員，或曾在徐州一帶演出且廣有影響，但
姓名卻每有訛誤。如周杏花，當為周興華之訛。周興華，《中國豫劇大詞典》
於「人物」一欄收錄其人，作周清華。周興華，又名周清華，生於民國六年（1917），
山東曹州人。幼從曹州永興班（即馬家科班）梆子戲名藝人馬金祥學戲，與其
妻李興鳳同出一師門。後因失嗓，改習司鼓、二胡。1948 年去臺灣，曾執教於
大鵬、飛馬等豫劇團。在鳳麟豫劇團司鼓，教授生徒。謝永典，當係謝承典之
誤。「永」與「承」字形相近。《江蘇梆子戲志》作「謝成典」〔註 14〕，「承」、
「成」音同。張克明即張克敏，因「明」、「敏」讀音相近致誤。他曾與江蘇梆
子名藝人李正新（外號李二黑心）、謝承典（外號大毛）、馬登雲（藝名馬魁）、
燕廷武（外號十二紅）等同臺演出。這亦可看出諸家梆子戲的相互交融。

儘管該書所列表中有不少疏漏，但是卻給我們提供了一個重要信息，那
就是梆子戲在發展過程中，隨著梆子戲藝人的漂泊無定，時常去外地搭班演
出，梆子腔不同支系藝人之間的互相合作、互相觀摩、互為融合，則勢所難
免。這就造成了江蘇、山東、河南梆子聲腔的某些趨同現象，也給研究梆子
戲聲腔研究帶來一定難度。

〔註 11〕田和靈等編著：《山東梆子》，山東友誼出版社，2012 年，第 364 頁。

〔註 12〕田和靈等編著：《山東梆子》，山東友誼出版社，2012 年，第 367 頁。

〔註 13〕田和靈等編著：《山東梆子》，山東友誼出版社，2012 年，第 369 頁。

〔註 14〕于道欽主編：《江蘇戲曲志・江蘇梆子戲志》，江蘇文藝出版社，1999 年，第
　　　　372 頁。

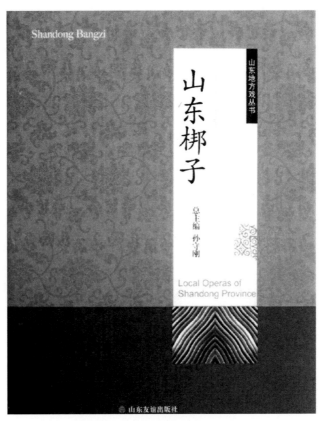

圖 72：《山東梆子》書影

　　江蘇梆子的基本板式，與山東梆子、河南梆子較為相似，以【慢板】、【二八板】、【流水板】、【非板】為主，即所謂「四大正板」。還有一些由此派生出來的【垛子】、【栽板】、【迎風板】、【金鉤掛】、【倒三撥】、【呱噠嘴】、【頂簾子】、【狗廝咬】、【滾白】、【一標標】等多種板式。當然，「江蘇梆子戲在唱腔的板式、調式、旋律節奏以及語言音韻和句法組成、演唱風格諸方面，都體現了徐州方言介於中州語系與吳越語系之間，既有中原音韻的硬重又有吳越音韻的輕柔之獨特風格」〔註 15〕。尤其是方言俗語的巧妙運用，更使得江蘇梆子帶有獨特的鄉土韻味。下面，就該劇種的幾種基本板式作大略介紹。

　　先談談【慢板】。之所以稱作【慢板】，顧名思義，是說它演唱速度較慢，情感的抒發上曲折婉轉，長於抒情，具有娓娓道來的很強的敘事性。當然，

―――――――――――――

〔註15〕于道欽主編：《江蘇戲曲志‧江蘇梆子戲志》，江蘇文藝出版社，1999 年，第
　　　　13 頁。

說它「慢」，是相對而言，【慢板】在速度推進上不能一概而論，而是根據戲劇情節的變化或人物性格發展的需要而決定或快、或慢，故【慢板】又有慢、中、快、特快之分。然而，其共同點是，「一板三眼的 4／4 節拍，一句可分二或三逗（分句），逗間一般有分句過門，以及中眼起唱、板上落腔的行腔規律」〔註16〕。當然，還是中速【慢板】使用較多，其次則為由此而派生出的速度較快的【迎風板】。

江蘇省梆子劇團的音樂設計董瑞華先生，在這一行當中摸索多年，時有創獲，且又曾長期擔任該團副團長，積累了許多江蘇梆子聲腔藝術表現經驗。下面所逐錄的梆子戲各板式聲腔的曲譜，大都出自於其手。如由他所整理的梆子戲名家姬俊卿所演唱的《雷振海征北》中番王所唱【慢板】：

選自《雷振海征北》番王唱段

（姬俊卿演唱）

$1 = {}^{\flat}E$　$\frac{4}{4}$

[慢板]中速 ♩ = 76

```
2.3  1 6  2 3 5  3 2 1 7 | 6.7  6 7 6 5  2 3 4 6  3 2

1.6  1 1 2  3 1  2 1 2 3 | 1 2 1 2  3 2 3 5  2 2  7 6

5 6 3  5.6  7 6 7  2 7 | 6 0 7  6 5  2 3 4 6  3 2

1 - )  6 6  6 5 | 6 0 6 3  6 7 6 | 5 - ( 1 1 2  3 2 3 5
有(啊)孤        王  (啊)

2 3  2 1  6 5 6  7 6 | 6 3  5 )  3  5  2
我        家
```

〔註16〕陳曉棠主編：《江蘇戲曲志‧徐州卷》，江蘇文藝出版社，2002年，第295頁。

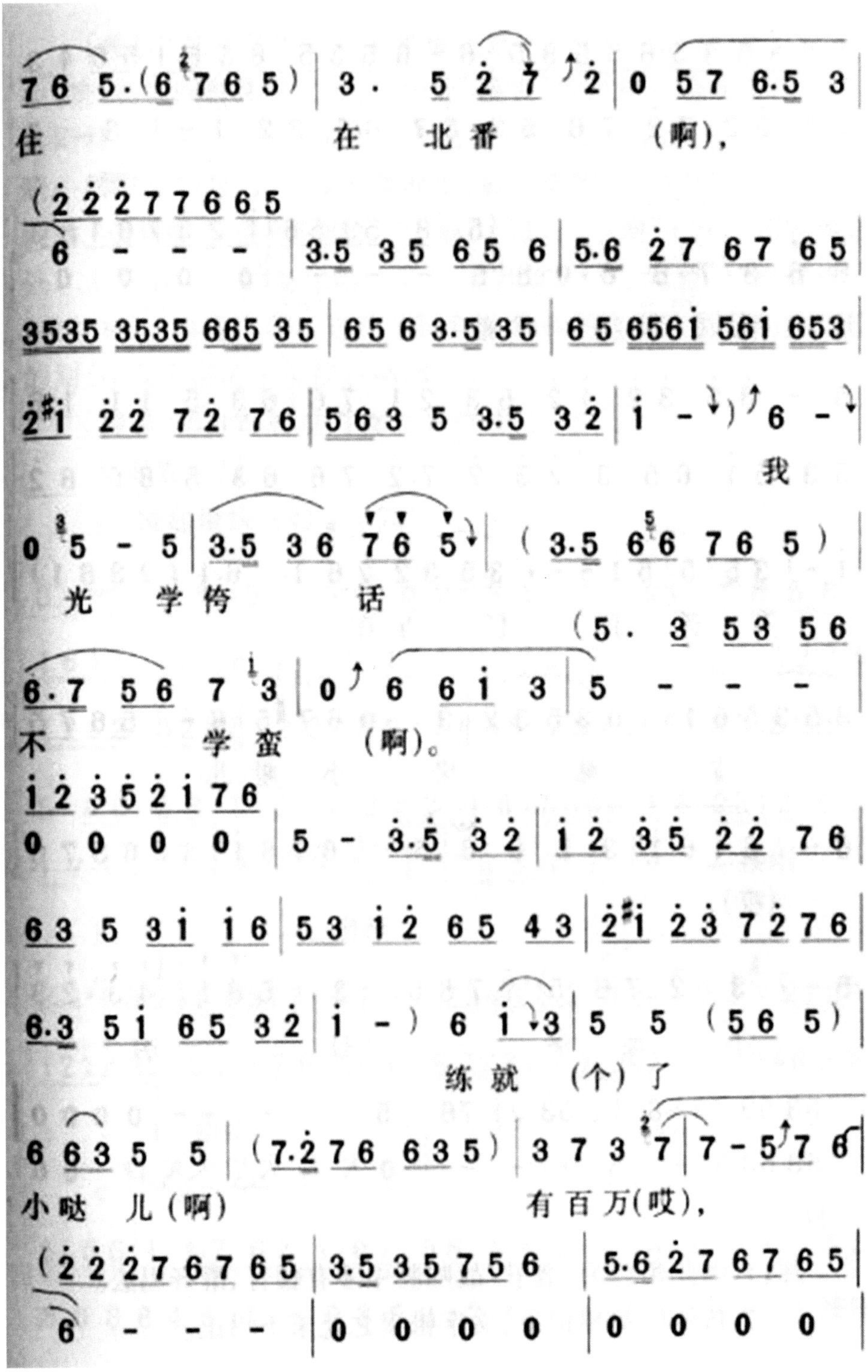
住 在 北番 (啊),
我
光 学侉 话
不 学蛮 (啊)。
练就 (个) 了
小哒 儿(啊) 有百万(哎),

3 5 3 5 3 5 6 6 5 3 5 | 6 - 6.5 3 5 | 6 5 6 6.1 5 6 4 3 |

2#1 2 2 7.2 7 6 | 5 3 5 7 6.5 3 2 | 1 -) 3 . 5

　　　　　　　　　　　　　　　　　　　　　　要　夺

　　　　　　　　(5. 3 5 3 5 6 | 1.2 3 7 6 1 5 3 |

6 6 3 7 6 6 0 3 5 | 5 - - - | 0 0 0 0

唐 王 朕 江 山 (哎　哎 哎)。

5 - 3.5 3 2 | 1 2 6 3 2 1 7 6 | 6 3 5 1 1 1 6 |

5 3 5 1 6 5 3 | 2 3 2 7.2 | 6 3 5 6 5 6 2 |

1 -) 3 5 5 5 1 - - | 3.5 3 2 2 6 1 | (6.1 1 2 3 6 1) |

　　　　有 孤 王　　打　坐 在

3.5 3 5 6 1 | 1 0 3 5 3 2 | 3 . 0 6 7#5 | 6 - (5 6 7 5

牛　　皮　帳　房　小　哒 儿

6 -) 6.1 6 1 | 3 5 6 6 5 - (6.1 6 1 | 3 5 6 5 7 6 |

(哎),

　　　　　　　　　　　　　　　漸慢

5 -) 3 . 2 | 7 6 5 (2 7 6 5) | 3 . 5 6 1 | 4 3 2 3 |

　　不　住 地 啊　　打　　響

　　　　　　　rit

(5 3 5 3 5 3 5 6 | 1 2 5 3 2 1 7 6 | 5　　-　- - | 0 0 0 0 |

5 3 5 3 5 - | 5 - - - | (0 大 大 大 大 大 大 台 - 0 0)

探。

〔註 17〕

〔註17〕陳曉棠主編:《江蘇戲曲志・徐州卷》,江蘇文藝出版社,2002 年,第 292～294 頁。

　　另一段則為梆子戲名家趙金聲飾演《紅樓夢》一劇中寶玉的【迎風慢板】
唱段：

选自《红楼梦》宝玉〔生〕唱段

（赵金声演唱）

1=♭E

[迎风慢板]（约 ♩ = 192）

5　5 | 1 7) 5 | 1 2 1 1 6 | 5 - 7 - | 7 6 (6 5 6 |
　　九　州　　　　　　　　　　生　　铁

6 · 5 6 6 | 0 7 - 2 6 · (6 6 6 6 2 7 6 | 5
铸　　　　　　　　　　　大　错，

6 -) 6 - | 0 6 - 5 | 4 · 5 6 5 | 4 · 5 6 5 |
　　一　　　　根　　　赤　　　绳把终

0 2 7 6 5 - | 1 1 | 1 5 - 4 | 3 · 2 3 1 |
身　　　误。　天　缺　　　一　　　角

(6 1 1 2 3 2 1) | 5 · 4 5 5 | 0 5 0 | 5 2 | 3 - 5 - |
　　　　　有　　　女　娲，心

0 1 - 5 | 5 5 3 2 | (2 3 2 1 7 1 2) | 1 7 6 5 |
缺　一　块　　　　　　　　　　　　难

0 2 5 2 1 · (6 1 6 1 2 | 3 5 6 1 6 5 3 2 | 1 （下略）
再　补。

〔註18〕

〔註18〕陳曉棠主編：《江蘇戲曲志·徐州卷》，江蘇文藝出版社，2002 年，第 296～
297 頁。

　　之所以稱之為【迎風】，是因為演唱時，在擊樂的配合下，節奏鮮明，斬截有力，頓挫有致，好似迎風前行。而【金鉤掛】起腔則採用【迎風板】之過門，但唱腔句與句之間拖腔省略，因所唱節奏簡截明快，句句連接緊湊，上下勾連，一氣貫串，故稱「金鉤掛」。所謂【連環扣】，也是慢板的一種變化板式，亦是因過門省略而變為短小，演員徑直接唱，聯繫緊密，如環相扣，故稱。河南梆子之【慢板】，還演化出【拐頭釘】、【倒脫靴】、【哭劍】、【導板】諸名目。江蘇梆子則少有此名目，亦或同一板式而稱呼各異。如河南梆子中【導板】，在江蘇梆子中則稱【起板】。江蘇梆子的【慢板】，其句法結構，又有「頭句腔」（起腔）、「上韻」（句）、「下韻」（句）、「死腔」諸區分。且上、下韻唱法富於變化，分作「三句腔」、「二句腔」、「雙過板」、「單過板」、「留板」等類別，足見其唱法之豐富多變。〔註19〕

　　其次是【二八板】。山東曹州一帶，古時曾流行有民間小調【老八板】。【二八板】的出現，或許與吸納民間小調的某些音樂元素有一定的關聯。【二八板】是江蘇梆子唱腔中最常運用的基本板式。《江蘇梆子戲志》曾這樣表述其特點：「基本節奏為一板一眼的2／4節拍。因原先它的上、下句連同小過門共有十六板，每句八板，因以得名。如今這種格式已被突破，旋律進行和過門、間奏的穿插也非常靈活多變。在速度上有慢、中、快、緊之分。慢速時善於抒情，中速時長於敘事，速度較快時則適合表現喜悅、激奮的情緒。旋律在慢速時較繁，快速時較簡。由於運用鑼鼓伴奏的不同，又有【單鼓條二八板】和【雙鼓條二八板】之分。【二八板】的派生變化板式也較其他板式更為多樣。」〔註20〕

　　在此，不妨節選梆子戲名家張虹在《李瓶兒》劇中的一段唱腔：

选自《李瓶儿》李瓶儿唱段

（张　虹演唱）

$1=\flat E$　$\frac{2}{4}$

[二八板]（约 ♩ =60）

| 1.2 | 3 2 5 3 | 2.3 | 2 2 7 | 6.1 5 6 | 1 7 6 | 5 3 | 5 6 ） |

〔註19〕參看陳曉棠主編：《江蘇戲曲志·徐州卷》，江蘇文藝出版社，2002年，第295頁。

〔註20〕于道欽主編：《江蘇戲曲志·江蘇梆子戲志》，江蘇文藝出版社，1999年，第157頁。

```
                                    (5.6  i  3 | 2̇ i 76
i. 2 | 3 i 76 | 5 3 5 6 6 | 5  -  |
非  是  奴

5 3 5 6 6 | 5)  6 | i 3 6 5 | 3 4 2 5 | 1  -  |
          非 是  奴  把 他 来  恋，

5. 5  i 3 | 2 1 | 6 5 | 3 2 1. (2 | 6 5 3 2 | 1 1 1) |
说  起  来

6.7  2̇ 6 5 | 2 3 4 6 | 3 2 1 | 1 | 6.7 | 6 5 | 2 i 3 2 |
说 起 来  原 本 是   前 世 孽

1. (2 3 2 | 1) 6 | 3 2 | 1. 2 3 | 2 3 5 | 2 7 | 6 (6 6) |
缘。      那 人 儿 终 日 里 脚 根 无 绊，

                    (0 2̇ 7 6
3.5 6 6 | 2̇ 2 7 | 6 6 3 | 5  -  | 5 2 3 4 | 5.5 5 5) |
卧 柳 眠 花 喝 酒  赌 钱。

3.5 6 5 | i 4 3 2 5 | 1. (2 3 2 | 1) 6 | 3 5 | 6 2̇ 7 | 6 5 |
三 五 日 难 得 一  见，      相 见 时 多 又 是

3 5 6 | 6. i | 3 2 | 1 1 | 6 5 | 1 (i i i 7 | 6 7 6 7 6 5 |
醉 酒 焉 焉。

i 3.5 6 6 | 6. i | 3 2 | 1 1 | 6 2 5 | 1 1 1) | 6.5 6 5 6 i |
                                          话 无 留 半

i 3.5 6 5 | 3.2 5 6 | 1. (6 1 1) | 0 2 7 6 | 5.6 7 2 |
句，    情 无 得 一  点。   奴 也 是 挂 名 儿
```

$\overset{\frown}{6\,1}\,6\,5\,|\,\overset{\frown}{5}\,\overset{5}{5}\cdot\,|\,1\cdot(\overset{\frown}{2\,3\,2}\,|\,1)\,5\;2\,5\,|\,\overset{\frown}{5\,3\,5\,6}\,\overset{5}{1}\,|\,3\,3\,\overset{\frown}{6\,2}\,1\,|$

空 把 那 枝 儿 占， 只 说 他 人 死 后 倒 静 我

$(\overset{\frown}{3\cdot2\,3\,5})$　　　　　　$(3\,\overset{\frown}{6\,6\,7\,2\,7\,6}$

$3\,3\,5\;\overset{\frown}{1\,2}\,|\,3\,-\,|\,6\,6\,\overset{\frown}{7\,2\,7\,6}\,|\,\overset{5}{6}\,5\cdot\,|\,0\;0$

素 心 一 点。 哪 曾 想

（6666

$\overset{5}{6}\,5\cdot\,)\,|\,\overset{\frown}{1\,1}\,\overset{\frown}{5}\,1\,|\,5\,5\,2\,5\,|\,\overset{\frown}{2\,2}\,\overset{\frown}{5\,2\,1}\,|\,\overset{1}{6}\,-\,|$

哪 曾 想 这 年 月 女 人 难 那，

$6\;\overset{\frown}{6\,6\,6\,6}\,|\,5\,0\,)$

$6\,-\,|\,5\,0\;1\,0\,|\,5\,0\,1\,\overset{\frown}{6\,5}\,|\,\overset{5}{4}\,-\,|\,\overset{5}{3}\,-\,|$

$\overset{\frown}{3}\,0\;\overset{\frown}{6\,3}\,|\,\overset{\frown}{6\,1}\,\overset{\frown}{3\,5\,2}\,|\,\overset{3}{1}\cdot(\overset{\frown}{2}\,\overset{\frown}{3\,2}\,|\,1\,)\,|$ （下略）

守 寡 尤 难。

〔註21〕

當然，中速【二八板】是其基礎板式。【二八板】是 2／4 節拍。一般來說，「板」，是指強拍；「眼」，是指弱拍。頭拍稱「板」，弱拍稱「眼」。以打節拍為例，手落下為板，抬起為眼。「板以節字與句，眼以節字與腔」〔註22〕、「曲音之長短，以拍板之時間節之」〔註23〕。【二八板】的句法結構，同樣含有起腔、上韻、下韻、死腔四個節段，僅起腔就有多種方式，但應視劇中人物之情緒、情節發展之需要而採取不同的起腔方法。

〔註21〕陳曉棠主編：《江蘇戲曲志·徐州卷》，江蘇文藝出版社，2002 年，第 297～299 頁。
〔註22〕王季烈：《螾廬曲談》，俞為民、孫蓉蓉編：《歷代曲話彙編·近代編》第一集，黃山書社，2009 年，第 517 頁。
〔註23〕王季烈：《螾廬曲談》，俞為民、孫蓉蓉編：《歷代曲話彙編·近代編》第一集，黃山書社，2009 年，第 300 頁。

【二八板】同【慢板】一樣，也衍生出不少板式，大致分作「單鼓條伴奏」、「雙鼓條伴奏」兩大類。【二八連板】、【一鼓二鑼】、【呱噠嘴】、【狗廝咬】、【倒三撥】等，屬於「單鼓條伴奏」；而【一標標】（即【雙鼓條二八板】）、【垛子板】、【緊二八板】、【緊打慢唱】、【頂簾子】等，則屬於「雙鼓條伴奏」一類。〔註24〕所謂「快」、「慢」、「緊」，均是就其演唱節奏與速度而言。【二八連板】，演唱速度較快，因過門省略許多，旋律簡潔，上下聯繫緊湊，故稱「連板」。【一鼓二鑼】，演唱速度也較快，伴奏不用鐃、鈸，僅用一鼓（板鼓）、二鑼（大、小鑼），由此而得名。【一標標】，不用手板伴奏，而僅用兩支鼓簽同時敲擊，聲若「標標」，故稱。因其粗獷豪放，所以「淨」行常用此調。【呱噠嘴】，唱詞多以五字為句，也有用四字、六字句者，眼起板落，一般為誇讚某人或觀陣所用。如《姚剛征南》中黃金蟬誇讚姚剛時所唱：「頭戴著小銀盔，身穿著雪白甲，跨下了白龍馬，小銀槍手中拿。賽韋陀，念佛法，你是誰家的白娃娃。」行腔輕俏利落，活潑多趣。【垛子板】，為有板無眼的1／4節拍，節奏較快，通常用於人物內在情感勃發、急切述說之時。因其句句緊接，如同堆垛，故稱【垛板】。【緊打慢唱】，指梆子快速連擊，而唱的旋律節奏相對寬鬆，利於憤怒或激昂情緒的宣洩。【頂簾子】，演員在上場前貼近門簾所唱的起腔叫頂簾。唱速的快慢由劇情而決定，也是【二八板】的一種演唱形式，但很難稱之為一種獨立的板式。【狗廝咬】，是指二人（或多人）對唱，形同吵架，是與【二八連板】之節奏相似的一種板式。

而【流水板】，旋律流暢，節奏輕快酣暢而富於變化，行腔句句緊接如行雲流水、一瀉而出。「常用眼起板落，同時經常出現跨小節的切分節奏。速度上也有慢、中、快之分，慢時委婉細膩，快時歡快熱烈跳蕩。句法結構較為靈活，無論上句還是下句，均既可作連句處理、又可作再分句處理，分句間可加分句過門但也可省略，句後都有固定的長過門承上接下，但根據旋律的情況或需要，又可將其省略或一個不用，構成句句緊接一氣呵成的流水連板。有很多延長音和拖腔，譜面上較難記出精確的長度，演員可根據需要酌情處理、盡情發揮」〔註25〕。如由韓蔚霞飾演的《紅樓夢》中黛玉唱段：

〔註24〕參看陳曉棠主編：《江蘇戲曲志‧徐州卷》，江蘇文藝出版社，2002年，第301頁。

〔註25〕于道欽主編：《江蘇戲曲志‧江蘇梆子戲志》，江蘇文藝出版社，1999年，第174頁。

选自《红楼梦》黛玉〔旦〕唱段

（韩蔚霞演唱）

1 = ♭E　2/4

中速〔流水板〕（约 ♩=120）

```
3 6  5 6 | 7 6 5 | i . 3 | 2 i 7 6 | 5  5 3 | 2 5 |

5 ) 2 | 2 7 | 7̌ 7 - | 7 - | 7̌ 7 5 | 5 7 | 7.2 6 |
          宝   玉   被    笞    身   负    伤

6 - | ( 6 7 6 5 | 3 5 6 | 6 7 6 5 | 3 5 6 5 | 6 - ) |

6 7  3 5 | 6 - | ( 6 i  3 5 | 6 6 | 6 ) 6 | 6 5 |
荣   国   府                      多     的  是

4 5  6 | 6  5 | 5 - | ( 3 5 6 i | 5 i 3 | 2 i 6 i |
无   情   棒

5 - ) | 0 i | 5 i | i i | i 5 | 5 . i | 3 - | 3 3 5 |
          他   那   里   皮   肉   初     愈     心 忧

5.6  6 - | 6 2  2 - | 2 1 2 | 6 - | 6 1 | 1 - |
碎

( 5 5 3 | 2 1 1 | 5 5 3 | 2 3  2 1 | 1 7 6 | 5 ) | 5 |
                                                     我

5 6  7 2 | 7 6 | 5 - | ( 7 2 7 6 | 5 - ) | 3 5 |
是   三   朝   两   思                      勤
```

rit

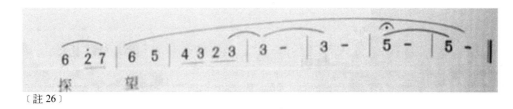

〔註26〕

【流水板】也有其變體，如【流水連板】、【花腔流水板】（即【快流水板】）、
【流水垜子】等板式。【花腔流水板】，速度較快，「節奏自由，甩腔、花腔較
多，演員演唱時可作較為自由發揮」〔註27〕。

最後，說一說【非板】（亦作【飛板】），與京劇中【散板】相類，也叫「簧
戲」。由此可以看出，江蘇梆子對京劇之前身「二黃戲」演唱伎藝的吸納與融
合。這一唱腔板式，節奏自由，無板無眼，伸縮自如，喜怒哀樂等情緒皆可
以表現。其「樂句可長可短，節奏可緊可寬，字位擺放可疏可密。演唱時特
別注重強、弱，及抑、揚、頓、挫的處理。裝飾音的運用，氣口的安排亦十
分重要。它可以獨立成段，但更多的是用在大段唱腔前作為引導，或用在唱
段之後作為結束的段落」〔註28〕。「在句法結構上它也有起腔、上句、下句之
分，但無太大的差異，僅拖腔長短、句尾落音及過門的差別。另外，在旋律
的進行、節奏的安排等方面，形成一種自然的上下句對應關係」〔註29〕。

如「起腔」，以梆子戲名家徐豔琴所飾《三上轎》中崔金定唱段為例：

选自《三上轿》崔金定〔青衣〕唱段
（徐艳琴演唱）

1=♭E

二　公婆在草堂（啊）

〔註26〕于道欽主編：《江蘇戲曲志‧江蘇梆子戲志》，江蘇文藝出版社，1999 年，第
　　　　173～174 頁。

〔註27〕于道欽主編：《江蘇戲曲志‧江蘇梆子戲志》，江蘇文藝出版社，1999 年，第
　　　　180 頁。

〔註28〕于道欽主編：《江蘇戲曲志‧江蘇梆子戲志》，江蘇文藝出版社，1999 年，第
　　　　181 頁。

〔註29〕于道欽主編：《江蘇戲曲志‧江蘇梆子戲志》，江蘇文藝出版社，1999 年，第
　　　　182 頁。

7 7 7　2·7 6 6 6 5 — 6 6 6 5　#4 — —｜　）0（
一齊跪　我　　　　　　　（大台倉－大台倉－）

〔註30〕

「上句」（上韻），仍以徐豔琴所飾崔金定唱段為例：

選自《三上轎》崔金定〔青衣〕唱段
（徐艷琴演唱）

i i i i 2 7·6 6 5 — 6 4 3 2 2 2 1 6 5　1 —
我的二公婆

5 5 2 5 — 5 1 2 5 0 5 i 3 — 5 3 — 2 2
免啼哭　請（哪）　請　在草堂　落坐

2 0 2 2 2 1 7　1 — —
（大台倉－大台倉－）下略

〔註31〕

「下句」（下韻），以縱兆芝所飾《江姐》中江姐唱段為例：

選自《江姐》江姐唱段
（纵兆芝演唱）

7 7 6 #1 2（2）6 3 — 5 —（5 — ）1 1 5 1 2
心如刀　絞　痛斷　腸　　　　痛斷

〔註30〕于道欽主編：《江蘇戲曲志·江蘇梆子戲志》，江蘇文藝出版社，1999 年，第
182 頁。

〔註31〕于道欽主編：《江蘇戲曲志·江蘇梆子戲志》，江蘇文藝出版社，1999 年，第
182～183 頁。

〔註32〕

　　【非板】則派生出【滾白】、【栽板】等板式。其實，【滾白】起源甚早。
明代的餘姚腔以及受其影響而衍生的青陽腔都有「滾調」，又叫做「滾唱」。
尤其是青陽腔，「不但有滾唱，而且還有滾白」〔註33〕。在其他劇種中，也有
稱作「滾板」、「哭板」者。江蘇梆子中的「滾白」，當是受到古劇的影響。而
【非板】的無板無眼，又有弋陽腔「其節以鼓」的遺韻。梆子戲中【滾白】，
將【非板】上句作韻白處理。節奏的把握比較隨意，大都是連說帶唱、說唱
相間而出，似泣似訴，時常用在對死者的悲悼與追念或哭訴淒慘經歷的場合。
這種連說帶唱，就有古劇滾調「帶做帶唱」（明・葉憲祖《鸞鎞記》第二十六
齣）的影子。滾白的下句，與非板的下句相同。

　　如陳素芳所飾《秦香蓮》一劇中秦氏所唱：

選自《秦香蓮》秦香蓮〔青衣〕唱段
（陈素芳演唱）

1=ᵇE

〔註32〕于道欽主編：《江蘇戲曲志・江蘇梆子戲志》，江蘇文藝出版社，1999年，第
　　　183頁。
〔註33〕錢南揚：《戲文概論》，上海古籍出版社，1981年，第65頁。

〔註34〕

　　至於【栽板】，《江蘇梆子戲志》曾這樣表述，即是「將『非板』的唱法用於『慢板』起唱前的第一句（上句），起到導板、引子的作用。『栽板』後接『慢板』的起唱過門並接唱『慢板』的下句。『栽板』有大栽板、小栽板之分。大栽板往往分成三個分句，分句過門較長；小栽板往往分成二個分句，分句過門較短。但無論大小栽板，其落音都必須是調式的主音」〔註35〕。河南梆子、山東梆子均有【大栽板】、【小栽板】，儘管唱法不盡相同，但都強調其導板、引子作用。其間的淵源關係約略可見。且山東、河南梆子均有【大起板】，亦是由【非板】體演化而成，江蘇梆子至今已很少運用。【大栽板】多用於黑頭、紅臉，而【小栽板】則一般為小生、小旦演唱時所用。

　　同為梆子腔，而與山東梆子、河南梆子、江蘇梆子風格相近的棗梆，在板式的名稱上就與上述三家有很大不同。其基本板式為【二板】、【二八銅】、【流水板】、【尖板】四大類。由【二板】衍生出【大花腔】、【二板花腔】、【二凡】、【落二板】、【八句二板】；由【二八銅】衍生出的則為【二八摟子】（又

〔註34〕于道欽主編：《江蘇戲曲志·江蘇梆子戲志》，江蘇文藝出版社，1999 年，第183～184 頁。

〔註35〕于道欽主編：《江蘇戲曲志·江蘇梆子戲志》，江蘇文藝出版社，1999 年，第184 頁。

稱【緊打慢唱】)、【緊銅】(快於【緊打慢唱】)、【武包腔】、【靠山吼】、【垛子】、【挎板銅】等；由【流水板】衍生出的是【流水花腔】、【倒反撥】、【金鉤掛】、【一句花腔】、【三步歌】、【一串鈴】；由【尖板】而化生的則為【大裁板】、【小裁板】、【點絳唇】、【哭迷子】。叫法雖不同，但板式大致相似。〔註36〕如棗梆中【二板】，一板三眼，4／4拍，相當於【慢板】。【二八銅】，一板一眼，2／4節拍，相當於【二八板】。【流水板】，則名稱相同。【尖板】，為節奏自由的散板形式，相當於【非板】。【哭迷子】，則相當於滾白。這幾家梆子戲雖說在唱法上多所相似，而且棗梆與山東梆子皆流行在山東的菏澤、鄆城、巨野、梁山、嘉祥、濟寧、定陶、曹縣一帶，但發展的路向有所差異。棗梆在由山、陝梆子向其自身轉化時，還保留有不少從母體帶來的胎記。相對來說，河南、江蘇梆子戲，在其發展的歷程中步子似邁得更快一些。而且，河南、江蘇、山東三家梆子戲在內在關聯上，似乎成分也更多一些。

當然，同為梆子戲，但由於發展路徑以及它們主要活動地域的不同，所用語言音韻、演唱演奏方法以及上演劇目等也各不相同，於是形成了各地梆子聲腔相對獨立的旋律風格和行腔特點，如江蘇梆子「在徵調式中其骨幹音為 5、6、1、3，在宮調式中是 1、3、6、5。偏音變徵『#4』和清角『4』經常不出現，而形成六聲調式的現象，這正是形成並決定徐州梆子戲唱腔音樂風格的關鍵所在，也是與兄弟劇種如豫劇等唱腔音樂風格差異的主要原因。同為『徵調式』，河南梆子戲唱腔的骨幹音卻是 5、6、7、2、#4，宮調式的骨幹音『1、3、5、7』」〔註37〕。總而言之，「豫劇唱腔音樂旋律線條起伏較大，起伏頻率較高，四度以上大跳時常出現，由於方言原因，旋律線條楞角明顯，音樂風格較為粗獷。而江蘇梆子戲唱腔音樂旋律線條起伏相對平穩，大跳運用的頻率相對較低，由於方言和吳韻吳音影響的原因，唱腔旋律粗獷中更見細膩柔和」〔註38〕。

江蘇梆子雖說以【慢板】、【二八】、【流水】、【非板】為「四大正板」，但由此衍生的許多板式，在豐富這一劇種演唱藝術、深入表現各類人物複雜情

〔註36〕參看陳瑾、李琳編著：《棗梆》，山東友誼出版社，2012年，第73～74頁。
〔註37〕吳敢、孫厚興主編：《徐州戲劇史》，中州古籍出版社，2018年，第319～320頁。
〔註38〕于道欽主編：《江蘇戲曲志·江蘇梆子戲志》，江蘇文藝出版社，1999年，第214頁。

感上起到相當重要的作用。前人既然可以在原有唱腔基礎上不斷發展、完善，而今人為適應客觀形勢的變化，以既有板式為基礎再創新腔，也是理所當然之事。

第二節　場上搬演的伴奏樂器

自古以來的戲曲演出，一般來說都是有伴奏的，不過是越到後來越趨於複雜而已。江蘇梆子老藝人，習慣上將臺前伴奏無論是打擊樂還是管絃樂，統稱為「前場」，而把將要陸續登場的後臺表演群體，統稱作「後場」。其實，再細緻劃分，「前場」又有「武場」、「文場」（又稱作「硬場面」、「軟場面」）之別。下面，就「武場」與「文場」兩個層面來談談江蘇梆子演出的伴奏器樂。

先談「武場」。

在早期，江蘇梆子藝人曾用一句順口溜來描述樂隊的組成，謂：「一鼓二鑼三弦手，梆子鐃鑔共八口。」〔註39〕一鼓，指的是板鼓。三弦，包括大絃、二弦、三弦，加上鑼、梆子、鐃鑔敲擊者，共需八人。其實，舊時戲班全靠演戲養家餬口，根本養不起那麼多人，有的人勢必要身兼數職，如大鑼、鐃、鑔、梆子，就由箱倌等兼起這幾項樂器演奏的職能。

既稱「梆子戲」，梆子自然是必不可少的伴奏樂器。製作梆子，一般是用堅硬的棗木、紅木或蘇木，因為它木質緊密，耐得住擊打，且又聲音清脆，傳之較遠。筆者曾見，早年鄉間梆子戲班為節儉起見，也有用民間走街串巷叫賣香油者所敲梆子充當者。其實，梆子乃是節制臺上演員唱戲時行腔節奏的一種工具，係厚在五公分上下、寬約七公分、形為扁圓的兩個二三十公分的長木塊。無論是【慢板】還是【二八】、【流水】的演唱，皆需要梆子擊節，尤其是【緊打慢唱】，其作用更為突出。

「一鼓」，乃指鼓板，藝人一般稱其為「鞭鼓」，當是「扁鼓」之音轉。鼓框用堅硬木料製作而成，上蒙以牛皮或豬皮，下部不蒙皮，內裏呈凸弧形，中間留一直徑約五到七公分的圓形孔，為鼓心。演奏時，放在支架上，用竹做鼓條（鼓籤子），敲擊鼓心而發聲。這一打擊樂器，往往與檀板（拍板）並

〔註39〕于道欽主編：《江蘇戲曲志·江蘇梆子戲志》，江蘇文藝出版社，1999年，第349頁。

用。鼓師左手執板，靠板片有節奏地撞擊發聲，與擊鼓聲相配合，以指揮場上打擊樂、管絃樂的演奏，也用以節奏演員的唱腔。梆子戲中【流水板】的起腔過門所奏「吃打吃打吃」，其中的「吃」，就是檀板撞擊的擬音。所以，鼓、板常常並稱。鼓師，是鼓、板兼司者。江蘇省梆子劇團的李瑞忠，五十多年來，在百餘齣傳統戲、十餘齣現代戲的表演中擔任鼓板。梅花獎得主張虹、燕凌評獎時所演劇目，大都由其擔任打擊樂設計兼司鼓。他還挖掘、整理出許多梆子戲打擊樂曲牌，為江蘇梆子的「申遺」作出重要貢獻。

「二鑼」，指的是大鑼和小鑼。鑼是用銅製作的圓形扁平的打擊器樂，有鑼心（鑼門。鑼中間微微凸起，呈圓形）、鑼框（與鑼心相連的外斜面）兩部分。演奏時，左手提鑼繩，右手持用布包裹的鑼槌擊打，聲音高亢響亮，一般用於兩軍鏖戰和袍帶人物登場的氣氛渲染。打鑼有重擊、輕擊、悶音、掩音、揣鑼、打邊等多種打法，視情節需要而決定使用何種方法。

小鑼，又叫「二鑼」、「手鑼」，與大鑼形狀相似，但較大鑼形制為小。大鑼直徑為 30 釐米，小鑼不過約 20 釐米。演奏時，用左手食指、拇指捏住鑼邊，右手持竹或木製鑼板的側面斜棱敲擊鑼心。一般用於文士、女子或滑稽人物的上場和下場，敲擊的節奏密切配合人物動作、腳步或情態變化。

圖 73：鑼

　　鐃鑔，為圓形打擊樂器，中間凸起部分如球之一端，上皆有孔，以穿繫綢或布條，方便演奏者執拿。凡兩片，相互撞擊以發聲。鑼鼓經中的「大倉才倉才倉」之「才」，即鐃鑔的擬音。

　　堂鼓，打擊樂器，形狀比腰鼓粗大，鼓身中部微微鼓起，兩頭蒙以牛皮（或羊皮），有專用鼓架。演奏時，置鼓於架，用鼓槌敲擊，「咚咚」作響。梆子戲表演中，常用於兩軍開戰時激烈場景的渲染，或元帥升帳、官吏升堂時等莊重場合氣氛的烘托。鑼與鼓經常合奏，故各劇種大都有鑼鼓經。

圖 74：堂鼓

　　以上幾種樂器，產生的年代大都很古老。梆子，古時或用於巡更，或官衙以敲梆而表示人眾的聚集或散開。當時，一般用挖空的木頭作梆子。過去鄉間走村串戶賣香油者所敲擊的梆子，即是從古代沿襲而來。至梆子腔產生，始移至戲場。檀板，起碼唐代已有此物。杜牧《自宣州赴官入京路逢裴坦判

官歸宣州因題贈》，就有「畫堂檀板秋拍碎，一引有時聯十觥」〔註40〕之詩句，雖說其形制與當今檀板是否一致，不便妄下斷語，但用途卻無二，都是用來節制歌舞的。板鼓，與唐玄宗所敲擊的來自西域的羯鼓就很相似。羯鼓，形如漆桶，下有鼓架承之，用兩支鼓槌擊打，音聲急促高烈。板鼓，或是由羯鼓演化而來。鑼，宋時軍中所用物，敲鑼示警以聚眾，後用以戲曲演出的伴奏。鐃鑔，也即鐃鈸，隋、唐時的燕樂、法曲中，就有鐃鈸相和之樂。而鼓，產生年代更為久遠。《山海經‧大荒東經》曾載其起源。遠古之時，人們擊鼓以建言，也用以祭祀和燕飲之禮。漢代，則出現了許多將擊鼓與歌舞融為一體的建鼓舞。梆子戲的打擊樂器，大都起源甚早，愈可見其古樸淳厚的藝術風貌。

下面再談談「文場」樂器。

江蘇梆子在早期演出中所使用的伴奏樂器：大絃、二弦、三弦，在河南梆子、山東梆子、大平調中同時存在，愈發說明它們之間的確存在一定的血緣關係。所謂大絃，是一種狀似月琴的彈撥樂器，下部音箱呈八棱形，用桐木薄板作其面，四柱，四根皮弦，用竹或骨頭撥子彈奏。其形制與山西梆子的四絃相仿。當時，為梆子戲的主奏樂器。二弦、三弦為幫襯樂器，足見其地位之重要。大約在上個世紀二十年代前後，大絃逐漸為板胡所替代。後來，拉絃樂器二弦也被淘汰，保留了彈撥樂器三弦。而在河南梆子裏，使用板胡是在上個世紀三十年代中葉，而且取代的是「原來的主奏樂器——二弦（小皮嗡）」〔註41〕。在江蘇梆子中，板胡，其音筒是用椰子殼製成（河南梆子之板胡用檳榔殼），形似「瓢」，故老藝人以此稱之。「板胡音量大，音色明亮，極具個性，且穿透力強，作為領奏樂器有著其他樂器所不能比擬的先天優越條件。早期採用五度定弦（6-3），俗稱『正工四』，後期逐漸演變為四度定弦（3-6），俗稱『反工四』。常用調高為 1=♭E，偶而也用 1=D，1=E 甚至 1=F。演奏時演奏者左手指上戴金屬指帽」。它在梆子戲樂隊演奏中，「起領奏、帶腔、跟腔、包腔、托腔、送韻的作用」〔註42〕。所以，演奏板胡者，俗稱「頭把弦」，足見其地位之重要。

〔註40〕《全唐詩》卷五二〇，上海古籍出版社，1986 年，第 1319 頁。
〔註41〕馬紫晨主編：《中國豫劇大詞典》，中州古籍出版社，1998 年，第 529 頁。
〔註42〕吳敢、孫厚興主編：《徐州戲劇史》，中州古籍出版社，2018 年，第 369 頁。

圖 75：三弦

　　後來，隨著人們欣賞水平的提高，前場樂器也作了相應的擴展，增添了二胡、嗩吶、笛子、笙等。至上個世紀五十年代後期，演奏樂器更為豐富，將琵琶、揚琴、阮（即樂器阮咸，形近月琴）、箏、墜胡、大提琴等樂器增入。武場則增加了木魚、碰鈴之類小的打擊樂器。樂隊人數自然也擴張不少，一度增至二十餘人。上個世紀七十年代，因排演「樣板戲」的需要，增加了不少西洋樂器，如雙簧管、單簧管、巴松、小號、圓號、長號、小提琴、中提琴、大提琴之類，樂隊人數猛增至三十多人。

　　1977 年之後，樂隊編制逐漸恢復到原來狀態，所設樂器乃本劇種所專有，即板胡、鼓板、大鑼、鐃鈸、小鑼、梆子之類慣常所用者，外加一個演奏竹笛、笙、嗩吶、悶管、塤、揚琴、琵琶、中阮、大阮、箏、二胡、中胡、大提琴、貝斯及木魚、碰鈴等樂器的常規性管絃樂隊，人數則視各團具體情況而定。

　　至於文、武場的伴奏，據《江蘇梆子戲志》等資料載述，大致有這樣幾種情況：首先，伴奏是為場上演員表演、景色描寫、氣氛烘托而設。早期的伴奏，只是根據場上演出需要，而選用合適的曲牌即可。現在則不同，應結合劇情發展、人物情緒波動等因素，創作具有很強針對性的樂曲，這無疑提高了伴奏的品質。其次，本來伴奏是用在演員場上演唱之間所穿插的短暫表演或念白之時。此際，可在腔後接奏相應的「壓板」（行弦）。而現在則有所不同，是根據需要以「壓板」音樂為基礎進行變奏，或創作新的旋律來替代「壓板」，當然應顧及場上情緒與音樂結構上前後的連接。再次，伴奏用於演員行腔之時。在以往，唱腔是定板不定譜，演員在演唱時具有很大的隨意性，樂隊在跟腔時自然要隨腔伴奏。當然，「江蘇梆子戲的各種板式唱腔不論旋律還是過門、間奏均有一定規律。經驗豐富的樂師在無譜的情況下也可得心應手地隨腔伴奏，亦可在演唱者暗示下自然轉換板式，還可依演唱者的意向靈活掌握過門、間奏的長短，使演唱者隨心所欲地演唱」〔註43〕。所以，人們往往將鑼鼓擊奏分作鬧臺鑼鼓（即「開臺鑼鼓」）、唱腔鑼鼓（指分別用於【流水】、【二八】、【慢板】、【非板】諸板的起唱伴奏）、身段鑼鼓（配合演員身段表演、動作發生的伴奏鑼鼓）、曲牌鑼鼓（即文場管絃樂器伴奏的曲牌音樂中的鑼鼓）。尤其是身段鑼鼓，鑼鼓的擊打，緊密配合人物登場的步伐節奏或場上表演時的形體變化，這是自古以來的做法。古代戲曲選本《綴白裘》收有《連相》一劇。其中有這樣幾句話：「姐兒門前一顆槐，槐樹底下搭戲臺，他做師父點鼓板，他做副末把場開。嚇！『打打』吹鎖吶，『湯湯湯』把鑼篩，引出正旦小旦來。」〔註44〕所描述的就是戲中角色隨著器樂演奏的節奏而登場之情狀，恰說明這一演出格局早在古代的戲曲表演中就已經形成了。而演戲時「擂鼓篩鑼」（杜善夫【般涉調‧耍孩兒】《莊家不識勾欄》）、「持著些刀槍劍戟、鑼板和鼓笛」（元雜劇《藍采和》第四折【慶東園】），早在宋元時就已盛行，年代則更久遠。

　　既然文、武場皆是為場上演出而伴奏，那麼，相互間的協調配合就顯得十分重要。渲染場景、氣氛的音樂，以文場（管、弦、彈撥樂器）演奏為主，武場起輔助作用。而身段表演，則以武場（打擊樂器）為主，文場則輔助之。

〔註43〕于道欽主編：《江蘇戲曲志‧江蘇梆子戲志》，江蘇文藝出版社，1999 年，第196～197 頁。

〔註44〕錢德蒼編選：《綴白裘》第六冊，中華書局，2005 年，第 9 頁。

在為演員場上行腔作伴奏時，文、武場面更應密切配合。有時，先奏鑼鼓作引子，繼之以文場亮弦起唱，有時文、武場同時演奏過門，唱緊隨其後。武場伴奏凸顯特色，主要體現在手板與鼓條的花奏和梆子的快速擊奏。鼓板責任更重，既是前場總指揮，掌握文、武場的節奏、速度、感情處理，還須配合場上演員的表演、舞臺的調度。文場的板胡，作用不可小覷，在伴奏中常於唱腔旋律和過門的骨幹音的基礎上加花變奏，以烘染場上氣氛。在領奏的同時，托腔送韻，在斟酌唱腔音樂的感情處理、旋律潤色上起到重要作用。

　　至於其他樂器的演奏，則根據各自的性能，作翻高或翻低處理，或加花變奏，以致產生某些簡單和聲與變聲複調的表達效果。至上個世紀六十年代，先後有不少專業音樂工作者加盟梆子戲演奏隊伍，使樂隊整體水平得以提高。伴奏音樂與唱腔逐漸開始定譜，以致發展為編寫總譜，劇作的演唱格局得以定型，依譜而伴奏。在這種情況下，鼓板、板胡在演奏時，既可依譜而行，也可以發揮其自身特色，以此為基礎作加花變奏處理，使伴奏功能得到盡情發揮。

第三節　文武場面的曲牌例釋

　　江蘇梆子的曲牌名目繁多，據粗略統計，至今尚知的文、武場常用曲牌，不下二百餘種。現根據《江蘇梆子戲志》、《徐州戲劇史》等相關著述，將梆子戲曲牌迻錄如下：

一、常用文場曲牌名目

（一）絲絃、管絃曲牌

【大金錢】、【小金錢】、【桃紅】、【苦中樂】、【四合四】、【扯手】、【春秋歌】、【大救駕】、【十番子】、【五字開門】、【六字開門】、【凡字開門】、【對錢】、【憂愁曲】、【賞春秋】、【十樣景】、【春夜靜】、【烏龍擺尾】、【小八板】、【反救駕】、【盼兒歸】、【望景】、【花八板】、【龍虎鬥】、【上天梯】、【母雞穴窩】、【掃雪曲】、【打茶】、【哪吒令】、【偷偷摸摸】、【傻和尚】、【報靈牌】、【肚裏疼】、【鬥鵪鶉】、【紅繡鞋】、【尺字壓板】、【五字壓板】、【六字壓板】、【慢壓板】、【遊場】、【賞春愁】、【宴舞曲】、【慶壽曲】、【喜悅曲】、【苦悶曲】、【苦思】、【樂想曲】、【樂神曲】、【上香】、【小宮花】、【老宮花】、【三摔】、【混板】、

【不安寧】、【喂雞】、【旭日東昇】、【蓮花鏡】、【小花園】、【三疊翠】、【哭牛郎】、【九連環】、【大桃紅】、【小桃紅】。

（二）吹奏曲牌

【本調快欠場】、【本調慢欠場】、【乙字調慢欠場】、【正宮調慢欠場】、【乙字調快欠場】、【小宮調快欠場】、【正宮調快欠場】、【山坡羊】、【雲霄歌】、【柳搖金】、【小凡調開門】、【四合四】、【報公旨】、【小合音】、【二迷子】、【大凡調】、【揚州開門】、【隊伍歌】（一、二）、【出天子】、【朝天子】、【小宮花】、【揚州】、【一枝花】、【水龍吟】、【到春來】、【桃紅】、【上彩樓】、【二紅碰】、【轅門鼓】（一、二、三、四）、【急三槍】（一、二）、【橫笛揚州】、【三十二句全相】、【後序子】、【老宮調破字笛戲】、【破字笛戲】（一、二）、【橫笛尾聲】（一、二）、【夜夜傳】（一、二）、【轅門大芙蓉】（一、二、三）。

（三）吹打曲牌

【普天樂】、【朝陽歌】、【武風入松】、【擒將回】、【增板擒將回】、【打老虎】、【落馬令】、【十番子】、【打娃娃】、【嗩吶皮】（一、二）、【接欠場嗩吶皮】、【反嗩吶皮】、【哭嗩吶皮】、【笑嗩吶皮】。

（四）大字曲牌

【大風入松】、【小風入松】、【紫金杯】、【石榴花】、【武石榴花】、【武馬】、【文二凡】、【武二凡】、【朝陽歌】、【花朝陽歌】、【一官遷】、【三節風入松】、【小芙蓉】、【壽仙凱】、【仙鶴子】、【大原來好】、【小原來好】、【滿堂花】、【畫眉序】、【沽美酒】、【散朝班】、【新水令】（1～7曲）、【金鳳開】、【金鉤掛玉瓶】、【逍遙令】、【狀元令】、【王八令】、【拆書令】、【報子令】、【回報令】、【上馬令】、【抬閣】、【一驃馬】、【老主爺】、【搭拉酥】、【粉蝶兒】（1～3）、【忙開舟八句亂彈】、【小鋸缸】、【大笛囉囉】。〔註45〕

二、常用武場鑼鼓經曲牌名目

【豹頭催】（頭加1～6節）、【天下同】（帽①二十鑼，帽②八不湊加1～7節）、【連城】（頭加1～7節）、【毛邊】（1～2節）、【一標標】、【一滴油】、【二

〔註45〕 參看于道欽主編：《江蘇戲曲志·江蘇梆子戲志》，江蘇文藝出版社，1999年，第212～213頁；吳敢、孫厚興主編：《徐州戲劇史》，中州古籍出版社，2018年，第365～366頁。

凡】、【二鈸】、【雙跺腳】、【四面靜】、【簸簸箕】、【倒拉牛】、【金錢花】、【揭各巴】、【火裏炮】、【首頭接落臺】、【首頭接打落臺】、【正滾頭】、【反滾頭】、【慢炸黃】、【扯不斷】、【砍馬腿】、【戰場】、【滾茇黎】、【趕鹿】、【一鼓二鑼】、【大鑼十一鑼】、【小鑼十一鑼】、【半個小鑼十一鑼】、【鳳點頭】、【觀陣】、【打老虎】、【撞金鐘】、【墜頭】、【跺頭】、【五頂搥】、【硬四鑼】、【硬五鑼】、【別八錘】、【花七鑼】、【鳳凰三點頭】、【半個鳳凰三點頭】、【水底魚】、【馬驪場】、【反五錘】等。〔註46〕

　　由上述可知，江蘇梆子曲牌內容非常豐富，適於各種複雜場景的氣氛烘染，展現場上人物活動的背景和獨特性格的某些層面。在這裡，不妨根據《江蘇梆子戲志》之記載，將各類曲牌演奏所用樂器及其作用縷述如下：

　　所謂「絲絃曲牌」，顧名思義，是以絃索類樂器演奏為主的曲牌。所用樂器如板胡、二胡、中胡、低胡，均應歸入拉弦類，還有琵琶、阮、揚琴、三弦等，則屬於彈撥類。用這類樂器演奏的曲牌，一般都節奏舒緩，低沉柔和，抒情哀婉，如【大金錢】、【小金錢】、【大救駕】、【六字開門】等。

　　「管絃曲牌」，是指用管樂器、簧管樂器（如竹笛、笙、高音嗩吶）、拉絃樂器、彈撥樂器合奏的曲牌，如【五字開門】、【四合四】、【花八板】等。這類曲牌多速度較快，節奏明快，富有一定跳躍性，氣氛熱烈。如上述【五字開門】，一般用於拜堂、迎親、擺宴或其他歡快喜慶場面。

　　「吹奏曲牌」，是以中音嗩吶或曲笛為主演奏的曲牌。屬於這一類的有各種「欠場」（嗩吶曲牌），如【快欠場】、【慢欠場】、【水龍吟】、【到春來】、【桃紅】、【上彩樓】、【雲霄歌】、【一枝花】、【橫笛揚州】、【出天子】等。這類曲牌，主要用於表現豪放威武、莊嚴雄壯的場景。上引【到春來】，就是用堂鼓、小鑔擊節，主要適用在升帳、接迎、儀禮之類莊重場合。或認為，所謂「欠場」，又叫做【霸王臺】、【棒槌臺】，乃【傍春臺】之音訛，經民間藝人常年演奏，漸有發展變化，始稱「欠場」。

　　「吹打曲牌」，由吹奏樂器（也可用絃索、彈撥樂器的演奏作輔助）和打擊樂器（板鼓、鐃鑔、大小鑼）合奏的曲牌，如【普天樂】、【武風入松】、【擒將回】、【打老虎】等。因有打擊樂參演，故氣氛熱烈，經常用於興兵、安營、行圍射獵、兩軍開戰之類雄武場面的渲染。

〔註46〕參看于道欽主編：《江蘇戲曲志·江蘇梆子戲志》，江蘇文藝出版社，1999年，第213～214頁；吳敢、孫厚興主編：《徐州戲劇史》，中州古籍出版社，2018年，第366頁。

「大字曲牌」，不僅有器樂演奏，也有人聲演唱的曲牌。為特定情節所設，場面大小不拘，或興兵點將的大場面，或靈活有趣的小情節，皆可用。也可根據唱詞內容的變化而適當變奏旋律。這類曲牌較多，如【大風入松】、【小風入松】、【紫金杯】、【石榴花】、【逍遙令】、【報子令】、【拆書令】、【上馬令】、【散朝班】等。

江蘇梆子文、武場所用曲牌，名目竟然如此之多，其來源自是非常複雜。有的來自北曲，如【鬥鵪鶉】、【沽美酒】、【哪吒令】、【朝天子】、【風入松】、【搭拉酥】等。有的來自南曲，如【柳搖金】、【畫眉序】、【水底魚】等。有的是南、北曲皆有此目，如【紅繡鞋】、【逍遙樂】、【石榴花】、【小桃紅】、【山坡羊】、【普天樂】、【新水令】、【粉蝶兒】。有的源自宋詞，如【水龍吟】、【點絳唇】（南、北曲亦有此曲）、【風入松】（北曲也有此曲）等。【上彩樓】，疑是由北曲【小上樓】演化而來。【十番子】，當與【十番樂】有一定的聯繫。【十番子】是屬於吹打曲牌之類。而古【十番樂】，恰是多種樂器（打擊、管絃樂器）的合奏，崑曲中常用之。這大概是從崑曲樂段發展而來。

尤其值得注意的是，在江蘇梆子「吹奏曲牌」中，至今尚有【老宮調破字笛戲】、【破字笛戲】；在「吹打曲牌」中，有【打娃娃】；在「大字曲牌」中，有【小鋸缸】、【大笛囉囉】等。而羅羅戲中常用曲調，就有【耍孩兒】、【娃娃】、【山坡羊】、【呱噠嘴】等二十餘種。上述前三種，分別見於江蘇梆子文、武場曲牌。後一種經過改造至今仍用於場上演唱，這都是受羅羅戲影響的確證。筆者曾稱「是羅羅腔的輸入，直接影響了徐州當地戲曲聲腔的形成」〔註47〕，明清之際的「羅羅戲，當為梆子戲的前身。有了羅羅戲的藝術鋪墊，才有了真正意義上的徐州梆子」〔註48〕。其實不僅江蘇梆子，山東的萊蕪梆子、章丘梆子，至今仍有羅羅戲的遺存，所以這一論斷是有事實依據的。同樣，江蘇梆子「大字曲牌」還有【忙開舟八句亂彈】。這裡的「亂彈」，當是指入清以來流行的西秦腔的變異。西秦腔，俗呼梆子腔，又名亂彈。而「吹打曲牌」中的【接欠場嗩吶皮】、【反嗩吶皮】、【哭嗩吶皮】、【笑嗩吶皮】，或為嗩吶腔之遺存。嗩吶腔是由弋陽腔演化而來，與梆子腔相類。當然，這些曲牌，早已淡出場上藝人的演唱，而退位為伴奏樂曲。可知，江蘇梆子在形成過程中取法較廣，是融合多種戲曲藝術的表演伎藝或方法而形成自己的

〔註47〕趙興勤：《徐州梆子戲起源考》，《戲曲藝術》2017年第1期，第38頁。
〔註48〕趙興勤：《徐州梆子戲起源考》，《戲曲藝術》2017年第1期，第38頁。

獨特風貌。而且，上述曲牌，河南梆子戲則較少見，而山東梆子則有【大笛羅羅】、【亂彈】、【哭嗩吶皮】、【笑嗩吶皮】之類曲牌，可見，江蘇梆子與山東梆子，當有一定的血緣關係。

在江蘇梆子的文、武場面演奏中，為何保留那麼多古曲牌，這與戲曲在發展進程中由曲牌體向板腔體演變有很大的關係。在清代乾隆之後的相當長一段時間內，梆子腔系的劇種，仍保留有曲牌與梆子腔並存的狀況，如《綴白裘》所收《殺貨》一劇，就分別用【梨花兒】、【梆子腔】、【急三槍】三種曲調演唱。《打店》則用【活羅剎】、【急三槍】、【風入松】三支曲文，曲文之語言，或雜言，或齊言。《猩猩》所唱，則標曰【梆子山坡羊】、【前腔】、【梆子腔】、【前腔】、【尾】。第一首乃是梆子腔與民歌小調的雜糅。《鬧店》，則運用了【梨花兒】、【吹調】、【秦腔】等曲調。《奪林》，所採用的是【四邊靜】、【秦腔】、【又】、【尾】。《戲鳳》則純用【梆子腔】。《蜈蚣嶺》則【梆子腔】、【梆子點絳唇】、【水底魚】、【包子令】、【吹調】五種曲調。《擋馬》乃用【急口令】、【披子】諸曲。

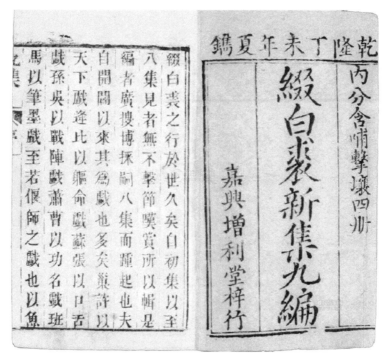

圖76：《綴白裘》書影

清車王府藏曲本中相關劇作，如《分家》，用【吹腔】、【耍孩兒】、【倒板】演唱。《打刀》，用【湖廣調】、【梆子腔】。《昆陽》則演唱【粉蝶兒】、【醉春風】、【鬥鵪鶉】、【石榴花】、【小上樓】、【朝天子】。《龍鳳翔》唱曲為【風入松】、【普天樂】。《封侯》為【水底魚】、【歸朝歌】。《小河南》為【小口數】、【點絳唇】、【泣顏回】、【梆子】。《寧武關》用【金錢花】、【風入松】、【急三槍】、【滴溜子】、【小桃紅】、【下山虎】諸曲。《請清兵》為【沽美酒】、【江兒水】、【得勝令】、【兩排歌】、【耍孩兒】。《鐵冠圖》主要用【四邊靜】、【水底魚】、【山坡羊】、【鎖南枝】等曲。如此之類甚夥，不一一列舉。

兩相對照，不難發現，江蘇梆子中許多曲牌，大都來自古時梆子腔系劇中的所唱曲子。只是後來，隨著板腔體發展的逐漸成熟，雜言體的曲文已不符合新的演唱需求，而逐漸由有著固定板式唱腔的板腔體所替代。可是，這部分曲子優美的旋律、動聽的音色仍為藝人所喜，不忍輕易捨去，故經過改造轉而用於場上伴奏，這則是一個不爭的事實。

筆者曾指出：

> 徐州梆子的大字曲牌【搭拉酥】，來源當甚古。搭拉酥乃蒙古語，又譯作答剌孫、打剌蘇、打辣酥、嗒辣酥、打拉酥等，指酒。明火源吉《華夷譯語·飲食門》：答剌孫，酒。《元史·兵志二》：「掌酒者曰答剌赤。」（方齡貴《元明戲曲中的蒙古語》，漢語大詞典出版社1991年版）這一詞語，於古代戲曲中屢見。如元雜劇《存孝打虎》第二折【尾聲】白：「金盞子滿斟著賽銀打剌蘇」，《小尉遲》第二折【清江引】：「去買一瓶兒打剌酥吃著耍。」明代小說、筆記中，亦曾出現該詞。所謂「大字曲牌」，在徐州梆子中，是指「除器樂演奏外還帶有人聲演唱的曲牌。此類曲牌常為某特定的情節所用，有氣勢較大的興兵點將，也有小巧靈活的情節描寫，也可一曲多用，僅根據唱詞的不同將旋律作適當的變奏」（《江蘇戲曲志·江蘇梆子戲志》）。既然可以「一曲多用」，且名之為【搭拉酥】，當用於飲酒之類情節的演唱。由此可知，本曲或為元代流行於北方的飲酒曲，說不定也是從山西一帶傳入。其產生的年代，不會遲於明王朝。〔註49〕

〔註49〕趙興勤：《徐州戲劇的古代展現》，吳敢、孫厚興主編：《徐州戲劇史》，中州古籍出版社，2018年，第71頁。

不過，山東梆子也有此曲牌，寫作【搭拉蘇】，歸入「橫笛曲牌」，與江蘇梆子有所不同。

　　另外，在「絃索、管絃曲牌」方面，江蘇梆子與山東梆子相疊合者也不少，大致有【大金錢】、【小金錢】、【四合四】、【六字開門】、【哪吒令】、【十番子】、【小花園】、【五字壓板】、【鬥鵪鶉】、【肚裏疼】、【慢壓板】、【小八板】等十餘曲。而江蘇梆子「吹奏曲牌」中的【本調慢欠場】、【乙字調慢欠場】、【正宮調慢欠場】、【乙字調快欠場】、【小乙調快欠場】、【正宮調快欠場】等，同樣見於山東梆子的嗩吶曲牌。江蘇梆子「大字曲牌」、「吹打曲牌」中的【粉蝶兒】、【沽美酒】、【畫眉序】、【紫金杯】、【石榴花】、【武石榴花】、【風入松】、【打老虎】、【落馬令】等，亦見於其嗩吶曲牌。而「鑼鼓經」則多與之不同，重合者僅【鳳凰三點頭】、【水底魚】、【垛頭】、【四面靜】等數種而已。與秦腔的「鑼鼓經」亦有疊合處，如【垛頭】、【水底魚】、【金錢花】、【急急風】、【滾頭子】、【鳳點頭】等，均亦見於秦腔，不過，有的名稱稍異。如【金錢花】，秦腔又叫做【錦添花】、【滾頭子】，江蘇梆子有【正滾頭】、【反滾頭】。秦腔有【豹子頭】，江蘇梆子有【豹頭催】。而棗梆的文場曲牌，也有不少與江蘇梆子名稱相同者，如【大救駕】、【五字開門】、【鬥鵪鶉】、【肚裏痛】、【大金錢】、【十番子】、【打老虎】、【急三槍】、【嗩吶皮】、【朝天子】、【點絳唇】等。但鑼鼓經卻大多不同。河南梆子亦有【朝天子】、【粉蝶兒】、【風入松】、【鳳點頭】、【沽美酒】、【急三槍】、【上天梯】、【石榴花】、【十番子】、【嗩吶皮】、【四合四】、【水底魚】、【水龍吟】、【小桃紅】、【紫金杯】諸曲。

　　各相對照，可以發現，山東、河南、江蘇三家梆子戲，曲牌疊合者較多，演唱方法或樂曲旋律或各有特色。由此可知，這三家梆子戲當有較近的親緣關係。

　　當然，更多的曲子則採自民間生活或流行小調。如【簸簸箕】、【倒拉牛】、【揭各巴】、【金錢花】、【柳搖金】、【十樣景】、【餵雞】、【滾芰黎】、【鳳點頭】、【打老虎】等。應予指出的是，「即使同一曲牌名，用於戲中之曲調，在旋律與節奏上也必然發生了很大變化，但受前代曲調的影響則顯而易見」〔註50〕。如上所述，這類曲牌，「在早期梆子戲中，即是用作場上演唱的。如西秦腔【搬場拐妻】，就唱有【水底魚】、【字字雙】、【小曲】。《打麵缸》一劇，除唱梆子

〔註50〕趙興勤：《徐州戲劇的古代展現》，吳敢、孫厚興主編：《徐州戲劇史》，中州古籍出版社，2018年，第72頁。

本調外，又唱【靶曲】。而《逃關》、《二關》，所唱為【急板令】、【梆子腔】、【批子】、【京腔】。這正是梆子曲調尚未完全擺脫曲牌體演唱體制束縛的原始狀態。到了後來，當梆子戲完全實現了由曲牌體向板腔體的蛻變，這些用于伶人場上演唱的曲牌，才大都退作專供烘染場上氣氛而演奏的曲牌或鑼鼓經。這一推論，當去事實不遠」〔註51〕。當然，有的蛻變較快一些，如【二凡】，在棗梆中是【二板】的一個下句，「在過門和唱腔中都加有打擊樂，是一種比較高昂而熱烈的板式」〔註52〕。而在江蘇梆子中，則演化為「大字曲牌」中的【文二凡】、【武二凡】，成了伴奏曲，而逸出基本板式之外。借助對曲牌名目的考釋，大致可窺知梆子戲演變之軌跡。當然，更多曲調「則來自徐州一帶的民間。如【倒拉牛】，以往稱倒拉手推獨輪車為倒拉牛，顯然是來自鄉野生活。再如【揭各巴】，舊時家中幼兒種痘，傷口癒合後所結之痂，俗稱『各巴』。而痂脫落時，家中親人要舉行一定儀式為之慶賀，俗稱『揭各巴』。【簸簸箕】中的『簸箕』，乃打麥場上、家中常用之器物，用來簸揚帶土的糧食。【滾茨藜】中的『茨藜』，又作蒺藜，係一種長有帶刺菱形果實的藤類植物。徐州一帶，觸目可見。如此之類，都帶有濃烈的地方色彩」〔註53〕。由此可知，江蘇梆子「既從前代戲曲藝術中吸取了不少營養，但又立足本地、立足時下，及時地吸納民間歌唱藝術以豐富自身」〔註54〕。

〔註51〕趙興勤：《徐州戲劇的古代展現》，吳敢、孫厚興主編：《徐州戲劇史》，中州古籍出版社，2018年，第72頁。

〔註52〕陳瑾、李琳編著：《棗梆》，山東友誼出版社，2012年，第73頁。

〔註53〕趙興勤：《徐州戲劇的古代展現》，吳敢、孫厚興主編：《徐州戲劇史》，中州古籍出版社，2018年，第72頁。

〔註54〕趙興勤：《徐州戲劇的古代展現》，吳敢、孫厚興主編：《徐州戲劇史》，中州古籍出版社，2018年，第72頁。

第六章　江蘇梆子的角色、服飾與演出風俗

第一節　角色行當

　　角色，是據劇中人物性格、年齡、身份地位之類型劃分的一種標誌性名稱。早期的歌舞戲、參軍戲，角色很少，至宋雜劇的搬演，已增至五個角色，即末泥、引戲、副淨、副末、裝孤。到了元雜劇，「角色」中「類」的觀念已比較突出，所謂末、旦、淨三大類，各類均有根據人物性格特點、年齡層次、行為品性而細劃出的不同角色名稱。再到明代傳奇戲，生、旦、淨、末、丑、外之角色的派定，則大致奠定了傳統戲角色設置的格局，一直沿襲至今。當然，在傳承中也作了相應的豐富與細化。

　　江蘇梆子流傳劇目達六百餘種，反映了多層面的社會生活，內容含量很大，人物類型也頗為複雜，自然需要相應的角色予以表現。所以，在三百來年的演出實踐中，逐漸形成了分工細密、表演風格各異的角色行當體系。按照以往說法，是「五生、五旦、五臉子」三大類十五行。然而，根據梆子戲的演出實際，我們不妨將其劃為生、旦、淨、丑四大類，將「丑」從「臉行」獨立出來。下面，根據《江蘇梆子戲志》等資料的記載，就各行當的表演特色略作表述：

一、「生」行

　　在江蘇梆子中，「生」又分作鬚生、老生、小生。不管是鬚生、老生，皆以「紅臉」稱之。如《鍘美案》中陳世美，不過三十來歲，因戴髯口，一般用二紅臉扮演。「紅臉」，又分作頭套紅臉、二套紅臉、三套紅臉。俗稱為大紅臉、二紅臉、三紅臉。小生又分作文小生、武小生、娃娃生、鐵生。

頭套紅臉（大紅臉）：

一般扮演在劇中為主角的中老年男性人物，從普通百姓到帝王將相都可以表現，戲路較寬，須掛髯口。掛白髯、蒼髯或是黑三絡，視劇情安排、人物年齡而定。這類角色，一般面塗紅色，亦有在額頭畫簡約圖案者。神色淡定從容，表演注重人物身份、氣質、稟性。以唱為主，大小（真假）嗓結合，聲腔翻高八度，有穿透力。梆子戲名家王廣友，就以唱功見長。十八歲時，扮演《地塘板》中賈永，唱詞首句為「我領王旨意出朝門」，聲音未落地，掌聲如雷響起。因嗓音清脆，高亢雄渾，甩腔頗多獨到之處，故人以「梆子戲大王」稱之。文老生動作瀟灑端重，武老生功架大氣優美。羅桂成在《寇準背靴》中所飾演的寇準、謝茂坤在《雷振海征北》中所飾演的雷振海，頗能代表文、武老生表演上的特色。其他如《哭頭》中的趙匡胤、《文王跑坡》中的周文王、《轅門斬子》中的楊景等，都是由大紅臉扮演。在頭套紅臉中，還有被稱為「虎頭外角」者，是指飾演人物為性格剛毅、不畏強權、忠耿不屈的忠臣良將。這類人物，往往穿虎頭鞋、戴虎頭帽，走路虎虎生風，故以「虎頭外角」稱之。《嚴海鬥》中的清官海瑞、《宇宙鋒》中的直臣匡宏等，皆是此類人物。

圖 77：紅臉臉譜

二套紅臉（二紅臉）

在戲中地位略次於大紅臉，如《高平關》中的趙匡胤、《渭水河》中的周文王、《秦瓊打擂》中的秦瓊。在二紅臉中，臉部並非一味塗紅色，而是根據人物性格略作裝飾，若武藝超人、性格剛強，則在鼻子兩旁直至雙眉畫成白色，叫做「象鼻子紅臉」，以表示其氣概非凡。

三套紅臉（三紅臉）

其地位又次於二紅臉。一般扮演出身不同、性格有別但品行較好的各類人物。如宣讀聖旨的欽差、老家院、鄉野長者等。就紅臉這一行當而論，河南梆子則大致分作馬上紅臉、黑胡、英雄老生、衰派老生、文老生等。而山東梆子則分為大紅臉、淨面大生（鬍子生）、跑馬生（馬上紅臉）、大外角（白鬍口）、二外角。如此看來，河南梆子的紅臉角色的細緻劃分與山東梆子有些近似，而江蘇梆子在紅臉角色的認定上，似乎有自己的獨立體系，在大類劃分上比較宏觀，是從整體上把握這類人物的性格特點、德行品性，似與古人所稱「公忠者雕以正貌，姦邪者刻以醜形」〔註1〕遙相呼應。小類的劃分則緊扣「紅」字，僅憑顏色即知此人好歹，在感情色彩的表達上似更為直截、坦率。

生行中的文、武小生，也是戲中的重要角色。文小生，扮演角色廣泛，窮達、貧富皆可。須有紮實的扇子功、紗帽功以及水袖、甩髮功，動作瀟灑、飄逸，表演細膩傳神，聲腔優美柔細婉轉。如《春秋配》中的李春發、《白蛇傳》中的許仙、《白蓮花》中的韓本、《紅梅閣》中的裴舜卿、《秦雪梅》中的商霖等。官生，即京劇中的紗帽生，也屬於文小生一類。這類人物頭戴紗帽，身著官服，青年英俊，又動作穩重，故以「官生」稱之。武小生，一般扮演軍中年輕的將領及豪俠少年，且能文能武，帽插雉翎的年輕武將也在其內。如《長阪坡》中的趙雲，《前楚國》、《後楚國》中的伍子胥、《戰馬超》中的馬超及《三岔口》中的任棠惠、《武松打店》中的武松、《樊梨花征西》中的薛丁山、《三省莊》中的羅成等。其實，還應有一種娃娃生，主要表演未成年男孩。如《穆桂英掛帥》中的楊文廣、《陳塘關》中的哪吒、《劈山救母》中的沉香、《鍘美案》中的英哥、《安安送米》中的安安等。

〔註 1〕吳自牧：《夢粱錄》卷二〇《百戲伎藝》，三秦出版社，2004 年，第 317 頁。

在以往，武生行當中還有鐵生，是指劇中專門與女子作對或全劇僅此一個男性，其餘皆為女性角色。如《火燒子都》中的子都、《反延安》中的鐵玉、《長壽山》中的崔合、《翠屏山》中的石秀等。然而，此類劇目太少，「鐵生」之名目也逐漸不為人知。

二、「旦」行

旦，指的是扮演女性人物的角色。其中又分為老旦、青衣、花旦、彩旦、刀馬旦，扮演各種年齡段、各種性格稟賦的女性人物。

老旦，扮演老年婦女。其身份、地位、處境不同，表演也各不相同。若是出身貧苦，則手拄拐杖，步履不穩，狀如啄米，精神委頓，以見人物淒苦之狀。如《反徐州》中的花母、《春秋配》中的乳娘等。而身份高貴者，往往手持龍頭拐杖，步履堅定穩健，聲音響亮深沉，體現人物的自豪與自信。如《戰洪州》中的佘太君、《對花槍》中的姜桂枝、《龍鳳配》（《甘露寺》）中的皇后、《十王宮》（《楊廣篡朝》）中的李後、《蝴蝶杯》（《遊龜山》）中的盧夫人、《西廂記》中的崔夫人等。

青衣，主要扮演性格溫和、舉止端莊的中年女子，多係賢妻良母形象，因常穿青色褶子而得名。且青衣做功精細，嗓音柔和，唱腔抑揚委婉，如《鍘美案》中的秦香蓮、《武家坡》中的王寶釧、《桑園會》中的羅敷、《李三娘打水》中的李三娘、《小姑賢》中的李榮華、《三娘教子》中的三娘、《賣苗郎》中的兒媳等。

花旦（小旦），適應面較廣，扮演或聰明伶俐、天真活潑或武藝高強、性格潑辣或端莊秀麗、穩重大方的青年女性，為江蘇梆子中重要行當，戲份較多。唱腔甜潤俏麗、委婉動人。如《火焰駒》（即《大祭椿》）中的黃桂英、《三開棺》中的田玉、《紅梅閣》中的李慧娘、《唐知縣審誥命》中的林秀英、《打焦贊》中的楊排風、《香囊記》中的周鳳蓮、《拾玉鐲》中的孫玉姣、《西廂記》中的崔鶯鶯、《春秋配》中的姜秋蓮、《秦雪梅弔孝》中的秦雪梅等。

彩旦（丑旦），元雜劇中稱之為「搽旦」，一般扮演滑稽詼諧或奸刁狠毒的女性人物，如江蘇梆子《小姑賢》中的焦氏、《拾玉鐲》中的劉媒婆、《曹莊殺妻》中的劉氏、《牧羊圈》中的劉氏、《紅羅衫》中的胡氏、《捲席筒》中的姚氏等。對刁奸兇狠者，江蘇梆子在演出化妝時，則於其面部用白粉畫出豆芽菜形狀，以與滑稽者相區別。

　　刀馬旦，扮演武藝高強的中青年女性，青衣、花旦、武旦之特點皆有，多是帶雉翎的領兵統帥或將領。如《戰洪州》、《穆桂英下山》、《穆桂英掛帥》、《天門陣》中的穆桂英，《殺四門》中的劉金定，《三省莊》中的胡金嬋、黑景芝，《五鳳嶺》中的吳月英，《樊梨花征西》中的樊梨花，《豹頭山》中的武金魁，《擂鼓戰金山》中的梁紅玉，均屬這一行當。「帥旦」一目乃後出，且涵蓋面較窄，故此處仍以「刀馬旦」相稱。

圖78：刀馬旦卡通形象

三、「淨」行（又稱「臉行」）

　　江蘇梆子稱此類角色為「臉子」。本行當以往又分作黑臉、白臉、大花臉、二花臉、三花臉（丑）五類。

　　黑臉，又稱「黑頭」。因江蘇梆子演包公戲較多，不下數十出，傳統劇目「四大鍘」全為包公戲。因戲中包公勾畫黑色臉譜，故以「黑頭」或「黑臉」統稱這類角色。一般用以扮演剛正不阿、鐵面無私、性格爽直的忠臣良將或方正莊嚴的義士豪傑。做功注重氣勢功架，舉止大方穩健，嗓音雄渾響亮、鏗鏘有力，時用虎音、炸音、腦後音，動作富有節奏感。如《鍘美案》中的包拯、《黑打朝》中的尉遲恭、《打鑾船》中的李虎、《反徐州》中的郭廣卿。梆子名家張德連在《鍘美案》中飾演包拯，表演穩重，嗓音寬厚，聲若雷鳴，有排山倒海之勢。李正新上演此劇，功架大氣，動作誇張，聲若洪鐘，有若炸雷。

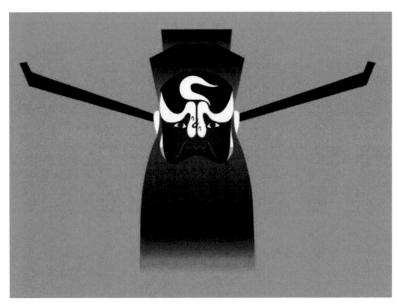

圖 79：包拯臉譜

　　白臉，一般在劇中飾演奸狡兇殘、心地陰狠的權臣或昏君。如《江東》、《戰船》中的曹操、《白玉杯》中的嚴嵩、《宇宙鋒》中的趙高、《老邊庭》中的潘仁美、《二進宮》中的太師李良、《地塘板》中的杜士賓等，皆為此類。

　　花臉，大多飾演性格粗豪爽直、豪邁坦率的將領或綠林中人物，剛強而不失機智，威猛而略帶嫵媚。念唱高亢響亮，時用炸音，動作誇張，常用跺腳表示焦躁、著急心理。「花臉王」殷其昌在飾演《蘆花蕩》一劇中的張飛時，當念到「跨上千里烏騅馬」前四字時，「一個紋風不動的跺泥站住，雙手抖起

髯口，口內攪舌打『哇……呀……』。接著舞動蛇矛，上下纏繞，颼颼生風，把張飛的威猛形象表演得淋漓盡致，被人們譽為『活張飛』〔註2〕。

二花，乃戲中之配角，大都飾演性格粗莽勇猛或略帶風趣的人物。以武為主，基本功紮實，翻、打、撲、跌皆能。如《陰陽報》中的白志剛、《兩狼山》中的韓昌、《轅門斬子》中的孟良等。

四、「丑」行

江蘇梆子的「丑」行，是由「花臉」演化而來，以往稱之為「三花臉」，所以，附之於「臉行」之後。但應該考慮到，江蘇梆子在「丑角」藝術的創造上，還是別具特色的。名丑張明業，以文丑最為擅長，飾演《攔馬》中焦光普，一次出場要說二百多句大段子，唱腔剛柔相濟，「『腦後音』特亮」〔註3〕。李廣德飾演的丑是大架丑，屬楞直形。在江蘇梆子三大名丑中，獨具風格，有「假張二」之稱。吳小樓飾丑活潑靈動，技巧嫻熟，唱做俱佳，深為豫劇名丑牛德草感佩。即此而論，江蘇梆子之「丑」，已形成自己的表演格範。而且，「丑」自明代以來，就是戲曲角色的一個獨立分支，且佔有重要位置，應當從「臉行」中獨立出來。因此，這裡特列「丑」行一門。

江蘇梆子的「丑」，戲路很寬，上至帝王將相、王公大臣，下至公子哥兒、家奴、衙役、樵夫、牧童、販夫走卒、遊俠之士、店中夥計，性格上或刁蠻兇險或滑稽幽默的各色人物，都能飾演。名丑吳小樓在《十五貫》中所飾演的婁阿鼠，表演就很接近生活。《測字》一齣，在條凳上、下的翻滾、撲跌，動作流暢自然，若非具備堅實的功底，是難以表演得如此真切的。且唱腔真、假聲結合，又善於運用花腔、花調，使這一人物的表演更為鮮活。「丑」行乃是戲劇角色的一大門類，其中又分大丑、武丑、公子丑、醃臢丑等。

大丑，飾演有官職的人物，相當於京劇中的「官丑」（或稱「袍帶丑」）。如《蔣幹中計》中的蔣幹、《宇宙鋒》中的康繼業、《一捧雪》中的湯勤、《唐知縣審誥命》中的唐成、《打麵缸》中的知縣。此等角色，講究口齒伶俐，吐字清脆響亮。

〔註2〕于道欽主編：《江蘇戲曲志‧江蘇梆子戲志》，江蘇文藝出版社，1999 年，第376 頁。

〔註3〕于道欽主編：《江蘇戲曲志‧江蘇梆子戲志》，江蘇文藝出版社，1999 年，第369 頁。

圖 80：戲曲臉譜郵票

公子丑，大都飾演品行不端、游蕩無方、貪婪好色的富家子弟，與京劇中的「方巾丑」（屬文丑）有些相近。如《日月圖》中提督之子胡林、《蝴蝶杯》中總督之子盧士寬、《富貴圖》中太尉之子廉賢等。這類角色，在動作上具有較強節奏感，唱腔花哨，念白口語化，且講究水袖、摺扇之功。

醜臉丑，飾演其貌不揚、語言粗俗、性格怯懦、行為拖沓的人物。如《翠屏山》中的潘老丈、《大花園》中的梁富、《偷大鑼》中的老道、《賣豆腐》中的老粗等。尤其是後者老楚，本娶一聰慧美麗之嬌妻，卻平白為人所誣，嬌妻讓與別人，另討一醜婦回家，足見其怯懦可欺。

圖 81：文丑卡通形象

武丑，即武花臉，飾演擅長武藝又聰明機警、語言伶俐的人物。這一角色，一般唱腔不多，但翻跳跌撲之類把子功頗強，如《盜杯》中的楊香五、《佛手桔》中的邱小義、《藍天帶》中的能幹、《三岔口》中的劉利華、《攔馬》中的焦光普等，皆是由武丑飾演。

《江蘇梆子戲志》總結本劇種的臉譜特色謂：

> 梆子戲重醜的傳統和紅忠、黑剛、綠猛、白奸的遺風，使江蘇梆子戲臉譜的勾畫顯示出簡練、明快、規整、粗獷的特點。色彩濃重而不亂，以紅、黑、白為主色，單色平塗，很少混抹，強調乾淨大方、醒目刺激。部分神怪臉譜增用藍、赭、綠、黃（金）等色。其勾畫原則就是依據師教徒學和社會名流權貴的指點，沒有繁複的律條制約。其勾畫方法就是先塗白色，續著彩色，後抹黑色；先畫額頭，後畫顏面；把眼睛作為核心，鼻子作為基軸，嘴巴作為結尾，故曰「收口」。〔註4〕

江蘇梆子演員歷來著意在面部的造型和表現技巧上下工夫，經過多年的潛心研究和互相切磋，竟製作出近三百幅臉譜譜式，即使常用者也在百幅以上。飾演時，除了深入理解譜式內涵之外，還根據個人顏面大小、五官分布等情況，巧妙地揚長避短，靠臉譜勾畫以彌補自身缺陷，同時增強所飾人物的藝術魅力。

梆子戲以前之演出，以征戰戲、袍帶戲居多，所以，「生」行、「臉」行角色特別豐富，即使「旦」行之角色，所飾人物也以能征慣戰之女性形象為主。隨著演出實踐的漸趨豐富，在上演劇目上也更為多姿多彩。小生、小旦、小丑的戲逐漸增多，紅臉、黑頭戲卻相應減少，以武旦為主的戲則更多地搬上舞臺，家庭倫理戲、愛情戲也有所增多，所以角色行當在表演功能細化方面也應作相應調整。然而令人遺憾的是，「江蘇梆子戲角色行當體制沒有突出的發展」〔註5〕，但這恰為角色的豐富提供了開闊的發展空間，相信在不久的將來，江蘇梆子會在突破行當界隔與強化角色藝術表現力方面邁出更快的步伐。

〔註4〕于道欽主編：《江蘇戲曲志·江蘇梆子戲志》，江蘇文藝出版社，1999年，第265頁。

〔註5〕陳曉棠主編：《江蘇戲曲志·徐州卷》，江蘇文藝出版社，2002年，第370頁。

第二節　服飾裝扮

自古以來，較為專業的伎藝表演都有與之相應的服飾。漢代「東海黃公」的裝扮、「總會仙倡」中仙人的服飾，就是典型的例子。至宋代，還有為特定劇目中的特定人物而設計的另類扮飾。如「三教論衡」、「子瞻帽」、「一隻褲口」、「三十六髻（計）」之類，皆是。江蘇梆子與其他較有影響的劇種一樣，也有為滿足各類人物扮飾而準備的種種服飾。當然，早期的戲班，往往由班主或樂於此道的富戶出資籌辦，如梆子戲早期藝人蔣花架子，為傳授生徒，就自備音響樂器。後來，則由其弟子連登科繼承，且服飾大都採辦於蘇州。在以往，名藝人大都自備衣飾、頭面，而普通演員則沒有這個條件，只能藉重班社所設共用衣箱。

江蘇梆子服飾，與其他較有影響的劇種的服飾基本相同，都是在明代圓領寬袍、博帶廣袖的基礎上變化製作而成。蟒、帔、官衣、裙等戲服，與明代服飾相差無幾，只是旦角的服裝吸取了唐服的某些元素。至於後來上演清代劇目，服飾上自然要增添一些開襟、收袖之類的旗人服裝。而近代以來，時裝戲的上演，為使劇情更接近現實，服裝則更趨於生活化、現代化。

由於江蘇梆子早期上演劇目大都演繹兩軍爭戰、宮廷內幕或仙佛靈怪故事，所以，服裝的色彩也五顏六色、絢麗多姿。其主要顏色為黑、白（銀）、黃（金）、紅、綠、藍、紫、赭等數種。近現代以來，隨著科學技術的發展，又增出粉紅、淡綠、湖藍、玫瑰、咖啡、銀灰、豆沙、皎月、墨綠、土黃、米色諸種，還使用金屬、玻璃、塑料裝飾點綴，使戲裝更為豔麗奪目。

當年戲班的規模，一般都不是很大，大約在三十人之內，包括五生、五旦、五臉子、五箱倌、五場面，外加三五伙夫。伙夫除了負責做飯之外，搬運戲箱、搭築戲臺、看守住處、收拾所用之物等，皆由其負責，相當於雜役。當然，在早年，演員的組成基本上為男性，旦角也由男性飾演，服飾的配備自然與之相應。

據《江蘇梆子戲志》記載：

（一）戲裝

五件蟒、五件對帔、五斗篷、五身靠、二開氅、五襖子、二官衣、五箭衣、五褶子、五馬褂、五打衣、四兵衣、箭袖、丫環鎧、梅香鎧、十水衣、

雲帶、男女衩衣、二十彩褲、男女富貴衣、宮裝、女道袍、鸞帶、扣帶、雲肩、五裙。〔註6〕

（二）盔帽

四包巾、三紗帽、大盔、帥盔、荷葉盔、王帽、二郎叉、四太監帽、鳳冠、九龍冠、小王盔、娃娃冠、太子冠、七星勒、芭蕉勒、相雕、相紗、金雕、烏雕、過橋、五擺巾、五鴨尾巾、員外巾、四門斗、二將巾、二大尾巾、四軟紮巾、四龍套帽、四把子巾、四抓絡巾、四硬羅帽、諸葛巾、賊盔、二俠盔、馬尾透風巾、小生巾、武生巾、道巾、女道冠。〔註7〕

（三）鞋靴

五雙厚底靴、十五雙薄底靴、虎頭靴、白彩鞋、十五雙打鞋、十雙彩鞋、蹺。〔註8〕

（四）髯口

黑三絡、蒼三絡、白三絡、黑滿、蒼滿、白滿、黑紮、紅紮、黑吧嗒連、白吧嗒連、黑一指攔、白一指攔、丑行一絡、黑鬢耳毛、紅鬢耳毛、蒼鬢耳毛、站髮。〔註9〕

下面，就上述各類別擇要略作敘述。「蟒」，是指蟒袍，因服裝上繡有大蛇——蟒而得名。其形似龍但少一爪。據相關文獻記載，明代官吏「凡常朝視事，以烏紗帽、團領衫、束帶為公服」〔註10〕，梆子戲舞臺上官吏著裝，大致本於此。而朝中重臣常服衣物的補子花樣，一品、二品為仙鶴、錦雞，三品、四品為孔雀、雲雁。而蟒服則是由朝廷特賜，始於明孝宗弘治中劉健、李東陽，至萬曆時始多見。戲曲表演之所以將「蟒衣」搬上舞臺，是表示其位高權重，且看起來也更整肅威嚴。「帔」（讀 pèi），就是披肩，男女皆可用，

〔註6〕參看于道欽主編：《江蘇戲曲志·江蘇梆子戲志》，江蘇文藝出版社，1999年，第255～256頁。

〔註7〕參看于道欽主編：《江蘇戲曲志·江蘇梆子戲志》，江蘇文藝出版社，1999年，第256～257頁。

〔註8〕參看于道欽主編：《江蘇戲曲志·江蘇梆子戲志》，江蘇文藝出版社，1999年，第257頁。

〔註9〕參看于道欽主編：《江蘇戲曲志·江蘇梆子戲志》，江蘇文藝出版社，1999年，第257頁。

〔註10〕張廷玉等撰：《明史》第六冊，中華書局，1974年，第1637頁。

但形制不同。「斗篷」，其形如古鐘，為披在肩上的無袖長外衣，是由古代蓑衣演化而來，多用於雨雪天氣或外出禦寒。男、女均可用此服飾。「靠」，即「甲」，戲中武將所穿。圓領，緊袖，上繡圖案，背插三角形「靠旗」四面，以示其凜凜威風。女靠形制與此相似，但下綴數十條彩色飄帶，更增其美觀。「開氅」，是一種大襟大領、長及足部的外衣，是武將軍中之便服，告老還鄉之文官，也著此服，不過花式圖案有所不同。「官衣」，文官所穿圓領、寬袖、大襟的較長衣服，胸前、背後均有呈長方形補各一塊，上繪標識官吏級別的圖案。一般文官之衣繪鳥類圖形，武官則繪獸類圖像。「箭衣」，係圓領、馬蹄袖且前後開叉齊腰、長及足部的一種服裝。圖案顏色不同，為不同人物在不同場合所穿用。「褶子」，戲曲中褶子，與古時大不相同，無論男女各色人等，上至帝王官紳，下至平民百姓，皆可穿用。道袍領，斜大襟。男褶子較長，抵足部；女褶子僅及膝。人物性別、身份、地位、品行不同，所穿褶子顏色、圖案各異。「富貴衣」，多為窮困潦倒、流落無著者所穿。外形如青色褶子。雜色綢塊綴於上，分布似圖案，實為補丁，擬窮困之狀。

圖 82：女大靠

在「盔帽」一欄，「紗帽」是傳統戲舞臺上最常見的一種官帽，前低後高，呈黑色；兩側各插一翅，翅呈圓、方、尖三種形態，以標識其人道德、品行之差異。一般來說，方形，為忠正清廉者所戴；圓形，為丑角所用；而尖形，則表示奸險。「王帽」，為皇帝上朝時所戴。前低後高，上飾金龍，後有朝天翅兩根。帽上綴有黃絨球兩個，一在中部，一在前面。帽之兩側又各有黃絲穗垂下。《三哭殿》、《打金枝》中唐王，《桃花宮》、《打龍袍》中宋王，皆戴此帽。「鳳冠」，乃貴族婦女所戴帽子，帽頂飾有鳳凰，額前垂有小珠串，以示其富貴。宦門千金出嫁，亦著此冠。民間紛紛傚仿，舊時嫁女，往往是鳳冠霞帔。此風一直沿襲至上個世紀五六十年代。「相雕」，當作「相貂」，京劇、河南梆子均作「相貂」。「貂」，本為一種動物，皮能禦寒，最為珍貴。貂尾，古人用作冠飾。所謂「銀璫左貂」，即指此。還常用「貂蟬」二種冠上飾物，指代達官貴人。「相貂」，戲曲中丞相所戴的黑色、方形、兩側各插一長翅的帽子。如《鍘美案》中包拯，即戴此帽。這一類中的「金雕」、「烏雕」之「雕」，也當作「貂」。「小生巾」，戲曲中青年男子所戴，分文生巾、武生巾兩種，皆前低後高。文生巾後部垂兩根飄帶，武生巾則無，但頭部卻紮有一紅綢結或繫有幾個小絨球，且前部飾有火牙。「過橋」，則是劇中宮娥的帽子，半圓，形似拱橋，呈金色，上嵌點翠，並飾以絨球。「鴨尾巾」，以形似鴨尾而得名，下圓，上呈扇面形，沿口填入麻絨線狀物。一般由商人、店主所戴，顏色不一，形制有別，根據年齡、身份而選用。

圖 83：戲曲中的官帽

　　至於「鞋靴類」，一般都比較熟悉，如「虎頭鞋」，與高底方靴形狀相同，不過，是在前部尖端有立體繡花虎頭作裝飾。此靴一般為武將所用，以烘托其勇武之狀，如「三國戲」中張飛之類人物。還有「墊子」，江蘇梆子中的「墊子」，其實就是蹺，是旦角專用的一種器具。將「墊子」綁於腳下，走路時足尖立地，既使腳之外形大為縮水，更為美觀，又使走路情態近乎女性，凸顯其婀娜之態。京劇名家程硯秋、梅蘭芳等，均曾練過蹺功。

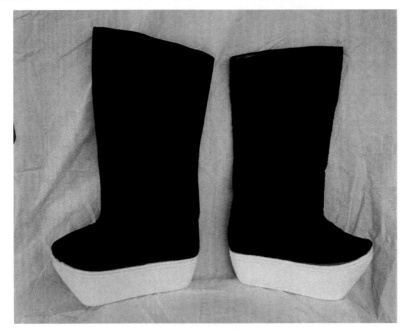

圖 84：戲靴

　　下面，再談談「髯口」的配備與劇中人物年齡層次、性格稟性之關係。其實，所謂「髯口」，就是臺上演員面部所掛的假鬍鬚。以顏色的「黑」、「蒼」、「白」，以區分不同的年齡層次。「黑三綹」，為所飾演的中年男子所戴。「黑紮」、「紅紮」，是指黑、白二種顏色不同的「開口髯」，是露出口部的一種髯口，且頭部兩鬢飾有耳毛，以表示其勇猛莽撞。劇中張飛、李逵大多為這種裝扮。黑、白「吧嗒連」，是指的上嘴唇為八字鬍、嘴下巴之鬍鬚呈三角形，懸空弔起，時而晃動。上下似斷而連。「站髮」，即「甩髮」。將長頭髮捆紮成髮絡，底部緊繫於頭上圓形底座，其根部留有長十公分的捆在一起的髮束，嵌入網子中心，長髮則鬆散下垂。劇中男角色（一般是青壯年）情緒激憤時，時而常借甩髮以宣洩。

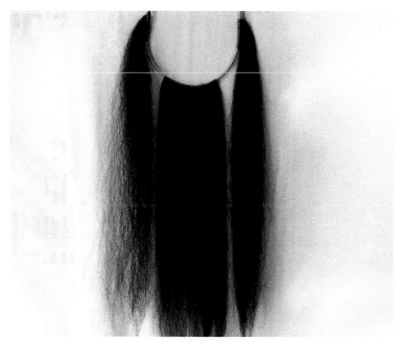

圖 85：髯口

　　劇中角色面部著色與所掛髯口，大都與這一人物性格品行有關。《江蘇梆子戲志》曾結合劇目演出實際這樣表述道：

　　　　《反徐州》中的徐達，臉譜為紅臉行當，俊扮，粉妝，寬眉，
　　眉心有火苗達額。掛黑三支（絡），穿藍蟒、紅彩褲；完顏彥龍，臉
　　譜為醜行，大白蝴蝶形，蒼眉，眉端上翹，眉上畫紅色草龍。吸收
　　白臉行特點，鼻翼及上頷塗灰色，穿龍蟠馬褂，綠彩褲，掛蒼一絡；
　　郭光清（廣卿），臉譜為黑臉，額上畫白草龍，穿黑箭衣，披黑氅，
　　掛黑滿。《打蠻船》中的張龍、李虎，臉譜皆為臉行的紅和黑臉。穿
　　紅、黑箭衣或打衣，掛紅、黑哈，蹬薄底靴；老蠻子，臉譜為丑行，
　　掛白吧嗒連，穿箭袖。《魚腹山》的李自成，臉譜為老生的俊扮，眉
　　上畫亂雲紋，眉心向上畫火苗，示危在旦夕。掛三支（黑色），穿箭
　　衣，披氅。李過，娃娃生行當，眼角抹紅血痕，示心急而命短。穿
　　白打衣，披白披風。這都是藝人根據劇情創造的人物形象。〔註11〕

_____
〔註11〕于道欽主編：《江蘇戲曲志·江蘇梆子戲志》，江蘇文藝出版社，1999 年，第
　　　258～259 頁。

由上述可知，江蘇梆子與其他劇種一樣，場上演出時，講究各種藝術元素的和諧統一。無論是頭飾、服裝，還是髯口、面部著色，都不過是戲曲表演所必須的獨立的表現元素，但並不是孤立的存在。只有三者的和諧統一，才能實現劇中人物格局的外部呈現。然而，三者之一的哪一個元素，所表達的無非是第一印象之類的表層化內容，若要完整地表現人物性格的豐富內蘊與發展軌跡，讓其鮮活地立於戲曲舞臺，並進而立在人們的心中，還要實現更進一層的融合統一，那就是人物的唱腔處理、身段的周密安排、場面的巧妙配合、空間的著意拓展。惟其如此，才能真切展現劇中人物漣漪輕蕩的微妙心理，才能全方位地塑造起富有骨感的人物形象。所以，場上的人物塑造，是多種藝術因素巧妙融合、凝結的結果，而不是單方面的促成。奸險者塗以白臉，忠貞者彰以紅色，剛正者則以黑臉呈現，甚至髯口、服飾亦有寄寓褒貶之意，看起來似乎有點先入為主，誘觀眾於事先設定的格局之中。其實並不盡然。外在的裝扮僅僅是給人一種直觀印象，更多的細節則靠故事的演繹、場上的表演來完成。當然，戲曲表演並非一成不變，「它隨著時代的變化而進展、生發、提高與完善。它不株守於一點，而是隨著時代和觀眾的需要來改善自己」〔註12〕。比如上演現代戲，就對舊有規範、程序作了很大程度突破，髯口自然逸出現代戲舞臺，服飾設計貼近現代生活，臉譜也遠沒有傳統戲那麼複雜，而更多地是靠場上表演的實力來塑造人物形象，難度必定會很大。

第三節　風習行規

　　江蘇梆子，是萌生並長期流播於民間的戲曲形式。在它以往所上演的六七百種劇作中，其中有不少鬼神戲。然其背後，卻深蘊有農業社會人與自然、人與社會關係處理或權衡的某些智慧及祈盼。正如有人所說：「無論什麼時代，無論什麼民族，藝術都是一種社會的表現。」〔註13〕就封建時代戲曲的生存狀態而論，無論藝人場上表演是多麼生動有趣、靈動熱鬧，但遮飾的卻是靠天吃飯且飽受惡勢力擠壓的驚恐與不安。它的演出風格，也帶有特定時代所烙下的印痕。

〔註12〕張庚：《戲曲藝術的成就及其在中國文化史上的地位》，中國戲劇家協會藝術委員會、中國崑劇研究會編：《中國戲曲藝術教程》，江蘇人民出版社，1991年，第9頁。

〔註13〕〔德〕格羅塞：《藝術的起源》，蔡慕暉譯，商務印書館，1984年，第39頁。

一、班社信仰

　　江蘇梆子戲班敬奉的是老郎神，即唐玄宗李隆基。據《新唐書‧禮樂志》記載，當年，唐玄宗從樂工中選取三百人，再從宮女中選出數百人，聚集於梨園，教授樂曲，還親自為他們訂正聲誤。所以，這些樂人與宮女，號稱「皇帝梨園弟子」。後世稱戲班為梨園，即由此而來。

　　據《江蘇梆子戲志》載述，戲班的敬神，大都放在農曆初一、十五的上午。敬神的方式是，將各插一雙筷子的兩大碗熟豬肉擺在用於化妝的案前，臨近開戲時，戲班所有人員向神磕頭。同時供奉的還有三官爺。所謂「三官」，即指道家所崇奉的天、地、水三官。上元天官主賜福，中元地官主赦罪，下元水官主解厄，統稱為「三官大帝」。奉祀「三官」，自漢代徐州豐縣人張道陵始，後以「三官」配三元節。正月十五為上元節，七

圖 86：老郎神畫像

月十五為中元節，十月十五為下元節。這三天，分別被定為天官、地官、水官之誕辰。戲班每月兩次的奉祀活動，被稱作「小敬神」。

　　而「大敬神」則放在每年除夕之夜。藝人祭神於後臺。在祭祀前，先由主事者將富有象徵意味的披有黃蟒與黑蟒的幾根木棒掛在牆上。將老郎神牌位供奉於後臺香案，上題「唐明皇之神位」，兩旁分別掛有「金枝玉葉梨園主，龍生鳳養帝王家」〔註14〕的對聯。三官爺神位兩旁亦有對聯，是「天官地官水三官，弟兄三人三聖賢」〔註15〕，並令穿戴新戲裝的旦角藝人輪流守護，

〔註14〕于道欽主編：《江蘇戲曲志‧江蘇梆子戲志》，江蘇文藝出版社，1999 年，第321 頁。

〔註15〕于道欽主編：《江蘇戲曲志‧江蘇梆子戲志》，江蘇文藝出版社，1999 年，第321 頁。

香火不斷，稱作「守龍棚」。大年初一早晨，由演技最高的生角藝人唱三出頭加官戲。然後，才是班主率全體藝人向神位磕頭焚黃表紙，祈求神靈護祐。

而正月初一凌晨四時左右，還有「迎神」儀式。當晚，除留少數人看家外，藝人全都隨掌班悄然離村，大衣箱（教武戲者）手提用長袍罩著的馬燈前行，敲梆子者端香盤、拿鞭炮和黃表紙隨後，其他人緊跟，文、武場面和掌班殿後。一旦遇到動物，二衣箱大喊告知，眾人亮出馬燈，點起火把，鑼鼓齊鳴，意謂迎到神。眾人立即返回，留守者焚香，列隊迎神。大衣箱手捧老郎神像前行，至後臺，安置神位於衣箱，掌班與其他藝人依次磕頭，並祈禱平安。據說，若所遇活物為「豬」，則是吉兆，意謂演出穩定，無需奔波；若是「兔」，則不吉，預示四處流蕩，漂泊無定。而河南梆子所奉主要是後唐莊宗李存勖，且請郎神是在創建戲班之時。雖說迎神也是在荒郊野外，但有用石灰撒成城郭，置放八仙桌於其中，安放神像於桌上等儀式，與江蘇梆子舊戲班之「迎神」做法不同。但河南梆子舊戲班的「迎喜神」，程序卻與此相類。

圖 87：三官大帝畫像

除此之外，舊戲班還有「祭五仙爺」之儀，所謂「五仙」，「刺蝟為白二爺，狐狸為三太爺，黃鼠狼為黃五爺，蛇為柳爺，老鼠為灰八爺。其妝扮依次分別為：白鬍鬚，三絡長髯，八字鬍，紅鬍鬚，白三絡鬍」〔註16〕。這一祭儀，一般放在上演武戲或收武行學徒時。屆時，設壇祭祀，並將「五仙」畫像懸掛在化妝桌後的牆上，接下來是燒香、磕頭、祈禱、拜仙收徒。

〔註16〕于道欽主編：《江蘇戲曲志·江蘇梆子戲志》，江蘇文藝出版社，1999年，第323頁。

二、演出格局

　　現在城市裏的大劇場演戲，準時開演，兩個來小時散場，已成慣例。過去則不然。在每場戲開演之前，必定要打三通鑼鼓，民間稱之為「打鬧臺」。其用意是招徠觀眾，也為演員的化妝留有時間餘地。頭二通動用武場的打擊樂，第三通才用吹奏樂，所奏無非是【得勝令】之類寓意吉祥的曲牌。此做法來源甚古。早在宋代，講述話本的說話藝人在正式表演前，就是以吹奏【得勝令】而候場的。三通鑼鼓，每通之間，都有時間不短的間歇。尤其是農村演出，間隔起碼要在半小時以上。第一通鑼鼓，鼓點較為隨意，節奏較慢，所以，至今鄉間稱人做事不守規矩、不靠譜，還斥之為「打鬧臺」、「胡鬧臺」。語出於此。一通鑼鼓過後，後臺演員，不論在戲中承擔的戲份多少，都須到場。第二通，為響通，以全堂打擊樂擊奏。這時，藝人各就其位，為演出做準備，開始勾臉。當一切準備齊全，三通鑼鼓後，才敲擊鑼鼓，開場演戲。

　　其次為「跳加官」。這是一種由崑曲沿襲而來的正戲開演前戴面具的歌舞表演。舊時，往往在敬神戲、還願戲之前「跳加官」。加官多由老生或小生扮演，一般是戴青相貂，穿紅蟒，「圍玉帶，蹬粉靴，手端牙笏，嘴咬喜神面具笑面殼」〔註17〕。在鼓樂伴奏中，做出各種象徵性動作。還會根據演出的具體環境，而出示內容與之相應的緞料字幅。

　　「跳加官」又分為單出頭與三出頭兩類。單出頭，是只唱第一齣神戲；三出頭，是唱三出神戲。第一齣是「加官」，演出順序是先送由錢、酒、糖、果之類組合成的加官禮，放鞭炮。然後，頭戴面具、身穿官衣、手拿條幅的加官上場，朝著打鑼方向作揖。邊跳邊將條幅取開，出現「天官賜福」字樣，水袖一擺則是「指日高升」，再一揚則是「榮華富貴」，然後下場。其表演，只用打擊樂。第二齣是「封相」，演蘇秦六國封相事，仍由飾加官者扮演。第三齣「拜堂」，演宋代呂蒙正事。由「封相」中報讀官改飾。加官戲，一般由四人登場，按場上人物身份裝扮，有對白與唱。用笛子伴奏，唱笛戲，在笛子演奏的樂曲聲中收場。

〔註17〕于道欽主編：《江蘇戲曲志・江蘇梆子戲志》，江蘇文藝出版社，1999 年，第320 頁。

圖 88：跳加官

　　而且，在舊時戲班演出時還有「踩頭場」之表演。這一表演格局近似於明代傳奇戲的「副末開場」。大致是：「開戲前，為了穩住已到的觀眾，便先由一官扮鬚生上場，唱段閒曲：哼引子，念四句詩，開始大段唱前三皇、後五帝之類較固定的戲詞。有文頭場、武頭場兩種，大多為文頭場。後臺喊聲『馬前』或『歇住』，馬上停止演唱，便開演正戲。」〔註18〕當然，隨著社會

〔註18〕于道欽主編：《江蘇戲曲志・江蘇梆子戲志》，江蘇文藝出版社，1999年，第320頁。

形勢的發展變化，固定的城市大劇場演出有著很強的時間概念，再也用不著候場，這一表演格局也早已從演出序列中退出，至今已很少為人所知。此種情況，正是明、清古劇表演形式之遺存。這一表演形式，在棗梆中也曾存在，是由三紅臉穿官衣、戴紗帽、掛黑三髯登場，「有條不紊地以念白的方式，略述演出劇目劇情（也有等待觀眾或消磨時間的作用）。待其他主要演員化妝完畢，正式演出開始」〔註19〕。此皆是受古劇表演影響所致。

再次是「墊戲」。所謂「墊戲」，就是正本戲開演前演出的一出小戲，用作墊場，以候聽眾。往年戲班，非常注重自身聲譽。觀眾為看戲而來，務必讓他滿意而去，以徵得更多觀眾的支持。當時，無論是荒村草臺，還是集市上較大劇場演出，也不管是夜場、白場，演出正戲之前，照例表演「墊戲」。經常用作「墊戲」的，大都是些小戲或折子戲，如《拷紅》、《三擊掌》、《春香鬧學》、《轅門斬子》、《小花園》、《小姑賢》、《王小過年》、《打麵缸》、《王小趕腳》、《拴娃娃》、《撕蛤蟆》、《小禿鬧房》、《茶瓶計》、《小女婿》、《小二姐做夢》之類小戲。這類戲劇，登場人物較少，但演出起碼也要一個多小時，為後臺尤其是為正戲中主要演員的化妝在時間上提供了保障。還有，正戲演出過後，觀眾若仍興猶未盡，不願離去，鼓掌喧呼不停，戲班還會安排一、二老生或老旦，穿薑黃色服裝上場，「咿咿呀呀」唱個半天，直至觀眾散去，此名曰「饒戲」。回溯古代戲曲史，宋雜劇在搬演時，慣例是「先做尋常熟事一段，名曰『豔段』。次做正雜劇，通名兩段。末泥色主張，引戲色分付，副淨色發喬，副末色打諢。或添一人，名曰『裝孤』。先吹曲破斷送，謂之『把色』。大抵全以故事，……又有雜扮，或曰『雜班』，又名『經元子』，又謂之『拔和』，即雜劇之後散段也。」〔註20〕，如此說來，江蘇梆子的這一演出格局，似有宋雜劇搬演之遺風。

這一演出形式，一直延續至上個世紀的五六十年代。而京劇中也有「墊戲」，主要是指由於演員誤場或其他原因，致使演出不能正常進行而臨時增演的短劇，非常規演出。而江蘇梆子戲班加演「墊戲」，乃是其慣例。

最後，再談談「壓軸戲」。舊時的梆子戲演出，正戲所需時間大都很長，通常需三、四個小時。而且，當時的劇目，多是藝人口口相傳，未經加工處理，一般結構都有些鬆散。以《鍘美案》為例，通常是從陳世美居鄉讀書演

〔註19〕陳瑾、李琳編著：《棗梆》，山東友誼出版社，2012年，第229頁。
〔註20〕吳自牧：《夢粱錄》卷二〇《妓樂》，三秦出版社，2004年，第312～313頁。

起，接下來是赴京趕考，夫妻話別，香蓮叮囑丈夫：「太陽不落早下店，日出三竿再動身。一路之上忌生冷，生瓜棗梨少進唇。」丈夫去後，接下來便是公婆臥病身死，香蓮長街賣髮換取蘆席以葬翁姑，繼之以身背琵琶，沿路乞討，進京尋夫。投宿客棧，因無錢付費，幾乎被趕出。此類細節，無一不備，情節自然顯得有些拖沓。當時，一出大戲大都由十幾或幾十個小場組成。一般來說，前三場有一「小軸子」，「中軸」在中間，倒數第二場為「壓軸戲」，是演出的關鍵部分，文、武並重，唱、念、做、打兼具。最後一出為「大軸戲」，或嬉笑團圓，或熱鬧打鬥。所謂「軸」，是取軸心之意。其實，就是整場戲中的一個高潮。無論是演出三、四個小時的整本戲，還是連續演出好多天的連臺本戲，一般都是如此安排，以使演出節奏富於變化，或平靜如水，或異峰突起，給觀眾更多的審美心理期待，使其不忍離去。當然，也有另外一種情況，就是連續演出幾天獨立劇目之後，最後演出時，往往上演最精彩、最能打動人心的戲，這也叫「壓軸戲」。

三、演出習俗

江蘇梆子舊戲班，由於長期活躍於民間，演藝生涯十分艱辛，生活不夠穩定，自然事事求個平安順利。所以，沿襲多年的許多行為習慣，都帶有很強的儀式感。

如「開箱」。每年的農曆初一於「迎神」過後，便舉行「開箱」儀式。一般是先由手持靈官鞭的四個靈官跳起，舞畢，在放置的鐵盆內點燃錢糧紙馬，靈官燃放鞭炮。在【緊急風】打擊樂的伴奏下，靈官退場。待打掃乾淨場面，鋪上臺毯後，由加官上場，先後展示「恭賀新禧」、「開市大吉」諸條幅，繼之以財神舞。舞畢，放下元寶，展示「萬事亨通」條幅，退場。再由掌班、管事將「開市大吉」、「萬事亨通」二聯交給臺下掌櫃，給上場表演者逐一封賞，對聯分貼劇場後排的兩根立柱上。掌班高呼：「開戲嘍！」演戲隨即開始。

至歲末，又有「反串戲」。臘月二十七、二十八兩天，藝人慾回家過年。當唱年終的最後一場戲時，各行當演員照例反串，如生反串旦行戲，旦行藝人反串黑頭或其他臉子，以取其熱鬧，也可驗證演員之實力。緊接「反串戲」的即為「封箱」之儀。此時，大衣箱將寫有「封箱大吉」字樣的紅紙條貼在箱口處，意謂暫時停演。雖說停演與開演相距不過兩、三天，但儀式務必舉行，程序近於開箱之儀。

當時的藝人流動性比較大，但也不能隨意跳槽，須遵循約定俗成的規定。按照慣例，自由搭班時間是每年的農曆四月十五日和十一月十五日，除此之外，不得隨意流動。由四月十五日至十一月十五日或十一月十五日至次年的四月十五日，是為兩季，只要應允搭班，就必須幹滿一季，不得中途脫離。雖是戲行約定，但仍須嚴格遵守。藝人可以在適當時機調換班社，也可以到另一戲班作臨時演出（即「打炮」），但初見面時之禮儀又不可或缺。當藝人初至某班時，應由「入相」門（即下場門）進入後場，雙手抱拳打拱致意，待對方答應後，再拜老郎神位，向在場者磕頭。再從「出將」門（上場門）走到前場，向場面藝人拱手磕頭並致意。若要「打炮」，化妝過後，穿上戲衣，還要去後場給大衣箱磕頭。登臺亮相前，給文、武場面藝人再磕頭。即使去廚房用餐，若是第一次，還要給伙夫磕頭。儀式不可謂不繁。還有，戲班每到一地演出，一般都由主要演員去報單，也就是帶上裝飾精美、內裝茶葉和糕點的禮盒，帶著戲摺子，去拜會當地會首或名人，呈上禮物並懇請其點戲，相當於江湖上的拜碼頭。實際上，對方不僅不收禮，還會有小禮錢相贈。其中茶葉錢歸報單者，而報單錢則按班社規定予以分配。

四、演出名目

江蘇梆子在其三百來年的發展歷程中，鄉村、集鎮的民俗活動無疑起著堅強有力的助推作用。在早期，除了集鎮大篷戲場的常規演出外，四時八節、大小廟會、民俗活動，無疑是其上演戲劇的最佳時機。筆者曾這樣描述道：

> 在以農業耕作為主要生產方式的古代，每年有許多大小不一的節日，但每個節日，大多與人們生活密切相關的農業生產有關。這是因為，「在四時農事平靜而緩慢循環輪迴中，歲時節慶是穿插其中調節人們心理狀態的有效方式，彷彿是樂曲慢板中的華麗樂章一樣，無論是年首的祈祝迎新還是歲末的慶賀豐年，人們懷著一種不無誇張的激情和歡娛歡慶節日，其目的不外乎借歲時吉慶放鬆身心、調整情緒、聯絡親朋，從事日常勞作中無暇顧及的人際交往」〔註21〕。而一旦逢到節日，便四方雲集，人頭攢動，歌舞表演，應有盡有，彷彿到了狂歡節，內在情緒得以盡情釋放，也為商家經營帶來契機。

〔註21〕仲富蘭：《中國民俗文化學導論》，浙江人民出版社，1998 年，第 408 頁。

商人趁機賺了大錢，百姓不出遠門也能買到外地貨物，的確是兩全其美。〔註22〕

圖 89：趙興勤《清代散見戲曲史料研究》書影

當然，節令不同，演出內容也隨之而變。如春節之時，舉家團圓，且男婚女嫁者較多，則演出《龍鳳配》（即《甘露寺》）、《全家福》、《全忠孝》、《陞官圖》等。正月十五日為元宵節，乃演燈戲《萬盞燈》（《二冀州》）。農曆三月初三為上巳節，人們郊外踏青，臨流祓除。又為「蟠桃節」，還是祭祀北方玄武（即真武）大帝之日，寒食、清明往往也在此前後，所以，往往演出《蟠桃會》。五月初五為端陽節，則演《白蛇傳》。五月十三日相傳為關帝磨刀日，演出《單刀赴會》。七月初七牛、女相會，演《天河配》。七月十五日為中元節，則演《目連救母》。宋人孟元老《東京夢華錄》（卷八）記載，宋代的中

〔註22〕趙興勤：《清代散見戲曲史料研究》，復旦大學出版社，2018 年，第 118 頁。

元節，就搬演《目連救母》雜劇，「自過七夕，便般《目連救母》雜劇，直至十五日止。」〔註23〕八月十五日中秋節，演《唐明皇遊月宮》等。冬至，則演《鞭打蘆花》。十月初一，民間稱之為「鬼節」，所唱劇目為《拉劉甲》、《胡迪罵閻》。其他如，祈雨則演唱《張文君求水》（即《水淹泗州》），求子則唱《王崗畫廟》，慶壽大都唱《八仙慶壽》、《三星慶壽》、《天台山》、《張彥慶壽》，喜慶團圓時演唱《全家福》、《趕張秦山》等。戲班必須按照風俗習慣而上演相應劇目，否則就會招惹是非。演時令戲，其習俗由來已久，宋代的《東京夢華錄》、《夢粱錄》等就有相關內容的描寫，清人昭槤《嘯亭雜錄》亦曾敘及清代皇宮中上演「月令承應」戲之事。

此外，還有青苗戲（小麥返青時）、廟會戲（祀神廟會期間）、開光戲（為新塑神像開光）、行會戲（各行業所祭祀各自的祖師爺）、白頭戲（用於喪家守靈期間）、賠禮戲（請戲班演戲以示道歉）、立碑戲（立碑坊請戲班演戲以致賀）、官差戲、修廟戲、還願戲（曾進廟許願，事後演戲以還願）、起集戲（為某地設集市貿易而演戲）、趕會戲（為騾馬大會或物資交流大會而演戲）、開張戲（為慶賀店鋪、門面開張而演戲）、謝降戲（為祈雨得雨而演戲）、募捐戲（為籌集資金而演戲）等，不下數十種。尤其是行會戲，比較複雜。舊時五行八作，都敬奉有祖師爺，如車行、棚行，祭馬王；乾果行、匯票莊，祀關羽；木匠、瓦匠，祭魯班；皮匠、鞋匠，奉孫臏；鐵匠、爐匠，敬奉太上老君或鐵拐李；廚子行，則敬奉彭祖；錢莊之類的金融業，奉祀財神廟；成衣業，則祭於「軒轅宮」；屠宰行，奉祀「三聖廟」，如此等等，各有行規。每年，各種職業的行會祭祀祖師活動都有固定日期，且每逢行會大多有相應的劇目上演，甚是講究。而戲班必須按照不同行當的規矩、風習而選擇切合行業需求的劇目來演出。

為立碑而演戲，乃是有錢人家所為。據載，民國二十三年（1934）初，豐縣城西的單樓村有一大地主名叫蔣天賜。他給上輩立碑，唱了四天四夜對臺大戲。戲臺搭在村口空曠之地，東、西、南、北各搭一座。一臺柳子戲，其餘均是梆子戲班，有紅大褂子（孫秀芹）戲班、宗連璧小窩班、華山鄉傅張莊張二娃班。每臺白天演出兩場，晚上演一場，實乃轟動四方的戲曲表演大賽。當時，各戲班大展身手，各逞其能。僅梆子戲班所演，就有《桃花庵》、

〔註23〕孟元老撰、伊永文箋注：《東京夢華錄箋注》下冊，中華書局，2006 年，第795 頁。

《雙頭驢》、《陰陽報》、《拉劉甲》、《七狼八虎闖幽州》等劇，以表演精彩，為觀眾所傾倒。

「堂會戲」，只有豪奢而有權勢者才有力量承辦。在封建時代，富豪商賈、官紳權貴每逢喜慶之事，如生子娶婦、生辰節慶，每每大擺宴席，招待親朋，並請戲班或部分藝人前來演戲助興。這種場合，所演多為折子文戲。且所唱曲目，一般是由主人點定，既點必唱。堂會分為兩類：一是唱一天的「全包堂會」，一是唱半天的「分包堂會」。前者從中午唱至深夜，後者則為白天或晚間。有的包戲者仗恃財勢，圖謀不軌，或強逼藝人陪抽大煙，或對女藝人有意撩撥挑逗，為正派藝人所鄙視。

大概是抗日戰爭時期，豐縣商會會長依仗財勢，在縣城最豪華的酒樓大宴賓客，並請梆子戲著名女藝人張鳳仙（綽號綠大褂子）前來助興，還脅迫她作詩。鳳仙雖沒文化，但畢竟能背誦幾百出戲詞，便隨口吟道：「管絃歌舞慶太平，悲歡離合俱假情。今朝不演逢場戲，且贈世間眾明公。」〔註 24〕而商會會長所吟詩，話中有話，有挑逗、調情之意，還欲行非禮。鳳仙奮力掙脫，不卑不亢，朗聲吟道：「說書唱戲勸八方，樂善好施日月長。不貪色財行正道，留得美名天下揚。」〔註 25〕以昂揚正氣，鎮住狂徒，揚長而去。另一梆子戲著名女藝人賈福蘭（藝名二拔），豐縣知事王歪鼻子（王獻臣），乃是一漢奸，貪戀其姿色及演技，將她劫持到縣城唱戲，並用小恩小惠引誘拉攏，妄想將其霸佔。賈福蘭不畏強權，登臺高歌：「漢奸走狗沒人性，賣國求榮忘祖宗！今朝寧願拼一死，決不苟合賣魂靈！」〔註 26〕以堂堂正氣，令奸徒失色，至今傳為佳話。

五、戲班班規

在舊時代，無論是科班還是戲班，都是由私人經營。掌班將那麼多來自四面八方的年輕人聚集在一起，若沒有相關的約定和規程，是難以形成合力的，更成不了氣候，又豈能「出戲」、「出人」？既然班主和藝人大都是靠登

〔註24〕于道欽主編：《江蘇戲曲志・江蘇梆子戲志》，江蘇文藝出版社，1999 年，第336 頁。

〔註25〕于道欽主編：《江蘇戲曲志・江蘇梆子戲志》，江蘇文藝出版社，1999 年，第336 頁。

〔註26〕于道欽主編：《江蘇戲曲志・江蘇梆子戲志》，江蘇文藝出版社，1999 年，第332 頁。

臺獻藝而養家餬口、謀取衣食，他們自然有著共同的利益追求，在維護本班社共同福利方面達成共識就有了可能。於是，就產生了班規戲規、經營方法、懲罰條件。據《江蘇梆子戲志》，梆子戲班有「十大班規」：

1. 不准偷生挖熟（演戲馬虎）；
2. 不准臨場推諉（不接受角色分配）；
3. 不准魚竿釣魚（把主要演職員挖走）；
4. 不准招搖撞騙；
5. 不准夜不歸班；
6. 不准兩頭白面（挑撥離間）；
7. 不准刁拐婦女；
8. 不准帶酒上臺；
9. 不准罵人打人；
10. 不准吃昧挖錢（偷盜財物）。〔註27〕

還有十大「演戲規矩」：

1. 開演前的鑼鼓響後，全體演角必須到齊候場；
2. 不許從臺上向下窺視，更不許用眼神與觀眾暗打招呼；
3. 未開鑼前，文武場面各種樂器，不得碰敲，發出聲音；
4. 演角未上妝前，不准試戴口條及盔頭等物（特別是紅鬍鬚更不准亂戴，犯忌諱）；
5. 後臺不准大聲喧嘩；
6. 槍、刀把子等一概不許用來耍鬧；
7. 未經允許，中途不得跳班，更不許私自開小差；
8. 不許笑場、起哄、罵臺、錯報家門；
9. 不許喝酒上場，不許把個人的恩怨帶到臺上；
10. 司鼓坐處，旁人不得擅坐；堂鼓，更不許亂擊。〔註28〕

舊戲班的班規，當然有些是很不合理甚至是野蠻的。如一人犯錯，全體學員都必須趴在地上，任憑教師用白楝條子抽打屁股，還美其名曰「滿堂紅」。

〔註27〕于道欽主編：《江蘇戲曲志·江蘇梆子戲志》，江蘇文藝出版社，1999年，第318～319頁。

〔註28〕于道欽主編：《江蘇戲曲志·江蘇梆子戲志》，江蘇文藝出版社，1999年，第319頁。

甚至每天晚上，教師都將學生責打一遍，「打死打傷概不負責」〔註29〕，是名副其實的霸王條款。有的也過於繁瑣，如不許用眼神和觀眾暗打招呼、不准試戴頭盔、不准碰響樂器等，都過於苛細，也難於操作。但是，敷衍了事、臨場推諉、招搖撞騙、挑撥離間、刁拐婦女、打人罵人、偷盜財物、帶酒演戲等，皆列入「不准」之列，對剛入門的青年藝人健康心理、工作態度以及為人處世原則的養成，還是有積極意義的，有的至今仍可借鑒。

在「演戲規矩」中，雖然某些條目帶有封建迷信的因素，但總體來說，更多強調的則是工作態度和對演藝事業的敬畏。強調提前到崗、聚精會神，為即將登臺演出做好充分準備。不准大聲喧嘩、保持清靜心態，有助於對戲文的默習。不准用刀、槍耍鬧，避免誤傷人，是出於安全因素的考量。不准中途跳班，以免影響戲曲的正常演出。而將個人恩怨帶入戲中，不僅會破壞劇情的完整和諧，還會傷及人命。這些規矩，至今仍發揮著作用。當然，那些帶有一定程度迷信色彩的種種風俗，早已隨著時代的發展變化，成為了歷史的陳迹。

〔註29〕于道欽主編：《江蘇戲曲志・江蘇梆子戲志》，江蘇文藝出版社，1999年，第323頁。

結　語

圖 90：《八魔煉濟公》連環畫封面

　　江蘇梆子走過了它長達三百年之久的發展歷程，在蘇、魯、豫、皖相鄰各縣市產生廣泛而深遠的影響，所謂「犁著田，耙著地，誰不唱兩段梆子戲」、「揣著饃，不喝湯，趕緊去聽梆子腔」，恰是當年人們癡迷梆子戲的真實寫照。至於蓋三縣、第一生、花臉王、紅臉王、戲簍子、旦角狀元、張二、二拔、一汪水、十二紅、一棵蔥、老少迷、綠大褂子、紅大褂子等名伶場上的表現，

更是人們茶餘飯後最重要的談資。甚至場上所演繹的故事、塑造的人物，都成了人們衡量身邊芸芸眾生人品高下、人我是非的重要尺度。斥責某人不孝，就以《六月雪》中張驢兒打爹罵娘作比；說某人苦況，就提及《賣苗郎》；談起惡婆婆，便比況《小姑賢》中紅頭髮老太婆；說剛正、忠耿，自然是包拯；論冤屈，首推竇娥；談奸詐，必言曹操……這就是戲曲融入民間生活的鐵證，它的確能起到涵養品德、轉移世風的潛移默化作用，何況江蘇梆子還開創過現代戲曲史上的輝煌？戲曲名家賈先德，曾根據名丑吳小樓的表演特點，量身打造出大型神話劇《八魔煉濟公》，並吸納現代技術手段，設置機關布景，化用魔術和雜技方法，並將噴火、黑彩、紅彩、煙霧等傳統技藝雜糅其中，竟然在當時最負盛名的劇場——黃河舞臺連演三百餘場，可謂是一大奇蹟。

　　瞭解以往，是為了更好地展望未來。回顧江蘇梆子的歷史，給我們很多有益的啟示：

　　一是戲曲從來不是在自給自足的狀態下生存的。它作為一種民間藝術，自其誕生之日起，就隨著時代的發展與社會生活的豐富，不斷調整自身，以開放包容的姿態，主動吸納、融合相鄰表演伎藝，與時俱進，從而實現自身的豐富與發展。尤其是梆子戲，它不僅從崑曲、京劇等劇種中汲取了不少營養，還吸收了墜子、琴書、落子、花鼓、大鼓等曲藝的一些表現技巧和語言風格。流行於蘇、魯、豫、皖交界處的一些雜技、雜要以及跑旱船、竹馬舞等民間玩意兒，也時常為梆子戲所借鑒，這不僅使梆子戲的舞臺表現力大為增強，也極易喚起接受群體對鄉土文化、民情風習的追憶，有助於擴大梆子戲在人民群眾中的影響力。

　　二是地方戲既然與當地文化、風習人情息息相關，那麼，它就應該繼承優秀傳統文化，緊接地氣，在各項民俗活動中不應缺位。歷史上的梆子戲上演，不擇場地，不拘形式，也不為外在條件所制約，築土為臺可唱戲，鋪幾塊門板也可唱戲；大劇場可演戲，集鎮、鄉野也能演戲。服飾不夠用，可向當地人挪借；住宿有困難，老百姓甘願騰房出借。戲班與鄉民的關係，是互為扶持、互為依存、彼此包容的和諧關係。梆子戲在民間的影響，是藝人在極其艱苦的條件下打拼出來的。所湧現出的一個個的角兒，不是包裝而成，更不是別人的賞賜，而是在長期的舞臺演出實踐中不斷提升表演水平，為廣大觀眾樂於接受自然而然形成的。人們歡迎的是能接地氣的角兒，有了群眾公認的角兒，始能聚起人氣，進而促進藝術的良性發展。

　　三是人氣的凝聚，與場上的表演能否反映百姓的情感訴求、心理期待密切相關。歷史上的梆子戲，為何以搬演可歌可泣的英雄人物事蹟居多？除徐州一帶曾經走出許多英雄人物，使得百姓產生英雄崇拜心理之外，還與這裡特殊的地理環境有關。歷史上的徐州乃五省通衢，戰爭時有發生，百姓苦不堪言。當地百姓喜歡觀賞英雄戲，還隱隱含有企盼英雄救世的潛在心理。一部鼓詞《三省莊》，以蘇、魯、皖三省交界處豐縣西北部某村莊為地理背景，又將當地人名加入其中，所編英雄故事可能子虛烏有，但卻極易喚起人們的認同感，以致成就了演唱該書的三弦藝人群體中的「常派」、「甄派」、「李派」、「楊派」、「侯派」。後來，文人林凱，借水生風，根據梆子戲名伶賈福蘭（藝名二拔）、張鳳仙（綽號綠大褂子）、孫秀芹（綽號紅大褂子）等自身條件，量身打造，將此曲藝作品改編成四本梆子戲，在豐縣一舉唱紅，就很能說明問題。在抗日戰爭、解放戰爭時期，他們還及時編演了許多歌頌英雄、反映現實的劇目，極大地鼓舞了人們的革命鬥志。尤其是新中國成立後，江蘇梆子藝人在黨的直接領導下，除演出優秀的傳統劇目外，還積極就地取材，創演現代戲，歌頌新時期湧現出的新人物、新思想、新風尚，在鼓蕩正氣、鞭撻邪惡、扭轉世風方面均起到不可估量的作用。當代社會，我們更需要歌頌英雄，歌頌那些在新時代湧現出的奮鬥者、建設者。時代需要英雄，英雄是中華民族的脊樑，也是人們前進路上的標杆。只有塑造好舞臺上的英雄形象，才能給人以鼓舞和激勵，進而凝聚人心，形成合力，為祖國的建設貢獻力量。這就是地方戲所應肩荷的責任。演藝團體應立足本地熱土，胸中裝有百姓，眼睛關注現實，場上溫暖觀眾，緊緊圍繞彰顯社會主義核心價值觀這一主線，盡情演繹當地人們的文化訴求。

　　近些年，黨和國家推出了一系列發揚優秀傳統文化、大力扶持戲曲發展的利好政策。最近，中宣部、文旅部、財政部和人社部又聯合發布了《國有文藝院團社會效益評價考核試行辦法》，為各項政策的落實、實施提出了具體的操作方法和評價指標，使戲曲在新的社會條件下的發展路向更為明確。黨和政府部門從國家層面為戲曲的發展搭起了堅實平臺，提供了前所未有的發展機遇。戲曲藝術究竟如何緊跟時代步伐，在改革大潮中實現華麗轉身，更好地發揮其服務於當代、服務於人民的作用，無疑是擺在戲曲院團面前的重要命題。

　　梆子戲是在民間文化肥沃的土壤中成長起來的一枝璀璨花朵，是地方風習的長期浸潤使得它枝葉繁茂、欣欣向榮，為人民群眾所喜聞樂見。然而，一段時間以來，欣賞群體卻出現了斷層，場上富有象徵意味的程式化動作，也似乎成了難解之謎。流傳人口的戲文故事，也為各類人造之「星」的種種傳聞所取代。這種情況的出現，固然與傳播環境有關係，但是不可否認，也與某些演藝團體疏離大眾、嬌養深閨、退位重要演出節點、未能及時反映基層群眾的文化心理訴求有一定關聯。這很值得深入反思。

　　戲曲既是大眾的藝術，就應該讓它回歸民間，到火熱的民眾生活中、到改革開放的最前沿，去汲取營養，經受風雨，採擷素材，豐富創作，以煥發出應有的生命活力。早在十數年前的「新世紀全國地方戲劇種發展戰略研討會」上，筆者就曾呼籲，戲曲表演應貼近基層、親近百姓，深入體會他們的喜怒哀樂、情感訴求，改變自我封閉的管理模式，認真思考為誰演、演什麼、怎麼演的問題，更多承擔起以戲養戲、以戲化人的重任。「戲曲既是民間的產物，就應當成為普通大眾火熱生活的載體，留住歷史記憶，記下縷縷鄉愁，抨擊社會邪惡，弘揚人間正氣，為淳厚世風、激勵人們積極向上、促進社會和諧，而不斷注入新的能量」〔註1〕。「在本土化與現代化的對接與互融中下大氣力，緊扣當地風土人情，生動展示與共築中國夢息息相關的、具有鮮明時代色彩的社會生活畫面，謳歌那些為國家、為民族、為人民樂於奉獻的當代英雄。時代風氣需要英雄精神品格的引領」〔註2〕。

〔註1〕趙興勤：《江蘇戲曲文化史論綱》，江蘇省委宣傳部編：《大眾文藝：百名專家千場講座精選》下冊，江蘇鳳凰文藝出版社，2016年，第322頁。
〔註2〕趙興勤：《江蘇戲曲文化史論綱》，江蘇省委宣傳部編：《大眾文藝：百名專家千場講座精選》下冊，江蘇鳳凰文藝出版社，2016年，第322頁。

主要參考文獻

（按作者音序排列）

B

1. 白居易：《白居易集》，中華書局，1979 年。
2. 北京師範大學中文系文藝理論教研室編：《文學理論學習參考資料》，春風文藝出版社，1982 年。

C

1. 蔡毅編著：《中國古典戲曲序跋彙編》，齊魯書社，1989 年。
2. 曹寅著、胡紹棠箋注：《棟亭集箋注》，北京圖書館出版社，2007 年。
3. 陳建新、唱婉編：《脩石齋藏漢畫像磚石圖冊》，中華書局，2016 年。
4. 陳瑾、李琳編著：《棗梆》，山東友誼出版社，2012 年。
5. 陳曉棠主編：《江蘇戲曲志·徐州卷》，江蘇文藝出版社，2002 年。
6. 程晉芳：《勉行堂詩文集》，黃山書社，2012 年。

D

1. 戴逸、李文海主編：《清通鑒》，山西人民出版社，1999 年。
2. 〔法〕丹納：《藝術哲學》，傅雷譯，安徽文藝出版社，1991 年。
3. 鄧同德主編：《商丘市戲曲志》，中國戲劇出版社，2008 年。
4. 丁錫根編著：《中國歷代小說序跋集》，人民文學出版社，1996 年。
5. 董每戡：《董每戡文集》，廣東高等教育出版社，1999 年。
6. 杜冠英：《（光緒）玉環廳志》，清光緒六年刻本。
7. 杜佑：《通典》，浙江古籍出版社，2000 年。

F

1. 馮夢龍等編：《明清民歌時調集》，上海古籍出版社，1987 年。

G

1. 〔德〕格羅塞：《藝術的起源》，蔡慕暉譯，商務印書館，1984 年。
2. 葛洪：《西京雜記》，中華書局，1985 年。
3. 顧起元：《客座贅語》，中華書局，1987 年。
4. 桂中行輯：《徐州詩徵》，廣陵書社，2014 年。
5. 郭漢城：《郭漢城文集》，中國戲劇出版社，2004 年。
6. 郭向東、李芬林主編：《西北稀見戲曲抄本叢刊》，浙江古籍出版社，2017 年。

H

1. 洪昇：《洪昇集》，浙江古籍出版社，2012 年。
2. 胡忌主編：《戲史辨》第四輯，中國戲劇出版社，2004 年。
3. 黃仕忠主編：《清車王府藏戲曲全編》，廣東人民出版社，2013 年。

J

1. 江蘇省委宣傳部編：《大眾文藝：百名專家千場講座精選》，江蘇鳳凰文藝出版社，2016 年。
2. 蔣星煜：《中國戲曲史鉤沉》，上海人民出版社，2010 年。
3. 金芝：《編劇叢譚》，安徽文藝出版社，1985 年。

L

1. 賴昌期：《（光緒）平定州志》，清光緒八年刻本。
2. 李濱聲繪：《燕京畫舊》，人民美術出版社，2005 年。
3. 李斗：《揚州畫舫錄》，中華書局，1960 年。
4. 李昉等：《太平御覽》，中華書局，1960 年。
5. 李綠園：《歧路燈》，欒星校注，中州古籍出版社，1998 年。
6. 李蟠：《徐州明清十人文萃·李蟠集》，中國文史出版社，2017 年。
7. 李樹人、方兆麟主編：《文史資料存稿選編·文化》，中國文史出版社，2002 年。
8. 梁章鉅：《楹聯叢話》，清道光二十年桂林署齋刻本。
9. 廖奔：《中國戲曲聲腔源流史》，臺灣貫雅文化事業有限公司，1992 年。
10. 劉恩伯編著：《中國舞蹈文物圖典》，上海音樂出版社，2002 年。

11. 劉廷璣：《在園雜志》，中華書局，2005 年。

12. 劉文典：《莊子補正》，安徽大學出版社、雲南大學出版社，1999 年。

13. 劉勰著、周振甫注：《文心雕龍注釋》，人民文學出版社，1981 年。

14. 〔日〕瀧川資言：《史記會注考證》，北嶽文藝出版社，1999 年。

M

1. 〔德〕馬克思、〔德〕恩格斯：《馬克思恩格斯選集》，人民出版社，1972 年。

2. 馬少波：《戲曲新論》，陝西人民出版社，1987 年。

3. 馬紫晨主編：《中國豫劇大詞典》，中州古籍出版社，1998 年。

4. 毛奇齡：《明武宗外紀》，上海書店，1982 年。

5. 梅蘭芳：《梅蘭芳回憶錄》，東方出版社，2013 年。

6. 孟繁樹：《中國板式變化體戲曲源流研究》，文化藝術出版社，2002 年。

7. 孟元老著、伊永文箋注：《東京夢華錄箋注》，中華書局，2006 年。

P

1. 沛縣檔案局譯編：《沛縣志（譯本)》，江蘇廣陵古籍刻印社，1983 年。

Q

1. 錢德蒼編選：《綴白裘》，中華書局，2005 年。

2. 錢南揚：《戲文概論》，上海古籍出版社，1981 年。

3. 錢載：《籜石齋詩集　籜石齋文集》，上海古籍出版社，2012 年。

4. 乾隆官修：《清朝通志》，浙江古籍出版社，2000 年。

R

1. 阮元校刻：《十三經注疏》，中華書局，1980 年。

S

1. 單興強主編：《徐州曲藝考》（內部印刷），2006 年。

2. 上海古籍出版社、上海書店編：《二十五史》，上海古籍出版社、上海書店，1986 年。

3. 沈鳳翔：《（同治）穀山縣志》，清同治四年石印本。

4. 宋起鳳：《（康熙）靈邱縣志》，清康熙二十三年刻本。

5. 蘇軾：《蘇東坡全集》，中國書店，1986 年。

6. 蘇育生：《中國秦腔》，上海百家出版社，2009 年。

7. 孫厚興、吳敢主編：《徐州文化博覽》，文化藝術出版社，2003 年。

T

1. 湯顯祖著、徐朔方箋校：《湯顯祖全集》，北京古籍出版社，1999 年。
2. 田和靈、葉健、趙燕喜編著：《山東梆子》，山東友誼出版社，2012 年。

W

1. 王季思主編：《全元戲曲》，人民文學出版社，1990 年。
2. 王利器、王慎之、王子今輯：《歷代竹枝詞》，陝西人民出版社，2003 年。
3. 王慶雲：《石渠餘記》，北京古籍出版社，1985 年。
4. 王逸注、洪興祖補注：《楚辭章句補注》，吉林人民出版社，1999 年。
5. 吳炳著、吳梅校正：《粲花齋五種》，江蘇廣陵古籍刻印社，1990 年。
6. 吳輔宏：《（乾隆）大同府志》，清乾隆四十七年重校刻本。
7. 吳敢、及巨濤主編：《徐州文化大觀》，文匯出版社，1995 年。
8. 吳敢、孫厚興主編：《徐州戲劇史》，中州古籍出版社，2018 年。
9. 吳敢：《張竹坡與〈金瓶梅〉研究》，文物出版社，2009 年。
10. 吳自牧：《夢梁錄》，三秦出版社，2004 年。

X

1. 蕭統編：《文選》，中華書局，1977 年。
2. 蕭一山：《清代通史》，華東師範大學出版社，2006 年。
3. 謝伯陽編：《全明散曲》，齊魯書社，1994 年。
4. 解維漢編選：《中國戲臺樂樓楹聯精選》，陝西人民出版社，2008 年。
5. 徐珂編撰：《清稗類鈔》，中華書局，1986 年。
6. 徐州市文化局編印：《徐州文化志（1911～1986）》（內部印刷），1989 年。

Y

1. 嚴北溟、嚴捷：《列子譯注》，上海古籍出版社，1986 年。
2. 閻爾梅：《閻古古全集》，北京中國地學會，1922 年。
3. 于道欽主編：《江蘇戲曲志‧江蘇梆子戲志》，江蘇文藝出版社，1999 年。
4. 于謙：《于謙集》，浙江古籍出版社，2016 年。
5. 余秋雨：《舞臺哲理》，中國盲文出版社，2007 年。
6. 俞為民、孫蓉蓉編：《歷代曲話彙編‧近代編》，黃山書社，2009 年。
7. 袁行雲：《清人詩集敘錄》，人民文學出版社，2016 年。

Z

1. 曾敏行：《獨醒雜志》，清知不足齋叢書本。

2. 張伯英甄選、徐東僑編次：《徐州續詩徵》，廣陵書社，2014 年。

3. 張大新：《海內外中國戲劇史家自選集‧張大新卷》，大象出版社，2018 年。

4. 張廷玉等撰：《明史》，中華書局，1974 年。

5. 章廷珪：《(雍正)平陽府志》，清乾隆元年刻本。

6. 趙興勤、蔣宸編：《清代散見戲曲史料彙編（筆記卷‧初編）》，臺灣花木蘭文化出版社，2017 年。

7. 趙興勤、趙韡編：《清代散見戲曲史料彙編（方志卷‧初編）》，臺灣花木蘭文化出版社，2016 年。

8. 趙興勤、趙韡編：《清代散見戲曲史料彙編（詩詞卷‧初編）》，臺灣花木蘭文化出版社，2014 年。

9. 趙興勤、趙韡編：《清代散見戲曲史料彙編（詩詞卷‧二編）》，臺灣花木蘭文化出版社，2015 年。

10. 趙興勤、趙韡譯注：《元曲三百首》，江蘇人民出版社，2019 年。

11. 趙興勤：《話說〈封神演義〉》，韓國土垣出版社，2015 年。

12. 趙興勤：《江蘇歷代文化名人傳‧趙翼》，江蘇人民出版社，2019 年。

13. 趙興勤：《清代散見戲曲史料研究》，復旦大學出版社，2018 年。

14. 趙興勤：《曲寄人情：話說李玉》，江蘇人民出版社，2017 年。

15. 趙興勤：《中國古典戲曲小說考論》，吉林教育出版社，2004 年。

16. 趙興勤：《中國早期戲曲生成史論》，北京大學出版社，2015 年。

17. 趙興勤：《莊一拂〈古典戲曲存目彙考〉補正》，人民文學出版社，2019 年。

18. 趙曄等著：《野史精品》第一輯，嶽麓書社，1996 年。

19. 趙翼：《趙翼全集》，鳳凰出版社，2009 年。

20. 浙江古籍出版社縮印：《百子全書》，浙江古籍出版社，1998 年。

21. 中國人民大學清史研究所編：《清史編年》，中國人民大學出版社，2000 年。

22. 中國戲劇家協會藝術委員會、中國崑劇研究會編：《中國戲曲藝術教程》，江蘇人民出版社，1991 年。

23. 中國戲曲研究院編：《中國古典戲曲論著集成》，中國戲劇出版社，1959 年。

24. 中華書局編輯部編：《歷代紀事本末》，中華書局，1997 年。

25. 《中華舞蹈志》編輯委員會編：《中華舞蹈志‧寧夏卷》，學林出版社，2014 年。

26. 仲富蘭：《中國民俗文化學導論》，浙江人民出版社，1998 年。

27. 周秉彝：《（光緒）臨漳縣志》，清光緒三十年刻本。

28. 周貽白：《中國戲劇史長編》，上海古籍出版社，2004 年。

29. 周貽白：《中國戲曲發展史綱要》，上海古籍出版社，1979 年。

30. 朱希祥：《當代文化的哲學闡釋》，華東師範大學出版社，2006 年。

後　記

　　早在許多年之前，我就與江蘇梆子戲結下很深的情緣。家鄉「小窩班」
上演的一出又一出精彩的劇目，成為我難以割捨的永久記憶。每至春節，在
外讀書的大哥返回鄉里，除了帶著我去觀賞本村戲班演出外，還時常背著我
前村後莊去看戲。儘管時間已遠遠超過一個甲子，但是那情景至今仍歷歷在
目，恍若昨日。記得有一次去看梆子戲《絲絨記》的演出，臺上一位戴髯口
的紅臉唱道：「說我瘋來我就瘋，龍案底下出妖精。」話音剛落，鐃鑔突然撞
擊出很大聲響，由藝人所扮面目猙獰的妖精，隨著一聲尖叫從書案下一躍而
出，尚不解事的我嚇得趕緊藏在人群裏，半天也不敢抬頭往臺上看。

　　當時，集鎮上的戲園子往往是上午和晚間各演一場，管理者可能考慮到
戲園內秩序維持問題，是不容許小孩子進入觀戲的。那時看戲，是憑預先購
買的刻有字的狹長木牌入場的。一個冬季的傍晚，大哥帶我去看戲，到了檢
票口，他用大衣一裹，我就順勢進入園內。小時候看戲，就是圖個熱鬧，但
持久性不強，看不到一個時辰，大半要呼呼入睡。儘管如此，場上演繹的故
事，我至今仍記憶不忘。戲文中的唱詞，也能順口道出一二，如：「好一個國
公叫康寧，黑虎銅錘舉在空」、「馬三保下金殿，氣得為王咬牙關」之類，究
竟出自哪本戲文可以忽略不計，但它在我童年的生活軌跡中，卻烙刻下深深
的印痕。尤其是《鍘美案》之類的包公戲，那些琅琅上口的唱詞，如秦香蓮
送丈夫赴京趕考時所唱：「太陽不落早下店，日出三竿再動身。一路之上忌生
冷，生瓜棗梨少進唇。」包公勸陳世美：「要吃還是家常飯，要穿還是粗布衣。
富貴榮華莫貪戀，知冷知熱結髮妻。」鍘陳世美前所唱：「別說你是陳駙馬，
龍子龍孫我不饒」、「頭上摘去你烏紗帽，身上脫去袞龍袍，緊緊麻繩捆三道，

殺妻滅子罪難饒。」一聲「開鍘」，響若炸雷，動地驚天，令人心大快。包公的正氣凜然、鐵面無私，讓場下觀者肅然起敬。

當時常演的劇目，如《反徐州》、《抄杜府》、《轅門斬子》、《闖海門》、《潘楊訟》、《秦瓊賣馬》、《打金枝》、《姜子牙釣魚》、《闖幽州》、《穆桂英大破天門陣》、《攔馬》、《下陳州》、《遊龜山》之類，皆令我回味不已。有時還模仿戲中人物的動作，手舞足蹈地表演一番，也使我朦朧地意識到一些做人的道理。為人正直、坦蕩磊落、忠貞為國、堅毅頑強、志存高遠、敢作敢為、刻苦攻讀、積極上進之類舞臺上演故事中所傳遞的精神品格，都對我產生深遠影響。戲文中那些完整的唱段，隨著時光的流逝大都淡出了我的腦海，但這些記憶的碎片卻是我童年生活彌足珍貴的畫面，至今仍不時向旁人提起。或許這就是刻骨銘心的綿綿鄉愁，這就是久離家鄉的遊子對鄉野親情訴說不盡的那份牽掛。而今，大哥早已步入耄耋，我也年逾古稀，每思及往事，未免感慨萬千，心緒難平。

隨著年齡的漸漸增長，許多瑣事可能已漸漸淡忘，但家鄉梆子戲的動人旋律卻時而縈繞耳畔，且變得愈發清晰。我在江蘇師範大學（前身徐州師範學院、徐州師範大學）執教已近半個世紀，離鄉日久，但至今每當聞奏梆子戲過門，仍熱血沸騰，心情亢奮，難以自己。上個世紀八十年代，我參加在南京召開的全國首屆《儒林外史》學術研討會，與河南社科院的胡世厚先生同居一室，聊及梆子戲，話頭多合，激情難捺，直至深夜，談興仍酣。後來，在黃海之濱的《鏡花緣》學術研討會上，晚間與南京大學苗懷明教授等學人外出散步，眼前的街頭歌舞，又勾起對往事的回憶。我們大談梆子戲，似乎忘記了身旁其他朋友的感受。與此同時，梆子戲究竟從何而來，也成了我經常思及的一個論題。

緣此之故，上個世紀八九十年代，我曾發願寫一部《江蘇梆子史》，還想約請年輕同道加盟此事。然而，由於當時教學工作實在太重，除三屆元明清方向研究生的教學任務之外，還同時承擔兩個本科班的《中國文學史》課程，實在無暇顧及。加之手頭資料有限，許多缺失的環節難以連接，只得作罷。直至 2015 年秋，江蘇省委宣傳部啟動「百名專家學者千場文藝欣賞講座」，委託我去徐州所轄各縣（市）作《江蘇戲曲文化史》的學術講座，始有機會翻閱與地方戲相關的文獻史料。又至 2017 年 6 月，有著三百多年悠久歷史的雲龍書院與徐州電視臺等部門協力合作，擬推出「彭城大講堂」系列講座，

並舉行了開播儀式。他們經過研究,將當地文化名人陳鐸、閻爾梅、萬壽祺等以及梆子、柳琴諸地方戲凡八場講座交由我來完成。2018 年 4 月進行了錄製。前期,在翻閱近人張相文整理的《閻古古全集》時,竟然發現其間保存有不少有關徐州戲曲的史料。這一意外的收穫,的確使我驚喜萬分,遂擬就《徐州梆子戲起源考》一文,發表於中國戲曲學院主辦的《戲曲藝術》2017 年第 1 期。因是首次對江蘇梆子發生、發展途徑作系統探索,故引起不少同仁的關注。此後,一發而不可收,在兒子趙韡的通力協助下,開始系統撰著《江蘇梆子戲史論》。每逢節假日,反而是我們爺倆最為忙碌的時候,一天工作十二三個小時,乃是常態。他平時只有晚上有時間,經常挑燈夜戰,調整內容、補充資料、錄入文字、校核文獻、梳理書稿、找配插圖,我則字斟句酌,繼續提煉昇華,年餘時間,始擬就《江蘇梆子戲史論》的初稿。此時,我的內心深處的確產生一種莫名的激動,因為為梆子戲作史的夙願即將成為現實。從宏觀角度考量,文化是民族的靈魂,是人民的精神家園,而江蘇梆子和其他劇種一樣,都是優秀傳統文化的重要載體,是足以值得我們自豪的文化瑰寶。系統地梳理其發展脈絡,回顧其在不同歷史時段所呈現出的藝術風貌,以史為鑒,知古鑒今,有助於當代戲曲的豐富與繁榮。作為學人,我們有責任肩荷起這一使命。

當然,搜剔史料,刻苦鑽研,是一件比較辛苦的事情。在緊張工作之餘,時常帶給我快樂的,乃是目前正在讀小學二年級的孫子智周。不管再累,經他甜甜小嘴巴道出的三言兩語,頓時令我雲開霧散,輕鬆許多。記得 2018 年下半年,兒子參加年輕幹部示範培訓班,兒媳遠赴臺灣訪學,孩子的接送以及作業的輔導便落在了我的肩上。2018 年 12 月 17 日,我可能是接他放學時著了涼,渾身酸痛,四肢無力,只得臥床休息,直至下午四時許才起床。修改文稿至五時許,又突然渾身發冷,抖動不已,只得再次臥床。老伴匆忙去醫院取藥,照顧我服下,然後接孫子回家。小傢伙一進家門,便摺下書包,邊喊爺爺,邊快步跑到我床前,問道:「爺爺,您怎麼了?」我說:「爺爺感冒了,你不要靠近。」他卻說:「爺爺生病,我怎麼能不管呢?」說著,將小手伸向我的前額,然後再摸摸自己的額頭,煞有介事地說:「爺爺好燙,不行,我得給您治治。」話未落地,就跑到衛生間,拿起臉盆接水,取下毛巾,放在冷水裏,再用小手輕輕擰乾,一顛一顛地跑了過來,說:「來,爺爺,我給您敷上,一會兒就退燒了。」我實在不忍心他那稚嫩的小手接觸冰冷的水,

對他說：「周周，爺爺一會就好了，你去做作業吧。」他卻斬釘截鐵地說：「爺爺發燒，我不管誰管呢？」儼然一副小大人模樣。說著又取下毛巾，再次浸入冷水，給我冰敷。直至額頭不那麼燙了，方才罷手。一個當時不到七歲的幼童，竟然如此懂事，如此孝順，真令我動容。

當然，《江蘇梆子戲史論》能夠成書，在很大程度上是得力於當地學人對地方文獻的搜集整理以及外地學者的相關研究成果，如于道欽主編《江蘇戲曲志·江蘇梆子戲志》（江蘇文藝出版社 1999 年版）、陳曉棠主編《江蘇戲曲志·徐州卷》（江蘇文藝出版社 2002 年版）、吳敢等主編《徐州文化大觀》（文匯出版社 1995 年版）、馬紫晨主編《中國豫劇大詞典》（中州古籍出版社 1998 年版）、孫厚興等主編《徐州文化博覽》（文化藝術出版社 2003 年版）、田和靈等編著《山東梆子》（山東友誼出版社 2012 年版）、《棗梆》（山東友誼出版社 2012 年版）、吳敢等主編《徐州戲劇史》（中州古籍出版社 2018 年版）之類著述以及徐州市文化局編印《徐州文化志（1911～1986）》（1989 年內部印刷）、單興強主編《徐州曲藝考》（2006 年內部印刷）等內部資料，若非這類著述在資料方面的前期鋪墊，是難以完成這一艱巨任務的。江蘇梆子劇院燕凌院長（國家一級演員、中國戲劇「梅花獎」獲得者、國家級非物質文化遺產徐州梆子戲代表性傳承人）、國家一級作曲董瑞華先生、徐州市戲劇家協會郭敬峰秘書長等，均對本書撰寫給予過不同層面的支持。在此，謹向上述諸書的編者、圖片資料的提供者以及為本書寫作提供支持者，致以最誠摯的謝意！當然，由於本人認識水平以及所掌握的資料有限，《江蘇梆子戲史論》一書難免會存在這樣或那樣的疏漏，尚祈讀者諸君批評指正，不勝感謝！

趙興勤
2020 年 2 月 22 日
古彭城鳳凰山東麓倚雲閣